Cuando Lisboa tembló

DOMINGOS AMARAL

Cuando Lisboa tembló

Traducción de
Rosa Martínez-Alfaro

Grijalbo

Papel certificado por el Forest Stewardship Council®

MIXTO
Papel procedente de
fuentes responsables
FSC
www.fsc.org
FSC® C117695

Título original: *Quando Lisboa tremeu*
Primera edición: enero de 2020

© 2010, Domingos Amaral
Casa das Letras
Oficina do Livro, Sociedade Editorial, Lda 2010
© 2020, Penguin Random House Grupo Editorial, S. A. U.
Travessera de Gràcia, 47-49. 08021 Barcelona
© 2020, Rosa Martínez-Alfaro, por la traducción

Printed in Spain — Impreso en España

ISBN: 978-84-253-5835-7
Depósito legal: B-22.390-2019

Compuesto en La Nueva Edimac, S. L.

Impreso en CPI Ibérica
Sant Andreu de la Barca (Barcelona)

GR58357

Penguin
Random House
Grupo Editorial

Para Sofia, con amor

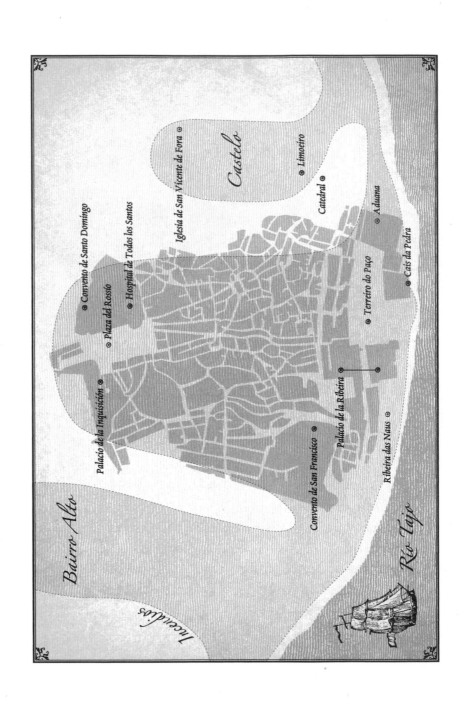

Bairro Alto

Tinoculados

Convento de Santo Domingo

Plaza del Rossio

Hospital de Todos los Santos

Iglesia de San Vicente de Fora

Castelo

Limoeiro

Catedral

Palacio de la Inquisición

Aduana

Terreiro do Paço

Cais da Pedra

Convento de San Francisco

Palacio de la Ribeira

Ribeira das Naus

Río Tajo

Nota del autor

En fecha del terremoto de Lisboa, Sebastião José de Carvalho e Melo todavía no había recibido el título de marqués de Pombal, ni siquiera el de conde de Oeiras. Era conocido por su nombre de pila, por su cargo, ministro de Asuntos Exteriores y de Guerra, o por su apodo, el Carvalhão, y así me referiré a él a lo largo del libro.

La mayoría de los lugares que se citan se siguen llamando igual. Sin embargo, hay una excepción importante, Remolares, que entonces estaba más o menos en el mismo lugar en el que hoy se sitúa el Cais do Sodré.

Es evidente que esta es una obra de ficción. Los personajes principales de este libro son creaciones mías, salvo las figuras públicas —el ya mencionado Sebastião José; el padre Malagrida, confesor del rey; el marqués de Alegrete, presidente de la Cámara Municipal; y monseñor Sampaio, patriarca de Lisboa—, cuyo comportamiento y palabras he intentado que fuesen consecuentes con los relatos de la historia.

Los acontecimientos de este libro están basados en un hecho real. Así pues, cualquier semejanza con la realidad no es una mera coincidencia. La intención es justamente esa.

PRIMERA PARTE

Tierra

1

Condenada a morir en la hoguera el domingo, la hermana Margarida decidió ahorcarse el sábado por la mañana. Ya no soportaba ni una hora más el pavor que sentía por el fuego de la Inquisición; la visión de las llamas abrasándole los pies, las piernas, el cuerpo; el fantasma que le desgarraba la mente encharcándola de miedo, helándole el corazón.

Una noche, mientras Lisboa ardía a nuestro alrededor, me contó lo que ocurrió en su celda el día en que la tierra tembló. Había sido condenada hacía cuatro meses, los más largos y penosos de su vida, durante los cuales permaneció encerrada en una horrible y minúscula celda del Palacio de la Inquisición, cerca del Rossio, pero alejada de la alegría de la plaza lisboeta. Hasta el ventanuco de su aposento llegaban los ruidos de aquel vibrante lugar, lleno de animación y comercio. La vida seguía, pero a ella ya le habían asignado una fecha para morir inmolada.

Según me dijo, primero pensó que se trataba de un error absurdo. Aquella condena a muerte no tenía sentido, los motivos eran irrisorios y fútiles, ella era inocente —me lo juró— y nunca se le había pasado por la cabeza que sus tropelías pudiesen considerarse una afrenta mortal a un Dios al que, a pesar de todo, amaba. Semanas después esperaba un milagro, un súbito cambio procesal, el perdón real, algo que modificase su macabro destino. Sin embargo, los días y las noches fueron pesando en su alma y esta empezó a ceder. Era una joven de apenas veinte años y puedo confirmar que adoraba la vida. Y cuando comprendió que iba a ser quemada viva de verdad, su alma se ensombreció. Para más inri, las degradantes y dolorosas torturas a las que fue sometida habían minado su determinación y su fuerza de espíritu.

Estábamos tendidos uno al lado del otro cuando me reveló que el terror a las llamas le sobrevino en la infancia. Un domingo, sus padres la llevaron al Terreiro do Paço. Estaba feliz y encantada con aquel paseo, sonreía a los demás niños cuando se cruzaba con ellos por las calles de Lisboa, le intrigaban las *chaises* donde los nobles con sus chaquetas coloridas se hacían transportar, saltaba, divertida, sobre el suelo lleno de suciedad e inmundicias, observaba las correrías y los ladridos de los perros gruñones, escuchaba los pregones de los comerciantes altivos e insistentes y admiraba a los esclavos y las esclavas negras que balanceaban sus cuerpos a un ritmo que le provocaba risa, pero que parecía alarmar a la madre y entusiasmar al padre.

Sin embargo, al llegar a la plaza considerada el corazón del reino gobernado por don Juan V (el rey que me había abandonado en manos de los árabes, causando mi perdición), la chiquilla vio el entarimado, la leña y a los verdugos dando vueltas, y la invadió un profundo malestar.

—Papá, quiero irme —le rogó, inquieta.

Entretanto, el padre y la madre estaban contagiados por la excitación general que se había propagado entre la multitud presente. Alguien iba a morir en la hoguera dispuesta en el Terreiro do Paço, y la población quería presenciar el espectáculo. Se oían avezados comentarios: el tiempo que tardaría en quemarse del todo, si el condenado gritaría o no, cómo ardería el cuerpo de un hombre, y el de una mujer.

Y después percibió aquel horrible olor a carne humana quemada, escuchó gritos lacerantes y vio subir las llamaradas, obligada a presenciar aquel solitario infierno terrenal que, sin embargo, era capaz de entretener a tanta gente. Se sintió consternada al ver cómo algunas personas sonreían para ahuyentar el miedo, cómo otras escupían para librarse de la repugnancia instalada en el fondo de sus gargantas, cómo había gente que, sin saber nada de lo que había hecho el infeliz condenado, consideraba que si moría quemado era porque seguramente se lo merecía.

Ahora, el recuerdo de aquella tarde dominical había regresado para atormentarla. Definitivamente convencida de cuál sería su destino final, la hermana Margarida volvió a sentir la misma angustia, y eso la hundió. Se le nubló el cerebro y llegó a bordear la locura. En la adolescencia siempre había visto fantasmas, pero ninguno como aquel: un hombre vestido de negro junto a la puerta, una sombra oscura, inmaterial, pero que sin embargo casi podía tocar. Naufragó en su pequeña celda, que le pareció más oscura que al principio del cautiverio, como si las paredes estuviesen ya chamuscadas y llenas de hollín; también le pareció sentir el mismo hedor que había percibido cuando era niña en el Terreiro do Paço, un olor a carne a la parrilla que ahora se mezclaba con el sabor de la repugnante sopa que le servían en un cuenco, y con el de las deposiciones que hacía en un cubo.

Así fue como, hallándose en tal estado de desistimiento y postración, nació en su alma la idea de precipitar su fin. Si conseguía morir antes del día en que tenía que ser asesinada en la hoguera, escaparía a ese castigo tenebroso con un acto de voluntad, librándose de la muerte prevista con la muerte anticipada.

Me dio pena. Sentir pena de alguien que ha sufrido es un bonito sentimiento, pero no se debe poner de manifiesto, pues casi siempre se considera un insulto hacia la persona que nos lo provoca. De manera que después de escucharla, guardé silencio. Sabía lo que significaba ese deseo de muerte, lo había sentido muchas veces mientras fui prisionero de los árabes. Es profundamente destructivo y perturbador, pero al mismo tiempo es muy humano. Es querer acabar más deprisa solo porque no se vislumbra el futuro. Hoy, a pesar de estar preso de nuevo, no siento lo mismo. Puedo imaginarme un futuro solo porque me acuerdo de ella, de cuánto la he querido y de cuánto la quiero. Cuando los árabes me capturaron por primera vez, hace muchos años, también pensé varias veces en matarme. El amor intermitente que sentía por otra mujer no siempre bastaba para ahuyentar esas ideas. Cuando se está condenado a muerte es muy fácil pensar en el suicidio, es muy fácil enloquecer. Lo sé porque ya me volví loco. Es un sufrimiento terrible y hay muy pocos que regresen de esa tierra distante.

Así que la abracé con fuerza, emocionado. Me sonrió sin saber las razones de mi arrebatamiento, que yo me guardé de revelarle, y me dio un corto pero aun así delicioso beso en la boca antes de proseguir con su relato.

La hermana Margarida era práctica y sabía que no le resultaría fácil matarse. La celda era estrecha: cuatro paredes de piedra, un ventanuco en lo alto con unas rejas imposibles de mover, una estera de paja en el suelo donde dormía, un balde de madera para la orina y las heces. Nada con que poder cortarse las muñecas; nada con que poder envenenarse. Llegó a una conclusión: ahorcarse sería la única posibilidad. Se fijó en que en el techo había unas vigas, y en que sería posible pasar una cuerda por una de ellas. De modo que eso era lo que necesitaba y fue en su busca.

En el patio de la prisión, por la mañana, podía convivir con los otros reclusos. Eran cerca de treinta, más mujeres que hombres. Condenados por diversos crímenes religiosos, esperaban sin alboroto el día de la ejecución. Morían al ritmo de cuatro por mes, y al mes siguiente llegaban cuatro más para sustituirlos. Nadie se quedaba mucho tiempo en aquel establecimiento.

Le hablaron de un brasileño. En el patio tenía fama de ser complaciente y de poder conseguir, sin que se supiera cómo ni por qué, rapé, bebidas alcohólicas y otros artículos prohibidos por las normas internas de la cárcel. Lo encontró sentado, apoyado en la pared, al sol. Lo llamaban el Profeta, pues se pasaba los días anunciando el advenimiento de Jesús, que llegaría precedido por el fin del mundo tal y como lo conocíamos. Hablaba con un marcado acento brasileño y decía haberse reunido con los ángeles y los doce apóstoles en las profundidades del Mato Grosso. Para anunciar su buena nueva, se decidió a venir a Portugal en barco; en Lisboa causó cierto desconcierto, que terminó en detención. Por desgracia para él, al tribunal religioso no le conmovieron sus argumentaciones.

La hermana Margarida se acercó a él.

—Necesito una cuerda y me han dicho que tú me la puedes conseguir.

Era un hombre envejecido prematuramente por el sol brasileño, con la piel arrugada, agrietada y flácida, semejante al pescuezo de las gallinas, y el pelo desgreñado y amarillento. Tenía los ojos surcados por hilos de sangre y unas manchas encarnadas en los párpados, como si no durmiese desde hacía días o llorase mucho.

—¿Qué necesitas? —preguntó el Profeta, sorprendido.

—Una cuerda —murmuró la hermana Margarida—. Una cuerda fuerte.

El brasileño abrió de par en par sus ojos enrojecidos. Al no existir posibilidad de fuga, allí una cuerda solo tenía un uso posible. Miró al cielo azul y le preguntó:

—Dicen que has visto al demonio, ¿eso es verdad?

La joven monja ignoró la pregunta.

—Tengo una cadena de oro. Te la daré a cambio de una soga.

La llevaba al cuello, la había heredado de su madre y la había podido esconder al entrar en la cárcel. La cadena podría ayudarla en su salvación. No porque con ella fuese a ahorcarse, sino porque con ella podría negociar. Se la enseñó al Profeta.

—No sé —refunfuñó el brasileño—. Es peligroso.

Pasaron tres días hasta que el brasileño le confesó su fracaso:

—No puedo conseguírtela, es peligroso, no puedo.

Decepcionada, la hermana Margarida se alejó de él. Días después llegó a la conclusión de que su última posibilidad sería el carcelero. Una vez por la mañana y otra por la noche, este le llevaba la comida a la celda. Sin embargo, con él correría más riesgo. El carcelero podría denunciarla, robarle la cadena, prometerle una cuerda y no traérsela. El Profeta no tenía ningún poder sobre ella; el carcelero, en cambio, sí.

Así que decidió seducirlo. Había advertido las miradas que el hombre le lanzaba, y en el convento había aprendido lo suficiente sobre esas artes. Sabía que sus senos redondos y voluminosos eran motivo de envidia para muchas novicias y hasta para las monjas de más edad, y se daba cuenta de que los hombres la deseaban. La idea la animó, y una mañana, cuando oyó al carcelero abrir con las llaves las puertas de las celdas, se escupió en las manos y con ellas se lavó la cara. Se sintió ligeramente más guapa y dejó resbalar el camisón que la cubría, mostrando los hombros y el nacimiento del pecho.

Recibió al carcelero de pie, con una mano en un seno, como si se estuviese acariciando. El hombre se quedó perplejo, fascinado. Era un tipo gordo que apestaba a aguardiente, y en la barba oscura que le cubría los carrillos se apreciaban, fuera la hora que fuese, gotitas de sopa. La hermana Margarida se tragó el asco, forzó una sonrisa y le dijo:

—¿Podrías satisfacer el deseo de una condenada?

El carcelero tragó saliva, abrumado, y permaneció en silencio sin levantar la vista de aquella tierra prometida que eran sus senos.

—¿No quieres entrar? —le susurró la hermana Margarida—. Cierra la puerta.

El ingenuo carcelero cerró la puerta y farfulló:

—No vas a gritar, ¿verdad? Una vez que lo intenté...

Desconfiado, quería asegurarse el silencio de la joven y ella prometió no denunciarlo. Él se puso serio e intentó recuperar la compostura. Después echó la llave a la puerta. Volvió a mirar los pechos de la joven monja, se llevó las manos al bajo vientre y se palpó el órgano sexual, como colocándoselo para crear espacio y que creciera debajo de los pantalones.

—Pensaba que serías una de esas que se van al otro barrio sin probar lo que es bueno... —Dio dos pasos al frente y le preguntó—: ¿Cómo quieres hacerlo? ¿En el suelo o a cuatro patas?

La hermana Margarida fue acunando su deseo con mimos y carantoñas. Según me dijo, nunca se entregó del todo. Lo que pretendía era ganarse su confianza, pero sin perder de vista su objetivo. Cuando sintió que el carcelero ya estaba cerca de la ebullición, le dijo:

—Si haces lo que te pido, podrás poseerme hasta el final.

Excitado, el hombre exclamó, levantándole más el camisón:

—¡Al diablo con el final! ¡Ya decía yo que me ibas a hacer enfadar!

De repente, y de nuevo desconfiado, frunció el ceño:

—¿Qué quieres?

La guapa muchacha meneó las caderas, estrechando las piernas del carcelero entre las suyas.

—Una cuerda.

El bobo se puso tenso inmediatamente, pero no se apartó:

—¿Estás loca? ¿Para qué quieres una cuerda? ¿Vas a escaparte?

Ella sonrió, condescendiente:

—Sabes perfectamente que es imposible huir de aquí. —Desenlazó las piernas, se apartó un poco, cruzó los brazos sobre el pecho y empezó a hacer pucheros fingiendo estar disgustada—: No importa para qué la quiera. ¡O me la traes o los mimos y los besos se han acabado!

El barrigudo, con los pantalones por las rodillas, se enfadó:

—¿Estás loca o qué? ¿Qué idea es esa? ¿Todo iba bien y ahora quieres una cuerda? ¡Si descubren que te la he dado, me matarán a mí también!

La hermana Margarida trató de sonar convincente:

—Eso no va a pasar. Te lo prometo.

Exasperado, el memo sacudió la cabeza:

—¡Ya me habían dicho que estabas loca! ¿Para qué quieres una cuerda? ¡Estás más que loca! ¡Estás metida en las artes del demonio, por eso te han condenado a la hoguera!

Haciéndose la ofendida, la hermana Margarida se tapó bruscamente el pecho con el camisón y dijo:

—O me traes una cuerda o no hacemos nada de nada...

El carcelero apretó los puños, escupió en el suelo y exclamó:

—¡Vaya, hombre! ¡Pero si resulta que eres una putilla! ¡Espera y verás si catas o no este rabo!

Dando pasos cortos, pues llevaba los pantalones medio bajados, avanzó hacia ella con las rollizas manos abiertas. Pero la guapa muchacha empezó a gritar:

—¡Socorro! ¡Socorro!

Se oyeron voces en el pasillo y un guardia preguntó qué pasaba. El carcelero reculó de inmediato, furibundo, pero ya muerto de miedo. Se subió los pantalones y escupió de nuevo en el suelo:

—¡Bruja estúpida, perra del diablo! ¡Menos mal que te espera la hoguera!

Se ajustó el cinturón sin siquiera mirarla, dio media vuelta y salió cerrando la puerta de la celda con llave. La hermana Margarida suspiró, desanimada. Había perdido la partida. No había sido lo suficientemente hábil para engañar al carcelero y ahora solo faltaban tres días para su ejecución.

¿Me contó la verdad, que solo hubo besos y caricias con el carcelero? Es poco probable. Cuando están con los hombres del presente, las mujeres mienten mucho sobre las aventuras del pasado. Además, es comprensible que en aquellas circunstancias utilizara su cuerpo como recurso. Sé de lo que hablo, sé lo que viví en las prisiones árabes. Sin embargo, lo que mejor recuerdo es mi tremendo malestar. La idea de que la hubieran tocado unos días antes que yo, despertaba en mí una rabia irracional. ¿Serían celos? Sin duda, lo eran, y hoy estoy seguro de que fue en ese momento cuando nació en mí ese intenso sentimiento por ella, esa pasión. Fue una sensación tan violenta que me dolió. Pero no la demostré, y escuché, en silencio, lo que todavía tenía que contarme.

Aquella misma mañana, la hermana Margarida se paseó cabizbaja por el patio y ni siquiera se dio cuenta de que alguien se le acercaba despacio y le tocaba el hombro. Dio media vuelta y vio al Profeta. Parecía que tuviera los ojos aún más encarnados y la piel aún más vieja y agrietada, y afirmó:

—Vamos a morir los dos: el mismo día, a la misma hora. El próximo domingo en el Terreiro do Paço.

La guapa muchacha se encogió de hombros. Era irrelevante saber quiénes serían sus compañeros de desgracia.

—¿Todavía tienes la cadena? —le preguntó el Profeta—. ¿No se la has dado al carcelero?

El brasileño lo dijo esbozando una sonrisa maliciosa, pero ella se encogió de hombros de nuevo. Tampoco le importaba su nueva reputación en la cárcel. Entonces, él añadió:

—¿Todavía quieres la soga?

Súbitamente, se puso en alerta. El Profeta transformó su sonrisa, que de maliciosa pasó a jovial, y le dio instrucciones:

—Mañana, aquí, a esta misma hora. La soga para ti, la cadena para mí.

Al día siguiente, en un rincón alejado del patio se intercambiaron los objetos y ella se llevó la cuerda a la celda y la escondió bajo la estera.

La mañana del sábado 1 de noviembre de 1755, festividad de Todos los Santos, en cuanto el malhumorado carcelero le dejó la comida y echó la llave a la puerta, la hermana Margarida pasó la cuerda por la viga e hizo un nudo. Le dio la vuelta al balde de madera, lo puso debajo de la horca y dio inicio a la ceremonia de su propia muerte.

En ese momento vio de nuevo al fantasma, al hombre de negro junto a la puerta. Parecía animarla. Un escalofrío de miedo le recorrió el cuerpo, pero se giró y no volvió a mirar en aquella dirección. Una vez encima del balde, se pasó el nudo alrededor del cuello, lo apretó, tiró de la cuerda con fuerza para comprobar si soportaba su peso y rezó una oración que su madre le había enseñado de pequeña. Después, saltó hacia delante.

Sintió un duro apretón en la tráquea y cuando el cuerpo volvió hacia atrás, ya balanceándose, sus talones golpearon el balde, que rodó por el suelo. Después, la tensión de la cuerda le apretó el gaznate, la garganta sufrió un aplastamiento y entró en pánico. Agarró el nudo con los dedos e intentó soltarse, pero no pudo. El peso la empujaba hacia abajo, Margarida sacudía los pies y solo hallaba el vacío. El descontrol se apoderó de ella, la asfixiaba, incapaz de soltarse. Entonces vio que el fantasma se le acercaba, que su sombra oscura ahora estaba a su lado. Un extraño entorpecimiento la invadió, la celda se le nublaba, desenfocada. Empezaba a perder el conocimiento, ya se iba de este mundo, como deseaba.

De repente, la mano fría del fantasma le tocó el brazo, una mano helada y blanca, una mano muerta. Ese instante de puro terror provocó en ella una rebelión inesperada. Me contó (muy excitada, haciendo aspavientos con los brazos) que aquel contacto la despertó del absurdo error que estaba cometiendo. Su cuerpo y su espíritu, enfrentados a su final físico, y con la presencia de la muerte al lado, se sublevaron, y una eufórica y súbita desesperación se apoderó de ella. No porque quisiera morir, sino porque, al final, descubría cuánto deseaba vivir.

Ese fue su verdadero pensamiento antes de sentir que el mundo a su alrededor empezaba a temblar, que las paredes se movían, que el ruido de la llegada de la muerte era avasallador. Era como si la tierra entera estallara con un estrépito ensordecedor, como si mil carrozas y mil caballos pasasen por allí justo al mismo tiempo. Entrecerró los ojos, la sombra oscura del fantasma desapareció y dedujo que ya había muerto y que, en breve, se reencontraría con su madre y su padre. Pero por las rendijas de los párpados vislumbró piedras volando como proyectiles en todas direcciones, el techo desmoronándose, nubes de polvo levantándose a su alrededor, como un torbellino, y sintió que alzaba el vuelo como si fuese una pluma llevada por el viento y, después, que caía en un pozo, de pronto liberada de la cuerda. Antes de perder el conocimiento creyó que la celda entera se le caía encima, como si Dios la quisiese sorber hacia las entrañas de la tierra en compañía de un torrente de argamasa y caliza. Solo cuando se despertó y se deshizo de los escombros que la cubrían lo comprendió: un terremoto la había salvado de morir ahorcada.

2

Durante los días que la hermana Margarida y yo pasamos juntos, después del gran terremoto, sentí celos varias veces. Pero los más intensos y perturbadores me los provocó el inglés. El capitán Hugh Gold, que se cruzó en nuestro camino, un hombre al que intentamos robar y que después nos tendió una trampa. También por su culpa, un año después de aquel acontecimiento sigo estando preso. Pero eso casi no tiene importancia comparado con los celos tan intensos que consiguió despertar en mi corazón.

Con todo, el paso del tiempo me ha aportado cierta calma y lucidez. Hoy soy capaz de descubrir ciertos méritos en él, de reconocer que era un hombre bien parecido, guapo incluso, alto, con unos brillantes ojos azules y una melena suelta y anárquica que lo hacía parecer atolondrado y tierno a la vez. También soy capaz de aceptar que poseía talento para seducir a las mujeres. Aun con Lisboa en ruinas, con miles de muertos por las calles y el caos desolador que nos rodeaba, se servía de sus artes de galanteo, de sus trucos de experto en cuestión de faldas. Sabía hablar al corazón de las mujeres y fui consciente de ello desde el primer momento. A pesar de que, de alguna manera, era nuestro prisionero y de que en varias ocasiones me entraron ganas de matarlo —pues tales eran mis celos—, a medida que nos fue contando su historia, sin quererlo, me fue inspirando afecto.

La mañana del día de Todos los Santos, el capitán Hugh Gold se despertó indispuesto. Ya pasaban de las nueve y todavía estaba en la cama, en su casa de Santa Catarina, desde donde podía divisar el río Tajo y los barcos. Y eso era lo que lo indisponía: la visión de decenas de embarcaciones y la nostalgia que sentía de sus tiempos de marino que ahora se le negaban. Tenía prohibido comandar un navío de Su Majestad, y sentía aquella prohibición como la amputación de una parte de su cuerpo.

Desde la cama escuchaba irritado los ruidos domésticos. Su mujer debía de estar por el piso de abajo preparándose para salir. Hacía mucho tiempo que ella ya no le interesaba y estaba arrepentido de habérsela traído de Inglaterra. Lo mejor hubiera sido que se hubiese quedado en Londres con su familia, en vez de acompañarlo con aquella lastimosa amargura. Estaba seguro de que eso era lo que la había hecho abortar de nuevo, impidiéndole tener un hijo. Al menos uno legítimo, pues sospechaba que en Londres tendría algunos que no conocía…

Hugh Gold tenía un don natural para seducir a las mujeres, pero aquella mañana ni siquiera eso lo animaba. A fin de cuentas, ese era el motivo de su perdición. Había seducido a la mujer de un almirante y el escándalo le cerró las puertas de la Marina inglesa, condenándolo a emprender un viaje apresurado a Portugal, y a una especie de exilio voluntario para escapar de la sed de venganza del almirante, que estaba bien relacionado en la corte y le había prometido hacerle la vida imposible. Lisboa se le presentó como una escapatoria. Conocía bien al embajador, le escribió, se puso en marcha en cuanto pudo y se trajo consigo a su esposa. Enfadada, amargada y dándole quebraderos de cabeza a todas horas.

Habían pasado tres años y, a pesar de la buena vida que llevaba, Hugh Gold estaba triste por no poder navegar. Capitanear un barco inglés ya no estaba a su alcance y no se quería vender a los franceses o a los españoles. En cuanto a los portugueses, había seguido los consejos del embajador, evitando inmiscuirse en las tensiones que empezaban a aparecer entre las dos comunidades desde que don José I había sucedido a su padre como rey. Así pues, su trabajo se limitaba a dirigir una casa comercial, una labor aburrida y minuciosa que ejercía entre cuatro paredes, cosa que lo exasperaba y lo entristecía.

Es cierto que, trabajo aparte, la vida le resultaba divertida. Nombró, sin pudor alguno, a las diversas amantes que tenía en Lisboa. Además de con la criada, se acostaba regularmente con una marquesa casada amiga de don João da Bemposta, hermano del rey; flirteaba con las monjas a través de las rejas del convento, en Odivelas o en Alcântara; y aún le sobraban noches para tener encuentros furtivos con la esposa de un comerciante inglés, la señora Locke. Es más, la víspera del terremoto había estado con ella de parranda, confirmó sonriente, con esa jactancia maliciosa típica de los conquistadores exitosos.

En su relato de aquella trágica mañana, eran tantas las hazañas que contaba que tardó un rato en llegar al terremoto. Volvió a la criada, que acababa de entrar en la habitación sonriendo, y que le preguntó si deseaba huevos con beicon. Era gordita y rolliza, y Hugh Gold se olvidaba muchas veces de su nombre. Sí, quería el *breakfast*, respondió antes de preguntarle:

—¡Oh, chica! *My wife*, mi esposa, ¿se va a misa?

—Sí, señor Gold, se va a misa.

—Ah, claro, *of course*, *today* es festivo...

Era un festivo católico, no protestante. ¿Qué induciría a su mujer a ir a una misa católica? Cada vez le resultaba más difícil comprenderla. Para Gold, su esposa absorbía las peores características de los portugueses católicos, su beatitud, sus oraciones, su sumisión a los curas, a los frailes, a los jesuitas, a la Inquisición, a las velas, al incienso, a toda esa panoplia de símbolos idiotas que idolatraban.

Se encogió de hombros y ordenó a la criada:

—*Well*, está bien. Entonces tráeme los *eggs*. Y *very* revueltos, ¿lo entiendes, *girl*?

—¿Desea algo más el señor?

Ruborizada, la joven se le estaba ofreciendo, como de costumbre. Muy avezada en las artes del sexo, a Hugh Gold le extrañaba, sin embargo, que después de un año de fornicar todas las semanas todavía no se hubiese quedado embarazada. Según ella decía, el responsable era un jarabe que le había recetado una esclava negra, una alquimia infalible que nunca había dejado en mal lugar a una mujer.

Con todo, aquella mañana Hugh Gold se sentía sombrío y ya se había satisfecho la noche anterior con la señora Locke. Así que rechazó el ofrecimiento de la criada haciendo un gesto con la mano y evitando mirarla. En cuanto esta salió de la habitación, Gold se levantó, abrió la ventana y salió al balcón. Era un bonito día, fresco pero soleado, y una neblina suave cubría la ciudad de Lisboa. Abajo, en la calle, la gente circulaba. «La mayoría va de camino a la iglesia», pensó Gold. Vio a un niño de la mano de su padre y eso le produjo una ligera incomodidad. ¿Por qué nunca le había dado un hijo?, se preguntó, mirándome, como si yo pudiese darle una respuesta. Hacía diez años que se habían casado y ya empezaba a ser demasiado tarde para ella. Así pues, concluyó que debería buscarse una mujer más joven, con buena salud y caderas anchas, capaz de quedarse preñada. En Lisboa, muchos comerciantes ingleses tenían hijas en edad casadera. Su esposa ya no le servía: ni para divertirse ni para procrear.

Tomó una bocanada de aire, miró los navíos y las fragatas del Tajo y se decidió a pedir el divorcio. No pasaría de aquel día: mandaría a su esposa de vuelta a Inglaterra, o si quería quedarse en un convento en Portugal, que se quedase, pero no pensaba seguir atado a ella. El lunes empezaría a buscar una nueva mujer, seguro que el embajador lo ayudaría.

—¿Por qué no una portuguesa? —le pregunté.

Se exaltó:

—¡Una portuguesa, ni pensarlo!

Eran católicas, lo que suponía muchos problemas, perfectamente dispensables. Era mucho mejor flirtear con ellas en las rejas de los conventos o en la puerta de las iglesias que casarse, y después tener que comportarse con esa hipocresía beata, llena de misales y rosarios para, al final, ser igualmente infiel.

Reflexioné sobre lo que dijo. Hacía muchos años que estaba lejos de Lisboa, pero me acordaba de que la ciudad, aunque casta en la superficie, en realidad era profundamente libertina. Puede parecer extraño que yo, un pirata, hable de moral, pero la verdad es que las historias que había oído de Portugal eran sorprendentes. En aquel reino, la extremada religiosidad iba de la mano de la depravación más ordinaria. El ejemplo más bizarro era el del anterior rey, don Juan V, que había mandado construir cientos de iglesias e incluso el convento de Mafra, y que tenía como amantes, al mismo tiempo, a la madre superiora y a algunas monjas del convento de Odivelas.

Desde el balcón, Hugh Gold clavó los ojos en la Casa de la Moneda, un edificio compacto y grande, cerca de Remolares, donde se guardaba el oro de Brasil. Hizo recuento de sus posesiones. Tenía algún dinero ahorrado, guardado en un cofre de la casa comercial, y aunque se gastase un buen pellizco en el divorcio no se quedaría en la penuria. En cualquier caso, ¡qué bien le vendría meter mano en un poco de aquel oro…! Me sonrió. A veces llegó a pensar en dedicarse a la piratería, en robar un barco, unirse a los corsarios argelinos, viajar a Madagascar, apoderarse del oro que venía de Brasil antes de que llegara allí, a la Casa de la Moneda. Pero le faltó valor para vivir fuera de la ley.

Creo que me tenía una cierta envidia, típica de los sedentarios ante los nómadas, de los cumplidores ante los subversivos. Con todo, sus elogios indirectos no me conmovieron. Entre nosotros ya se había instalado demasiada acritud como para que sus alabanzas me sirvieran de bálsamo. Hugh Gold lo sabía, así que reanudó su relato con esa manera de hablar tan original que tenía, mezclando el inglés y el portugués.

La criada volvió a la habitación y le dijo:

—La señora dice que haga el favor de bajar a hablar con ella.

—¡Oh, chica! ¿*What* ella *wants*?

—Dice que necesita dinero para comprar unas cosas.

—¿Dinero? *All right*, muy bien. *How much?*

—Eso no me lo ha dicho.

—*Damn woman!* De acuerdo, *tell her* que yo ya *go down*. Primero *eat, then* bajar.

La muchacha fingió una mueca de seriedad:

—Dice que tiene prisa, que quiere ir a la misa de las nueve y media.

Hugh Gold dijo irritado:

—¿Que tiene prisa? *Damn!* ¿Por qué? *Why the hell?* ¡Ella no es católica!

La criada asintió:

—Eso es verdad. Ni siquiera sabe rezar el rosario…

—¡Oh, chica! ¡Que ella *go* misa y que *come back*! *I give money* después de misa. ¡Qué diablos! *Damn woman…!*

Enfadadísimo, el capitán inglés dio media vuelta y siguió mirnado el río sin siquiera tocar los huevos con beicon. La muchacha bajó al salón, después volvió a subir y entró de nuevo en la habitación anunciando, casi sin aliento:

—Dice que… entonces irá… a misa primero…

El capitán se quedó en el balcón, en silencio.

—¿El señor capitán no quiere comer? —insistió la criada.

—No hambre —respondió sin girarse.

Vio que abajo se abría la puerta de la casa y que su esposa salía a la calle con un chal sobre los hombros y un sombrero. Suspiró. Ella ni siquiera miró hacia arriba y se alejó por la calle mezclándose con los transeúntes. Fue la última vez que la vio con vida, contó el capitán Gold. Parecía estar poseído por un sentimiento de culpa, pues confesó que en aquel momento se le ocurrió pensar lo bueno que sería que no volviera, y así solucionar sus quebraderos de cabeza sin conflictos ni vergüenza. ¡Qué liviano y ligero es el pensamiento humano! Si Hugh Gold hubiese sabido la tragedia que se avecinaba, no hubiera sido capaz de desear la muerte de su esposa…

Entró en la habitación y fue justo en ese preciso instante cuando empezó a oírse un rumor profundo. Volvió a asomarse al balcón, a la calle y al río, y de repente el mundo empezó a temblar. Las paredes de la casa, los edificios de enfrente, era como si todo crujiese. El suelo se movió, la criada empezó a gritar y el techo de la habitación cayó sobre sus cabezas. Las vigas se soltaron y una nube de polvo y caliza explotó ante sus ojos mientras las paredes se doblegaban, como si alguien las empujase de fuera hacia dentro. Aterrado, Gold no salía de su asombro ante aquella visión: la ciudad entre él y el río oscilaba como las olas, como si sacudieran una manta, y los edificios se desmoronaban, algunos enteros, otros a trozos, y desaparecían ante sus ojos como si los sorbiesen.

Saltó al balcón para escapar de un agujero que acababa de abrirse a sus pies haciendo pedazos la madera del entarimado del suelo. Se agarró a la barandilla muerto de miedo. Era como si toda la calle se viniera abajo, los edificios se derrumbaban uno tras otro. Aterrorizado, permaneció así unos minutos, no recordaba cuántos. Una nube de polvo emergió cubriendo la ciudad. Por un momento el ruido disminuyó, pero enseguida volvió con una sacudida todavía más violenta. Despavorido, a pesar de estar agarrado a la barandilla, el capitán inglés sintió que no podía hacer nada contra aquel monumental seísmo. Estaba en manos de un Dios furioso que lo destruiría a él y a la ciudad de Lisboa entera. Y entonces su edificio también se derrumbó, con Hugh Gold aferrado a la barandilla.

3

El capitán Hugh Gold, como era inglés y protestante, se mostraba por naturaleza bastante sarcástico con respecto a lo que llamaba la «santurronería tonta y acéfala» de los portugueses. Por diversas razones lo escuché, cáustico y cínico, criticar su sumisión a los ídolos religiosos y a los curas. Con todo, a pesar de que en aquellas afirmaciones subyaciera un fondo de verdad, para la ciudad de Lisboa y para muchos de sus habitantes —entre los que se contaba la mujer de Gold—, por desgracia el gran terremoto sobrevino un día de fiesta religiosa y, lo que es peor aún, a la hora de misa. Era sábado, festivo, el día de Todos los Santos, y cuando la tierra tembló eran las nueve y media de la mañana y miles de portugueses rezaban en las iglesias. Muchos hallaron la muerte dentro. Puede que para los creyentes, morir cerca de Dios fuera incluso bonito; para mí, sin embargo, no fue más que irónico y triste.

También hubo gente que sobrevivió, como es el caso del niño. Voy a llamarlo así a lo largo de esta historia, pues solo me enteré de su nombre prácticamente al final de aquellos días, y por eso, siempre que hablábamos con él, yo mismo o alguna otra persona de nuestro extraño grupo —el inglés, la hermana Margarida, mi compañero árabe, la esclava— lo llamábamos simplemente «el niño». «¡Eh, niño! ¿Adónde vas? ¡Eh, niño, qué terco eres! ¿Dónde está el niño, ya se ha ido otra vez?»

Su presencia nunca dejó de parecerme rara. No sé explicar

por qué, pero había algo en él que no solo me provocaba curiosidad, sino también aprensión. Además, en su comportamiento hacia mí siempre hubo una hostilidad que nunca desapareció del todo. Era antipático, siempre se mostraba descortés y arisco cuando me dirigía a él.

Por eso, lo que pasó con aquel chiquillo en la iglesia de San Vicente de Fora el día que la tierra tembló no me lo contó él, que raramente me dirigía la palabra. Fue la hermana Margarida quien me contó la historia de su sufrimiento. Gracias a su relato fui consciente de la tragedia que había vivido, y a partir de ese momento lo comprendí mejor y entendí su obstinación por encontrar a su hermana.

Aquella mañana antes del terremoto, el niño se ausentó de la iglesia de San Vicente de Fora pensando en su hermana gemela. Estaba preocupado, pues ni ella ni su padrastro habían llegado a misa todavía y ya había pasado casi una hora desde que él había salido de casa con su madre. Quizá estuviesen de camino y ya cerca de la catedral o bien habían ido por la cuesta al castillo de San Jorge, y se cruzaría con ellos en la bajada. O a lo mejor aún no habían salido de casa… Al niño no le gustaba dejar a su hermana a solas con su padrastro. Tenía doce años y ya era una jovencita con señales de mujer, y él había visto cómo el padrastro se la comía con los ojos.

Atrás quedaba la iglesia repleta de gente, de comerciantes con sus familias, que aprovechaban para ponerse al día con las conversaciones. Podía oír las risitas de las mujeres y a los niños jugando al pillapilla mientras los hombres fumaban, examinándose unos a otros la vestimenta. Todos se habían acicalado con esmero, presumidos, pues se trataba de un día de asueto en el reino, un día de fiesta.

Había pasado ya media hora antes de que la misa empezara y su hermana y su padrastro no aparecían. El niño sabía que el hombre estaba cansado, pues la víspera, viernes, habían ido juntos a Belas en una calesa, y mientras que el chiquillo durmió de vuelta a Lisboa, el padrastro no pegó ojo. De ahí que se quedara un rato más en el catre mientras la madre se arreglaba para ir a misa.

Su hermana gemela se alarmó cuando su madre le ordenó que se quedara y esperara al padrastro. El niño la tranquilizó. Le sugirió que, si el hombre se ponía desagradable, saliese a la calle y echase a correr hacia la iglesia. Gordo como era, nunca podría atraparla. Ambos se rieron y el niño añadió que, además, el perro se quedaría con ella, el perro negro que solo atendía las órdenes de los gemelos, pues habían sido ellos quienes lo encontraron de noche en la ciudad y quienes lo alimentaban.

Sin embargo, al salir a la calle con su madre, el niño no vio al perro. Todas las mañanas solía esperar la comida matutina, sereno y tranquilo, tendido en el umbral de la puerta. Aquella mañana no estaba, algo que al niño le causó otro mal presentimiento. Ya era el tercero. La víspera, en Belas, de una fuente brotó agua con azufre al caer la tarde como si la tierra vomitara su última comida. Después, de madrugada, no se oyó ladrar a los perros callejeros de la ciudad. Era como si todos se hubiesen puesto de acuerdo con la idea de permanecer mudos simultáneamente. Lo cual resultaba inusitado, pues los perros de Lisboa eran muchos y se pasaban las noches ladrando, recorriendo las calles en busca de restos de comida.

Cuando no vio al perro a la salida de casa, fiel a esa tendencia natural que tiene toda la gente a pensar solo en el mundo que le rodea, el niño temió que algo malo pudiese sucederle a alguien de su familia ese día, y la hermana era su principal preocupación... Así que, media hora después de haber entrado en la iglesia, el niño se acercó a su madre para anunciarle que regresaba a casa.

—Ahora no te vayas, la misa está a punto de empezar...

—respondió su madre, ordenándole que se sentase en uno de los bancos corridos de la iglesia—. Siéntate aquí en silencio, que enseguida estaré contigo. Y guarda dos sitios más.

—No, mamá —dijo el niño—. Voy a volver a casa.

La madre lo miró, ligeramente incómoda. Era un muchacho terco y obstinado cuando algo se le metía en la cabeza. Suspiró:

—Ven aquí, hijo mío.

Él se acercó a ella.

—¿Vas a dejar a tu madre sola?

El muchacho miró a su alrededor y respondió:

—Aquí nadie te hará daño.

La madre volvió a suspirar y le dijo en voz baja:

—Prefieres a tu hermana antes que a tu madre...

Pero el niño la interrumpió:

—Sabes perfectamente que no debería haberse quedado a solas con ese mamarracho.

La madre le lanzó una mirada severa, pero bajó la voz aún más:

—Mira que es pecado levantar falsos testimonios. ¡Mi marido no es de esos!

—Entonces ¿por qué tardan tanto?

La madre se justificó:

—¿No ves que hay mucho movimiento? Es día de fiesta, hay mucha gente en las calles. Están viniendo despacito...

A su hijo no le convencieron aquellos argumentos y empezó a alejarse. La madre le preguntó:

—¿Te vas y no me das ni siquiera un beso?

Él no pareció escucharla y salió de la iglesia abriéndose paso entre la multitud que quería entrar a misa. No había dado más de veinte pasos cuando se oyó un estruendo tremendo, como una especie de trueno, y la gente, asustada, dejó en el aire las conversaciones. A continuación, la tierra empezó a temblar bajo sus pies, creando una trepidación aterradora, y se oyó otro ruido escalofriante, como si algo descomunal se rompiese.

La gente gritaba desesperada, como si los gritos bastaran para poner fin a lo que estaba sucediendo. Con todo, poco después el griterío dejó de oírse, pues el estruendo de la tierra temblando era tan intenso que no se podía percibir nada más. El niño veía los edificios balancearse como si fuesen cañas al viento, de aquí para allá, y algunos empezaron a resquebrajarse.

Fue entonces cuando volvió la vista atrás, hacia la iglesia de San Vicente de Fora, y su corazón se llenó de pánico al ver el techo del edificio derrumbarse en el interior del templo, encima de su madre. Un grito surgió de sus pulmones e intentó correr, pero la tierra no lo dejaba, no podía mantener el equilibrio, tropezó y cayó. Volvió a oír gritos de pavor procedentes de la plaza, de las calles, de las ventanas y también de la puerta de la iglesia, donde se apiñaban los fieles unos contra otros, como si no fuesen personas sino una masa de gente aplastada. Después, las puertas de la iglesia se soltaron de las enormes bisagras y se abatieron sobre los infelices que allí estaban, y vio sangre, gente desgarrada, sin miembros, personas muriendo en un segundo.

El polvo hizo su aparición y casi lo ciega, y oyó más estruendos y se volvió hacia el punto de donde provenía el ruido y vio más edificios desmoronándose encima de la gente, que corría despavorida sin saber adónde ir. El niño hizo un esfuerzo para decidir cuál sería su siguiente paso. Volver a entrar por la puerta principal era imposible, no había más que muertos y escombros y aflicción humana, no podría entrar por allí; entonces se acordó de las puertas laterales y echó un vistazo, pero había demasiado polvo y no podía distinguir si el camino estaba despejado.

Aun así, echó a correr, ahora que el suelo había dejado de temblar. Rodeó la iglesia por la izquierda, saltando por encima de los infelices que gritaban «misericordia», intentando no pisar los cuerpos que yacían en el suelo. Vio a un niño con la cabeza hecha trizas y a su lado una mujer, quizá la madre, ya sin cara, solo un amasijo rojo y sucio. Vio a hombres desesperados como él que querían entrar en la iglesia, quizá en busca de sus esposas y sus hijos, topándose con los que querían salir, y todos luchando entre sí, alucinados.

Un individuo, cubierto de polvo y con sangre en la cabeza, dio unos pasos en dirección al niño, sujetándose la pierna y bramando de dolor; de repente la pierna cedió y le brotó un chorro de sangre, y el hombre perdió el conocimiento abalanzándose sobre el muchacho, que no pudo soportar el peso y también cayó.

El niño no se lastimó, pero aquel cuerpo sobre su espalda le impedía moverse. En ese momento la tierra volvió a temblar. El suelo donde el niño estaba tendido se agitó con una violencia renovada, el estrépito creció de nuevo, como si todo alrededor estallase otra vez y la tierra se abriese. Fue entonces cuando vio lo que pasaba en la plaza, en el mismo lugar donde había estado él hacía unos minutos. Una enorme grieta se acababa de abrir en el suelo y la gente se colaba por ella desde los bordes, braceando en vano, como pequeñas cucarachas escurriéndose por una pared grasienta.

Después, la iglesia se vino abajo. ¡El niño no podía creer lo que veía! ¡La iglesia de San Vicente de Fora, la iglesia donde estaba su madre se desmoronaba! El techo, las paredes, la nave central, la estructura del edificio, todo se derrumbaba estruendosamente formando un vendaval de polvo y piedras, sepultando a quienes estaban dentro. El niño cerró los ojos y gritó mientras la tierra seguía temblando, y entonces dejó de oír, de pensar y de sentir. Solo apretó los dientes y le pidió a Dios que acabase deprisa con aquello.

Se hizo un extraño silencio, un momento de reposo tras esos espasmos de las entrañas de la tierra. El niño abrió los ojos y todo era oscuridad, una tenebrosa nube de polvo lo envolvía todo. Por suerte, no estaba herido. Los cascotes escupidos en su dirección habían alcanzado al hombre con la pierna herida y ahora parecía muerto. Intentó liberarse de él y lo consiguió. Se levantó, le dolían las piernas pero no tenía sangre, y el dolor no era tan intenso como para hacerle pensar que se había partido un hueso. Se pasó la mano por las piernas y los pies para confirmarlo. Después, miró hacia el portal lateral de la iglesia y se sintió afortunado. No había nadie de pie, todos yacían aplastados por las piedras o las paredes que les habían caído encima. Se alzó un coro de gemidos, de sufrimientos, de moribundos, de almas que padecían el horror de aquella violencia bruta con la que la tierra los obsequiaba.

El niño se acordó de su madre y echó a andar hacia el lugar donde antes estaba la iglesia de San Vicente de Fora. Estuvo buscando a la mujer durante un buen rato entre los escombros. Al fin la encontró, cubierta de polvo y de piedras. Aún estaba viva. El niño se acercó a ella retirando los cascotes mientras la llamaba:

—¡Mamá, mamá!

Al principio no lo oyó, ni reaccionó, pero al cabo de unos minutos empezó a gemir. Estaba sufriendo mucho, y el niño se dio cuenta de que no podía hablar.

—Mamá, soy yo… —le dijo.

Con la mano le tocó la cara, que estaba fría. La madre esbozó una sonrisa. Lo reconoció.

—Mamá —le dijo—, me voy a quedar aquí hasta que vengan a ayudarnos. No te voy a dejar sola…

Le dio la mano, pero su madre no dijo nada y el niño sintió que su corazón se llenaba de culpa. La había dejado sola unos minutos antes y en ese momento se arrepentía. Le había dicho que allí nadie le haría daño, y ahora ella se estaba muriendo, agonizando. Empezó a implorar:

—Perdona, mamá, perdona… No te mueras…

Pero, según me contó la hermana Margarida suspirando con tristeza, hasta un muchacho de doce años sabe reconocer la muerte cuando la tiene delante. La mano de su madre fue perdiendo fuerza, la sonrisa se le borró de los labios y la mirada se le perdió en el vacío. El niño imploró de nuevo, pero no pudo hacer nada por ella. Allí permaneció unos minutos junto a su madre, a quien le había negado un último beso en vida, y después rezó por su alma. La besó en la cara y le hizo la señal de la cruz en la frente, y cuando la determinación empezó a regresar de nuevo a su alma, se incorporó y fue en busca de su hermana gemela.

4

En mis cuarenta años de vida he estado preso en tres ocasiones. La primera fue cuando los piratas árabes atacaron el barco portugués que comandaba y me llevaron a África como rehén con la esperanza de obtener un buen rescate. Fueron dos duros años de cautiverio. Mi liberación tuvo un precio amargo y, resentido como estaba con el rey portugués, inicié una nueva vida como pirata en barcos árabes.

He pasado más de una década entre abordajes, ataques y viajes por el mundo. Con todo, tres meses antes del gran terremoto de Lisboa la mala suerte se cebó en mí. Mi barco —pues al cabo de tanto tiempo me convertí en capitán de un barco pirata— se cruzó al sur del Algarve con un destacamento francés que nos persiguió y acabó atrapándonos. Muchos de mis compañeros árabes —como años antes había sucedido con los portugueses— fueron degollados por los franceses ante mis narices. Solo mi ayudante, mi amigo Mohamed, y yo nos libramos.

Cuando llegamos a Lisboa, el capitán francés reveló su buena voluntad con los portugueses entregándonos como premio. Es sabido que las relaciones entre los reinos de Francia y Portugal no eran, y siguen sin ser, las mejores. Puesto que Francia era aliada de España y Portugal lo era de Inglaterra, se temía una guerra. Así pues, el destacamento francés tenía que caerles en gracia a los lusitanos y reducir las sospechas sobre su presencia. ¿Y qué mejor manera de hacerlo que entregar prisioneros piratas, odiados y temidos por todos los reinos?

Por segunda vez en mi vida acabé preso, esta vez en la prisión del Limoeiro, donde me sorprendió el terremoto. Aquella mañana, además, mi día se había revelado emocionante. Era algo más tarde de las nueve cuando alguien me asestó un violento golpe y caí hacia atrás, indefenso, contra el suelo del patio de la cárcel. Los españoles me habían pillado desprevenido. No me esperaba que me atacasen allí, en las letrinas, al aire libre, delante de los demás prisioneros.

En las últimas semanas, la tensión entre el jefe de los castellanos y yo había ido en aumento. En la cárcel, aunque hubiese varios bandos, el de los españoles, formado por desertores de la última guerra, era el más numeroso y el más peligroso. Su líder se llamaba Perro Negro y era un hombre de casi dos metros de altura, un coloso en fuerza y maldad. Lucía una larga melena morena que le caía por la espalda, acompañada de una barba igualmente negra e igualmente larga, y había impuesto con violencia su tiranía en el establecimiento. Se contaban relatos de gargantas cortadas, de hombres asfixiados solo por plantarle cara, y hasta los guardias le temían.

Cuando mi amigo árabe y yo llegamos, Perro Negro nos dejó en paz las primeras semanas. Mohamed no lo consideró un buen presagio.

—Él nos atacará, Santamaria, ya lo verás.

Mohamed, un pirata bereber, bajito y delgado, hacía más de una década que me acompañaba en mis aventuras marítimas. Me había retado varias veces a pasar por Lisboa, pero yo nunca quise regresar. Albergaba un gélido resentimiento hacia el reino de Portugal por no haber pagado el rescate que me hubiera salvado de las prisiones árabes. Pero ahora que ya estaba aquí, nació en mí un imparable deseo de justicia, una necesidad urgente de corregir el destino. Consideraba que Portugal tenía una deuda conmigo y que había llegado el momento de saldarla liberándome del Limoeiro. Al fin y al cabo, yo era portugués. Aunque me resultara difícil probarlo, tendría que intentarlo.

Para más inri, sabía que Sebastião de Carvalho e Melo, el Carvalhão, al que conocía desde mis tiempos de juventud, era el ministro de Asuntos Exteriores y de Guerra del reino. Seguro que se acodaría de mí, habíamos vivido juntos algunos episodios inolvidables. Así que, al final del primer mes de cautiverio, le escribí una petición presentándole argumentos en pro de mi liberación.

Mohamed estaba preocupado:

—¿Y Mohamed? Si rey perdona a Santamaria, ¿Mohamed se quedará aquí solo?

Le dije que, en cuanto me liberaran, trataría de salvarlo a él también. Pero el árabe era desconfiado.

—¡Santamaria miente! ¡Santamaria dejará a Mohamed con Perro Negro y ellos sodomizarán y matarán a Mohamed!

Para mi desilusión, las semanas se sucedían y no recibía respuesta. Entretanto, el ambiente en la prisión se había vuelto hostil. Los españoles estimulaban las discusiones y, un día, uno de los lugartenientes de Perro Negro me exigió que fuese a limpiar las letrinas. Me negué, y Perro Negro se acercó a mí una mañana en el patio acompañado de su camarilla. Cuando se encontraba a un metro de mí, me amenazó:

—Cabrón, vas a morir aquí.

—¿Acaso eres tú quien manda? —le pregunté.

El castellano asintió con la cabeza reafirmando su autoridad y añadió:

—Y tú tienes que limpiar mi mierda.

Yo suspiré, y al fin respondí:

—Así será.

Perro Negro se quedó mirándome unos segundos y después soltó una carcajada, contento por el resultado de la conversación. Sus correligionarios también se rieron. El único que no se rio fue Mohamed, y cuando los españoles se alejaron me avisó:

—¡Mohamed no limpiará mierda de nadie!

Le di un coscorrón en lo alto de la cabeza y le dije:

—No te preocupes. Ya verás la mierda que voy a limpiar yo…

Unos días después, las celdas de Perro Negro y de alguno de los españoles aparecieron rociadas de heces y de orina. Enfurecidos por semejante acto de rebeldía y desafío, prometieron venganza. Perro Negro me advirtió:

—¡Cabrón, eres hombre muerto!

Y yo le respondí sin ningún miedo:

—Tienes que comer mejor, tu mierda apesta.

Fue una osadía y una inconsciencia más. Cuando la mañana del sábado día de Todos los Santos me propinaron aquel golpe, sentí que mi vida pendía de un hilo. Dos españoles me levantaron del suelo y me arrastraron a una antecámara donde los guardias no pudieran vernos. Me tiraron de nuevo al suelo y me asestaron patadas en las costillas. Después pararon, guardaron silencio y su líder apareció con una barra de hierro en las manos. Si aquel coloso estuviese desarmado, a lo mejor podría tener alguna posibilidad de defenderme; así era difícil.

El jefe de los españoles sonrió con rabia, mostrando unos dientes marrones.

—¡Voy a meterte esto por el culo, cabrón!

Me acordé de una escena vivida en las mazmorras árabes. Me habían golpeado y humillado, pero nunca bajé los brazos, y sobreviví. Me incorporé y di dos pasos atrás intentando ganar tiempo. Miré rápidamente alrededor. Era una sala desierta, no había nada que me ayudase a ganar aquel combate. Y Mohamed tampoco aparecería, pues dos españoles bloqueaban la entrada.

—¡Vas a chillar hasta morir, cabrón! —rugió Perro Negro.

El mastodonte avanzó corriendo hacia mí con la barra levantada, pero lo esquivé con rapidez y le di un puñetazo en el estómago. Gruñó de dolor y me embistió de nuevo. Esta vez, sin embargo, no pude rehuir el cuerpo y la barra me golpeó en el muslo, lastimándome. Perro Negro, consciente de su superioridad, volvió a atacarme. Conseguí pegarle en la cara, pero perdí el equilibrio al esquivarlo, me resbalé y caí. El bruto me golpeó en un brazo y en el hombro, y acto seguido se abalanzó sobre mí. Rodamos los dos por el suelo, a puñetazos. Buscaba la barra de hierro con los ojos cuando un violento guantazo en la nariz me dejó aturdido. Perro Negro se levantó y con la barra en la mano gritó:

—¡Reza, cabrón!

Al principio no me di cuenta de lo que pasaba. De repente, en los ojos del castellano se traslució el miedo. El suelo temblaba, las paredes se movían y un estruendo ronco invadió aquel espacio. El piso sobre el que yo seguía tendido se zarandeó y en una de las esquinas se derrumbó parte del techo. Perro Negro se olvidó de la pelea y huyó al patio mientras las piedras seguían cayendo y yo me encogía, protegiéndome la cabeza con las manos.

Se produjo un breve interregno de calma e intenté incorporarme apartando las piedras que me cubrían el cuerpo. El polvo oscureció la sala y no se distinguía la salida. En el techo se abrió un agujero enorme, había un prisionero colgando cabeza abajo, atrapado por las piernas en las vigas que separaban los dos pisos. Lo oí gemir:

—Ayúdame, ayúdame...

Agonizaba, no duraría mucho en aquella posición. Miré a mi alrededor, pero las tablas del suelo, la mayoría partidas, eran demasiado cortas para llegar hasta el hombre, que solo podría salvarse si lo ayudaban desde el piso de arriba.

—Voy a buscar ayuda —grité.

De pronto, el suelo empezó a temblar otra vez. Todo se movía a mi alrededor, produciendo el estrépito más aterrador y tenebroso que jamás había oído en mi vida. Por encima de mí, el edificio de la cárcel se derrumbaba como si fuese una baraja de cartas, escupiendo piedras, maderos y polvo, y dejándome paralizado de miedo.

Al cabo de unos minutos la tranquilidad regresó a la tierra y me calmé. Había tenido suerte: estaba vivo, pero me hallaba cubierto de escombros en un lugar que me parecía irreal. Aquella antecámara, antes oscura y cerrada, ahora estaba iluminada por haces de luz verticales que cortaban el polvo de forma irregular, produciendo un efecto sorprendente. Miré hacia arriba, y en medio de la nube de polvo distinguí el cielo azul. Me quedé atónito. ¡Ya no había techo! Solo un camino hasta el cielo, vigas de madera que se sujetaban a las paredes por los laterales y que, aun estando desequilibradas, se mantenían en pie y crujían.

Horrorizado, me percaté de que el tronco del hombre que hacía poco me pedía ayuda había desaparecido, cercenado, y solo sus piernas seguían atrapadas, balanceándose en el aire. Cerré los ojos, di media vuelta y, aturdido, trepé por los escombros en busca de una salida. Cuando tuve la primera posibilidad de examinar el patio me asusté… ¡La prisión del Limoeiro, tal como la conocía, había dejado de existir! Todavía había paredes en pie, pero los tejados y los interiores se habían derrumbado. El patio era una amalgama de ruinas, de tierra, de polvo y de cadáveres. Decenas de cuerpos habían quedado sepultados, piernas y brazos y cabezas sobresalían de los escombros. En el suelo, los moribundos, cubiertos de sangre y polvo, agonizantes, intentaban moverse como sonámbulos aturdidos. Se oían llamadas de ayuda, gemidos de dolor y sufrimiento. Enseguida me di cuenta de que toda la ciudad había sufrido un terrible terremoto. Había oído relatos parecidos en el pasado, y semejante destrucción no podía explicarse de otra manera. Cuando volvió la calma, miré hacia la salida de la prisión. El portón había desaparecido y podía divisarse la calle. No había soldados por ninguna parte, o al menos yo no los veía. Escudriñé de nuevo el patio en busca de Mohamed. La última vez que lo vi fue allí, antes de que los españoles me apalearan. De repente, alguien me llamó:

—¡Eh, cabrón…!

Era Perro Negro. Atrapado bajo un montón de piedras, cubierto de polvo, sangrando por la cabeza y los brazos; en cuanto vio que me encaminaba hacia la calle, empezó a gritarme insultos y juramentos de muerte y venganza. Sin responderle, seguí andando y solo me detuve a cinco metros del portón. Fuera no había más que nubes de polvo y montañas de cascotes.

Un desertor francés llamado Maurice pasó a mi lado a paso ligero. Uno de los brazos le colgaba, había mucho dolor en su mirada y llevaba el pelo cubierto de polvo, pero me animó mientras corría a la pata coja:

—Huye, huye. Los soldados han muerto...

Dio unos cuantos saltos por delante de mí y se alejó unos siete u ocho metros, pero a continuación se oyó un tiro y el francés cayó muerto. Me arrodillé y me tendí en el suelo irregular. La bala procedía de algún lugar a mi derecha, no sabía si el soldado que había disparado estaba solo o acompañado. Me arrastré en esa dirección describiendo un semicírculo para acercarme a él por un flanco, pero al oír unos gritos me escondí detrás de unas piedras.

Por el camino que el francés y yo habíamos recorrido se acercaban, lentos y expectantes, Perro Negro y sus españoles. Pude escuchar las amenazas verbales del guardia prometiendo nuevos disparos. El mastodonte castellano no se intimidó. Hizo una señal a sus acompañantes y se separaron, alejándose entre sí. Después, a una señal del líder, todos echaron a correr al mismo tiempo en dirección al portón. Volvió a oírse un disparo, pero ninguno de los españoles resultó herido. De pronto, Perro Negro dio un salto hacia delante y aterrizó encima del soldado. En su mano apareció la barra de hierro, que usó para partirle el cráneo al pobre guardia en un segundo. A continuación, le quitó la escopeta, un cuchillo y una bolsa, quizá con municiones. Sonrió a los amigos, triunfante, y se oyeron gritos de satisfacción. Se reagruparon y caminaron hacia el portón para salir a la calle, a la libertad.

Me quedé unos minutos quieto, escuchando. No parecía

que hubiera ningún guardia más junto a lo que quedaba de portón y decidí avanzar. Con todo, a mi espalda oí más gritos y me volví. En el patio, a unos treinta metros por detrás de mí, un soldado con una pistola en la mano perseguía a Mohamed, que corría zigzagueando para evitar ser alcanzado. Me metí los dedos en la boca y silbé, un pitido estridente, que él reconoció de inmediato. Al instante dobló en mi dirección con el soldado pisándole los talones.

Le hice una señal para que siguiese corriendo y me escondí. El soldado tenía los ojos puestos en el árabe y a mí no me había visto. En cuanto Mohamed pasó a mi lado, le asesté un palazo en la cara al soldado que lo dejó inconsciente. Para mi desilusión, la pistola salió volando y cayó en medio de los escombros, pero no pude ver dónde. Solo pude quitarle el cuchillo y salí corriendo a la calle, donde me encontré con Mohamed que me estaba esperando mientras recuperaba el aliento.

—¿Qué pasa? —preguntó el árabe, asustado.

—Un terremoto.

Se llevó las manos a la cabeza sin saber qué decir, con los ojos aterrorizados, observando el caos que reinaba a nuestro alrededor. Cuando dejó de resollar comentó:

—¡Suerte nosotros estamos vivos!

—¡Vamos! —le dije, y eché a andar.

—¡No! —gritó Mohamed— ¡Santamaria, mira!

Cuarenta metros por delante de nosotros, Perro Negro y dos de sus desalmados acólitos estaban robándoles la ropa a los cadáveres que había en la calle. Al oír el grito de Mohamed, el gigante nos miró. Furioso, nos apuntó con la escopeta y disparó. No nos alcanzó, e inmediatamente cambiamos de dirección y echamos a correr hacia la catedral de Lisboa. Al mirar atrás por última vez, Mohamed me comentó:

—¡Ellos siguen a nosotros! ¡Ellos van detrás de nosotros!

5

Durante las primeras horas que siguieron al terremoto, y mucho antes de habernos conocido, cada uno había vivido su historia de confusión, dolor y supervivencia. Mohamed, el niño, el inglés, la esclava negra, la hermana Margarida y yo habíamos tenido suerte. Los caprichos del destino nos habían salvado, al contrario de lo que ocurrió con miles de habitantes de la ciudad. Un año después, evocando esos recuerdos, hay quien habla de sesenta mil muertos, hay quien dice que hubo como mínimo treinta mil. Cuando Bernardino, ayudante de Sebastião José, vino a verme me dijo que «solo habían muerto quince mil», el número oficial de muertos, pero eso es porque el todopoderoso ministro quiere, por razones políticas, restar importancia a la tragedia.

Creo que nunca nadie podrá afirmar con seguridad cuántas personas murieron en el terremoto y en los días posteriores, pero fueron muchas. Durante días convivimos con los cuerpos putrefactos y los cadáveres apilados. Sí, fue una especie de infierno, creo que puedo utilizar esa palabra para describir lo que vi.

Sin embargo, como ya he dicho, todos los vivos teníamos una historia personal de resistencia. El hecho de haber sobrevivido creó entre nosotros una complicidad especial que nos acercaba y humanizaba, a pesar de los conflictos de aquellos días. Por eso es por lo que vale la pena recordar los relatos.

La hermana Margarida, por ejemplo, después del terremoto perdió la noción del tiempo. A veces, me contó, aunque estuviera despierta, se sentía confundida y aturdida. Otras, como si soñara con un mundo fantástico en el que solo había dolor y fuego y nubes de polvo y gritos. Le dolía el cuerpo, las piernas, la espalda, las clavículas, la parte superior de la cabeza y también el cuello. Seguía teniendo la cuerda apretada en la garganta, aunque ya no la asfixiase. Aunque sabía que se había caído, en su cerebro reinaba una enorme confusión y no podía explicar por qué estaba allí ni qué le había pasado.

Al cabo de un rato recuperó las fuerzas y pudo liberarse del montón de cascotes que la cubría. Se sentó, respiraba con dificultad. Había mucho polvo en el aire y tosía constantemente, tenía la garganta áspera, como si la hubiesen obligado a masticar tierra. Un silencio angustiante se abatió sobre la prisión, entrecortado por horribles gemidos.

Cuando la conmoción remitió, recordó su intento de ahorcamiento, interrumpido abruptamente por el derrumbe del techo de la celda. ¿Qué habría pasado? La hermana Margarida solo sabía que estaba viva, que no había muerto ahorcada y que, por tanto, al día siguiente moriría quemada, pasara lo que pasase. Me contó que aquel pensamiento la desanimó y que deseó suicidarse de nuevo. Lo mejor sería que se aplastara la cabeza con una de aquellas piedras, así pensarían que había perdido la vida en el desmoronamiento del Palacio de la Inquisición.

De pronto, volvió a ver que se le acercaba el fantasma, aquella sombra negra y oscura. Se le nubló la vista, estaba aturdida y mareada. Se tocó el pelo y lo notó pastoso y caliente. Se miró las manos: estaban teñidas del rojo de la sangre que le brotaba de una herida en el lado derecho de la cabeza. Seguro que se había golpeado con una piedra tras la caída, y cerró los ojos, satisfecha. Se moriría de verdad.

En un momento dado oyó voces. En alguna parte, una mujer gritaba pidiendo ayuda.

La hermana Margarida miró hacia la puerta de la celda, pero ya no estaba en el mismo sitio, aunque ella ni siquiera se había dado cuenta. Intentó levantarse, pero la pierna derecha le dolía intensamente. Miró la herida: sangraba, aunque no se le veía el hueso. No tenía la pierna rota. Rasgó el dobladillo del vestido, se limpió el rasguño y se aplicó un improvisado torniquete para contener la hemorragia.

Al cabo de unos minutos se levantó, pero un fuerte vahído la obligó a sentarse. Estaba mareada, vomitó. Cuando se recompuso, intentó incorporarse de nuevo y esta vez ya no se sintió tan indispuesta. Caminó entre los escombros, pasó por la puerta caída y salió al pasillo. Exhausta por el esfuerzo, se sentó de nuevo. Así permaneció unos minutos hasta que normalizó la respiración mientras examinaba el pasillo. Un montón de cascotes le cerraban el paso. En algunas zonas había más luz de lo habitual, pues en el lado opuesto a su celda las paredes se habían derrumbado. Fuera podía verse la ciudad, cubierta de nubes oscuras de polvo.

Avanzó unos metros por el pasillo en dirección a la voz femenina que había oído. Vio un pie. Cerró los ojos, asustada, y cuando los abrió de nuevo vio el otro pie, y después las piernas y la barriga de un hombre cuya cara se encontraba aplastada por unas vigas. Las apartó. Un escalofrío la recorrió de arriba abajo cuando tocó aquel cuerpo duro, y volvió a estremecerse en cuanto reconoció al carcelero —con quien había intercambiado caricias y vete a saber qué más—, que ahora estaba muerto, yerto, con los ojos vítreos y la cara paralizada componiendo una mueca de sufrimiento.

Se santiguó, le cerró los ojos y rezó una oración. De repente, vio que llevaba su cadena al cuello y se quedó perpleja. Aquello no tenía sentido, ella se la había entregado al Profeta y no al carcelero… Se armó de valor y, como nadie la observaba, le quitó la cadena y se la puso en el cuello. Después se santiguó por segunda vez, como pidiendo disculpas a Dios por el extraño pecado que acababa de cometer, y echó a andar en dirección a los gemidos.

El ruido venía de una celda al final del pasillo. Escrutó bien el lugar, y en medio de aquel pandemonio vio a una mujer con un vestido parecido al suyo, pero mayor, con el pelo canoso. Al verla, la anciana gimió:

—¡No puedo moverme!

La joven monja se acercó y, con gran esfuerzo, logró apartar las piedras que aplastaban las piernas de la mujer. En cuanto hubo terminado le dijo:

—A mí también me sangra una pierna.

La mujer mayor forzó una sonrisa:

—Tú eres joven, yo no.

La hermana Margarida examinó la herida:

—Es un corte profundo, pero no está rota.

Rasgó otro trozo de su vestido, le limpió las escoriaciones y con el trozo de tela le practicó un torniquete, igual que hiciera con su pierna.

—¿Cómo es que sabes hacer eso, acaso eres médico?

La hermana Margarida sonrió, pero no respondió y la anciana se dio cuenta de que la joven le había dicho aquello para animarla, y se lo agradeció. Aceptó apoyarse en su hombro y empezó a caminar, asistida por la hermana Margarida. Cuando salieron al pasillo, la mujer mayor se sorprendió ante tamaña destrucción:

—¡Válgame Dios…! ¿Qué ha pasado? —preguntó.

La hermana Margarida respondió:

—Una parte del palacio se ha derrumbado. Mira.

La mujer mayor miró al otro lado del pasillo y vio que allí ya no había nada, solo polvo y la ciudad al fondo.

—¡Válgame Dios…! —murmuró.

Iban a salir de allí cuando oyeron una voz:

—¡Ha llegado el fin del mundo! ¡El fin del mundo ha llegado!

De la celda contigua surgió un hombre, el Profeta, con

quien la monja había conversado unos días antes en el patio. La mujer mayor le dijo:

—¿No te ha caído ninguna piedra encima, viejo tonto?

El brasileño se rio con una risa que más bien parecía un cacareo y respondió:

—¡Cállate, vieja! ¡A ver si te enteras, que el fin del mundo lo manda Dios y no una mujer!

Miró a la hermana Margarida y esbozó una sonrisa maliciosa:

—¡Cuídate, paloma! Mira que esta tiene garras de águila y le gustan tiernas, como tú...

La hermana Margarida me contó que recordaba perfectamente la ligera zozobra que sintió. En la cárcel del Palacio de la Inquisición había una monja condenada por pervertir a mujeres, por dormir con ellas y enseñarles las artes del Diablo. Y esa era la mujer que ahora se apoyaba en su hombro.

—¡Deberíamos salir de aquí! —propuso la vieja monja.

El Profeta se sumó a ellas, y caminaron unos metros hasta el final del pasillo formando un reducido grupo. Llegaron a una pequeña sala que tenía dos salidas que daban a más pasillos. El Profeta investigó primero el pasillo de la derecha, pero retrocedió diciendo que por allí no podrían pasar. Avanzaron por el pasillo de la izquierda, apartando piedras y maderas, y al mirar dentro de las celdas solo vieron muertos. La joven se santiguaba siempre que veía uno, pero sus compañeros no. Fueron a dar a una antecámara donde había tres cadáveres en el suelo, tendidos uno al lado del otro. Dos de ellos eran guardias vestidos de blanco.

La chica se santiguó una vez más. En ese momento apareció un cura, el mismo que había confesado a la hermana Margarida en los últimos meses, y que supuestamente le haría la confesión final al día siguiente por la mañana. El sacerdote los miró y exclamó, sorprendido y contento al mismo tiempo:

—¡Dios sea misericordioso! ¡Al menos vosotros estáis vivos! Este piso es una desgracia.

Había recorrido varios pasillos y la mortandad era general. Señaló los tres cuerpos tendidos:

—Estos se han muerto aquí. Intenté ayudarlos, pero...

Todos guardaron silencio en señal de respeto, y a continuación el Profeta le preguntó al cura hacia dónde debían ir. Pero antes de que dijese nada, la mujer mayor habló:

—Tenemos que huir.

El cura señaló a la hermana Margarida, exaltado:

—¡Ella merece la libertad, pero tú no, pecadora!

La monja anciana lo ignoró y cruzó la puerta, pero al momento retrocedió y dijo que por allí se podía bajar a la calle. El Profeta la siguió, pero la hermana Margarida se quedó junto al cura y los tres muertos. Entonces le dijo al sacerdote:

—Padre, tengo que confesarme... He pecado...

Con ternura, el cura le puso la mano derecha en la cabeza y le dijo:

—Chiquilla, nada de lo que hayas hecho es grave en este terrible día...

Presa de la ansiedad, la monja joven se apresuró a contarle que había intentado suicidarse por miedo a morir quemada; que había perdido la vergüenza con el carcelero para conseguir una cuerda, y que acababa de robarle una cadena que por casualidad era suya. Sin escucharla, el cura la interrumpió:

—Chiquilla, has sufrido mucho e injustamente. Las acusaciones contra ti son una farsa... ¿Por qué no aprovechas y huyes?

En ese momento, la hermana Margarida comprendió por primera vez que podía aspirar a ser libre y le preguntó:

—¿Huir? ¿Cómo?

El cura respiró hondo:

—¿No sabes lo que ha pasado?

No lo sabía y él se lo explicó:

—Lisboa ha sido sacudida por un terremoto. La ciudad está destruida. Si miras por las ventanas lo verás... Debes aprovechar. ¡Escapa! ¡Escapa! —exclamó el cura.

Pero la hermana Margarida se había quedado paralizada por lo que acababa de oír. Un terremoto… Miró a su alrededor, estaba perpleja. El cura la zarandeó y exclamó:

—¡Mírame, chiquilla!

La hermana Margarida obedeció y el cura añadió:

—No llamaré a los soldados. Eres la única persona que no merece morir mañana. La hermana Alice es otra historia. Aléjate de ella, los soldados la buscarán. Y aléjate del otro también… A ti… Nadie se preocupará por ti, no has hecho nada malo. ¡Vete, vete! ¡Deprisa!

Es comprensible que, de alguna manera, la hermana Margarida necesitase un incentivo para huir. Ella no era como yo, un pirata, un hombre que odiaba estar encerrado y que se fugaba a la primera oportunidad, como sucedió aquella mañana, y como ya había sucedido en el pasado cuando los árabes me capturaron. Era una joven que había sido encarcelada, torturada, juzgada y condenada sin saber bien por qué. Había deseado ahorcarse y no lo había logrado. En aquella situación no sabía qué hacer. ¿Huir adónde? Yo sabría dónde escapar, pero ella no, no tenía a nadie a quien recurrir, ni un destino geográfico que pudiese dar sentido a su fuga. Ni siquiera familia, pues sus padres habían muerto. Para ella, la libertad era todavía un territorio incierto y desconocido. Con todo, presintió que aquella oportunidad podría ahorrarle la muerte en la hoguera y que la absolución moral del sacerdote, su confesor, era una especie de garantía de la existencia de un sentido de justicia superior que le daba la razón. Así que se aferró a aquellas palabras, se armó de valor y emprendió la huida. En aquel momento empezó a reinventarse como persona, afortunadamente, pues ese fue el primer paso que posibilitó nuestro encuentro días después. Si hoy la amo, también se lo debo a aquel confesor de la cárcel que disipó la renuencia del corazón de la muchacha y le indicó un nuevo camino.

Se despidió del cura y descubrió el lugar por el que el Profeta y la monja mayor habían huido. Entre dos celdas había una escalinata de piedra que los derrumbes habían dejado a la vista. Se había formado una especie de cascada de escombros por la que se podía acceder a la calle. En medio de los destrozos, la vieja monja y el Profeta bajaban con cuidado para no caerse. La hermana Margarida los siguió. Casi pierde el equilibrio dos veces antes de poner, por fin, un pie en la calle.

Los otros dos la esperaron, pero el Profeta se mostraba muy agitado por miedo a que los soldados lo descubrieran. En la calle todo era confusión. Enormes nubes de polvo flotaban en el aire, se oían gritos lacerantes y los desmoronamientos de los edificios de los alrededores eran constantes.

—¡Válgame Dios! —repitió la hermana Alice.

A unos cien metros localizaron una de las puertas del convento de Santo Domingo. Y, un poco antes, la travesía que iba a dar a la plaza del Rossio. A lo lejos, la hermana Margarida vio aparecer unas siluetas vestidas de blanco. Eran los soldados de la Inquisición, y avisó a sus compañeros de fuga.

—¡Huyamos! —gritó el Profeta.

Echaron a correr, a sus espaldas oyeron algunos disparos. Rodearon una de las esquinas del palacio, entraron por una callejuela estrecha y, de repente, el Rossio apareció ante sus ojos. Fue tal su sorpresa por lo que allí estaba sucediendo que se quedaron paralizados, boquiabiertos.

6

Igual que la hermana Margarida, el capitán Hugh Gold también se sintió confundido durante los minutos que siguieron al terremoto. En su caso, incluso podría decirse que casi había sucedido un milagro: cayó agarrado a la barandilla al mismo tiempo que se derrumbaba su casa y había sobrevivido. En un estado próximo a la inconsciencia, Hugh Gold sabía que algo verdaderamente horrible acababa de suceder, pero su cerebro se negaba a funcionar y se hundió en un profundo letargo. Por su mente pasaron imágenes discontinuas: la cena de la víspera en casa de un amigo del embajador inglés; su mujer andando por la calle; comensales riendo y contando chistes; la criada gritando; platos de carne y botellas de vino; la señora Locke desnuda en sus brazos. Era como si soñara...

Sin embargo, de pronto, sintió un dolor en el brazo que iba haciéndose cada vez más intenso y que lo despertó del limbo por el que deambulaba desconectado de la realidad. Estaba cubierto de piedras, maderas, ropa, polvo, bajo una amalgama de detritus, pero había salido con vida de aquella manifestación de furia destructiva de la naturaleza. No sabía cómo. Recordaba vagamente haberse agarrado a la barandilla, y después todo se le volvió oscuro y perdió el conocimiento. No sabía qué había pasado, cuánto tiempo había transcurrido ni dónde estaba.

El dolor en el brazo era violento. No podía moverse sin

sentir un enorme tormento, era como si le rasgaran la carne y los huesos del brazo. Cerró los ojos y apretó los dientes para contrarrestar el dolor, que al cabo de un tiempo pareció calmarse.

Miró a su alrededor. No podía ver nada, solo escombros. Sumido en la oscuridad, dedujo que se encontraba dentro de su casa. Con el brazo bueno apartó las piedras y maderas que lo cubrían e intentó levantarse. El esfuerzo lo agotó. Una vez habituado a la oscuridad, reconoció algunos objetos de su hogar: una servilleta, unas ollas, dos sillas rotas, un trozo de cerámica del lavabo. Era como si estuviese sepultado entre vestigios domésticos que una hora antes tenían sentido, pero que en aquel instante solo suponían una barrera para su movilidad.

Con todo, enseguida se apercibió de que, si lograba apartar unos palos, conseguiría salir de allí. Con el brazo bueno tardó unos minutos en moverlos, hasta que consiguió avanzar, encorvado. De forma inesperada, chocó contra la criada y gritó asustado. Estaba en una posición extraña: una pierna estirada hacia arriba, aprisionada por una viga, y la otra hacia abajo, aplastada por varias piedras; el tronco echado hacia atrás y hacia la izquierda, como si fuese a coger algo del suelo, y la cabeza vuelta del lado contrario. Muerta.

El inglés permaneció unos instantes mirando el cadáver de la criada. Y al fin se alejó, pues no podía hacer nada por ella. Unos minutos más tarde ya la había olvidado e intentó agujerear la pared con un trozo de madera. Sorprendentemente, el material no se resistió y enseguida abrió un hueco lo bastante ancho como para pasar. Miró a través del agujero pero no vio nada debido a la penumbra. Con dificultades y con un agudo dolor en el brazo, se obligó a pasar por el agujero. Primero metió los pies, después la cintura, los brazos y la cabeza. Cuando había alcanzado el otro lado se dejó caer y rodó por el suelo, aturdido. Para su sorpresa, oyó un grito:

—¡Virgen santísima!

La autora de la exclamación era una mujer gorda y de baja

estatura que estaba abrazada a otra mujer mucho más vieja. Las reconoció, eran las vecinas de la casa de al lado. Estaban aterradas, los ojos les daban vueltas, como convulsionados por el miedo. La octogenaria canturreaba una letanía de la que Gold solo entendió el final:

—Dios tenga piedad de nosotros, Dios tenga piedad de nosotros...

Al oírla, la más joven gimió:

—Misericordia, misericordia.

Se taparon la cara con las manos, afligidas. El capitán Hugh Gold no pudo arrancarles una palabra y se dirigió a lo que parecía ser una puerta, dejándolas donde las encontró. Aquel edificio no había resultado tan afectado como el suyo, e instantes después ya estaba en la calle o en lo que antes había sido la calle donde vivía.

Aunque muchas paredes todavía se mantuviesen en pie, la mayoría de los edificios se había desmoronado. En vez de calle había montañas de escombros. El aire era casi irrespirable, cargado de nubes oscuras de polvo que ascendían hasta el cielo. Entonces, el capitán Hugh Gold se dio cuenta de que iba en camisón y zapatillas. Sintió un ligero embarazo, pero al ver a los que pasaban por delante aceptó mejor su suerte.

La mayoría de la gente iba desnuda. Mujeres y hombres y niños sin nada sobre la piel, solo polvo, sangre y tierra. Caminaban sin hablar, solo gemían, aterrados. Los ojos era lo que más impresionaba: abiertos de par en par, fijos en el vacío y sin ver a los demás, sin ver nada más que el horror de las imágenes que acababan de presenciar momentos antes.

A nadie le importaba la suerte de nadie. Era como si cada uno de aquellos seres humanos estuviese solo en el mundo, a solas con su sufrimiento y su angustia y su desesperación, y únicamente contase la voluntad individual de escapar de allí. Los maridos se olvidaban de las esposas, los padres y las madres se olvidaban de los hijos. El egoísmo individual, me contó Gold, era un imperativo absoluto. Los primeros momentos después del gran terremoto, los humanos se transformaron en seres que solo pensaban en su propia supervivencia. Morir era quedarse atrás, como se quedaron el carcelero, la madre del chico, la criada de Gold; y quedarse atrás, aun estando vivo, era estar muerto para los demás. Vivir era huir, salir de donde uno estaba, y eso fue lo que hicimos los que sobrevivimos.

Además, estaba la conmoción brusca e inesperada que provocaba la visión de los cadáveres. La gente también escapaba de eso. El capitán inglés me contó que en un espacio de solo veinte metros vio a una mujer sin cabeza, a un niño con el tronco y los brazos despedazados, y una pierna solitaria apuntando al cielo que emergía de un montón de cascotes. No es de extrañar que la gente también huyese de ese tipo de monumentos macabros.

Cuando salió de ese estado de perturbación, Hugh Gold se acordó de su esposa. Entonces decidió enfilar la calle en la misma dirección que ella había tomado para ir a misa. Escaló pilas de escombros y se cruzó con más personas desnudas. Todas caminaban hacia el río, todas bajaban hacia la plaza de la iglesia de San Pablo. Él iba en sentido contrario, en busca de su mujer.

La encontró al cabo de cincuenta metros, con el tocado todavía en la cabeza teñida de sangre. Apoyada en una pared, estaba ligeramente ladeada hacia la derecha, también muerta. Hugh Gold me confesó que en ese momento se sintió culpable por haber deseado que su esposa desapareciese de su vida minutos antes. Con todo, de nada le servía pensar así. ¿Podría sacarla de allí? Estudió las posibilidades, pero con el brazo en aquel estado no podría cargarla. Y además, ¿dónde la llevaría si su casa estaba derruida?

Ante sus ojos proseguía la peregrinación de seres mugrientos, como salidos de un baño de fango, pero observó que ahora algunos ya hablaban. A medida que los temblores de tierra se alejaban en el tiempo, la gente iba recuperando la voz, así como una cierta estabilidad en la mirada. Hugh Gold decidió que tal vez sería mejor bajar también al río. Dejó a su esposa en el lugar donde la encontró y reanudó la marcha haciendo el recorrido inverso. Al pasar cerca de una pared que se había mantenido en pie, oyó una voz que lo llamaba. Una mujer tenía un bebé en el regazo, pero era incapaz de liberarse de los cascotes que la cubrían. El inglés la ayudó, ella se levantó sin soltar al bebé, muda. Lo miró a él, después la calle, y por fin, al hijo que llevaba en brazos. El capitán le preguntó:

—¿*The* niño *is* vivo?

La mujer parecía alucinada, sin reacción. El capitán tocó al niño, que abrió los ojos, y entonces ella reculó y gritó:

—¡¡¡No!!!

El capitán intentó calmarla, pero ella estrechó al bebé con más fuerza contra su pecho para protegerlo. Gimoteó y sollozó. Gold se subió a un montón de escombros y, ya en lo alto, hizo un gesto para que la mujer lo siguiera. Fueron subiendo y bajando montañas de escombros, oyendo los gemidos de los moribundos, la mujer con el niño en brazos a unos metros por detrás del capitán.

De pronto, un tercer temblor sacudió la tierra, tan violento como los anteriores pero de más corta duración. Hugh Gold se tendió sobre un lecho irregular de cascajos intentando protegerse. Algunas estructuras que habían resistido a las primeras sacudidas se derrumbaban ahora, y cuando acabó, entre las nubes de polvo, el capitán comprobó que en su calle ya no quedaba un solo edificio en pie.

Permaneció unos minutos tendido a la espera de poder echar a andar de nuevo, y cuando se levantó, se quedó pasmado. Desde aquel lugar, antes una calle lateral de Santa Catarina con edificios a ambos lados y sin vistas, ahora se podía divisar el río debajo y la otra orilla. La ciudad había desaparecido, no era más que una colcha de escombros de la que se elevaba una oscura bóveda de polvo.

Reaparecieron los gritos, los gemidos y los seres que, cual reptiles, emergían de debajo de las piedras para proseguir su caminata. El capitán Hugh Gold se limpió el polvo de la cara y después se acordó de la mujer a la que acababa de ayudar. La vio enterrada, solo sobresalía la cabeza del nivel del suelo. En su boca abierta, un grito parecía haber quedado paralizado por un aluvión de escombros. A un metro de la madre, el niño también yacía muerto, asfixiado.

El capitán inglés dio media vuelta con el corazón encogido y bajó la colina. Cuando llegó a la plaza de la iglesia de San Pablo encontró a muchas otras personas como él, almas perdidas que no sabían qué hacer o adónde dirigirse. Todo el mundo estaba estupefacto ante tanta destrucción, y había quien decía que era un castigo de Dios, que hasta había destruido las iglesias, y así era, pues la de San Pablo también estaba en ruinas y nadie —ni uno solo de los miles de curas o frailes o monjas de Lisboa— había aparecido para consolarlos.

Y Gold, el protestante, me comentó:

—¡Un Dios curioso, *your God*! ¡Todos los días, *everyday*, curas *everywhere*! ¡*Today*, terremoto, sufrimiento, *not one priest*! ¡Ni uno, *damn*! ¿*Where are* ellos, cuando *we need*?

Sonreí ante su habitual sarcasmo. Pero no era verdad. Durante aquellos días, deambulando por la ciudad destruida, nos cruzamos con muchos hombres y mujeres de Dios y comprendimos que estaban tan perdidos como nosotros.

7

De los diferentes personajes que conocí durante aquellos días, el niño fue, curiosamente, el primero al que vi. Nuestro destino se cruzó justo la primera mañana y cuando hablé con él, yo ya sabía lo que había hecho, el valor que demostró tener. Hoy me da pena no haberlo elogiado. Puede que las cosas hubiesen sido distintas, puede que me hubiese mirado con otros ojos. Pero no fue así y no se puede hacer nada para cambiar la historia.

El niño todavía estaba cerca de la iglesia de San Vicente de Fora en ruinas cuando se produjo el tercer temblor de tierra. Aunque seguía decidido a buscar a su hermana, no le resultó fácil atravesar aquel descalabro. Ya no quedaban calles, ni casas, ni edificios donde antes se erguían. Cuando la nube de polvo se disipó, pudo vislumbrar el castillo de San Jorge en medio de aquella irrespirable bruma y, más abajo, la catedral, y así fue como se orientó para llegar a su casa, cerca de la iglesia de la Magdalena.

Era difícil caminar en aquellas circunstancias: había grietas inesperadas y hondos precipicios en el terreno; era imposible atravesar las calles atestadas de piedras. Tardó en acercarse al castillo y a sus murallas. Los muertos, que alfombraban el suelo en posiciones complicadas, parecían estatuas esculpidas por desquiciados. La gente corría despavorida, cual criaturas perdidas, dando alaridos.

El chico siguió caminando con determinación. Cerca del barrio de Graça, una pequeña multitud observaba, más abajo, la plaza del Rossio y la colina opuesta, como si esta se hubiera tumbado en el suelo. Ni siquiera sus edificios más simbólicos se habían salvado. En la plaza, el Hospital de Todos los Santos era el único que se mantenía intacto, pero a su lado, tanto el convento de Santo Domingo como el Palacio de la Inquisición resultaron fuertemente dañados.

En la cuesta del castillo de San Jorge, y hasta en la Alfama, el niño no vio más que desolación y se preguntó a sí mismo qué mal habrían hecho para merecer semejante castigo, pero no halló razones. Por eso dejó de buscar motivos y siguió bajando hacia la catedral, junto a muchas personas que habían subido a las fiestas de San Vicente de Fora y que en ese momento regresaban a sus casas convertidas en personas distintas, transformadas para siempre, resquebrajadas por dentro, llenas de dolor, de desesperación y de miedo al futuro. Subieron para encontrarse con Dios aquel día festivo y acabaron masacradas de una forma inimaginable.

Al pasar junto a la catedral, el niño oyó unos disparos. «Los prisioneros del Limoeiro deben de haberse escapado y los soldados intentan abatirlos», esa fue su conclusión. Así que decidió ser precavido por miedo a que el fuego cruzado del enfrentamiento lo alcanzase. Algunas casas estaban intactas, así como la catedral que, orgullosa, solo mostraba daños en los flancos.

Fue entonces cuando, justo enfrente de donde se hallaba, vio a tres hombres saliendo de una casa. Arrastraban a un pobre desgraciado, probablemente el propietario. Lo tendieron en el suelo y le dispararon, causándole la muerte. Uno de los hombres, más alto que los otros dos, parecía ser el jefe. Tenía el pelo y la barba negros, y sus ojos y sus gestos irradiaban una energía maligna. Registró los bolsillos del propietario y extrajo un reloj. Después, los tres bandidos volvieron a entrar en la casa y se oyeron más gritos, seguidos de un silencio aún más aterrador que el vocerío.

El niño aprovechó el momento para echar a andar, pero lo sorprendió el regreso inesperado del hombre más alto, que se dirigía nuevamente hacia el cadáver. Sintió miedo. El grandullón vio al muchacho mientras registraba la ropa del difunto. Sonrió cuando encontró una llave, y le preguntó:

—¿Qué pasa?

El chaval no respondió, pero adivinó que el ladrón era español. Uno de sus compañeros también salió de la casa arrastrando del pelo a una mujer que imploraba:

—¡No, no, por favor, no!

El hombre enorme miró al niño y se echó a reír. Después, le preguntó:

—¿Has visto alguna vez morir a una mujer?

El niño respondió:

—Sí. A mi madre.

El energúmeno soltó una nueva carcajada y volvió a preguntarle:

—¿Y cómo murió tu madre?

—Ha muerto ahí arriba, en San Vicente de Fora, en la iglesia.

El bisonte se santiguó con gestos burlones y murmuró:

—Que su alma descanse en paz... Esta mujer, sin embargo, va a disfrutar mucho más que tu madre...

Se acercó a la mujer, la agarró de la nuca y acto seguido ordenó a su subordinado:

—¡Llévatela!

El otro se rio y acató la orden, pero antes, señalando al niño, le aconsejó:

—¡Mátalo! Los muertos no hablan con los soldados...

El hombre más alto soltó una nueva carcajada, se acercó al niño y le preguntó:

—Muchacho, ¿quieres morir?

El niño dijo que no. El mastodonte lo agarró del pescuezo,

se llevó la mano a la cintura, empuñó un cuchillo y se lo acercó a la garganta.

—A mí me gustan los jóvenes…

A pesar del miedo, el niño dijo:

—Solo quiero agua…

El sinvergüenza, al oír hablar de agua, se quedó pensativo unos segundos.

—¿Sabes dónde hay agua?

—Hay una fuente en una calle, allí, por detrás de aquellas casas…

Esbozando una mueca sobrecogedora, el canalla lo amenazó de nuevo:

—Si me mientes, te arranco el corazón con los dientes…

—No —gimió el niño—, es la pura verdad, allí hay agua.

Perro Negro lo soltó y le ordenó:

—Ven.

Ambos entraron en la casa. En medio del salón, encima de un sofá, la mujer estaba tendida boca arriba con la falda levantada y uno de los españoles, con los pantalones ya por las rodillas, se preparaba para penetrarla.

—¡Eh, cabrón! —gritó Perro Negro.

El compañero dio media vuelta, afligido, y se rio con nerviosismo.

—Oye, Perro Negro, que nosotros también tenemos derecho…

El jefe levantó el puño y le preguntó:

—¿Quién manda aquí?

—Tú.

—Entonces, a mí me toca primero.

Perro Negro se bajó los pantalones mientras el otro se apartaba un poco. El niño presenció sus actos. La mujer lloraba; después del jefe, le tocó el turno al hombre que se había apartado y, luego, el tercer hombre practicó el mismo acto sin que la mujer dejara de llorar. El niño no podía hacer nada, y cuando todo acabó, temió que quisieran lo mismo de él, pero ninguno de los tres se metió con él. Perro Negro proclamó que la mujer todavía aguantaría otra ronda general y todos se echaron a reír a carcajadas. Solo después repararon en el niño, y entonces Perro Negro lo mandó a buscar agua a la fuente con una jarra y una olla, acompañado por uno de los españoles.

Se dirigieron a la fuente pública, y cuando llegaron se percataron de que muchas otras personas habían tenido la misma idea: la gente se agolpaba en torno a la fuente, incluidos los guardias de la prisión. De inmediato, a voz en grito, el niño delató al bandido diciendo que era un fugitivo de la prisión del Limoeiro. Al oírlo, el forajido salió huyendo y dejó caer al suelo la jarra y la olla. El niño les contó a los soldados lo que acababa de suceder y estos echaron a correr en dirección a la casa donde estaba Perro Negro.

Fue en ese momento cuando vi al niño por primera vez. Mohamed y yo, escondidos detrás de un cobertizo, presenciamos lo que pasó a continuación. Junto a la fuente, el niño esperaba su turno para beber agua. Entretanto, se oyó un tiroteo y aparecieron Perro Negro y sus dos hombres, que hubieran dado buena cuenta de él si el niño no llega a escapar. Solo volví a verlo horas más tarde, aunque la hermana Margarida me contó que aquellos acontecimientos obligaron al chiquillo a llegar más tarde de lo previsto a lo que quedaba de su casa. Se sintió afligido y alarmado a la vez. La casa ya no existía. No sabía dónde buscar a su hermana, y una gran tristeza se apoderó de su alma al pensar que lo más probable era que hubiese muerto.

8

Mohamed y yo nos quedamos un rato en la catedral de Lisboa, donde se aglomeraba mucha gente. El viejo edificio no se había derrumbado, y a medida que pasaban por allí, muchas personas iban entrando. Heridas, con los brazos en el pecho, las nucas ensangrentadas, la ropa hecha jirones, cojeando, cubiertas de polvo, imploraban ayuda y agua. Sentados en grupos o en solitario, en el suelo, aquellos seres infelices lloraban, gimoteaban, sollozaban, rezaban, formando en la iglesia un lúgubre murmullo general, una letanía triste y sobrecogedora. Mohamed y yo logramos acceder al interior sin dejar de vigilar las puertas para ver si Perro Negro también entraba en nuestra busca. Pero no aparecieron ni él ni sus dos compañeros.

—Piedras han caído encima de ellos —murmuró Mohamed.

Sonreí, compuse una mueca exageradamente seria y le dije:

—Eso es lo que tú quisieras, rata traidora.

Sorprendido, Mohamed me preguntó:

—¿Rata traidora? ¡Mohamed no ha traicionado a Santamaria!

Lo miré fijamente, fingiendo enfado:

—¡Me dejaste solo en la pelea! ¡Si no hubiese sido por el terremoto, a estas horas ya habría estirado la pata!

Mohamed se quedó inmóvil, sinceramente sorprendido:

—¿Ellos quisieron atacar Santamaria?

Me indigné:

—¡Perro Negro casi me mata con la barra de hierro! ¡Mira!

Le enseñé las marcas allí donde me había golpeado el español:

—Me cogieron a la salida de las letrinas y me metieron en la sala contigua. ¡Si no llega a ser por el terremoto, habría muerto allí mismo! ¡Y tú, canalla, crápula cobarde, escondido como una rata! ¡Ni se te ocurrió venir a ayudar a tu amigo!

A Mohamed le tocó el turno de indignarse:

—¡Mohamed no vio que ellos pegaron a Santamaria!

Lo ignoré y proseguí, sin abandonar el tono acusatorio:

—¿Dónde estabas, sinvergüenza? ¿Haciendo porquerías con los franceses de buena mañana? Yo al menos te ayudé. ¡Si no hubiese sido por mí, el soldado te habría atravesado de un balazo!

El árabe, tan farsante como yo, se mostraba muy indignado:

—¡Mohamed fue al patio a jugar a dados con los franceses! ¡Iba a ganar dinero antes de todo caerse!

Resoplé, fingiendo que no me lo creía, pero al fin le sonreí. Mohamed era de todo menos valiente, pero aun así sabía que podía contar con él. Le pregunté:

—¿Tienes dinero?

El árabe desplegó una gran sonrisa, se llevó la mano al bolsillo de los pantalones y me enseñó unas monedas. Suspiré con cierto alivio:

—No es mucho, pero algo es algo.

—Y Santamaria tiene cuchillo… —añadió.

Con el cuchillo y el dinero, nuestras posibilidades de fuga aumentaban. Observé el movimiento en el interior de la catedral y comenté:

—¡Qué confusión, cada vez llega más gente!

Un hombre dirigía las operaciones de socorro, ejecutadas por un grupo de curas y frailes. Al fijarme mejor en su cara, reconocí a monseñor Sampaio, el patriarca de Lisboa. Recordaba sus homilías de años atrás.

—¿Santamaria lo conoce? —me preguntó Mohamed.

—Sí —respondí—, pero él no me conoce a mí. Además, vestidos así, enseguida se daría cuenta de que somos prisioneros y llamaría a los soldados.

Mohamed se mostró preocupado:

—¡Entonces, mejor que nosotros huyamos!

Teníamos que irnos de allí. Nos dirigimos a la salida principal y fue en ese momento cuando se produjo el tercer temblor, tan aterrador como los anteriores pero más breve. La catedral se movió y se oyó un clamor, pues mucha gente pensó que había llegado su hora. De cuclillas, apoyados en una pared, Mohamed y yo esperábamos que el techo no se nos cayese encima, cosa que no sucedió. En el lado opuesto de la iglesia sí que vimos un derrumbe, pero eso fue todo. Una vez más, la antigua catedral románica resistió. Sin embargo, la gente desvariaba, aterrorizada. Algunas personas se levantaban y corrían despavoridas, saliendo a toda prisa de la iglesia. Otras, arrodilladas, levantaban los brazos en alto y clamaban:

—¡Misericordia, misericordia!

Mohamed y yo aprovechamos aquel clamor para salir por una puerta lateral de la iglesia. En la calle, por los alrededores, una enorme nube de polvo casi nos ciega. El árabe estornudó y tosió:

—¡Polvo quema la garganta, Mohamed necesita agua…!

Yo también tenía sed, notaba la boca, la lengua y la garganta ásperas. De pronto, me vino a la mente un recuerdo. Hacía muchos años, un domingo, fui a misa a la catedral persiguiendo a una hermosa muchacha. Hablé con ella junto a una fuente mientras otras mujeres llenaban los cántaros de agua y los hombres cuchicheaban.

—Hay una fuente por aquí cerca —dije—. Solo tengo que acordarme de hacia qué lado se encuentra…

Nos dirigimos a la puerta principal de la catedral para situarme y visualicé el lugar de la fuente. Señalé en su dirección, pero el árabe me dijo, preocupado:

—Perro Negro ha ido allí, nosotros no vamos.

Resoplé, enfadado. Tenía razón.

—Deberíamos ir al río, huir —sugirió.

—Lo sé, pero sin agua será difícil.

Entonces, el árabe miró hacia unos edificios que había enfrente y que se mantenían en pie, y afirmó:

—Casas tienen agua.

Negué con la cabeza:

—No, no después de lo que ha sucedido... No debe de haber resistido ni una vasija. Tenemos que ir a la fuente sin falta... ¿Tienes miedo, rata?

El árabe se molestó:

—¡Mohamed no tiene miedo!

Lo insulté, riéndome:

—Mentiroso. ¡Eres una rata miedosa y por eso te zafaste y no me ayudaste! ¡Solo pensabas en el culo del francés!

La expresión de su cara se transformó, pasando de seria a divertida. Soltó una carcajada:

—¡Santamaria me tiene manía, Santamaria solo habla de eso!

Hice una mueca de indignación:

—¡¿Yo?! ¡Pero si tú eres así! ¡Alá te ha hecho del revés, y en vez de gustarte las mujeres, te gustan los franceses guapos!

Lo dejé ahí, y nos reímos de nuevo. Estábamos de buen humor, pero a continuación guardamos silencio y nos limitamos a sonreír mientras pensábamos en la suerte que habíamos tenido, pues estábamos vivos y bromeando. Cuando se nos pasó la euforia, el árabe me preguntó:

—¿Santamaria huirá de Lisboa o se quedará aquí?

Recordé la petición que había enviado a Sebastião José, que no obtuvo respuesta, y le confesé cómo me sentía:

—Han pasado muchos años y aquí ya nadie se acuerda de mí. Si me pillan, me encarcelarán otra vez. Y a ti también.

—Mejor huyamos —afirmó el árabe. Y a continuación señaló las casas que habían resistido—: ¿Vamos buscar ropa nueva?

Le sonreí: el árabe tenía buenas ideas. Nos dirigimos a una de las casas y entramos. Pasamos varios minutos escudriñando hasta que descubrimos un armario con ropa de hombre y de mujer. Bromeé con Mohamed:

—¡La de hombre para mí, la de mujer para ti!

Lejos de negarse, Mohamed cogió un vestido y se lo puso delante, como si se lo probase para ver si le servía, y empezó a bailar, divertido, imitando los gestos de una prostituta en una fonda de isla Tortuga. Nos reímos. Por momentos sentí nostalgia de nuestros viajes de piratas y añoranza de aquellas bailarinas, siempre a nuestra disposición a cambio de unas monedas. Mohamed carraspeó con una voz ronca y desagradable:

—Soy una vieja puta. Si me quieres, ven...

Solté una carcajada: el árabe era un comediante talentoso, sus pantomimas siempre me hacían gracia. Acelerado, dio media vuelta dándome la espalda, se bajó los pantalones y empezó a mover su culo blanco mientras canturreaba:

—¡Yo soy para ti, ven, ven!

Me reí a carcajada limpia y le lancé los zapatos al culo. Más sorprendido que irritado, detuvo su exhibición y me miró de frente:

—¿Qué pasa?

Le grité:

—¡Basta ya, viejo tonto, tenemos que cambiarnos de ropa!

Fingió ofenderse como una doncella:

—Santamaria muy serio, Santamaria nunca se divierte...

Me encogí de hombros, me quité la ropa de prisionero y me vestí con unos pantalones y una camisa que encontré en el armario. Contrariado, el árabe también se cambió de ropa. No obstante, no encontramos zapatos que nos sirviesen y tuvimos que quedarnos con los que traíamos de la cárcel, una especie de zuecos de paño, nada útiles para correr por aquel suelo irregular. De repente, oí que el árabe hablaba solo y lo vi cerca de otro armario, en cuyo interior había encontrado dos chaquetas de color marrón. Eran demasiado pomposas para nosotros y le dije:

—Quien nos vea con ellas, sospechará.

Con pena, Mohamed tiró las chaquetas al suelo. Ya era hora de irse, pero me pidió que esperase un poco más y abrió dos cajones que había al final de la sala.

—¿Qué haces? ¡Vamos! —protesté.

—Espera, siempre hay joyas…

Vació las cómodas y, al final, se resignó, desilusionado.

—¡Qué gente tan tacaña! —murmuró.

—A lo mejor les dio tiempo a llevárselas —aventuré.

Salimos de la casa en dirección a la fuente. Cuando llegamos, vimos a los soldados y nos escondimos. Allí fue donde presenciamos la escena que hace poco he relatado: la llegada del niño, sus gritos, los soldados corriendo detrás del español, la aparición de Perro Negro y la huida del jovencito.

Este temía que Perro Negro lo persiguiese, pero, al ver la fuente, el español dejó de correr y su escolta también. Había gente herida y muy débil esperando su turno para beber, pero Perro Negro se saltó la cola y cuando un hombre intentó detenerlo, el gigante lo golpeó con la barra de hierro. Asustadas, las demás personas se apartaron inmediatamente y Perro Negro y los dos españoles bebieron y se lavaron.

Dos hombres se armaron de valor y volvieron a acercarse a la fuente, pero fue un error. Los tres bandidos empezaron a golpearlos, los mataron y les robaron. Tras lo cual, siguieron bebiendo más agua, hasta que por fin se marcharon, echándose a la espalda la ropa que acababan de robar.

Mohamed y yo salimos del escondite diez minutos más tarde, nos dirigimos a la fuente y bebimos agua. Poco a poco fue apareciendo más gente, y aunque vieron aquellos cuerpos tendidos en el suelo, nadie quiso saber quiénes eran los muertos, cómo habían fallecido ni por qué.

9

No fue hasta varios meses después del terremoto, estando preso de nuevo, cuando tuve conocimiento de lo que sucedió durante aquellas horas en Belém, donde el rey don José y la corte se enfrentaron al seísmo. En días posteriores se supo que el rey no había muerto, al contrario de lo que había empezado a rumorearse en un primer momento, y que ni siquiera había resultado herido. También se supo que en Belém los estragos habían sido menores que en el centro de la ciudad; allí no se sintieron los efectos de las olas gigantes que inundaron el Terreiro do Paço, y los terribles incendios que se propagaron durante días por las zonas por las que circulábamos nunca llegaron allí. Con la corte a salvo de males mayores, y con la ayuda de Sebastião José de Carvalho e Melo, el monarca pudo reorganizar la vida del reino.

Todo ello era del dominio público, pero los detalles, los pormenores de lo que pasó en Belém, no me fueron revelados hasta que Bernardino, ayudante de escribano al servicio del rey, a quien yo conocía del pasado, y que por un golpe del destino acabó de ayudante principal de Sebastião José de Carvalho e Melo, me visitó en la cárcel.

Aquella mañana del 1 de noviembre de 1755, Bernardino acompañaba a la corte desde el Terreiro do Paço a Belém en un paseo matinal que se inició muy temprano, pues el rey quería oír misa en los Jerónimos y obligó a todos a madrugar para que la comitiva no se retrasase. Somnoliento y contrariado, Bernardino se presentó en el patio del palacio para acompañar a la familia real en aquella expedición.

En su carruaje también viajaban dos nodrizas y un cura jesuita llamado Malagrida, un hombre agreste y desagradable que el rey tenía en gran estima y con quien se confesaba. Como muchos otros, Bernardino lo consideraba enervante y sinuoso, y no podía intercambiar con él más de dos palabras seguidas, por no hablar de la antipatía que le suscitaba su perilla de macho cabrío, un triángulo puntiagudo que se prolongaba hasta la mitad del pecho.

Como las nodrizas eran gordas y feas y el cura rezaba el rosario en silencio, únicamente moviendo los labios sin emitir sonido alguno a medida que avanzaba avemarías en la sarta de cuentas, Bernardino se quedó dormido entre Remolares y el puente de Alcântara. No se despertó hasta la rua da Junqueira, donde apreció los estéticos palacetes de los muchos nobles que allí se habían instalado. Taciturno, el padre Malagrida hizo comentarios poco halagadores sobre la lujuria de los propietarios, un ejemplo más de la perdición general que, según él, contaminaba a la ciudad.

Sin replicarle, Bernardino simuló quedarse dormido de nuevo, aunque lo único que hacía era repasar mentalmente sus quehaceres. Después de la misa, seguro que el rey desearía conocer los asuntos pendientes y, salvo por alguna inusitada petición, no había nada especial por lo que valiese la pena molestar a Su Majestad un sábado.

Con el secretario del reino cada vez más viejo y enfermo, los asuntos pendientes se acumulaban, y muchos se tenían que presentar directamente al rey o, en su defecto, al ministro de Asuntos Exteriores, a quien Su Majestad recurría cada vez más. Bernardino se sentía bastante incómodo en presencia de Sebastião José de Carvalho e Melo. El hombre era altísimo y sus ásperos modales le causaban aprensión. No era una buena idea caer en desgracia a su lado. Además, Bernardino tenía miedo de que Sebastião José de Carvalho e Melo lo reconociese de sus tiempos de juventud, cuando pertenecía al grupo de jóvenes alborotadores liderados por el actual ministro de Asuntos Exteriores.

De todos era sabido que a Sebastião José no le gustaba que le recordasen su pasado perverso y de mala reputación, cuando era conocido como el Carvalhão. De ahí que Bernardino siempre evitara reavivar la memoria de aquellos —breves— tiempos en que ambos convivieron.

Con todo, aquella extraña petición tenía que obtener una respuesta. Provenía de un prisionero del Limoeiro conocido con el nombre de Santamaria, un pirata árabe que los franceses habían entregado a las autoridades portuguesas y que ahora revelaba ser portugués. Según decía, había nacido en Portugal, aquí se hizo marinero y, después, fue hecho prisionero por los árabes. El rey anterior, don Juan V, se negó a pagar el rescate de su navío, abandonando a sus tripulantes.

Esta parte de la historia era verídica, Bernardino se acordaba bien del caso, a pesar de que ya hubieran pasado muchos años. Sin embargo, el autor de la petición añadía que, para sobrevivir, se vio obligado a adoptar la vida de pirata ya que en caso contrario los árabes lo habrían matado. Ahora que estaba de vuelta en Portugal por primera vez, recordaba su nacionalidad original y su fidelidad al rey, y pedía clemencia y libertad.

A Bernardino le sorprendió la firma de la petición. Conocía el nombre y se acordaba perfectamente de aquel muchacho, muy joven, que también formaba parte del grupo de amigos fieles de Sebastião José de Carvalho e Melo. Y ese era, obviamente, el problema. Durante más de un mes, Bernardino no tuvo el valor suficiente para comentarle el caso a Sebastião José. Hasta que llegó el día en que ya no pudo posponerlo más.

—¿Cómo dices que se llamaba el hombre? —preguntó Sebastião José.

—¿Ahora o en el pasado?

—En el pasado.

Al escuchar mi nombre en portugués, Sebastião José guardó silencio. Después comentó:

—Han pasado muchos años...

Temeroso, Bernardino me contó inmediatamente lo que Sebastião José añadió:

—No me creo esa historia. Ese tal Santamaria, un pirata, debe de haber oído hablar de aquel navío portugués por el que no se pagó rescate y ahora está intentando hacerse pasar por el verdadero portugués que iba en el barco, y que probablemente esté bajo tierra desde hace muchos años. Seguro que es una artimaña.

Sebastião José releyó la petición. Se incorporó, pensativo, y dio unos pasos por la sala. Bernardino insistió:

—El tal Santamaria ha sido hecho prisionero por los franceses, que lo han entregado en señal de buena voluntad. Si lo liberamos, seremos mal vistos...

El ministro solo se decidió a hablar pasado un rato:

—Un pirata es un criminal. Por mi parte, que siga en la cárcel, sea quien sea. Aunque, formalmente, yo no tengo poderes para indultar prisioneros. Con el secretario del reino enfermo, únicamente el rey puede aceptar o rechazar esa solicitud. Tendrás que presentarle el caso mañana.

Bernardino así lo hizo, y esa era la razón por la que viajaba en aquel carruaje, acompañando a la corte hasta Belém. De algún modo, que un hombre tan resolutivo como Sebastião José no hubiese tomado ninguna decisión sobre aquella extraña demanda sorprendía a Bernardino, pero solo podía especular sobre las razones.

De repente, el carruaje se detuvo. Habían llegado al destino. Las dos nodrizas se sacudieron los faldones y se recompusieron con gestualidad femenina. Una de ellas, más osada, se dirigió al confesor real:

—Padre Malagrida, no se lo tome a mal, pero he pecado y me gustaría confesarme antes de la misa. ¿Puede hacerlo?

El jesuita frunció el ceño:

—No tengo tiempo para ti, pecadora. ¿Qué has hecho? ¿De qué manera has ultrajado tu alma?

Afligida, la nodriza no se atrevió a revelar sus faltas ante extraños. El padre Malagrida hizo una mueca:

—No importa... Las mujeres sois hijas del mal, lleváis el demonio dentro. No tengo tiempo para ti, pecadora, tengo que confesar al rey antes de decir la misa...

La criada hizo un gesto de sumisión con la cabeza y el confesor Malagrida salió por la puerta del carruaje. Bernardino se encogió de hombros y animó a la muchacha:

—Hay más curas en la iglesia, seguro que encuentras un confesor.

Saltó del carruaje y admiró los patios, atestados con la llegada de la comitiva real. Cientos de personas habían acompañado al rey desde el Terreiro do Paço. Además de los cocheros, los soldados, las damas de compañía y las nodrizas, las cocineras y los ayudantes de campo, los escuderos y las decenas de esclavos y esclavas, también había muchos nobles que quisieron oír misa junto a la familia real. Bien decía Sebastião José que aquella gente se pegaba al rey como garrapatas a un perro, aunque para alguien como Bernardino, aquellos pensamientos no fueran admisibles.

El ayudante de escribano observó a la reina y a sus hijas retirarse a sus aposentos y vio al padre Malagrida acercarse al rey don José, que lo saludó. Intercambiaron unas palabras, y a continuación Malagrida se distanció unos pasos por detrás del rey camino del palacio. Seguro que el jesuita se apoderaría de los pecados reales con voracidad.

Bernardino se quedó en el patio rumiando sobre la misteriosa petición. ¿Sería yo quien decía que era? Bernardino me recordaba como un buen mozo. Al parecer, tuve mala suerte en la vida, fui abandonado por el rey anterior y encerrado en las mazmorras árabes. Le molestaba haber hablado mal de mí, pero lo último que deseaba era hurgar en las heridas del pasado de Sebastião José de Carvalho e Melo. Sería mejor dejar que las cosas siguieran su curso. Quizá el rey decidiese mi liberación reparando así el error de su padre.

La misa empezó puntual y los fieles entraron en la pequeña iglesia o se quedaron en la puerta, escuchando los cánticos en latín de los curas. Sin llamar la atención, Bernardino se decidió a dar una vuelta por los jardines del palacio. Conocía la especial predilección del rey por los animales exóticos y en ese momento tenía una buena oportunidad para observarlos sin que nadie lo molestase. Se acercó a la zona de las jaulas y le entusiasmó ver los leones, enormes, con sus frondosas melenas alrededor del hocico. Corrían de un lado a otro, parecían agitados y nerviosos, pero siempre había creído que su comportamiento era así por naturaleza.

Cuando la tierra empezó a temblar, Bernardino presenció, horrorizado, el derrumbe de aquellas estructuras enormes. La tierra tembló dos veces en muy poco tiempo, y el improvisado parque animal en los jardines reales entró en convulsión. Los pájaros echaron a volar entre graznidos; los monos huyeron de los árboles que caían abatidos; los leones y los pumas rugieron, probablemente tan aterrados como los pocos seres humanos que circulaban por allí; y hasta los elefantes y los rinocerontes parecían atónitos ante la furia de las sacudidas.

Una nube de polvo marrón ascendió de la tierra al cielo y Bernardino apartó las hojas y las ramas de los árboles que se le habían caído encima. Dos domadores de leones aparecieron, preocupados, pues las jaulas se habían venido abajo y las fieras empezaban a comprender que podían abandonar su lugar de cautiverio.

Se oían muchos gritos procedentes de la iglesia y Bernardino se alarmó. ¿Habría resultado herido el rey en el terremoto? Decidió regresar a la iglesia, pero notó movimiento cerca de él. Entonces vio un pequeño puma del tamaño de un gato que corría en su dirección, asustado. Oyó un desagradable gruñido que venía de detrás de un árbol y ni siquiera se paró a pensar.

Echó a correr atravesando el jardín a saltos, mientras las aves cacareaban a su espalda. Solo se detuvo junto al portón del jardín, que se había caído a causa del terremoto. Vio a algunos hombres y les gritó:

—¡Cuidado! ¡Hay leones y pumas sueltos!

Asustados, los guardias intentaron recolocar rápidamente el portón en las bisagras. Bernardino siguió corriendo hasta la iglesia y solo pudo tranquilizarse cuando divisó la figura del rey. Don José estaba de pie. Abatido, pero vivo.

10

Según mis cálculos, más o menos al mismo tiempo que el niño se cruzaba con nosotros cerca de la catedral de Lisboa, una extraordinaria visión se presentaba ante los ojos de la hermana Margarida. Todavía hoy recuerdo la emoción con la que me describió la plaza del Rossio. Al verla, deduje que la ciudad entera había acudido allí a la vez. Miles de personas circulaban apresuradas de un lado a otro, otras estaban sentadas en el suelo rezando o llorando, y era como si en aquel momento de infelicidad general una voz superior a los habitantes les hubiese ordenado reunirse allí para compartir el dolor e intentar sobrevivir juntos.

Caminaba unos metros por detrás del Profeta y de la monja de mayor edad cuando se percató de que, a su izquierda, el Hospital de Todos los Santos no se había derrumbado, por más que las grietas de la fachada lo rasgasen de arriba abajo. En las ventanas, los enfermos se asomaban al Rossio.

Al ver que la hermana Alice, que iba por delante de ella, se paraba debido a que el dolor de su pierna era cada vez más intenso, la hermana Margarida le preguntó:

—¿Puedes seguir?

Ella también se resentía de la pierna, pero no tanto como para verse obligada a parar.

—Si me quedo atrás, volverán y me atraparán —protestó la mujer—. Y a ti también. No te creas lo que ha dicho el confesor, nunca dejarán que huyas. La Inquisición nos ha condenado a muerte a los tres. Tenemos que fugarnos juntos.

Sin embargo, el Profeta no las esperó: tras sacarles muchos metros de ventaja se diluyó entre la multitud.

—Al menos nosotras dos, sí —sugirió la vieja monja.

La hermana Margarida sabía que el deseo de la hermana Alice de permanecer junto a ella no era inocente, pero su buen corazón no le permitía dejarla atrás.

—¡Vamos! —le dijo.

La hermana Alice pasó el brazo por los hombros de la joven, que cargó con ella. Días después me confesó que sintió cómo la mano de la anciana le rozaba ligeramente el pecho pero que, al no saber si era un gesto intencionado o fortuito, no se la apartó. Ambas echaron a andar, ahora más lentamente, observando la locura general que se había apoderado de los habitantes de Lisboa.

En la plaza había gente arrastrando cadáveres por los pies sin saber qué destino les darían. Había mujeres cojas que gritaban de dolor al andar y que utilizaban palos llenos de clavos como bastones. Había hombres tendidos en el suelo sangrando y gritando como perturbados, haciendo gestos rápidos con las manos, como si apartasen moscas en el aire, aunque lo único que hacían era luchar contra las terribles visiones que poblaban sus mentes. Había niños sin piernas ni brazos, y hasta sin cabeza.

Muchas personas se agrupaban y rezaban, rogándole a Dios el perdón por sus pecados. La gente no sabía qué hacer y no había médicos ni nadie que mitigara el dolor.

—¡Dios mío! —murmuró la hermana Margarida, aterrorizada.

—¡No mires, chiquilla! —le ordenó la anciana—. ¡Vamos, vamos! Tenemos que alejarnos para que los guardias no nos encuentren.

Atravesaron toda aquella miseria hasta que llegaron al centro de la plaza y vieron al Profeta sentado en el suelo junto a un grupo de personas, como si formase parte del mismo. El grupo parecía compuesto por dos familias amigas, con hombres, mujeres y niños. Unos se lamentaban, mientras que otros recordaban la suerte que habían tenido y hacían recuento de lo que habían podido sacar de la casa a tiempo. Junto a ellos había unos cuantos baúles de madera de los que sobresalían algunas prendas de ropa.

La hermana Margarida adivinó de inmediato las intenciones del Profeta y segundos más tarde vio por el rabillo del ojo cómo robaba una chaqueta. Nadie se percató del hurto, y el Profeta se levantó como un rayo y se distanció unos veinte metros, ocultándose entre la muchedumbre.

—Tengo que sentarme —avisó la monja anciana—. Tengo mucha sed.

Las hermanas se sentaron en el suelo, una al lado de la otra. Una mujer del grupo las vio en aquel estado y le ordenó a una niña que les ofreciese un trago de agua. La chiquilla se acercó con una jarra pequeña y se la pasó a la monja mayor, que bebió. Después, se la ofreció a la más joven.

—¡Gracias! —dijo después de beber.

La niña sonrió y a continuación miró a la monja mayor, que no le devolvió la sonrisa. La mujer que había enviado a la niña también se quedó mirándola y se puso seria de repente, molesta por la mirada que recibió como respuesta. Llamó a la niña y le comentó algo a un hombre. Este examinó a las dos monjas, y a la hermana Margarida no le gustó nada cómo las miró. Estaban a punto de levantarse cuando, de pronto, Lisboa fue víctima de un nuevo temblor de tierra, el tercero, el más corto, y la intención del hombre se esfumó, pues todo el mundo en la plaza empezó a gritar y el caos se apoderó del lugar.

Cuando la convulsión terminó, las dos monjas ya estaban lejos y nadie se acordaba de ellas. Atravesaron la plaza para dirigirse a la parte baja de la ciudad, hacia el río, con la clara intención de apartarse cada vez más del Palacio de la Inquisición y del convento de Santo Domingo. Con todo, la hermana Alice tenía muchas dificultades para caminar, de manera que volvieron a sentarse. Entonces, la hermana Margarida advirtió que la otra llevaba una chaqueta en la mano, sin haberse percatado hasta ese momento de a quién se la había robado ni cuándo.

¿Estaré siendo injusto con la hermana Alice al trazar un retrato desafortunado de ella? No tengo nada en contra de las mujeres a las que les gustan las mujeres, incluso algunas noches he disfrutado mucho con ellas reuniendo a varias en mi cama, para divertirme. Sin embargo, esta situación era distinta: la hermana Margarida hacía nacer en mí un sentimiento muy intenso, y al escuchar sus historias, tanto si las protagonizaban pretendientes masculinos como femeninos, sentía de inmediato un fuerte pinchazo en el corazón, los celos me castigaban y no podía tener una opinión benevolente de esas personas, como en el caso del inglés o el de esa vieja monja que intentó seducir a la joven.

Tras permanecer unos minutos en silencio, la hermana Alice preguntó:

—¿Por qué ha dicho el confesor que merecías la libertad?

Como la joven no se dignó responder, la otra insistió:

—Dicen que metiste el demonio en el convento, que los gritos se oían desde dentro...

La hermana Margarida se defendió:

—Lo que dicen no siempre es verdad.

La anciana monja permaneció callada unos segundos y finalmente asintió:

—Tienes razón. De mí también dicen muchas mentiras... Ojalá fuera tan mala como dicen que soy.

A la hermana Margarida no le gustaba el rumbo que tomaba la conversación, pero no hizo ningún comentario. La hermana Alice se encogió de hombros y le preguntó:

—¿Tienes familia en Lisboa?

—No. Mis padres murieron. Por eso fui al convento...

La joven sintió unas súbitas ganas de llorar. Ya se quedó sola en el mundo una vez, y se encontraba de nuevo en la misma situación. Pero eso, a pesar de todo, era mejor que morir quemada.

—¿Adónde vas a huir? —le preguntó la hermana Alice.

—No sé. No tengo familia ni amigos.

—¿Sabes que si te quedas en Lisboa te encarcelarán otra vez y te matarán?

—Lo sé.

—Deberías huir por mar, tomar un barco a Brasil. En medio de tanta confusión nadie se dará cuenta...

Llevada por la curiosidad, la hermana Margarida preguntó:

—¿Y dónde se toman los barcos que van a Brasil?

—Allí abajo, en el Terreiro do Paço...

—Y tú, ¿te vienes conmigo? —le preguntó la hermosa joven.

La otra sonrió:

—Soy demasiado vieja para un viaje tan largo.

—Entonces ¿qué vas a hacer? Si te encuentran, también te encarcelarán de nuevo.

Las dos se quedaron calladas, esta vez durante largos minutos. Había pasado más de una hora desde el temblor de tierra y el Rossio se llenaba cada vez más, la gente acudía desde todas partes, de la Baixa, del Bairro Alto, del Castelo.

Sorprendidas, las dos monjas vieron reaparecer al Profeta, que las previno visiblemente nervioso:

—Es peligroso, es muy peligroso. Están buscándonos. Ya han atrapado a los otros...

—¿Había más gente como nosotros? —preguntó la hermana Alice, intrigada.

El Profeta las informó de que había más prisioneros evadidos.

—De las celdas del otro lado del palacio, más de veinte, pero ya los han encontrado a todos. Y ya saben de nosotros. El cura los ha avisado, se nos ve en la cara…

La hermana Margarida recordó las palabras de su confesor: los guardias de la Inquisición irían en busca del Profeta y de la hermana Alice, los casos más graves, pero nadie se preocuparía de ella. No sabía si aquellas palabras eran sabias, pero si les daba credibilidad, si permanecía junto a esos dos, ella sería una presa fácil.

—Si salimos del Rossio nunca nos encontrarán —dijo.

El Profeta reveló sus intenciones: quería dirigirse raudo al Terreiro do Paço en busca de una plaza en un barco.

—Marchaos vosotros dos —dijo la hermana Alice— e id a Brasil. Yo no puedo. Está muy lejos, la pierna no me deja caminar.

Decidido a echar a andar, el Profeta le preguntó a la hermana Margarida:

—¿Vienes?

Quería irse, pero no podía dejar a la hermana Alice allí en aquel estado. Negó con la cabeza:

—No la dejaré aquí sola. Vete tú, nosotras vamos más despacio.

Y ambas se quedaron allí, viendo cómo se alejaba camino de la Baixa, una zona donde antes había tantos edificios y calles y en la que ahora solo quedaban ruinas y polvo. La hermana Margarida me contó, atenazada aún por el íntimo pavor que le provocaban las llamas, que a aquellas horas ya empezaban a verse columnas de humo negro procedentes de pequeños incendios. La monja de más edad comentó que el Profeta no debería haber tomado aquella dirección, pues se toparía con los fuegos. Un escalofrío recorrió el espinazo de la hermana Margarida al recordar el destino que le estaba reservado, el de morir en la hoguera. Se santiguó.

—¿Tienes miedo del fuego? —le preguntó la hermana Alice al verla santiguarse.

—Sí.

La monja anciana la miró, y a continuación le tocó el cuello, donde tenía las marcas de la cuerda con la que había intentado ahorcarse.

—¿Qué es esto?

La hermana Margarida bajó la mirada, avergonzada. La otra esperó a que hablase, pero como no decía nada, se ofreció voluntaria para contarle una historia.

—Mi padre murió cuando yo tenía ocho años. Se suicidó, tenía deudas y debía mucho. ¿Sabes cómo se mató?

—No —respondió la hermana Margarida.

—Ató una cuerda a un roble grande que había cerca de nuestra casa y se ahorcó. Recuerdo ver su cuerpo, ya sin vida, colgado de lo alto, y que unos vecinos lo bajaron, y también recuerdo su cara y las marcas de la soga en el cuello.

Miró a la chica:

—Como estas... —Sonrió y añadió—: Tienes que irte de aquí, de verdad...

Determinada, hizo un esfuerzo por levantarse. La hermana Margarida le tendió el brazo y ambas echaron a andar de nuevo.

—No vayamos por allí —decidió la hermana Alice, señalando el humo de los incendios—. No quiero que te asustes más de lo que ya estás.

La hermana Margarida le sonrió llena de gratitud. Salieron de la plaza del Rossio por el lado derecho, como si se dirigiesen hacia la catedral o el castillo, y la última vez que la joven miró atrás vio, a lo lejos, la indumentaria blanca de dos guardias de la Inquisición que buscaban prisioneros evadidos.

Sin duda, la hermana Alice era una mujer inteligente. Había conseguido alejarse del palacio y del convento esquivando a los guardias, y había logrado alejarse asimismo del Profeta, fingiendo que era incapaz de llegar al Tajo. También manipuló el miedo que la hermana Margarida le tenía al fuego, un miedo que la joven asociaba con la cárcel, la soledad y la muerte. En poco tiempo la dominó, obligándola a acompañarla.

11

Cuando rememoramos una historia que ha pasado hace un año, intentamos situar los acontecimientos por orden cronológico para ver lo que ocurrió de una forma lógica y comprensible. Es evidente que no presencié muchos de los actos que describo aquí, y que solo supe de ellos a través de los propios protagonistas cuando me los contaron, o a través de terceros. Por eso no sé si todo lo que cuento es verdad, si sucedió exactamente así, pero ¿acaso tengo otra forma de hacerlo? Por otro lado, es evidente que las historias que cuento y la forma en que lo hago también traslucen mis sentimientos sobre las personas, sean estos buenos o malos, y mis opiniones, sean estas justas o injustas. ¿Y cómo podría ser de otra manera? Recurro a los recuerdos para ordenar las emociones y los hechos, pero mi memoria no es independiente de mí, de mis ideas y de mis sentimientos, ¿no es verdad?

En cuanto Hugh Gold pudo razonar, pensó en lo que haría a continuación, en cómo reorganizaría su vida. Quizá debería presentarse en casa del embajador. Si se dirigía al Rossio, después podría subir hasta Santa Marta y seguramente su amigo lo acogería. Sonrió al pensar que la víspera, antes de acudir a su cita con la señora Locke, había estado cenando con el embajador en el gran palacio del marqués de Marialva, cuyo patio estaba lleno de caballerizas y de estiércol y donde los cerdos campaban alegremente a sus anchas. La fauna era vasta y colorida, criados y criadas, curas y boticarios, toreros y brigadieres, todos escuchando con gusto los fados que se cantaban en el patio y las anécdotas que se contaban en el balcón.

El banquete fue suculento, en un salón caldeado con braseros donde se saborearon dulces y guisos. Fue una velada divertida, y al final tanto él como el embajador acudieron a sus encuentros amorosos con sus respectivas amantes. La del embajador era la condesa de Vila Meã, una portuguesa cuyo marido pasaba en París una temporada y se sentía muy sola. En cuanto al capitán, fue a visitar a la señora Locke, cuyo marido se acostaba siempre con las gallinas, pues era un comerciante avaro que trabajaba de sol a sol. La pobre señora hacía mucho que no recibía atenciones del marido, y desde que vio al capitán por primera vez no paró de lanzarle miraditas seductoras y llenas de deseo. A pesar de que por cuestiones de trabajo se cruzara con el señor Locke varias veces al día, el capitán no reprimió las intenciones de la señora, sino todo lo contrario. El hecho de que estuviera casada con el representante de una casa comercial de la competencia era incluso una ventaja, pues podría proporcionarle acceso a información útil, tanto para sus negocios como para compartirla con el embajador, a quien le gustaba estar al corriente de las novedades de la comunidad inglesa de la ciudad.

De naturaleza semejante, el capitán y la señora Locke cayeron el uno en los brazos de la otra a los dos días de conocerse. Durante el último año se habían encontrado con regularidad semanal los viernes por la noche. Hugh Gold golpeaba en el postigo de la ventana de la dama, ella abría la puerta trasera de la casa y lo llevaba a una habitación que cerraba con llave, no fuera que el marido se despertase de repente.

Acordarse de la señora Locke le hizo recordar a su esposa y a su criada. Hugh Gold no podía creerse todavía que ambas hubiesen muerto en el terremoto. ¿Qué habría pasado con la señora Locke y su marido? ¿Habrían sobrevivido? Y su otra amante, la marquesa, ¿estaría bien? Vivía en la rua da Junqueira, en un pequeño palacete. ¿Los daños serían graves en aquella parte de la ciudad? Pensó en desplazarse hasta allí, pero se convenció de que sería imposible. Tendría que atravesar la ribera de Alcântara y andar varios kilómetros, y no se veía con fuerzas para semejante caminata.

De pronto, sintió mucha sed y comprendió por qué. Frente a él, a unos diez metros, una mujer ofrecía una jarra de agua a dos niños. Hugh Gold caminó hasta ella y le preguntó si le daba de beber. Desconfiada, la mujer preguntó:

—¿Eres un hereje?

Hugh Gold suspiró profundamente, enfadado. Siempre pasaba lo mismo, la misma antipatía de los católicos con él.

—¡Soy inglés, *English with* sed, *water*!

La mujer no le ofreció la jarra y el capitán escuchó su indignada proclama:

—¡Dios ha castigado a la ciudad por culpa de los herejes!

Ordenó a los niños que se levantaran y se alejaron los tres. El capitán los observó, incrédulo, mientras se unían a otro grupo de mujeres arrodilladas, y se arrodillaron también. Poco después, la resabiada señora dio su opinión mientras señalaba al capitán. Gold dedujo que lo mejor sería alejarse: aquel grupo de fanáticas iba en busca de culpables y él sería el primer importunado.

Una distracción acudió en su auxilio. En el rincón opuesto de la plaza dio inicio una pelea, varios hombres entraron en la refriega y las mujeres se quedaron mirándolos. El capitán advirtió que dos de los implicados en la lucha vestían ropa de presidiarios. Seguro que habían huido del Tronco. La prisión de los marineros estaba cerca de allí y sin duda estaría afectada por el terremoto. Con todo, no había guardias a la vista. En poco tiempo las escaramuzas se apoderarían de la ciudad...

Lisboa ya era peligrosa en días normales. Después de ponerse el sol había grupos de jóvenes que provocaban disturbios, bandidos que recorrían las callejuelas, y casi todas las semanas se oía decir que había muerto alguien a puñaladas en el silencio de la noche. El embajador y él siempre salían protegidos por cuatro esclavos negros, e incluso así, a veces, los importunaban.

Gold preveía lo peor. El caos y la anarquía eran el ambiente propicio para los fuera de la ley. Mientras pensaba en ello, se acordó del dinero que guardaba en un cofre de la casa comercial. Había bastante. Si le robaban aquellas posesiones, entonces sí que se vería en una situación complicada. Sin casa, aún podría salvarse; sin dinero, seguro que no.

De manera que decidió ir a su casa comercial, situada detrás de los mercados del Terreiro do Paço. Recuperaría el dinero y después pensaría qué hacer a continuación. Quizá se dirigiese a la residencia del embajador o quizá la marquesa lo dejara pernoctar en el palacete.

Reunió fuerzas y, aun sin haber bebido agua, empezó a caminar. Se sentía ridículo en pijama y con zapatillas, pero era mejor que ir desnudo, como la gente que deambulaba por la ciudad como Dios la trajo al mundo. Atravesó Remolares, donde también se agolpaba mucha gente junto al río, y poco después vislumbró la Ribeira das Naus, la parte trasera del Palacio Real y la nueva Iglesia Patriarcal, que estaba muy dañada.

De pronto, un hombre se acercó en su dirección, pero como su cara parecía más bien una bola de polvo no lo reconoció. El desconocido exclamó entusiasmado:

—¡Capitán Gold! ¿Está vivo?

Qué pregunta tan inútil y estúpida, pensó el capitán, y la cara de asombro que puso debió de ser lo que obligó al hombre a presentarse de pronto:

—¡Soy yo, Ferdinand Locke, de la casa Locke & Grover!

Hugh Gold se quedó perplejo, boquiabierto. El que estaba allí delante, en medio de la hecatombe, era el marido de la señora Locke, con quien había estado divirtiéndose la víspera. El polvo lo hacía irreconocible cual alma en pena salida de un cuento de terror. El capitán balbuceó:

—¡Señor Locke! *Good lord, hell...*

—¡Esto es horrible, es una locura! —exclamó el hombre—. Está todo destruido, no ha quedado nada en pie... ¿Adónde va?

Curiosamente, el señor Locke hablaba un portugués casi perfecto, lo que irritó al capitán, que a pesar de sus esfuerzos mezclaba, y mal, las dos lenguas. Le explicó que se dirigía a su casa comercial.

—¡No lo haga! —exclamó el hombre—. Yo vengo de allí, pero he tenido que huir. Por suerte, el dinero viene conmigo. —Golpeó con la mano una gran bolsa que cargaba a cuestas—. He traído solo una parte, no he podido coger más. El resto se ha quedado en el cofre, bajo tierra... Así los ladrones no lo descubrirán. No vaya por allí ahora, que hay muchos ladrones rondando... ¡Si se acerca, lo matarán!

Estaba histérico, entumecido por el miedo, y el capitán sospechaba que el señor Locke estaba exagerando intencionadamente su relato, quizá para que Hugh Gold no recuperase el dinero y su casa comercial saliese peor parada por el desastre que la suya. Sin embargo, el capitán no temía a los asaltantes, incluso herido, pensaba, podría enfrentarse a ellos. No era ningún cobarde, como el señor Locke, que huía con el rabo entre las piernas.

—¡*Good lord, nobody* me mata! —replicó Gold, airado—. ¡Al diablo! ¡*Got to go,* tengo que ir, *my money*!

El señor Locke frunció el ceño, desconfiado, pero desistió ante tamaña determinación, y ya se alejaba cuando el capitán le preguntó:

—¿*And* la señora Locke? ¿*Is she* bien, *all right*?

El esposo de la susodicha abrió los brazos, torciendo la boca y esbozando una mueca de preocupación:

—No tengo ni idea. Salí de casa esta mañana a las siete y todavía roncaba —dijo, y forzó un poco más la mueca—. Ronca mucho...

El capitán Hugh Gold me contó que en ese momento cometió un pequeño desliz al decir:

—Sí, *I know*.

¡Menuda metedura de pata! A pesar de que el polvo le cubría la cara, el señor Locke esbozó una sonrisa de circunstancias, molesto por el significado de aquel enigmático «sí», pero se recompuso enseguida y dijo:

—Espero que esté bien, ahora voy para allá.

—*I'm sure* de que sí —remató el capitán.

Al narrarme este episodio, Hugh Gold se sujetaba la barriga, riéndose a carcajada limpia:

—¡Sí, *I know*!

Muerto de risa, se volvió hacia mí:

—*Good lord*, qué diablos, ¿*where was my* cabeza, *my head*? ¿*Tell this* al marido de la señora Locke, *to the husband*? *Hell, he could ask*: «¿Cómo lo sabe? ¿*How do you know*, capitán?». A lo que yo le hubiera respondido: «*What, hell*? ¡*I know because* todos los *fridays* gozo *with your wife*! ¡*And* ella se queda dormida, *sleeps, and* ronca, señor cornudo!».

El capitán Hugh Gold se deleitaba con la superioridad que ejercía sobre el señor Locke por copular con su mujer. A los amantes de las mujeres casadas siempre les pasa lo mismo: tienen ese sentimiento de superioridad sobre el otro macho que los extasía y les hace sentirse más poderosos que el engañado.

—*Good lord*, cornudo y avariento, *the poor man* —remató Hugh Gold—. *More money than me!* ¡Pero, *what the hell*, qué diablos, *me fucks his* mujer, su *wife*!

El capitán Hugh Gold no podía parar de reír, quizá para impresionarme a mí o a mi amigo Mohamed, sin saber que esa misma noche alguien más lo estaba escuchando y reflexionaba seriamente sobre sus palabras.

12

Además de buscar a su hermana, el niño también buscaba al perro. No sabía nada de él desde la noche anterior y su ausencia le extrañaba. Y mientras miraba lo que antes había sido su casa pensaba en el perro, en qué le habría pasado y en lo mucho que podría ayudarle a encontrarla. El animal era muy inteligente y sabía perfectamente qué hacer cuando pronunciaba el nombre de la niña. A veces, le preguntaba al perro:

—¿Dónde está Assunção?

Y el perro corría a buscarla, y ladraba para avisarlo de que la había encontrado. Por tanto, si en un día normal era capaz de hacer aquello, aquel día tenebroso todavía sería capaz de más. Pero el perro no aparecía por ningún sitio ni respondía a sus llamadas. Pasado un tiempo, el niño, desanimado, dejó de llamarlo y se sentó en el suelo. En realidad, estaba tan asustado y confundido que ni siquiera confiaba en que aquella fuera su casa, pues no se parecía en nada a lo que era antes.

Aparecían y desaparecían personas desnudas o ataviadas con andrajos, almas perdidas que deambulaban por caminos que creían conocer pero que ahora desconocían. A veces, cuando pasaban mujeres y niños, el muchacho se quedaba mirando sus cuerpos desnudos y sucios y sentía vergüenza ajena.

Se decidió a rebuscar entre los escombros, pero el enorme esfuerzo que suponía le hizo pensar en pedir ayuda. Explicó a los transeúntes que su hermana estaba dentro de la casa, que podía ser que aún estuviese viva, que tenía que encontrarla. Sin embargo, nadie se detenía a escucharlo.

Al cabo de un rato, el jovencito vio a uno de sus vecinos, ya de cierta edad, con el brazo ensangrentado y los ojos turbios de lágrimas, que le dijo:

—He perdido a mi hija y a su marido. Están muertos, allí —señaló—. No sé nada de mi mujer.

El niño le explicó su caso, y el hombre le respondió tras santiguarse:

—Nadie ha sobrevivido dentro de estas casas… —Y añadió—: Ven conmigo, vamos al Terreiro do Paço. Aquí no nos ayudará nadie.

El niño no quiso seguir el consejo del vecino, pero este insistió:

—Esto está lleno de ladrones. Se meten en las casas y lo roban todo, y si nos enfrentamos a ellos nos matarán. No es lugar para un muchacho como tú.

El niño ya lo sabía y le contó lo que había pasado cerca de la catedral con los españoles, y añadió:

—No voy a dejar que le hagan daño a mi hermana.

Tras hacer una pausa, el vecino le preguntó:

—¿Crees que está viva?

El hermano dijo que sí.

—Eres un muchacho con mucha fe —comentó el vecino—, pero Dios nos ha castigado. Ha castigado a los pecadores de esta ciudad.

El niño le aseguró que su hermana no era una pecadora. El vecino lo interrumpió:

—Ella no, pero tu padrastro…

El niño enmudeció. La fama del padrastro era conocida en la vecindad.

—Esta mañana —recordó el vecino—, después de que tu madre y tú os marcharais a misa, vi a tu padrastro hablando con tu hermana y, por la cara que ponía, se entreveía lo que le decía…

El chico lo interrumpió:

—¡Ella nunca dejaría que le hiciese nada! ¡Ella no es de esas!

El vecino lo confirmó negando con la cabeza, y añadió:

—Pero él es un hombre fuerte...

—¡No! —gritó el niño—. ¡No le ha hecho nada malo! Y si se lo ha hecho, lo mato...

El vecino notó la rabia del chiquillo, bajó la mirada y dijo:

—Lisboa está perdida... Dios nos ha castigado...

En ese momento el niño le preguntó muy agitado:

—¿Ha visto a mi padrastro después de lo sucedido?

—No. La última vez que lo vi fue aquí, en la puerta, mientras hablaba con tu hermana y se reía —le dijo el vecino—. Después, ella entró en la casa y cerró la puerta, y él...

El niño lo interrumpió:

—No hable de lo que no ha visto...

El vecino le replicó:

—¿Me estás acusando de levantar falsos testimonios?

El niño respondió:

—No. Váyase si quiere y déjeme solo, que yo seguiré buscando a mi hermana.

Dicho lo cual, regresó al lugar donde antes estaba la puerta de su casa y empezó a retirar piedras y travesaños. El vecino dio media vuelta y se marchó.

Esta conversación entre el muchacho y el vecino debió de tener lugar media hora antes de que yo lo viera por segunda vez. Mohamed y yo nos habíamos quedado junto a la fuente, bebiendo y descansando, y, en vista de que Perro Negro no apareció por los alrededores, decidimos bajar al Terreiro do Paço y al río. Los edificios de la cuesta donde está la catedral presentaban enormes daños, la mayoría habían sufrido derrumbes o estaban reventados por la mitad, dejando el interior a la vista. Parecían pasteles a los que alguien les hubiera cortado una gran porción para mostrarnos lo que había dentro: partes de habitaciones, camas, sillas, incluso lavabos, todo suspendido en el aire, sujeto por vigas a punto de caer. Ropa, utensilios íntimos, orinales, zapatos y colchas formaban una extraña mezcla de colores, junto con trozos de madera y ladrillos sueltos.

Hicimos la mayor parte del camino en silencio, como si rindiéramos un mudo homenaje a las víctimas del cataclismo, hasta que llegamos a la zona de la iglesia de la Magdalena. De repente vimos un perro, un chucho bonito y negro, con el pelo brillante y bien cepillado, que pasó por nuestro lado corriendo y meneando el rabo. Trepó a un montón de cascotes y empezó a ladrar, entusiasmado, mirando hacia otro montón de escombros. Volvió a bajar colocando las patas con cuidado para no herirse con las piedras y las maderas puntiagudas que sobresalían del suelo. Una silueta emergió de un agujero en la tierra y abrazó al perro con alegría. Constaté que era el mismo niño que vimos antes en la fuente. Mohamed y yo nos acercamos y, cuando estábamos a pocos metros, el niño nos vio y se puso tenso. Examinaba nuestra indumentaria, desconfiado.

—¿Quiénes sois? —nos preguntó.

Mohamed tosió y yo llamé al perro con un silbido, se me acercó, le acaricié la cabeza y le hice unas cuantas carantoñas. El perro parecía contento, no paraba de mover el rabo. El niño me observaba sin decir nada.

—Tienes un perro muy bonito —afirmé.

El niño silbó y el perro corrió hacia él. Después dio unos pasos rápidos hacia un lado y se coló por un agujero. Lo oímos ladrar: un ladrido persistente, como si llamase a alguien. Al oírlo, el niño perdió el interés por nosotros, corrió al agujero y se metió dentro. Me asomé a ver qué era: una especie de túnel con unos escalones un metro por debajo del nivel del suelo. El chiquillo y el perro volvieron a aparecer.

—Creo que mi hermana está ahí abajo y estoy seguro de que está viva —dijo el niño.

Examiné aquel conglomerado de piedras y escombros y le pregunté:

—¿Tu casa estaba aquí?

El niño dijo que cuando se produjo el terremoto estaba en la misa de San Vicente de Fora con su madre. Que la iglesia se derrumbó encima de la mujer y que había muerto. Él se salvó porque había salido de la iglesia un poco antes, pues quería regresar a casa para buscar a su hermana, que se había quedado con el padrastro.

—Y tu padrastro, ¿dónde está?

Desanimado, el niño bajó la cabeza.

—Está muerto, he visto el cuerpo ahí abajo, pero el perro está nervioso, presiente que mi hermana está viva.

Suspiré:

—No sé, todo esto está destruido. ¿La has llamado?

El niño la había llamado, pero no respondía.

—¿Me podéis ayudar a encontrarla? —preguntó—. He pedido ayuda a varios hombres y a mi vecino, que estaba aquí hace un momento, pero nadie se ha dignado ayudarme.

Miré a Mohamed. El árabe se mordía las uñas, nervioso. Sabía que se ponía así en presencia de niños, y también sabía que éramos dos prisioneros en fuga y que teníamos que irnos de la ciudad lo antes posible.

El niño insistió:

—Puedo ofreceros comida, si queréis. Ahí abajo he descubierto pan y carne, y una olla con patatas cocidas. Seguro que era nuestro almuerzo para cuando volviéramos de misa.

Al oírlo hablar de comida, Mohamed se acercó sonriente.

—Santamaria, Mohamed tiene hambre. Mohamed come, después ayuda.

Sonreí y acepté el ofrecimiento del muchacho. Se introdujo en el agujero y volvió a asomar con una olla. Nos sentamos los tres a comer y disfrutamos del festín. Cuando acabamos, el niño me miró:

—Tú eres más alto, podrás llegar más lejos.

Asentí y me colé por el agujero. El niño me siguió y el perro también. Ante mí, en un espacio oscuro y atestado de argamasa y cascotes, se alzaban dos elevaciones irregulares de piedras y maderos. Una viga grande me impedía el paso. El niño me explicó:

—Esta es la entrada al sótano. Si logras mover esa viga, podremos pasar.

Luché contra el madero hasta que logré hacerlo rodar. Lo empujé a la derecha y abrí una rendija más grande por la que poder pasar. Sin embargo, al niño, al perro y a mí nos llovió encima una avalancha de polvo y piedras.

—Será mejor que me esperéis fuera —dije—. Esto es peligroso.

El niño y el perro salieron. Me colé por la grieta junto a la viga y fui a dar a una especie de pasillo con las paredes desmoronadas. En el suelo había montones de piedras que se confundían con el techo del cubículo. En cualquier momento podría producirse un derrumbamiento, y aun así avancé hasta donde pude. Unos metros más adelante, el montón de escombros aumentaba y me impedía acceder hasta el fondo del sótano. Grité para comprobar si había alguien con vida, pero nadie me respondió. Probé a excavar un poco más y a apartar los cascotes, pero enseguida concluí que solo podría hacerlo con una pala.

Di media vuelta y, de pronto, me topé con un cuerpo tendido en el suelo. Repté hasta él. Era un hombre y estaba muerto, pero lo que me llamó la atención fue el hecho de que le hubieran cortado la garganta con una navaja. Salí y le expliqué al niño que me había resultado imposible llegar más lejos.

Convencido por mis palabras, respondió:

—Entonces voy a buscar una pala y me ayudas a sacar la tierra.

Suspiré de nuevo.

—Ahí abajo hay un hombre muerto. ¿Has sido tú el que le ha cortado el cuello?

El niño se puso muy serio, pero dijo que no, y repitió lo que me había contado antes: que había encontrado a su padrastro muerto, pero que no se había fijado en si lo habían degollado.

—Yo no he tenido nada que ver con eso, y tampoco lo pretendo —le dije—. Ese hombre ha sido asesinado y no me voy a quedar aquí para que me acaben acusando a mí.

Mohamed estuvo de acuerdo conmigo. El niño se indignó:

—¡Pero yo os he ayudado! ¡Os he ofrecido comida! ¡Me prometiste que me ayudarías a buscar a mi hermana!

Avancé un par de pasos en su dirección y le dije:

—Y te he ayudado, me he metido ahí abajo. He llamado y nadie ha respondido. No he visto a tu hermana y he visto a tu padrastro degollado. Para mí, ya es suficiente.

Mohamed y yo nos marchamos, a mi espalda solo se oían las protestas y los insultos del niño:

—¡Mentiroso! ¡Eres un mentiroso! ¡Sois unos bandidos! ¡Si vienen los guardias os denunciaré!

Dos piedras aterrizaron muy cerca de mí y me giré. Receloso, el niño se metió de nuevo en el agujero seguido por el perro. Al cabo de poco asomó la cabeza para mirarnos mientras gritaba una vez más:

—¡Mentirosos!

La hermana Margarida me contó que el niño le dijo lo mismo que me había contado a mí: que se había encontrado al padrastro muerto. Ella tampoco sabía nada del navajazo en la garganta, y el joven nunca le aclaró si tuvo algo que ver con aquel asunto. Hoy, al recordar los acontecimientos de aquellos días, sé que hay partes de la historia que entonces resultaban difíciles de esclarecer, como este episodio. ¿Quién le había asestado aquel navajazo mortal? ¿Había sido el niño para vengarse del daño que el padrastro le había causado a su hermana? ¿Y de dónde habría sacado una navaja capaz de propinarle semejante tajo?

Siempre que veía el brillo de sus ojos, su determinación, su valor, sentía que el muchacho tenía un poderoso lado bueno, pero también un poderoso lado sombrío, y no me costaba admitir que habría podido ser él quien, en un arrebato de rabia y venganza, degollase al abusador de su hermana.

Aquellos días fueron terribles, días en los que perdimos nuestros gestos y nuestros pensamientos más bondadosos; días en los que el imperativo de la supervivencia y la presencia constante del sufrimiento y de la muerte nos alteraban, nos hacían cometer actos desagradables, incluso injustos o criminales; días en los que las normas se suprimieron y prevalecieron nuestros impulsos más primitivos, nuestro lado irracional, nuestros miedos y nuestras rabias; días en los que dejamos de ser humanos y nos convertimos prácticamente en animales, sin razón ni compasión, donde todo cuanto queríamos era huir y sobrevivir, y para conseguirlo hacíamos lo que fuera necesario, aunque se tratase de cosas horribles. A pesar de que todo el mundo hablaba de Dios, durante aquellos días Dios abandonó a la gente y la dejó completamente sola, enfrentada a una naturaleza brutal. En aquellos días fuimos como los primeros seres que poblaron la tierra hace muchos muchos años, antes de que en el mundo existiese la sabiduría, la cortesía o la solidaridad.

13

Anduvimos aproximadamente unos doscientos metros en medio de aquel absurdo circo en una ciudad desgajada de sus cimientos, elevada por los aires por una fuerza tremenda y después arrojada al suelo con estrépito. La zona de la Baixa, situada entre la plaza del Rossio y el Terreiro do Paço, estaba hecha añicos. Mohamed y yo nos sentamos exhaustos.

Mi idea era tomar un barco para abandonar Lisboa lo más pronto posible.

—En el Terreiro do Paço siempre hay barcos que van y vienen —dije—. ¡Podríamos enrolarnos como marineros y partir hacia Brasil en busca de oro!

Como habíamos comido hacía poco, estábamos más animados.

—¿Ir a buscar oro? ¡Santamaria está loco! ¡Nosotros piratas, nosotros robamos oro!

—Sí —coincidí—, pero antes tenemos que largarnos de aquí.

—¿Santamaria ya no quiere el perdón del rey?

Me encogí de hombros, desconsolado:

—No me han respondido. Una vez más, el reino de Portugal no quiere saber nada de mí.

Hace muchos años a nadie le importó mi suerte. La historia se repetía y mi petición ni siquiera había obtenido respuesta.

—Ya no me siento portugués —afirmé—. Quiero desaparecer de aquí lo más rápido posible. El río me parece la mejor salida.

Mohamed esperó un rato antes de hacerme una pregunta:

—¿Santamaria no tiene familia en Portugal?

Negué con la cabeza.

—¿Santamaria no conoce a nadie?

Resoplé, molesto. Por causalidad sí que conocía a alguien que se llamaba Sebastião José de Carvalho e Melo, el ministro de Asuntos Exteriores del reino, pero dudaba mucho de que él se acordara de mí.

—¿Santamaria no conoce ninguna mujer en Lisboa? ¡Imposible! ¡A Santamaria le gustan las mujeres! ¿Santamaria no se acuerda de mujeres portuguesas?

Sí, al menos me acordaba de una… Entre los veinte y los treinta años me pasé la mayor parte del tiempo metido en barcos, como marinero o como piloto, y solo venía a Lisboa una o dos veces al año. Frecuentaba alcobas de meretrices, y en alguna ocasión hasta me acercaba a las rejas de los conventos para flirtear con las novicias, pero ninguna de aquellas mujeres dejó nunca una marca en mí. Solo recordaba a una chica a la que seguí hasta una fuente y con quien conversé una mañana de domingo. Claro que sí, ¿dónde estaría? ¿Por dónde andaría Mariana, de quien un día me enamoré?

—Había una chica…

Mohamed empezó a aplaudir, encantado:

—¡Mohamed lo sabía! ¡Santamaria es un conquistador! ¡En Lisboa o en Tortuga!

Su comentario me irritó:

—¡Cállate, idiota, que no sabes lo que dices! Ella no era de esas…

Es verdad, Mariana era diferente. Conversamos junto a la fuente y enseguida me fascinó su belleza serena, su cara redonda y sus ojos negros. Tenía el pelo del mismo color que los ojos, y su rostro traslucía una dulzura y una gentileza femenina que me embelesaron. La acompañé por la calle, y a partir de ese momento empezamos a coquetear y acabamos pasando cinco días y cinco noches juntos. Le dije que tenía que zarpar en barco a África y que no regresaría hasta dentro de tres o cuatro meses, pero eso no pareció perturbarla; al contrario, me tranquilizó, sonriente:

—Sé que un día volverás y yo te estaré esperando.

Por desgracia, nunca más volví, hasta ahora, muchos años después. Probablemente ya ni se acordaría de mí.

—No sé dónde vive ahora —dije.

Mohamed preguntó:

—¿Dónde vivía cuando Santamaria la conoció?

Solo me acordaba de dónde dormí con ella:

—En la cuesta que sube al Bairro Alto. Vivía con una tía anciana, casi sorda.

Entonces se me escapó una breve carcajada y Mohamed quiso saber por qué.

—Su tía dormía en una habitación de la planta baja, Mariana tenía la suya encima. Le dijo a su tía que yo iba a arreglar el tejado, y aunque la mujer le preguntó desconfiada: «¿En domingo?», los dos subimos a su cuarto...

—¿Y te gustó? —preguntó Mohamed.

—Sí.

Recuerdo la intensidad de sus abrazos tras horas y horas de sexo. Era como si presintiese que no me vería nunca más, como si me quisiera retener para siempre junto a ella, estrechándome amorosamente contra su pecho. Era una mujer serena, pero muy ardiente al mismo tiempo, y me amó con entusiasmo. Se entregó a mí con tanto ímpetu que aún sigo recordándolo con nostalgia después de tantos años. He fornicado con muchas mujeres, pero ninguna me impresionó tanto como Mariana. A las demás nunca las amé, solo la amé a ella. Por supuesto que en mi vida ha habido mujeres más experimentadas e incluso más guapas, pero Mariana fue la única que se entregó a mí completamente, en cuerpo y alma, en sueño, energía y fantasía. Pasé unas noches deliciosas, enardecido con su calor, entre sus envolventes brazos. Y nunca más he sentido a ninguna mujer vibrar tanto conmigo como ella vibró. Bastaba con que le acariciara el pecho, aquellos senos redondos, bonitos y tersos, para que enloqueciera de placer, poniendo los ojos en blanco, gimiendo encima de mi cuerpo y acelerando los movimientos del suyo para aumentar la excitación. Sí, Mariana era inolvidable y tuvo que ser Mohamed, con su habitual y grosera elocuencia, quien me hiciera bajar a la tierra.

—¡Santamaria está con el rabo tieso! —dijo entre risas.

Yo también solté una carcajada. Aquel momento de nostalgia me había encendido por dentro, ansioso por estar con una mujer. Mohamed se había dado cuenta y se burlaba de mí.

—Si Santamaria quiere, Mohamed se viste de mujer…

Suspiré, divertido, con las ocurrencias del árabe. Durante muchos años siempre fue así.

—Lo que yo necesito es una mujer de verdad y no un árabe estúpido…

Mi amigo fingió sentirse ofendido.

—Santamaria es malo, Santamaria es bruto.

Le pregunté, sin dejar de reír:

—¿Crees que deberíamos buscarla?

Mohamed, que seguía haciéndose el resentido, se encogió de hombros. Miré hacia el Bairro Alto.

—Tenemos que atravesar la ciudad, el Bairro Alto está enfrente, en aquella colina. Pero si allí todo está como aquí, nunca identificaré la casa de su tía… ¿Crees que vale la pena intentarlo o nos vamos al río?

Mohamed permaneció unos segundos en silencio, y al fin dijo lo que pensaba:

—Mejor que nosotros nos escondamos unos días. Lisboa es una gran confusión ahora, muchos soldados están en el puerto…

El árabe hacía bien en recordarme que durante esos días habría más gente buscándonos. Así que decidí olvidarme del puerto por unas horas y subir al Bairro Alto en busca de Mariana. Nos levantamos del suelo pero, en ese preciso instante, Mohamed tiró de mí y me alertó:

—¡Soldados!

Un pequeño grupo, quizá unos siete u ocho, caminaban en nuestra dirección. Estaban sucios y malheridos, pero llevaban fusiles en bandolera. Mohamed murmuró:

—Si nos ven, nos atraparán.

La única posibilidad que teníamos era recular por el mismo camino por el que habíamos venido, y eso fue lo que hicimos. Sin embargo, para nuestra desgracia, los soldados tomaron la misma dirección. «Seguro que se dirigen a la catedral», pensé. Así que nosotros volvimos a la calle donde se encontraba la casa del niño. De pronto, los soldados se pararon a conversar. Unos señalaban hacia el Rossio, otros en nuestra dirección. Finalmente decidieron separarse. Cuatro se dirigieron a la plaza y los otros cuatro tomaron el mismo camino que nosotros, de modo que nos vimos obligados a recular una vez más.

Entonces oí el ladrido furioso de un perro. Miré hacia el lugar de donde procedía el gruñido y vi a Perro Negro levantando al niño por los aires mientras lo agarraba del cuello de la camisa. El niño pataleaba, pero no podía soltarse. El perro intentó mordisquearle las piernas a Perro Negro, pero el gigante le dio una patada y el chucho aulló de dolor.

Uno de los españoles intentó clavarle una navaja en la barriga, pero el animal logró escabullirse. El niño le ordenó a gritos que huyese y el perro obedeció, desapareciendo tras unos bloques de piedra. Perro Negro amenazó de muerte al chiquillo, aunque este ni se asustó ni reaccionó. Furioso, el español le hizo la zancadilla y el niño cayó al suelo, indefenso. El mastodonte le puso su enorme bota encima, riéndose, y sacó un cuchillo de su cinturón. El niño permanecía quieto, mirando fijamente a su verdugo, y entonces sentí que había llegado el momento de intervenir.

—¡Eh, cabrón! —grité—. Tu mierda sigue apestando, ¡hijo de puta!

Perro Negro dio media vuelta y nos reconoció, rabioso. Le propinó un fuerte puntapié al niño y buscó la escopeta.

Le grité:

—Lucha con las manos, cabrón. Ven aquí, cobarde, ¿o es que tienes tanto miedo que solo sabes pelear con un arma?

La palabra «miedo» produjo en él el efecto que me esperaba, y tanto Perro Negro como los otros dos españoles echaron a correr hacia nosotros. Mohamed se lamentó:

—Santamaria…

Esperé unos segundos para asegurarme de que el niño estaba bien y lo vi ponerse en pie. Los dos nos miramos durante un segundo y su mirada fría volvió a producirme un efecto perturbador. Con todo, aquel no era momento para pensar en esas cosas, pues Perro Negro y los otros dos españoles ya se hallaban a poco más de quince metros de nosotros, saltando por encima de los escombros. Teníamos que zafarnos de ellos una vez más.

—¡Mohamed, por aquí! —le grité a mi amigo.

Nos encaminamos hacia la Alfama. Sin duda, las estrechas calles de aquel barrio iban a ser nuestras aliadas en la huida. Con tanta destrucción nos resultaría más fácil sortear a Perro Negro, que, cada vez más cerca, juraba a voz en grito que nos descuartizaría sin piedad. Brincábamos por encima de los cascotes y de los cadáveres que se hacinaban por la zona. También nos topábamos con muchas personas, despavoridas y paralizadas, que permanecían junto a las casas contemplando toda aquella devastación, como si no supieran hacer otra cosa que admirar la fuerza demoledora del terremoto y sufrir por lo que habían perdido, que era todo o casi todo.

Nuestro deficiente calzado nos impedía ir más rápido, de modo que los españoles no tardarían en alcanzarnos. Era consciente de que solo tendríamos alguna posibilidad de salvarnos en el laberinto de la Alfama; en campo abierto seríamos presas fáciles. Y entonces pasamos junto a una mujer que removía una olla puesta sobre una lumbre de carbón improvisada. El olor a comida me entró por la nariz, y vi a algunas personas sirviéndose unas escudillas de sopa. Seguí corriendo, y Mohamed me seguía, casi sin aliento.

Diez metros por detrás de nosotros oímos un griterío y nos detuvimos a ver qué pasaba. La cocinera se encaraba con Perro Negro, que la amenazaba con un cuchillo mientras los otros dos españoles se apoderaban de las escudillas y las metían en la olla para servirse sopa. La gente, asustada, se alejó mientras la mujer le gritaba a Perro Negro que la comida era para todos, que todo el mundo tenía hambre. Hastiado de escucharla, el gigante desenvainó el cuchillo y con un movimiento rápido le segó la garganta, y la mujer cayó hacia atrás cual hoja seca, sin vida. Se oyeron gritos, pero nadie se atrevió a enfrentarse a Perro Negro, así que los tres españoles empezaron a comer y se olvidaron de nosotros, que nos apresuramos en llegar al río. La única alma que en aquellas circunstancias se había atrevido a plantarle cara al gigante acababa de morir, salvándonos a nosotros la vida.

14

Cómo sabes que tu hermana está viva? —le preguntó la hermana Alice al niño.

—Lo sé. Presiento que lo está.

La monja anciana esbozó una sonrisa de menosprecio, poniéndolo en duda.

—¿Acaso tienes poderes de adivino? ¡Ten cuidado, que en esta tierra eso es peligroso! —le advirtió la hermana Alice.

El niño estaba de pie frente a ellas, con la cara sucia, el pelo desgreñado y el perro sentado a sus pies, aguardando instrucciones. Lo que más le impresionó a la hermana Margarida fue su mirada de determinación y la convicción con la que hablaba. Minutos después de que nosotros escapáramos corriendo de Perro Negro, ellas se cruzaron con el niño cuando subían hacia la catedral, en una calle donde se erguía la ahora destruida iglesia de la Magdalena. La hermana Alice se sentía dolorida y fatigada por el esfuerzo de caminar huyendo de los guardias que las buscaban en el Rossio, pero no quería parar. Sin embargo, la hermana Margarida la convenció. Y fue entonces cuando vieron al perro, que se acercó a ellas y se refregó en las piernas de la chica. La monja de más edad intentó ahuyentarlo enseguida, como si el chucho fuese un impedimento, pero el animal la ignoró, pues la hermana Margarida le hacía carantoñas.

—¿No te gustan los perros? —le preguntó.

—No. En Lisboa hay demasiados, ladran la noche entera y no dejan descansar a nadie —dijo la hermana Alice—. Son unos cerdos. Se comen las heces y orinan en las puertas de las casas...

—Este parece muy cariñoso —afirmó la hermana Margarida.

—Deberíamos matarlo y comérnoslo —propuso la monja—. ¿No tienes hambre?

La monja joven se escandalizó:

—¿Comer perro? ¡Ni pensarlo! ¡No sería capaz!

La más vieja se echó a reír:

—En China se comen a los perros... Espero que de aquí a unas horas no te arrepientas de lo que acabas de decir. Con los guardias pisándonos los talones, si no comemos nada...

—¡No estamos en China! —exclamó la hermana Margarida.

—¡Pero estamos hambrientas! —respondió la vieja monja.

Sin que se hubieran dado cuenta, el niño las estaba escuchando y decidió intervenir.

—El perro es mío y nadie se lo va a comer.

Las monjas lo miraron y la más joven le sonrió, pero la vieja se puso nerviosa, como si la aparición del muchacho no le hubiese gustado. El perro se levantó y corrió hacia su dueño, frotándose en sus pantalones. El niño le acarició el hocico sin apartar la vista de las dos mujeres.

—¿Qué quieres? —preguntó la hermana Alice.

—Nada —respondió el chico—. ¿Vosotras queréis algo...?

La vieja monja esbozó una sonrisa y le preguntó:

—¿Qué crees que queremos?

—Huir.

La hermana Margarida bajó la mirada. La hermana Alice, lejos de inquietarse, siguió preguntando:

—¿De quién?

—Te he oído decir que los guardias os están persiguiendo —dijo el niño, estableciendo contacto visual con la monja—. ¿Os habéis escapado de la cárcel?

La hermana Margarida se mordió el labio. La hermana Alice aguantó la mirada del chiquillo y le dijo:

—Eres muy descarado para ser tan joven. ¿Por qué te metes donde no te llaman?

Ahora le tocaba sonreír al niño:

—Eso debería decirlo yo, estáis sentadas en mi casa.

Las monjas se sorprendieron con aquella afirmación y miraron a su alrededor, como intentando adivinar dónde estaba la casa, pero nada se asemejaba a una vivienda, solo había una amalgama de materiales desorganizados que por la mañana habían sido una morada y que en ese momento no eran más que un recuerdo en la cabeza del niño.

—¿Aquí estaba tu casa? —preguntó la hermana Margarida.

El niño describió un vago círculo con la mano, delimitando la vivienda.

—¿Y cómo es que no te has muerto? —preguntó la monja joven.

—No estaba aquí.

—Has tenido suerte.

De repente, la expresión de la cara del niño cambió, entristeciéndose.

—No. Mi madre ha muerto en mis brazos.

—¿Aquí? —preguntó la hermana Margarida, impresionada.

El niño le explicó que había sido en la iglesia de San Vicente de Fora, donde también había muerto mucha gente cuando se derrumbó.

—Yo me he salvado porque salí de la iglesia un poco antes...

La hermana Alice comentó, sarcástica:

—Le diste la espalda a Dios... y te ha castigado.

El niño entornó los ojos y la hermana Margarida percibió que no empatizaba en absoluto con la hermana Alice; conmovida, intercedió en su favor:

—Hermana, no le digas eso, la culpa no es suya. Fue la tierra la que tembló.

La hermana Alice sonrió con desdén:

—¡Todo esto es un castigo de Dios para todos nosotros! ¡Esta tierra de locos ha sido por fin castigada!

La hermana Margarida se encogió de hombros. El niño siguió mirando a la hermana Alice y le replicó:

—No me interesan los designios divinos. Solo quiero encontrar a mi hermana.

La hermana Margarida le preguntó dónde estaba su hermana y él le contó que se había quedado en casa y que ya había encontrado a su padrastro muerto dentro, pero a ella no, aunque presentía que la niña estaba viva. La hermana Alice lo acusó de tener poderes de adivino y el niño arguyó:

—No tengo poderes de esos, pero sé que está viva. Mi corazón lo sabe. Y mi perro también.

—¿Cómo? —preguntó la monja anciana, escéptica.

El niño les explicó:

—El perro se metió un rato por entre los escombros y regresó meneando el rabo. Estoy seguro de que la ha visto o la ha olido. Está muy apegado a ella. Si estuviese muerta, no movería el rabo.

La hermana Alice desdeñó aquel disparate.

—¡He visto a mucha gente que creía en las estrellas, en las cartas, en la magia negra, pero nunca había visto a nadie creer en el rabo de un perro! ¡Chico, despierta! ¡Los perros siempre mueven la cola y eso no quiere decir nada!

El chico respondió con total naturalidad:

—Sé de lo que hablo. Está viva.

La hermana Margarida, impresionada por la fe de aquel chiquillo, le preguntó señalando los escombros:

—¿Crees que puede estar ahí debajo?

El niño se lo aclaró:

—Nuestra casa tiene un sótano. Puede que esté atrapada allí y que no pueda salir.

La monja de más edad seguía mostrándose escéptica.

—Vas a tardar días hasta que consigas retirar toda esa porquería y acceder al sótano. Y cuando lo hagas, ya estará muerta. Si es que no se murió cuando la casa se le cayó encima...

A la hermana Margarida no le gustaron aquellas palabras cargadas de pesimismo y se indignó:

—Hermana, ¡claro que puede estar viva! ¿Por qué tenemos que pensar en lo peor? Si consiguió refugiarse, ¡puede que haya sobrevivido!

La otra le replicó:

—¡No des falsas esperanzas a la gente! ¿Acaso no ves lo que estoy viendo yo? Aquí no hay ni una sola casa en pie. ¡Caminamos por encima de los muertos! ¿Y crees que alguien que estaba dentro puede haber sobrevivido? ¡Vámonos al río, que aquí no podemos quedarnos!

La hermana Alice hizo ademán de incorporarse, miró una vez más al niño y le preguntó:

—¿Sabes dónde podemos encontrar agua y comida?

El chiquillo se las quedó mirando, primero a ella y luego a la hermana Margarida.

—Aquí —dijo—. Yo tengo agua y comida.

Dio media vuelta, rodeó un montón de cascotes y desapareció de la vista de las monjas. El perro le fue a la zaga. Unos minutos más tarde regresaron los dos. El niño llevaba un cántaro en una mano y un poco de pan en la otra, se lo ofreció a las mujeres y estas se bebieron el agua y se comieron el pan. A continuación, la hermana Margarida dijo:

—Gracias. ¿Te vas a quedar aquí?

—Sí —dijo el chico.

—¿Por qué no buscas ayuda?

—La catedral es un pandemonio, hay decenas y decenas de moribundos y gente malherida. No hay nadie que se preste a venir...

—Deberíamos irnos —dijo la hermana Alice.

—¿Por qué no nos quedamos a ayudarlo? —le sugirió la joven monja.

El tono de voz de la otra puso en evidencia su irritación:

—Los soldados aparecerán... Cuanto antes nos vayamos de aquí, mejor. Y yo no puedo hacerlo sola, necesito tu ayuda.

El niño las informó:

—Los únicos soldados que he visto se han ido hacia el Limoeiro. Si vais al río, tened cuidado, que por allí hay muchos prisioneros sueltos.

—¿Cómo lo sabes? —le preguntó la hermana Alice, siempre escéptica.

—Me he cruzado con ellos.

El muchacho les contó que había sobrevivido a dos encuentros con la pandilla de Perro Negro y que no quería volver a tropezarse con ellos.

—Violaron a una mujer delante de mí después de haber matado al marido. Ahí arriba, cerca de la catedral, en una casa.

—¿Y también mataron a la mujer? —preguntó la hermana Margarida.

—Sí. Y en la fuente mataron a más gente. Son peligrosos. He tenido suerte. Unos hombres que también habían huido de la cárcel llamaron su atención y echaron a correr tras ellos. Todos desaparecieron por allí. —Señaló en dirección a la Alfama—. Yo que vosotras no tomaría ese camino —repitió.

—¡Ya sé lo que quieres! —exclamó la hermana Alice—. ¡Pretendes amilanarnos con tus historias para que nos quedemos contigo! Eres muy listo, pero no te va a servir de nada. ¡Vámonos!

La monja anciana echó a andar con determinación, aunque trastabillando, pero la hermana Margarida se quedó sentada, sin mostrar intenciones de seguirla.

—¿No vienes? —le preguntó la monja.

—Es peligroso. Deberíamos quedarnos aquí, ayudaremos al chico y evitaremos a los bandidos.

La monja de más edad le preguntó irritada:

—¿Quieres que te detengan? ¿Acaso no te das cuenta de que volverás a la cárcel y te quemarán viva?

Al escuchar aquellas palabras, el niño miró a la hermana

Margarida, asustado. La joven monja bajó la mirada, avergonzada, mientras la otra proseguía:

—¡Mira hacia allá! ¿Ves las llamas, el humo de los incendios? ¡Hay varios fuegos, la única salida posible es el río!

La hermana Margarida vio las columnas de humo que cortaban el horizonte en rodajas. Si se quedaban allí, o el fuego o los guardias las atraparían. Entonces le preguntó al niño:

—¿No quieres venir con nosotras?

—No —respondió.

Mientras se iban, a la hermana Margarida se le encogió el corazón, le habría gustado quedarse. La hermana Alice se apoyó en ella y las dos caminaron en silencio un rato. Después, cuando ya se habían alejado, la monja vieja le dijo a la joven:

—Es un niño, pero parece un hombre. Los hombres solo piensan en sí mismos...

15

Mientras nosotros nos lanzábamos a la carrera huyendo de Perro Negro y las monjas se cruzaban con el niño por primera vez, ¿dónde andaría el capitán Hugh Gold? Tras su encuentro con el atribulado señor Locke (que le provocó una íntima sensación de superioridad y mucha satisfacción), el capitán prosiguió su camino hacia el Terreiro do Paço rodeando la Iglesia Patriarcal. Era de reciente construcción, pero ahora yacía en el suelo cual pequeña torre de papel aplastada en un juego de niños. La iglesia derrumbada, mandada construir por don Juan V, un maníaco de las grandezas religiosas, en aquellos momentos le pareció un símbolo de la precariedad de las construcciones humanas ante el poder destructor de la naturaleza.

En torno a las ruinas, cientos de personas deambulaban como peregrinos extraviados. Podían verse frailes arrodillados con la cabeza gacha, hombres incrédulos, esclavos negros corriendo, huyendo de quién sabe quién o qué. Desde la parte trasera de la iglesia, Hugh Gold divisó el contorno del Palacio Real que, pese a las grietas en la fachada, se mantenía en pie con su altivo torreón dominando todavía el Tajo. El inglés se preguntó si el rey estaría dentro.

Avanzó hacia la plaza del Terreiro do Paço. Tenía que atravesarla para llegar a su casa comercial, donde comprobaría si su dinero estaba a salvo. A los vándalos habituales había que sumar los prisioneros, a algunos de los cuales ya había visto, prófugos del Tronco, que sin duda aprovecharían aquella oportunidad para saquear todas las casas que pudieran. Finalmente, Gold recelaba de los miles de esclavos a los que sin duda sus propietarios no podrían controlar en medio de aquella barahúnda…

Cuando mencionó a los esclavos, Hugh Gold lanzó sobre ellos una especie de anatema con una intención determinada, que yo capté de inmediato. Él no pretendía denigrar a los esclavos en general, sino a un esclavo en particular. O, mejor dicho, a una esclava. Se llamaba Ester y era un ser misterioso y perturbador.

Empezando por su estatus: Ester siempre suscitó una serie de dudas que nadie fue capaz de disipar. A mí me dijo en varias ocasiones que ya no era una esclava, sino una criada en el palacio. Sin embargo, el inglés siempre lo desmintió. Y cuando se refería a ella, la llamaba «la esclava», asegurando en varias ocasiones que cuando la conoció todavía no era libre.

Además, las circunstancias del encuentro inicial entre ambos son ligeramente imprecisas. Hugh Gold me contó que la vio salir por una de las puertas secundarias del palacio con el regazo lleno de joyas robadas del tesoro real. Al verla, comprendió que el saqueo en el interior del palacio ya había comenzado, y que algunos esclavos como Ester se estaban aprovechando de la situación. Con todo, días después, Ester me contó una versión diferente, confesándome que lo que cargaba en su regazo no eran sino riquezas que debía poner a salvo, pues había salas por las que ya se propagaba el fuego y alguien —nunca me supo explicar quién— había decidido evacuar el magnífico tesoro que el rey don Juan V había acumulado durante décadas, dando órdenes a los esclavos de que así lo hicieran.

Fuera lo que fuese lo que sucedió, la verdad es que el encuentro entre Ester y Hugh Gold fue una casualidad del destino. Junto al lugar donde se encontraba el inglés, se desplomó de manera inesperada y abrupta una pared lateral del palacio, y la esclava quedó parcialmente sepultada. Gold se acercó para intentar socorrer no solo a la muchacha, sino a cuatro o cinco esclavos más que habían quedado atrapados por una masa de piedras, maderas, hierros, mampostería y argamasa. Sus esfuerzos resultaron inútiles: la mayoría ya estaban muertos o en vías de estirar la pata.

—Vi a dos, *two of them*, con la cabeza partida, *broken head*, con los sesos fuera, *good lord. Hell, they scream*, gemían, *on their way to* el otro mundo, *heaven*... ¡*Only* esclava *was* viva!

Hugh Gold retiró los cascotes y tiró de ella. Se había desmayado pero respiraba, y a simple vista no presentaba ninguna herida grave. El inglés intentó reanimarla y al poco rato se despertó. Se expresó en un dialecto africano, pero el capitán Gold le dijo que no la entendía y pasó al portugués. El inglés, con la esclava a cuestas, se apartó del lugar por temor a un nuevo derrumbamiento.

Llegó al Terreiro do Paço cargándola en brazos, y allí se encontró con miles de personas. Unos estaban cerca del palacio, otros en el centro de la plaza, y muchos grupos se acercaban al muelle del Cais da Pedra con la esperanza de huir en barco. En el lado oriental de la plaza, junto a los almacenes y la Aduana, se veían multitudes agitadas.

Hugh Gold y Ester se quedaron junto al palacio, en el lado izquierdo de la plaza, decisión que se reveló esencial en vista de lo que sucedió después. El inglés comprobó que la muchacha recuperaba las fuerzas y, aunque dolorida, incluso estaba en mejor estado que él, que seguía sintiendo un intenso dolor en el brazo.

En ese momento de descanso y recuperación mutua, Gold le preguntó dónde estaban el rey y la corte.

—No están aquí —respondió Ester.

—¿No? —preguntó Gold—. ¿*Then*, dónde?

—En Belém. Salieron muy temprano, sobre las siete de la mañana, con una gran comitiva. La misa estaba prevista a las nueve junto al palacio. No sé lo que habrá pasado allí...

La corte entera se había desplazado con el rey y la reina, dejando solo a unos cuantos esclavos y nodrizas secundarias en el palacio. Así pues, en ese mismo instante se autoproclamó dama de compañía y no esclava, explicando que había adquirido dicho estatus gracias a las nuevas leyes promulgadas recientemente por don José.

—¡Qué diablos! *Hell*, si eres libre, ¿*why* robar joyas? —le preguntó Gold.

Ester negó el hecho, pero es obvio que el inglés no la creyó. En cualquier caso, las joyas que la muchacha llevaba se habían quedado sepultadas bajo los escombros y ya no existía prueba física alguna que sustentara las acusaciones del capitán Gold.

—¡*Well*, he oído decir que el tesoro real es magnífico, *fantastic*! —afirmó el inglés.

—Sí —confirmó la muchacha—. Hay miles de piedras preciosas, joyas, monedas. Dicen que al difunto rey don Juan V le gustaban mucho esas riquezas y que tenía uno de los mayores tesoros del mundo...

El capitán inglés se quedó pensando, y entonces le preguntó lleno de curiosidad:

—*And*... ¿Hay soldados, *guards*?

—No, casi todos lo acompañaron a Belém. Los que se quedaron, o han huido o han muerto.

Ester añadió que el palacio había temblado mucho y que, a pesar de que en muchas paredes se hubieran abierto grietas y se cayeran algunos techos de divisiones interiores, el edificio parecía seguro en sus cimientos. Solo el fuego que se propagaba en algunas zonas representaba un peligro inminente.

—*Well* —dijo Gold—, *the rest of* ciudad *down*. ¡Lisboa está irreconocible, *a disgrace*!

El inglés describió a la muchacha lo que había pasado en Santa Catarina, junto a su casa, y lo que había visto durante su caminata al pasar por la plaza del Largo de São Paulo, por Remolares e incluso por el Terreiro do Paço.

—¿*You know church Patriarcal* derrumbada? *Disgrace!* —comentó.

Ester se santiguó como una católica.

—¿Eres *catholic*? —le preguntó el inglés.

—No me ha quedado más remedio —respondió la chica.

No debía de tener más de veinte primaveras y era una mujer menuda de ojos negros y vivarachos con un cuerpo de formas redondas. Lucía un pequeño turbante encarnado sobre el pelo corto, crespo y más bien ralo. Había nacido en Portugal, pero sus padres eran africanos llegados como esclavos en un barco negrero. Como eran personas muy saludables, fueron elegidos para trabajar en la construcción del convento de Mara, una obra del rey. Años más tarde, tras el nacimiento de Ester, la madre destacó por sus dotes en el arte de guisar y fue empleada en las cocinas del palacio. La muchacha creció en el ambiente real y, cuando llegó a la adolescencia, también se convirtió en criada. Adoptó los hábitos católicos de la corte, pero en los días posteriores todos nosotros comprendimos que el alma africana de la muchacha no había desaparecido, solo se había sumergido.

—¿Qué crees que va a pasar ahora? —preguntó Ester.

—¡Qué diablos! No lo sé, *I don't know* —respondió el inglés—. Lisboa es una *disgrace. See there,* ¡allí!

Señaló el río:

—*Hell,* lo que *they* quieren es huir *to the river.* ¡Qué diablos!

La muchedumbre empezaba a hacinarse junto al Cais da Pedra. Sin embargo, a los navíos les costaba mucho acercarse a la orilla, pues el agua estaba agitada.

—¿Y si la tierra tiembla de nuevo? —preguntó la esclava, asustada.

—¡*Good lord,* imposible saberlo! —exclamó Hugh Gold.

En silencio, Ester observó la plaza y afirmó:

—Dicen que han sido las cavernas que hay debajo de la tierra, pues están llenas de gas, y cuando el gas se escapa, las cavernas se mueven y la tierra que hay encima tiembla…

El inglés la miró y le preguntó:

—¡Al diablo! ¿Quién te ha dicho *that*?

Llena de orgullo, Ester respondió:

—Un anciano esclavo que lo sabe todo... Se llama Abraão y viajó mucho por el mundo antes de que lo hicieran prisionero y lo trajeran a Lisboa.

El capitán Gold frunció el ceño:

—*Hell!* ¿Y dónde está? ¿*Where is he* ahora?

La muchacha suspiró:

—No sé. Lo vi esta mañana, pero después ya no lo he vuelto a ver.

En ese momento Ester miró al inglés a los ojos y le dijo:

—¿Sabes que él había predicho todo esto?

Sin dejar de fruncir el ceño por lo extraño de la conversación, el inglés enmudeció. Ella prosiguió:

—Cuando lo vimos esta mañana dijo que las conchas le habían hablado y que los animales habían huido, que se acercaba un gran mal al mundo y que mucha gente iba a morir.

El inglés suspiró:

—*Well, he was right*, tenía razón.

Con la voz en un murmullo, Ester siguió diciendo:

—No hay perros, ni gatos, ni pájaros en la ciudad desde hace varias horas. Han huido... Ellos lo sabían antes que nosotros, eso fue lo que dijo Abraão.

El inglés esbozó una falsa sonrisa:

—*And what more?* ¿*Said* más?

La esclava continuó:

—Dijo que la tierra, el agua y el fuego se fundirían en un solo elemento que liberaría las fuerzas del mal, y que los hombres y las mujeres que sufrían se rebelarían contra los señores de la tierra y que muchas cosas más sucederían durante mucho tiempo hasta que todo volviese a calmarse y serenarse.

El capitán Hugh Gold oyó un rumor creciente. Volvió la cabeza hacia el Cais da Pedra, de donde procedía el bullicio. Decenas de personas luchaban entre sí para intentar subir a bordo de los barcos atracados. No se veían soldados que pudieran calmar aquella agitación.

—¡Qué diablos! *Hell, gona end bad.* ¡Esto va a acabar mal! —exclamó el inglés mientras se incorporaba para verlo mejor, y entonces empezó a dolerle el brazo.

La chica le dijo:

—¿Quieres que te cure el brazo?

El inglés sonrió:

—*Do you know*, ¿sabes?

—Sé muchas cosas —dijo Ester.

El inglés suspiró y volvió a sentarse junto a ella. La muchacha le pidió que estirase el brazo, pero Gold no pudo. Entonces Ester se lo palpó con cuidado intentando no causarle más dolor, y al fin dijo:

—Está muy mal. Por aquí y por aquí —dijo señalando con un dedo dos puntos entre el codo y el hombro.

El inglés, asombrado, la miraba sin saber qué decir.

—Tendrías que venir conmigo —siguió diciendo la muchacha

—*Hell, where*, ¿adónde?

—Al palacio. Allí dentro hay alguien que te puede curar.

El inglés esbozó una sonrisa jocosa.

—¡Oh! ¿Abraão es médico, *doctor*? ¿Profeta *and doctor*?

A la chica no le hizo gracia el comentario:

—No deberías bromear con las cosas serias. Vamos, ven conmigo.

El capitán Hugh Gold la siguió. Anduvieron unos cinco metros más o menos, y entonces oyeron un ruido extraño, intenso pero lejano, aunque cada vez parecía estar más cerca.

—¿Qué es? —preguntó Ester, preocupada—. ¿Será otro terremoto?

—No, no —dijo el inglés en voz baja—. *Hell*, es otra cosa.

El ruido no venía de tierra sino del mar, y se aproximaba muy deprisa.

16

Cuando corremos sin parar, huyendo del peligro, una emoción permanente recorre nuestro cuerpo y una intensidad interior nos excita. Pero también experimentamos una tremenda sensación de libertad, una alegría radiante que nos contagia y nos absorbe los pensamientos. A medida que Mohamed y yo atravesábamos la Alfama a toda prisa, pasábamos cerca de la Casa dos Bicos y nos acercábamos al río, al Cais da Pedra, es decir, al Terreiro do Paço —donde habíamos desembarcado hacía meses como prisioneros y adonde llegábamos ahora como fugitivos—, sentí que me embargaba una embriagadora sensación de libertad. El terremoto era una oportunidad única para escapar de la cárcel, y ni siquiera la persecución a la que Perro Negro nos estaba sometiendo, fruto de su odio hacia mi persona, me impedía sentir que el mar estaba por fin más cerca, la libertad más próxima, y que aquel mundo en ruinas donde estábamos viviendo desaparecería en cuanto consiguiéramos poner los pies a bordo de un barco.

¡Qué nostalgia sentía del mar, del viento, de las velas y de las olas! Conforme el río iba apareciendo ante mí, súbitamente feliz, me prometía a mí mismo que nada ni nadie me impediría huir, volver al mar y a la libertad. Con todo, cuanto más cerca del destino elegido nos hallábamos, más confusión reinaba. Familias enteras, esclavos, curas y monjas, todos habían tenido la misma idea que nosotros, apostando por el río como puerta de salida de la hecatombe. Redujimos el paso, no porque quisiéramos, sino porque se hacía imposible avanzar en medio de tanta gente.

—¿Ellos vienen detrás de nosotros? —preguntó Mohamed.

Mi amigo árabe no podía hablar, estaba sin aliento, y tuvo que pararse. Intenté distinguir la inimitable silueta de Perro Negro, pero no lo vi.

—A lo mejor se han quedado atrás comiendo —dije—. El Cais da Pedra está justo ahí enfrente. ¡Vamos!

Mohamed me siguió, aunque con dificultades. Mi amigo árabe era más bajo y delgado que yo y, por mucho que fuera un hueso duro de roer, no era hombre de grandes carreras.

—Soldados pueden atraparnos, Santamaria, ¡cuidado!

En un día normal, la advertencia de Mohamed hubiera tenido sentido. Pero aquel no era un día normal. Mientras nos acercábamos al Cais da Pedra, me di cuenta de que lo que estaba a punto de suceder allí no podría contenerlo ningún soldado. La muchedumbre se multiplicaba y la gente estaba descontrolada, se agolpaba, intentando pasar unos por delante de otros. Junto al muelle flotaban tres barcos, pero los pilotos tenían problemas para controlarlos, y vi cómo algunas personas caían al agua cuando intentaban trepar a las embarcaciones. El muelle estaba abarrotado, cientos de personas gritaban en estado febril, exigiendo a los pilotos que estabilizaran los barcos y que les dejasen subir a bordo.

—Esto es una mala idea —murmuró Mohamed a mis espaldas.

Enseguida concluí que sería imposible penetrar a través de aquella masa de gente histérica que se interponía entre nosotros y los barcos. Así que decidimos rodear a la multitud y acercarnos al Cais da Pedra por el lado opuesto, más cercano al palacio. Describimos un semicírculo, y cuando ya estábamos a medio camino Mohamed me tiró del brazo:

—¡Santamaria!

Perro Negro acababa de aparecer y forcejeaba con todo el mundo, abriéndose paso a bastonazos entre la muchedumbre. Era tal la furia con la que se empleaban él y sus dos correligionarios agrediendo a la gente, que varias personas se desplomaron en el suelo con la cabeza ensangrentada. Por fin el gentío, consciente de su superioridad numérica, empezó a reaccionar y se rebeló contra los actos innobles y salvajes de aquellos malhechores. La lucha aumentó de intensidad, y en medio de toda aquella confusión aparecieron tres soldados armados con pistolas que intentaron rodear a los españoles. Pero Perro Negro dominaba las artes militares y enseguida logró esquivar a los guardias, matando a uno e hiriendo a otro con su bastón. Aprovechando la refriega, unos cuantos intentaron darle alcance por la espalda, pero lo único que consiguieron fue enfurecerlo y sufrir las consecuencias.

De pronto, la fuerza de la multitud desvió aquel extraño combate hacia donde nos encontrábamos nosotros, pues la gente seguía empujándose para entrar en los barcos. Y además, no paraban de llegar cientos y cientos de personas ajenas a la lucha.

Mohamed miró hacia el río y comentó:

—El río está loco, Santamaria.

Al principio no comprendí qué quería decir, pero una sensación de extrañeza hizo que también observara el río. Era como si las aguas recularan, como si se alejasen de nosotros... La marea parecía descender súbitamente y en algunos puntos asomaba el lecho, parduzco y enlodado. Al mismo tiempo, y debido al inesperado movimiento fluvial, los barcos en el Cais da Pedra encallaban por el bajo nivel del agua, y mucha gente saltaba a la arena, caminaba hacia las embarcaciones y se agarraba a los cascos intentando trepar.

Mientras tanto, la lucha que se estaba librando entre donde estábamos nosotros y el Cais da Pedra no aflojaba. Los soldados habían desaparecido, pero decenas de hombres, quizá familiares de las personas a las que Perro Negro mató o hirió, tomaron la iniciativa de castigarlo y el combate se acercó a poco más de diez metros de nuestra posición.

Mohamed no dejaba de mirar el río con preocupación.

—¿Estás preparado para nadar? —le pregunté.

—Mohamed no sabe nadar...

Siempre decía que no sabía nadar, pero todas las veces que lo había visto caer al mar se había salvado, así que no le di importancia.

—¿Ves aquel barco?

Había una pequeña falúa encallada en el lecho del río, a veinte metros de nosotros.

—¡Vamos! —dije.

Salté del muelle al lodo del río, dos metros más abajo. Mohamed me siguió con los pies enterrados en el fango. Alarmado, mantenía la mirada fija en dirección a la desembocadura del río.

—¿Qué pasa? —le pregunté.

—El río se ha vuelto loco, Santamaria, mucho peligro —murmuró.

Cada vez estaba más pálido, pero yo lo atribuí al cansancio, al hambre, a la sed y a las emociones tan intensas que habíamos vivido aquella mañana.

—¡Venga, que casi estamos! —le dije para infundirle ánimos.

De repente, oí un grito a mis espaldas.

—¡Cabrón!

La sangre se me heló en las venas. Perro Negro también había saltado al lecho del río seguido de sus dos perros, que avanzaban en fila. Con todo, lo más sorprendente fue que muchos hombres, quizá unos diez o doce, también iban tras los españoles, persiguiéndolos. Todos venían en nuestra dirección. Por sus caras era evidente que habían adivinado nuestras intenciones, y tanto para los perseguidores como para los perseguidos, en aquellos momentos el bien más preciado era la pequeña embarcación.

Intentamos empujar la falúa para que empezase a navegar, pero el casco encalló en el lodo, porque el agua del río seguía menguando.

Le grité a Mohamed:

—¡Empuja con fuerza!

Pero mi amigo árabe ya no me oía. Se había situado delante del barco para empujarlo, y justo en ese instante se quedó inmóvil como una estatua, observando el faro de Bugio y el mar.

—¡Mohamed, ayúdame! —le grité.

Perro Negro ya estaba a solo tres metros de mí. Sus dos ayudantes se pararon en seco y miraron atrás, con la intención de defender el barco del vulgo que los perseguía. Perro Negro sonreía mientras blandía su barra de hierro con la mano derecha y un cuchillo con la izquierda. Me increpó:

—¡Cabrón, por fin…!

Tres o cuatro personas avanzaron contra los españoles, pero estos los ahuyentaron. Perro Negro permanecía atento a lo que sucedía mientras aprovechaba para recuperar el aliento. Saqué el cuchillo y esperé su embestida. Habíamos estado tan cerca de la libertad… Si la marea no hubiese bajado de aquel modo tan extraño, ya estaríamos navegando. Con todo, la suerte no quería cuentas con nosotros, y tendría que matar a Perro Negro si pretendía hacerme con el barco y ser libre. Aquel pensamiento me proporcionó una fuerza adicional, y sentí una especie de paz interior. Tendría que ser hábil y sagaz para proclamarme vencedor al final de la lucha, y estaba convencido de que así sería.

Perro Negro echó a correr hacia mí, gritando y blandiendo sus armas. Lo esquivé y le puse la zancadilla, como ya había hecho anteriormente en la prisión del Limoeiro. El castellano, que no había aprendido de sus errores, perdió el equilibrio en el fango, aunque no llegó a caerse. Para mi desgracia, fue a parar entre la falúa y yo.

Entonces oí un rumor profundo, un extraño barullo que se

iba acercando desde la lejanía. Perro Negro también lo oyó, y ambos miramos a la vez en dirección a la desembocadura del río, pero nada nos pareció distinto ni fuera de lo común. Segundos después, Perro Negro estaba avanzando de nuevo, y en ese momento vi que Mohamed ya estaba dentro del barco, justo detrás de Perro Negro. Esperaba que cogiera un remo y golpeara por sorpresa al español, pero mi amigo no hizo nada de eso. Lívido como la bandera de la paz, seguía sin moverse y sin desviar la mirada de la desembocadura del río. De pronto, bramó:

—Aaaaaaaaaaaahhhhh...

Fue un grito muy agudo, nunca antes le había oído hacer algo parecido. Intenté averiguar si había sido alcanzado por un disparo o si había sufrido algún otro percance, pero Mohamed seguía paralizado, mirando y gritando sin que yo alcanzara a entender por qué. Perro Negro también se volvió, confundido por el horripilante aullido de Mohamed, pero perdió el interés al instante y volvió a enfrascarse en la lucha. Intenté zafarme de sus cuchilladas y bastonazos mientras trataba de acercarme al barco, pero Perro Negro adivinó mis intenciones y no me lo permitió. A mi espalda, los dos españoles habían logrado contener al vulgo, y todo el mundo parecía esperar el desenlace de nuestro cuerpo a cuerpo para iniciar la disputa por la embarcación.

Y entonces Mohamed lanzó un segundo grito, esta vez señalando con el dedo la desembocadura del río, como si quisiera mostrarme lo que allí sucedía. Pero yo tenía a Perro Negro justo enfrente y solo alcanzaba a ver el barco. Únicamente podía oír aquel fragor que iba en aumento. Perro Negro me atizó de nuevo y la barra de hierro me golpeó en el hombro, pero esta vez reaccioné con rapidez: le asesté una cuchillada en la pierna y empezó a brotarle sangre de la herida. Se arrodilló por el dolor del impacto, más furioso que nunca.

Aproveché aquel segundo de ventaja para zafarme de él y acercarme al barco. Entonces me di cuenta de que algo extraño sucedía. La gente, en mitad del fango, señalaba hacia el mar y gritaba, y algunas personas echaron a correr para alcanzar la orilla. Los españoles, alarmados, también daban voces, llamando a Perro Negro. Entonces oí a Mohamed gritar:

—¡Santamaria, salta!

De pronto comprendí lo que asustaba a mi amigo, y mi corazón se llenó de temor. Como hombre de mar que era, había visto tempestades ominosas y había vivido momentos de gran sobresalto, incluso de pánico. Pero nunca nada como aquello. Ante mis ojos, a unos quinientos metros, se alzaba un gigantesco muro de agua que unía las dos márgenes del Tajo y avanzaba a una velocidad impresionante. Una ola colosal, la más grande que había visto jamás, de más de treinta metros de altura, se dirigía directamente hacia nosotros. En aquel momento supe por qué mi amigo árabe gritaba aterrorizado: desde lo alto del barco había visto lo que se avecinaba antes que nosotros. Sentí que la muerte había llegado para abrazarme. Durante breves instantes circularon por mi mente una serie de imágenes vertiginosas y sin sentido, de las cuales solo una me pareció real. Vi a Mariana, la mujer a la que amé en Lisboa años antes, diciéndome que sabía que yo regresaría.

Miré durante unos segundos la ciudad. Desde donde me encontraba, en el lodo del río Tajo, alcancé a ver el Terreiro do Paço, el castillo de San Jorge, que se erguía orgulloso en la cima, las colinas del Bairro Alto, y presentí que aquella bonita ciudad sería la última imagen que me llevaría a las profundidades del infierno, adonde sin duda me enviaría Dios para castigarme por el mal que había causado a tanta gente durante tantos años.

Con todo, lo que más me entristecía era saber que moriría sin volver a ver a Mariana. Cerré los ojos y suspiré. Pero volví a abrirlos. La ola se aproximaba, indescriptible: una montaña de agua cada vez más alta y poderosa, una onda espectacular y majestuosa se tragaría Lisboa, barrería la ciudad con su imparable energía.

Corrí hacia la falúa y dejé a Perro Negro arrodillado en el fango intentando levantarse. Me encaramé a la pequeña cubierta. Mohamed miraba la ola, pálido y mudo. Aquella ondulación gigante nos caería encima en pocos segundos. Con un gesto rápido, amarré el cabo de la vela a la cintura de Mohamed y yo también me até. Apreté los dientes y los puños y dije:

—¡Valor, amigo!

Mohamed empezó a llorar y se lamentó:

—Mohamed tiene demasiado miedo a morir...

Le pasé el brazo por los hombros y lo atraje hacia mí:

—¡Valor, amigo!

Y la ola monumental cayó sobre nosotros.

SEGUNDA PARTE

Agua

17

En las horas posteriores al terremoto, una especie de anarquía reinó en Belém. Aterrorizado, el rey se negó a entrar en el palacio, había rajas y grietas en las paredes y se temía el derrumbe de los tejados en ruinas. En pleno desconcierto de órdenes, contraórdenes, deseos y miedos, la corte se instaló en los jardines. Muchas mujeres, incluida la reina, se desmayaban constantemente, obligando a las damas de compañía a grandes trastornos y esfuerzos de reanimación; y los hombres se movían de un lado para otro, alarmados, en busca de respuestas que nadie tenía.

Por suerte, el techo de la iglesia donde transcurría la misa no se desplomó, ni había heridos que contabilizar, pero dentro del palacio había daños y criados malheridos. Mareadas por la sangre que habían visto en las frentes de sus siervos, la reina y sus acompañantes regresaron aterrorizadas y a toda prisa a los jardines. Todos intentaban calmarse mutuamente sin el menor éxito. Los nobles improvisaban audiencias con el rey en los bancos del jardín, pero del encuentro de sus espíritus no surgía ninguna ideal útil.

Para más inri, nadie sabía lo que había pasado en el centro de la ciudad, no había noticias. Así que el rey envió a unos cuantos soldados a Lisboa, y algunos nobles decidieron partir en carruajes a sus casas y palacetes de la rua da Junqueira, temerosos por sus familias, hijos y criados.

Cuando se supo que animales feroces andaban sueltos, lo cual era cierto, pues los rugidos se oían perfectamente, una nueva ola de pánico se extendió y todo eran gritos y huidas a la desesperada. El rey mandó cercar a los animales y dio órdenes de que abatieran de inmediato a cualquier fiera que se aventurase a salir del perímetro cerrado del parque zoológico. Domadores y cuidadores hacían lo que podían para reconstruir las jaulas y reconducir a los animales dentro, pero transcurrieron varias horas hasta que los leones, pumas y panteras dejaron de ser un peligro permanente. Bernardino me contó que hubo incluso una víctima: un vistoso león fue abatido, sin piedad ni compasión, cuando puso las patas en un muro y rugió en dirección al rey.

A media mañana, un carruaje entró por los portones del palacio a gran velocidad, y Bernardino vio llegar a Sebastião José de Carvalho e Melo, cuyo andar sereno y erguido demostraba que su presencia de ánimo estaba más intacta que la de casi todo el mundo en Belém. Al ministro de Asuntos Exteriores el terremoto lo sorprendió en su casa, en la rua do Século. Y aunque dañado, su edificio resistió y no hubo muertos que contabilizar. Sebastião José se dio cuenta casi de inmediato de que se hallaba ante un acontecimiento de proporciones gigantescas. Durante un corto paseo que dio por las cercanías de su casa pudo comprobar la alarma general y la enorme destrucción, tanto en la zona del Poço dos Negros o de Santa Catarina, como en el Bairro Alto.

Ante semejante situación decidió partir a Belém, preocupado por el rey. En el transcurso del viaje pudo ver los estragos que había padecido la ciudad, cuyo impacto disminuía a medida que se alejaba del centro. El éxodo de los habitantes se había iniciado: la gente intentaba buscar refugio en el campo, en los alrededores de Lisboa.

Antes de su llegada ya se habían recibido algunas noticias de lo ocurrido en el centro de la ciudad, y estas no podían ser más trágicas. Se hablaba de que una nube negra cubría la capital, de que las iglesias estaban destruidas, los edificios derrumbados, y de una mortandad general sin precedentes. Naturalmente, el rey quedó muy impresionado, y allí mismo decidió dedicar, ipso facto, una oración especial en memoria de las víctimas. Su Majestad también pidió a los presentes que no le contasen nada a la reina, pues temía que perdiese el conocimiento de nuevo.

La primera buena noticia del día llegó casi al mismo tiempo que Sebastião José de Carvalho e Melo: el acueducto de las Aguas Libres, recientemente inaugurado, no se había caído. Lisboa podría seguir abasteciéndose de agua, sus habitantes no morirían de sed. Con todo, las malas noticias no cesaban. Mucha gente hacía fabulosas alusiones a una ola gigante que supuestamente habría inundado la ciudad.

Enfrentado a un escenario tan catastrófico, el rey se dejó invadir por una enorme angustia que paralizó su iniciativa, y nadie a su alrededor, ni los nobles ni los ayudantes, le aportaban algún consejo útil. Unos insistían en la necesidad de rezar, otros invocaban los castigos de Dios y otros sugerían que el rey debía irse de Lisboa en previsión de que los temblores continuasen, concluyendo que no era seguro que el rey permaneciera en un lugar donde ponía en riesgo su vida.

La llegada de Sebastião José de Carvalho e Melo produjo, sin embargo, un efecto inmediato. Se acercó al rey don José, se congratuló de que él y toda su familia estuvieran sanos y salvos, y relató lo que había visto por el camino. El rey se santiguó una vez más, desolado, pero su ministro de Asuntos Exteriores no tardó en proponerle soluciones para reaccionar ante aquella calamidad, infundiéndole nuevos ánimos al titular de la corona.

Mucho se dijo más tarde sobre la célebre frase que Sebastião José pronunció, pero Bernardino nunca fue capaz de confirmarme si fue él quien la dijo. Sea como fuere, todo el mundo atribuyó la siguiente máxima a Sebastião José: «Enterrad a los muertos, encargaos de los vivos y cerrad los puertos», y esa lucidez, ese pragmatismo, esa capacidad para mantener la sangre fría en el corazón de aquella tempestad, solo supo mantenerla él, el único que no se dejó abatir por las circunstancias.

Bajo su mando, y ante la perplejidad de los nobles y los criados que por allí pululaban, se formaron varios equipos con voluntarios y soldados para partir al centro de la ciudad con el objetivo de evaluar los estragos. Un equipo se encargó especialmente de personarse en el Cais da Pedra y de cerrar el puerto a la navegación, y el otro se dirigió al Palacio Real para proteger los tesoros reales.

Una de las preocupaciones fundamentales de Sebastião José de Carvalho e Melo era la seguridad, de manera que enseguida envió a un emisario a la casa del marqués de Alegrete, el alcalde, para saber cómo estaba organizando a las tropas. Además, también intentó coordinar ayuda médica, informándose sobre dónde vivían los médicos, y si los hospitales de la ciudad estaban en funcionamiento o si la destrucción los había afectado. Algunos nobles se implicaron en aquellos esfuerzos, pero casi todos permanecieron sumidos en una extraña pasividad, como si se negaran tácitamente a ceder el control de la situación al ministro de Asuntos Exteriores. Por su parte, el rey confió ciegamente en él y a todo le decía que sí, aliviado porque alguien tomase las riendas en aquel terrible día.

Por su parte, Bernardino concluyó que sería absurdo molestar a don José con su petición. Frente a un acontecimiento extraordinario, cuyas consecuencias sobre el reino eran todavía desconocidas y totalmente imprevisibles, la simple solicitud de un pirata preso en el Limoeiro sonaba a ridículo pormenor.

Hacia el mediodía un criado fue a llamar a Bernardino, que se encontraba cerca del portón de los jardines observando los esfuerzos de los domadores, que intentaban subyugar a las fieras. Uno de ellos recibió una patada en una pierna y tuvo que sentarse, herido y exhausto. Bernardino lo estaba consolando cuando el criado le dijo:

—Tiene que presentarse de inmediato junto al carruaje del ministro de Asuntos Exteriores. Órdenes de Su Majestad.

El ayudante de escribano sintió un escalofrío en la espalda:

—Pero ¿por qué? ¿Sabes cuál es la razón?

—No me lo han dicho —confesó el criado—. El ministro preguntó por usted, y como no estaba presente, me ordenó que viniese a buscarlo. Creo que es para ir a Lisboa…

—¿Quién? —preguntó Bernardino, asombrado—. ¿El rey va a ir a Lisboa?

El criado se puso firmes:

—¿El rey? ¡Santo Dios! ¿Para qué va a ir el rey a Lisboa? ¡Dicen que por allí está todo destruido! ¡La Iglesia Patriarcal, la nueva, se ha derrumbado, el Palacio Real se ha derrumbado, y hasta el convento de Santo Domingo se ha derrumbado también!

Bernardino se encogió de hombros y murmuró:

—Ese tampoco hacía mucha falta…

El criado se santiguó, escandalizado:

—¡No hable así, mire que el padre Malagrida puede oírlo!

Con paso apresurado llegaron a los carruajes y Bernardino vio la envejecida figura del padre Malagrida a su derecha. El jesuita rezaba el rosario dándole vueltas, describiendo un círculo imaginario en el suelo, ora acercándose a los carruajes, ora alejándose. Tenía los ojos cerrados, indiferente al trasiego de cocheros y caballos.

Bernardino se detuvo junto al transporte de Sebastião José y poco después vio aparecer al ministro a paso ligero, que le preguntó con brusquedad:

—¿Tienes los aperos de escribir?

Bernardino le enseñó su pequeño maletín. Lo llevaba siempre consigo, y en su interior viajaban un tintero y una pluma, como correspondía a un ayudante de escribano.

—Tenemos que ir a Lisboa. Quiero que anotes la destrucción, lo que vayamos viendo, todo —ordenó el ministro.

Abrió la puerta del carruaje con gran determinación, dio

órdenes al cochero y tomó impulso para subir en él. Justo entonces alguien sentenció en voz alta:

—¡Esto ha sido castigo de Dios!

Alrededor, los presentes se quedaron inmóviles, acongojados. A tres metros de él, Bernardino escuchaba las palabras que el padre Malagrida siguió pronunciando con los ojos inflamados:

—¡Dios está castigando a esta ciudad de gente pecadora y vil! ¡Dios ha querido poner fin al desorden moral, a la lujuria, a la bajeza de los hombres y las mujeres de Lisboa!

Sebastião José lo miró de frente, todavía con un pie fuera del carruaje:

—Padre Malagrida, tenemos que socorrer a la población, ¿no le parece?

El confesor real avanzó un par de pasos con el rosario entre sus manos y proclamó:

—¡El rey ya ha confesado sus pecados, pero no todo el mundo lo ha hecho! Por eso Dios nos ha infligido este terrible castigo...

Bernardino captó la crítica implícita en las palabras del viejo cura: Sebastião José de Carvalho e Melo nunca se confesaba con los jesuitas, y mucho menos con Malagrida.

El ministro replicó:

—Más tarde tendremos tiempo para todo, padre Malagrida. Tiempo para confesarnos, tiempo para rezar, tiempo para pensar en los designios del Señor. Pero ahora hay cosas más urgentes...

Con una sonrisa cínica, Malagrida le preguntó:

—¿Hay cosas más urgentes que Dios?

Y elevando la voz miró alrededor, hacia la audiencia formada por cocheros, criados, soldados y algunos nobles, y gritó:

—¡Si no nos arrepentimos todos, la tierra seguirá temblando! ¡La ciudad quedará en ruinas! ¡Solo Dios nos puede ayudar, solo Dios con su infinita misericordia podrá salvarnos!

Se oyó un rumor de aprobación general. Muchos se santiguaron y algunos murmuraron:

—¡Misericordia!

El padre Malagrida cerró los ojos, como extasiado, y empezó a rezar en latín. Sebastião José apretó los dientes, molesto con aquel espectáculo, y exclamó también en voz alta:

—¡Usted, señor padre, organice sus rezos, que yo me encargo del resto!

Visiblemente ofendido, Malagrida abrió de nuevo los ojos y señaló al ministro con el dedo:

—¡No debemos desafiar a Dios! ¡Su misericordia es grande, pero su furia es infinita!

Muy serio, Sebastião José le respondió:

—Padre Malagrida, el temor a Dios no puede hacernos olvidar nuestras obligaciones. Y mi obligación, en este momento, es socorrer a la ciudad de Lisboa. Hay mucho que hacer y no tengo tiempo para polémicas con usted. ¿Comprende?

Dicho lo cual, Sebastião José entró en el carruaje, seguido de Bernardino, que cerró la puerta tras de sí y se sentó. Miró por la ventana y vio al confesor furibundo.

—Vine con él en el carruaje hasta aquí —murmuró Bernardino—. Es un hombre circunspecto y amargo...

Sebastião José frunció levemente el ceño y añadió:

—Siempre está desmoralizando a la gente. Hay quien interpone a Dios para todo y hay quien no lo hace para nada...

Guardaron silencio mientras el carruaje se alejaba del palacio. De pronto, Sebastião José le preguntó a Bernardino:

—¿Has llegado a entregarle la petición al rey?

El ayudante se disculpó: antes de la misa le faltó tiempo y después del terremoto le faltó valor para incomodar a Su Majestad con el asunto.

—Mejor así —comentó el ministro.

18

La hermana Margarida jamás pensó que el río pudiera mojarle las piernas en una calle del centro de Lisboa, pero eso fue lo que sucedió cuando una ola de más de medio metro de altura rodó por la esquina que tenía delante y después se abalanzó sobre los escombros de las casas formando remolinos inesperados, cubriéndolo todo de una repugnante espuma marrón. A las dos monjas no les dio tiempo a reaccionar. En un segundo se vieron encharcadas hasta la cintura, cogidas la una a la otra para evitar caerse y ser arrastradas por el agua. Su sorpresa fue inmensa, pero consiguieron mantener el equilibrio y presenciaron incrédulas el avance de la corriente de lodo, que solo perdió fuerza cuando se topó con la elevación del terreno al principio de la calle que llevaba a la iglesia de la Magdalena.

Llegaron tres olas. La primera fue la más intensa, las otras dos no aumentaron los estragos ya presentes ni añadieron más miedo, simplemente se limitaron a acarrear más porquería.

Un palo sumergido golpeó las piernas de la hermana Margarida y allí se quedó atascado, impidiéndole caminar. Entonces, cuando se agachó e intentó apartarlo con la mano, se percató con horror de que no se trataba de un palo de madera, sino del cuerpo de un hombre que fluctuaba por debajo de aquella mixtura marrón. Estaba desnudo, ahogado, y de su boca brotaban glebas de tierra mezcladas con una especie de baba blanquecina.

La hermana Margarida apartó el cadáver. Vio los ojos abiertos del hombre, aterrorizados, mientras el cuerpo rodaba sobre sí mismo y luego se quedaba boca arriba, flotando, balanceándose con el movimiento del agua hasta que se detuvo unos metros después, encallado en un montón de palos, como si fuese una madera más.

—¡Cristo! —murmuró la monja joven—. ¿Qué ha pasado?

La hermana Alice no lo sabía.

—El río nunca sube hasta aquí...

Ya iban por la parte baja de la ciudad, camino del río. Habían dejado al chico y descendían en dirección a la plaza del Terreiro do Paço. Se detuvieron a esperar que el río regresase a su cauce. Y eso fue lo que sucedió: las aguas fueron reculando, en reflujo, arrastrando consigo mucho de lo que habían traído, pero dejaron tras de sí un rastro de tierra enlodada, de detritus y también de cadáveres. De pronto, justo enfrente de donde se encontraban, apareció un grupo de hombres, mujeres y niños con los cuerpos empapados y desnudos; ninguno se movía, ni se movería jamás.

Al mirar hacia unas ruinas, la hermana Margarida sintió que se le helaba el corazón. Arrinconado contra una barandilla, contorsionado y tendido en el suelo, había un bulto negro, un hombre, el fantasma que vio en la celda cuando intentó suicidarse. Asustada, cerró los ojos unos instantes, y cuando volvió a abrirlos lo vio de nuevo, aún seguía allí. Le tocó el brazo a la hermana Alice y le preguntó si también veía a alguien en aquel sitio. Cuando señaló el lugar, el dedo apuntaba hacia algo inexistente y, como era de esperar, la monja anciana le respondió que allí no había nadie. La hermana Margarida concluyó que quizá su mente perturbada le estaba jugando malas pasadas.

Las dos mujeres tenían miedo de que viniesen nuevas olas, cosa que no sucedió. Lo que vino fue peor: personas aterrorizadas, cubiertas de lodo, intentando correr a trompicones, como espantajos vivientes y descoyuntados; atemorizados por lo que acababan de vivir, pretendían alejarse del río en el que habían depositado su confianza y que los había traicionado.

—¡Huid! ¡Huid! —gritó un hombre desnudo y cubierto de fango.

La hermana Margarida bajó la mirada, avergonzada, pues se le veía el bajo vientre, donde asomaba un pene minúsculo, ridículo, frágil, vulnerable.

—¿Qué ha pasado? —preguntó la hermana Alice.

El hombre desnudo dio dos pasos hacia las monjas con el cuerpo cubierto de tierra mojada y sangre, que le goteaba del pelo y le caía sobre la cara y los hombros. A la hermana Margarida le recordó un Cristo sufriente y malherido.

—¡Ha venido una ola gigante que ha matado a miles de personas! —exclamó.

—¿Dónde? —preguntó la hermana Alice.

El hombre se dio media vuelta y señaló con los brazos:

—¡En el Terreiro do Paço, y lo ha destruido todo! El Cais da Pedra y la Aduana… Tuve que agarrarme a una pared para que las aguas no me llevaran… He visto a la gente ahogarse en un instante. ¡Que Dios tenga piedad de nosotros!

Se santiguó y al hacer la señal de la cruz se dio cuenta de que iba desnudo. Se llevó las manos al bajo vientre, dio media vuelta y se marchó de allí, aturullado por haberse presentado en cueros ante dos monjas.

Un nuevo grupo de gente hizo su aparición: hombres, mujeres y varios niños llorando. Todos, empapados y semidesnudos, pasaron por delante de ellas sin decir una sola palabra, gimiendo en voz baja mientras seguían calle arriba.

—Van al Rossio —murmuró la hermana Margarida.

—¡Nosotras no iremos! —exclamó la monja de más edad con convicción—. ¡No podemos ir, nos atraparán!

—¿Y adónde vamos a ir? —preguntó la monja más joven.

—Al Terreiro do Paço —respondió la otra.

—¿No te dan miedo las olas?

La hermana Alice no lo dudó:

—Prefiero las olas a los guardias.

La hermana Margarida no sabía nadar y jamás había subido a un barco, pero sabía que en el Rossio correría peligro.

—¿Por qué no vamos a ayudar al chico? —preguntó—. Ir al río ahora es peligroso, puede que vengan más olas.

La monja anciana le preguntó irritada:

—¿Qué quieres tú del chico?

La hermana Margarida se sorprendió, no entendió la pregunta.

—Nada... Solo quiero ayudarlo y encontrar a su hermana...

Entonces aparecieron dos frailes con los hábitos empapados y se pararon delante de ellas.

—¿Adónde vais? —preguntaron.

Y las monjas explicaron sus intenciones y ellos les aseguraron que tal idea era imposible.

—En el Terreiro do Paço no hay nada, solo muertos —dijo uno de los frailes.

—No hay barcos, han naufragado. Incluso los que estaban lejos del Cais da Pedra, en medio del río, han desaparecido con las olas —añadió el otro.

La hermana Alice preguntó:

—¿Nadie puede irse en barco?

—Nadie —dijeron los dos frailes a coro.

Y a continuación sugirieron a las monjas que se uniesen a ellos.

—Vamos a rezar por las almas que se han perdido en este terrible día. Vamos a reunirnos en el Rossio para rezar —explicó uno de ellos.

—La gente se está marchando de la ciudad al campo. ¡Venid, vamos a rezar! —sugirió el otro.

La hermana Alice se quejó de dolores en la pierna, y les dijo que no podría caminar hasta el Rossio.

—Entonces —propuso uno de los frailes—, ven con nosotros hasta la catedral. La catedral no se ha derrumbado.

Astuta, la hermana Alice les sonrió y les prometió seguirlos en breve.

—Echad a andar vosotros. Yo dejaré que se me pase el dolor y después os alcanzaremos allí.

Los frailes les desearon buena suerte y se despidieron. A la hermana Margarida le pareció sospechoso que la hermana Alice no les hubiera dicho la verdad.

—¿Quieres ir a la catedral? —le preguntó.

La otra monja negó con la cabeza:

—¡Dios me libre! Lo que quiero es huir.

La monja joven guardó silencio y se quedó mirando a otras víctimas de aquel infortunio, personas afligidas por la muerte de algún ser querido que había desaparecido con la fuerza de las aguas.

—Vamos —dijo al fin la hermana Alice.

—¿Adónde? —preguntó la monja joven.

—Al Terreiro do Paço. Cuanto más cerca estemos del río, mejor.

Aunque no estaba de acuerdo, la hermana Margarida no tuvo ánimos para oponerse a la orden de la vieja monja. Le ofreció el hombro y esta se apoyó en ella para empezar a caminar, acercándose cada vez más al destino escogido.

Al pasar por una montaña de escombros, observaron en lo alto la carcasa de una pequeña falúa con la cubierta despedazada, el mástil cortado por la base y el casco agujereado en varios puntos. Tendidos al lado de la embarcación vieron a dos hombres, uno más alto y más fuerte que el otro, enlazados por una cuerda, completamente empapados. Parecían desmayados. Estaban casi desnudos, y la hermana Margarida no pudo evitar sentir curiosidad femenina.

—¿Crees que están muertos? —preguntó.

—¡Y a mí qué me importa!

La monja anciana quería seguir andando, pero la más joven la obligó a aminorar el paso.

—¿Por qué te detienes? —preguntó la hermana Alice.

—Seguro que son marineros... Tienen un barco.

—¿Y qué?

—Si estuvieran vivos, quizá podrían ayudarnos.

La hermana Alice se detuvo, comprendiendo la idea de la más joven. Observaron a los dos hombres y lo que quedaba de la pequeña embarcación.

—El barco está destruido, no regresarán al mar tan pronto —concluyó la hermana Alice.

—Pero pueden saber de otros barcos —dijo entusiasmada la joven.

Pero al aproximarse, se llevó un susto. Uno de los hombres, el más alto, se movió y tosió con fuerza, escupiendo agua y tierra.

—¡Cuidado! —murmuró la otra monja—. Podrían ser piratas...

—¿Piratas? ¿Piratas en mitad de Lisboa?

—Nunca se sabe —murmuró la hermana Alice.

Fue nuestro primer encuentro. Solo me acuerdo de verla envuelta en una neblina difusa. Una cara, una chica guapa que se movía delante de mí; y después, unas ganas insoportables de toser, los pulmones y la boca llenos de inmundicia; una extraña sensación de aturdimiento permanente y de desorientación. Cuando me desperté no sabía dónde estaba, y en los primeros momentos ni siquiera me acordaba de lo que había pasado. Después recordé la ola y una angustia intensa me inundó el pecho. Cerré los ojos y me volví hacia ella, como un animal que por instinto presiente el peligro, y me di de bruces con esa cara bonita que Dios le ha dado.

Con los pies enterrados en el fango, la joven trepó por la montaña de escombros. Yo seguía tosiendo, pero me volví de repente y desenvainé un puñal.

—¿Qué quieres? —le pregunté apuntándole con el arma.

Asustada, la hermana Margarida casi se cayó hacia atrás. Apoyó las manos en el suelo para recuperar el equilibrio y después vio que, a pesar del puñal y de mi postura agresiva, mi mirada era vivaz e inquisitiva pero no hostil.

—Solo quería saber si estabais vivos —respondió.

Perdí el interés por ella y me concentré en mi compañero; empecé a llamarlo al tiempo que lo sacudía:

—¡Mohamed, Mohamed, despierta!

La joven guapa me preguntó:

—¿Está vivo?

Le respondí:

—Parece increíble después de lo que nos ha pasado… pero creo que sí.

La monja joven sonrió. Sentí curiosidad:

—Y vosotras, ¿dónde estabais cuando vino la ola?

—No estábamos cerca. Venimos del Rossio, la ola nos sorprendió allí, junto a la calle que va a dar a la iglesia de la Magdalena.

Al oír hablar de aquella calle me acordé del niño, pero no dije nada. Volví a sacudir a Mohamed, pero no reaccionó. Entonces me incorporé y miré la falúa. Me volví hacia las mujeres y dije:

—Estábamos dentro del barco, en el río. Hemos venido a parar aquí…

No podía dar crédito a que la ola nos hubiera arrastrado junto con el barco a tantos metros de distancia del agua, y a que hubiéramos sobrevivido a tan extraño viaje, flotando por encima de los escombros de una parte de la ciudad.

—Deberíamos irnos —dijo la hermana Alice—. No nos pueden ayudar.

La miré primero a ella y luego a la hermosa joven.

—¿En qué?

La monja joven me sonrió y dijo:

—Tenemos que irnos de la ciudad por el río, y como vosotros sois marineros podríais llevarnos en un barco.

Intrigado, le pregunté:

—¿Por qué tenéis que salir de la ciudad? ¿Estáis huyendo de alguien?

La hermana Alice, visiblemente nerviosa, subió el tono:

—¡Vámonos...! ¡No hables con ellos, no les cuentes nada!

La hermana Margarida titubeó y nos miró. Yo les di un consejo:

—No vale la pena que vayáis al río, no hay barcos. Ninguno ha sobrevivido a la ola.

Mohamed empezó a moverse, a toser y a abrir los ojos. Me arrodillé a su lado para ayudarlo a renacer a la vida. Me olvidé de ellas.

Y eso fue lo que pasó la primera vez: casi nada. Una cara bonita en medio de aquella salvajada; un vago recelo en su alma; mi incredulidad por el lugar al que la ola nos había arrastrado; una sensación de hostilidad por parte la mujer mayor; y después el desinterés, el alejamiento, la necesidad de auxiliar a Mohamed y nada más... Y podría haberse quedado en eso: un corto e irrelevante episodio, un encuentro fortuito entre dos seres fustigados por la misma hecatombe y desviados de su camino individual. Pero no fue así. Solo fue el principio...

Las dos mujeres se dirigían de nuevo al Terreiro do Paço y ya habrían caminado aproximadamente unos trescientos metros cuando la más joven se detuvo y dijo:

—No vale la pena. Ya has oído lo que ha dicho: no hay barcos.

—¡Vayamos allí igualmente! —exclamó la hermana Alice.

La hermana Margarida cruzó los brazos sobre el pecho, con determinación.

—No. Yo no voy. Si quieres, ve tú, yo vuelvo atrás.

—¿Atrás, adónde? —preguntó la monja anciana frunciendo el ceño.

Entusiasmada, la hermana Margarida dijo:

—¡Vamos a ayudar al niño! Nos quedamos con él esta tarde, y puede que también esta noche. Y mañana volvemos a intentar tomar un barco.

Cansada, la hermana Alice suspiró. Comprendió que no valía la pena oponerse a la monja joven y se sometió a su voluntad. Regresaron lentamente, y cuando pasaron junto a la montaña de escombros la falúa despedazada seguía en lo alto, pero los dos hombres ya habían desaparecido.

19

Igual que a Mohamed y a mí, a Hugh Gold y a la esclava Ester la ola gigante los sorprendió en el Terreiro do Paço. Por suerte, estaban en el lado izquierdo de la plaza, alejados del río. Ester había convencido al inglés de que fuera al palacio para curarse el hombro y hacia allí se dirigían cuando la monumental ola irrumpió en Lisboa.

Hugh Gold había oído el fragor de aquella embestida marítima unos instantes antes de que se produjera, y se volvió para mirar el río justo cuando hizo su aparición la ola procedente del mar, es decir, por su derecha. La masa de agua chocó con violencia contra el Cais da Pedra, se abrió camino a ras de suelo, invadió la plaza y finalmente se empotró contra los edificios de la Aduana y los almacenes.

En poquísimo tiempo, toneladas y más toneladas de agua circulando a gran velocidad invadieron la zona y lo arrasaron todo a su paso. El inglés recordaba haber visto barcos volando en la cresta de la ola, que acabaron aplastados contra el muelle o contra los edificios; y haber oído los gritos lancinantes de la muchedumbre que esperaba su turno para subir a los barcos en el Cais da Pedra o en la plaza, engullida en unos instantes por aquel furioso monstruo marítimo.

Inmediatamente después, el mar, o el río, o la mezcla de ambos, cambió de sentido al chocar contra los edificios. La masa de agua avanzó en otras imprevisibles direcciones formando un confuso torbellino de espuma y olas, y se acercó con rapidez al inglés y a la esclava.

Por uno de los portones pudieron acceder a un patio del palacio en el que había caballos, carros, carrozas y numeroso personal; la esclava giró a la derecha y el capitán la siguió, y ambos subieron corriendo por unas escaleras de granito, superando los escalones de dos en dos.

A su espalda, la inmensa y ruidosa ola entró por el portón en cuestión de segundos; invadió el patio, se tragó los caballos, los carros, las carrozas y al personal, lanzando violentamente a unos contra las paredes, despedazando a otros contra las puertas y los cristales hechos añicos, incapaces de oponer resistencia a aquellas aguas asesinas que minaban el edificio entre explosiones de espuma.

A pesar de la resistencia que encontró en el restringido espacio de aquel patio, la ola creció y empezó a ascender, y el inglés y la esclava, pese a estar unos metros más arriba, en el primer piso, tuvieron que agarrarse a las barandillas para no ser arrastrados hacia abajo, al patio, donde bullía un remolino endiablado y letal. Enormes cantidades de agua rebosaron por encima de ambos penetrando en el palacio, rompiéndolo todo a su paso, imparables en su fuerza destructora. El inglés me contó que en aquellos momentos temió seriamente por su vida. No podía sujetarse con los dos brazos, pues uno le dolía mucho, pero hizo tanta fuerza con el otro aferrándose a los hierros de las barandillas que logró resistir el envite.

Después, el agua empezó a recular, retirándose más lentamente de como llegó, aunque con una fuerza inmensa que arrastró consigo muebles y personas, causando toda clase de destrozos. El agua que había alcanzado el primer piso retrocedió más deprisa, y por fin Hugh Gold y la esclava pudieron moverse, súbitamente conscientes de su salvación. Se quedaron observando el sorprendente espectáculo que tenía lugar abajo:

—¡Dios mío! —murmuró Ester.

Desde el interior del palacio desembocaban en el patio decenas y decenas de objetos arrastrados por las aguas. Sillas, cuadros, jarrones de cerámica, mesitas, sofás, y luego las joyas, baúles grandes y pequeños, abiertos y repletos de piedras preciosas, mantos dorados, cetros engastados, misales, bolas de cristal y aparadores de vidrio revestidos de esmeraldas salían por las puertas y se quedaban flotando en el patio, arremolinándose, siguiendo la rotación imprevisible de aquel lodo espumoso, para acabar succionados por la corriente del reflujo y salir finalmente a través del portón hacia el Terreiro do Paço, camino del río.

—El tesoro real —murmuró Ester.

Sí, era evidente que se trataba del famoso tesoro del rey don Juan V, una colección de riquezas de la que Hugh Gold había oído hablar tanto, y que supuestamente estaba repartida por varias salas del palacio pero que ahora se había tragado la ola, robándosela al rey y al pueblo. Zafiros y oro, plata y monedas, colecciones de anillos y collares, jarrones de todos los tamaños, un caleidoscopio de colores y formas preciosas brotaba del interior del palacio, borboteando en la superficie de aquella ladrona mezcolanza acuática que se escabullía a toda prisa hacia afuera con su rica pesquería.

Y nada ni nadie pudo impedir que aquella colosal fortuna iniciase una inesperada travesía. Los que viajaban con ella eran meros acompañantes fúnebres, pues estaban muertos y sus cuerpos flotaban, unos boca abajo, otros boca arriba, con sus uniformes de criadas y criados, negros o blancos, hermanados en un triste y siniestro naufragio.

De repente, Ester soltó un grito:

—¡Abraão!

Hugh Gold vio un cuerpo deslizándose por encima de la espuma amarronada, dando bandazos, chocando contra una mesita de talla dorada. Inerte, con la cara mirando al cielo pero con los ojos cerrados y el aire pacífico de quien se dedica a refrescarse en un barrizal, flotaba un negro.

Ester echó a correr escaleras abajo y el inglés le gritó:

—¡No, *no*, Ester! ¡Cuidado! *Hell!*

Pero la joven no lo oyó, se metió en el agua y desapareció de inmediato, pues no hacía pie, para reaparecer unos segundos después, apurada, levantando los brazos, intentando nadar y moverse precipitadamente, impotente al saberse más débil que la avalancha.

El inglés me contó que al principio sintió que su voluntad se paralizaba y que aceptó como inevitable que la esclava se ahogaría y que él no tendría fuerzas para impedir tal destino. Pero su espíritu se sublevó contra aquella apatía y sintió la urgencia y la responsabilidad de luchar. Se levantó, bajó las escaleras y entró en el agua.

Gold era un hombre alto, así que el agua no le cubría. Obviamente, sabía nadar, y a pesar de la limitación de su brazo, evitó que la corriente de succión lo arrastrara. Se esforzó en agarrar a Ester con el brazo bueno y lo consiguió, pero la chica estaba aterrorizada. En cuanto notó la fuerza del inglés que había acudido en su ayuda, Ester estiró los brazos buscando el cuello del capitán y trepó consternada por su cuerpo. Gold temió que el descontrol de la muchacha mermase sus fuerzas y no la dejó colgarse. La rodeó con el brazo por la cintura, obligándola a permanecer de espaldas a él. Y entonces le habló al oído para tranquilizarla.

—*Calm*... No tengas miedo, *no fear.* Estás *with me*, conmigo. *Go,* respira.

Como estaba tan asustada, Ester tardó en dejar de mover los brazos, pero transcurridos unos instantes, al comprender que estaba bien sujeta al cuerpo de Gold, se sintió segura y se serenó. El capitán se dirigió a las escaleras y la dejó en los peldaños de piedra, se sentó a su lado y le habló con seguridad, diciéndole que respirase despacio, que ya estaba a salvo.

Ester gimió, y su gemido se convirtió en sollozo:

—Abraão...

El inglés ya se había olvidado del motivo que había llevado a la joven a actuar de manera tan imprudente, y miró hacia el patio en busca del cuerpo del anciano. Lo vio desaparecer por el portón en la superficie de aquella masa de agua, y enseguida supo que ya no podía hacer nada por recuperarlo.

—*Damn...* La corriente *too strong*, muy fuerte, *hell*. No puedo, *can't get him...* —dijo el inglés.

Ester se puso a llorar y a plañir convulsivamente:

—¡Abraão ha muerto! ¡Abraão ha muerto! ¿Qué será de nosotros sin él?

Hugh Gold le pasó el brazo por los hombros para consolarla, sin saber a quién se refería al decir «nosotros», si al inglés y a la chica, o a la comunidad negra de los esclavos del rey, de la que Abraão debía de ser una especie de líder espiritual por el modo en que Ester hablaba de él.

—¿Esta agua va a regresar al mar? —preguntó la esclava.

El inglés reflexionó unos instantes y respondió:

—*Maybe*, quizá. Al río, *to the river*, y luego al mar, *to the sea*. *Hell, if no more* olas lleguen.

Con todo, llegaron dos olas más, aunque mucho menos intensas que la primera. Algunas piezas del tesoro y del mobiliario, así como varios cuerpos humanos, entre ellos el de Abraão, volvieron a entrar dos veces por el portón del palacio, y dos veces más volvieron a salir, como si fueran reacios a abandonar el lugar, en un vaivén absurdo, una despedida que parecía no tener fin.

Ester gimoteaba cada vez que veía el cuerpo del negro salir y se animaba cuando lo veía entrar. Pero la tercera vez ya no volvió y comentó:

—Vino del mar y al mar regresa.

A continuación se abrazó a Hugh Gold sin dejar de llorar, y permaneció así unos minutos, hasta que volvió a hablar.

—Me has salvado la vida, gracias. Ahora estoy unida a ti para siempre...

El inglés sonrió:

—*Good lord, girl! No way* dejarte morir, *not to die, not...*

La joven le sonrió y después ambos guardaron silencio mientras observaban la desaparición de las últimas aguas en el patio, que dejó al descubierto una amalgama en la que había de todo pero nada se distinguía con claridad, salvo los cadáveres.

—¡Cristo! —exclamó Ester.

Los había a decenas. El inglés le preguntó si eran criados del palacio, pero ella dijo que no, y llegaron a la conclusión de que simplemente podía tratarse de gente que estaba fuera, en la plaza, y que había sido arrastrada por la potencia de las olas. Hugh Gold no quería ni imaginarse cómo estaría el Terreiro do Paço, y cuando dedujeron que ya no vendrían más olas, echaron a andar por el patio hasta el portón y lo atravesaron, y ya no tuvieron que imaginarse nada.

La gran plaza de la ciudad, extrañamente silenciosa, era un túmulo pantanoso. Hugh Gold miró hacia el río y le pareció que faltaba algo; entonces se dio cuenta de que el Cais da Pedra, el gran muelle de la ciudad al que llegaban cientos de personas todos los días, había desaparecido. No quedaba señal alguna de la estructura que una hora antes se erguía en aquel mismo lugar. La ola la había arrasado, destruyéndola en su totalidad.

Además, se veían restos de barcos desperdigados por la plaza y por el río, y muy a lo lejos, no sin dificultad, también podían distinguirse algunos fragmentos.

Perplejo, Hugh Gold negaba con la cabeza. Ester le preguntó:

—¿Cómo estás? ¿Te duele el brazo?

El capitán se encogió de hombros:

—*What the hell*, ¿a quién le importa, *who cares*? La ciudad está *dead, city* muerta… *No boats*, barcos, en el muelle, Lisboa muere, *dies*.

Permanecieron callados, inmóviles, contemplando los daños que había sufrido la plaza, observando a la gente que aparecía salida de no se sabía dónde, como hormigas intentando abrirse paso a duras penas por un lodazal y huyendo de allí a la menor ocasión, dándole la espalda al río, para adentrarse en la zona baja de la ciudad en dirección al Rossio o al Bairro Alto.

—*God... Need to go*, tengo que ir *to my firm*, a mi casa comercial.

—¿Por qué? —preguntó Ester.

El inglés suspiró:

—*Hell, got to* ver lo que ha pasado *there, go to get* mi dinero. *No money*, no vamos a ningún sitio, *anywhere*...

La esclava estuvo de acuerdo con sus palabras y prometió ayudarlo.

—*Christ, we* no vamos a atravesar *this mess*, el fango —dijo el inglés señalando hacia el Terreiro do Paço—. *Got to go a round*, dar la vuelta, *it's a* confusión, *hell*.

Y así lo hicieron. Se cruzaron con cientos de infelices, abrumados por una pena infinita, que intentaban despertar a sus amigos o familiares de un sueño eterno. En un momento dado, en la esquina de una calle, solo quedaba un pasaje minúsculo por donde pasar entre unos edificios derrumbados. El inglés iba delante y, cuando se disponía a atravesarlo, vio a dos hombres en el lado opuesto, el primero más alto que el segundo, que tenía aspecto de árabe.

Todos se quedaron quietos, mirándose unos a otros, y entonces la esclava preguntó:

—¿Qué pasa?

El inglés no respondió e indicó a los otros dos que pasaran, pero el hombre más alto respondió que las damas primero. Contenta, Ester dio un pequeño salto hacia delante y atravesó el pasaje improvisado sin que el inglés se lo pudiese impedir. Cuando este se unió a ella, se dio cuenta de que la esclava le sonreía al hombre más alto y, molesto, Hugh Gold exclamó:

—¡Oh, *Jesus*, para, *stop*, Ester!

—No le hace daño a nadie, ni nadie le hace daño a ella... —comentó el hombre más alto.

El inglés lo ignoró, cogió a la esclava del brazo y le ordenó:

—*Come*, ven, ayúdame, *help me*...

Ester se indignó:

—¡No soy tu esclava!

El inglés le recordó con voz firme lo que acababa de suceder:

—*Hey, girl*, dijiste que me ayudarías, *you said*. Yo también te he ayudado, *help you*...

Al hombre más alto le sorprendió aquel tono de voz, pero sobre todo su forma de hablar. Dedujo que con toda seguridad sería inglés.

—¿Qué pasa, chica, el inglés te ha hecho daño? —le preguntó.

—No —respondió Ester—. Me ha salvado la vida. Tengo que ayudarlo.

Entonces, el hombre más alto sonrió:

—Pues ayúdalo.

Ester le sonrió de nuevo y siguió al inglés; cuando volvió la vista atrás, ya no había nadie.

Para mí también fue la primera vez que me cruzaba con Hugh Gold y con Ester. Recuerdo la sonrisa de ella y el enfado del inglés. Qué diferente era yo aquel día: todavía no éramos antagonistas, ni sentía celos de él, ni había entrado en mi vida. Cómo cambió todo tan deprisa y en tan poco tiempo...

20

Mentiría si dijera que sé cómo sobrevivimos a aquella ola descomunal que nos abrazó en el Tajo. Pero no lo sé. Ni sé cuánto tiempo pasó. Solo recuerdo ver agua y espuma y más agua, un torbellino loco y encolerizado a nuestro alrededor, aquella marea blanca y marrón transformando el agua en lodo; el agua engullida y escupida; la sensación de estar a punto de morir asfixiado, y después, sin saber cómo ni por qué, emerger de nuevo a la superficie a respirar. Durante esos momentos alucinantes no se distingue casi nada, y lo que se ve no tiene sentido, pues nunca sabemos dónde nos encontramos. Vi imágenes fragmentadas, discontinuas: rastros blancos chocando contra mí, coágulos de espuma rodando a una velocidad impensable; vi breves instantes de cielo, dos manos agarradas a la falúa; me vi pasando demasiado rápido junto a un edificio y, por una esquina, vi la cubierta de nuestra pequeña embarcación alejándose y a continuación doblegarse hacia atrás, abalanzándose sobre nosotros; vi a Mohamed con los ojos cerrados, abrazado a mí y escupiendo un desagradable revoltijo, tosiendo, intentando no ahogarse. Pero lo más horrible fue lo que sentí: la cabeza girando como una rueda, suelta como un coco que da tumbos después de haber caído del árbol; el mundo dando vueltas; la cuerda estrujándome el brazo, las piernas chocando si cesar contra el maderamen, la espalda dolorida por los golpes, los pies fríos, y después una luz intensa acercándose a mí, un ruido tremendo… y, bueno, debí de desmayarme, pues ya no sé qué más pasó.

Fui consciente de la situación al despertarme y entonces comprendí que habíamos sobrevolado el Terreiro do Paço en la falúa llevados por las olas, y que habíamos aterrizado a trescientos metros tierra adentro, encima de un dique de piedras y de maderas donde el barco encalló.

Me apercibí del milagro que acabábamos de vivir mucho después, cuando comprobé la destrucción en la plaza lisboeta: el muelle del Cais da Pedra arrasado, la Aduana brutalmente destrozada, una mortandad inmensa diseminada por un pantano fangoso cubierto de los desechos más insospechados. Habíamos sido elegidos para sobrevivir, el barco al que nos amarramos nos salvó de una muerte atroz, resistió la embestida y los golpes y nos arrastró con él en su épica resistencia, como una cáscara de nuez providencial y salvadora a la que le debíamos la vida.

Cuando me desperté, aturdido y magullado, con la boca llena de sabor a mar y a lodo, un ser diáfano, femenino, bello y joven avanzaba hacia mí. Mi instinto inmediato fue la desconfianza, pero enseguida me percaté de que aquellas dos mujeres eran monjas y, por tanto, inofensivas. Cuando vi a la más joven por primera vez —aún no sabía que se llamaba Margarida—, lo que me encantó de ella fue el intenso brillo de su mirada y la belleza de sus facciones. A pesar de sus ropas sucias y mojadas, aquella guapa joven era como una pintura salida del pincel de un artista divino, una hermosa aparición en medio de un estercolero, una señal de esperanza en un mundo torturado.

Sin embargo, no me dio tiempo a apreciarla con tranquilidad, pues me acordé de mi amigo Mohamed. Vi que estaba vivo pero inconsciente, y eso era lo más importante en aquel momento. Solo intercambié unas palabras con aquella guapa muchacha, pero tuve la extraña impresión de que las dos monjas eran fugitivas.

Entonces, Mohamed empezó a toser y acudí a socorrerlo, y

las mujeres desaparecieron. El árabe estaba mareado, le dolía mucho la cabeza y vomitó varias veces, pero poco a poco recuperó la lucidez y la compostura.

—¿Santamaria cree que hemos sobrevivido? —preguntó incrédulo.

—Hemos tenido suerte, mucha suerte —dije.

Permanecimos un rato en aquella improvisada colina de escombros, en silencio, dando las gracias a nuestros respectivos dioses por encontrarnos allí, e intentando expulsar del cerebro ciertas imágenes que todavía nos provocaban espasmos de miedo y que nos persiguieron durante varias noches. Después pensamos en qué hacer, en cómo encauzar nuestra situación.

—El río no es buena solución —dijo el árabe.

—Tienes razón, al menos en los próximos días. No creo que haya barcos en condiciones.

—Y nosotros, Santamaria, ¿qué hacemos?

Lo mejor sería irse de la ciudad, al campo, alejarnos de la prisión todo lo posible.

—¿Por qué no vamos a buscar a la amiga de Santamaria?

Me quedé mirando a Mohamed:

—¿Al Bairro Alto?

—¡Ella ayudará a Santamaria, a ella le gusta la verga de Santamaria!

Sonreí. Solo el árabe era capaz de animarme con sus disparates en medio de aquella calamidad. Además, tenía razón, Mariana era mi única posibilidad. Mariana… ¿Se acordaría de mí? Nos pusimos en camino, pero nos costó orientarnos. Aquel absurdo viaje en barco nos había depositado en algún punto de la parte baja, pero ante tamaña destrucción no adivinábamos dónde estábamos. Solo cuando vimos la rua Nova dos Ferros supimos qué dirección tomar. Y nos dirigimos hacia la nueva Iglesia Patriarcal, sumándonos a las largas hileras de personas, destrozadas y sin esperanza, que también abandonaban aquella zona de caos.

Si las calles de la parte baja ya eran tortuosas antes del terremoto, ahora se habían convertido en un rompecabezas, tal era la cantidad de desperdicios que las bloqueaban. Había que sortear los imprevistos montículos de cascotes, o pasar por encima. A una altura determinada, la calle se estrechaba formando una especie de desfiladero entre dos edificios, uno de ellos caído sobre el que tenía enfrente, cuyas paredes habían resistido mejor. La gente pasaba sin cesar por aquella angostura, y cuando nos tocó a nosotros, nos apercibimos de que dos personas también querían pasar en sentido contrario. Una mujer negra y menuda acompañada de un hombre alto y pálido con aspecto de extranjero.

No sabía que me estaba cruzando por primera vez con Hugh Gold y con Ester. Enseguida se hizo evidente una cierta tensión, una fricción inesperada entre ambos. Pero la situación se resolvió rápido: ellos pasaron para acá, nosotros para allá, ella me sonrió y yo le devolví la sonrisa. Hacía unos cuantos meses que no había estado con una mujer y debió de advertir mi excitación. Aquella joven despertó en mí el deseo de poseerla, pero seguí adelante, detrás de Mohamed, y al poco rato la muchacha negra ya no era más que un lejano recuerdo.

Pasamos por la Iglesia Patriarcal y por la nueva Ópera, ambas destruidas, y empezamos a subir al Bairro Alto acompañados por una nutrida comitiva de desdichados. Parecíamos los refugiados de una guerra, los supervivientes de una batalla; nosotros componíamos los restos del ejército que acababa de perder y había sido ferozmente diezmado, éramos como soldados desmoralizados emprendiendo la retirada, con la mirada turbia, el corazón angustiado y la cabeza saturada de horribles recuerdos.

—¿Adónde va la gente? —preguntó Mohamed—. Aquí tampoco quedan casas…

Era verdad. En el Bairro Alto nos topamos con un espectáculo idéntico al de la parte baja de la ciudad. Más edificios despedazados, más calles bloqueadas por pilas de maderas y piedras, más cadáveres en el suelo. El terremoto también había alcanzado con intensidad máxima el barrio más famoso de la ciudad y resultaba difícil orientarse.

Al cabo de un rato, identifiqué la casa sin tejado de la vieja tía de Mariana. No se veía a nadie en las proximidades.

—¿Es esta? —preguntó Mohamed.

—Sí. Aquí fui feliz.

El árabe negó con la cabeza:

—No hay nadie.

No había un alma dentro de aquella vivienda destrozada donde pernocté con Mariana. Salimos a la calle. Unos metros más allá, una señora de edad avanzada recogía pedazos de madera seca del suelo y los guardaba en un saco. Me acerqué a ella y le pregunté:

—¿Vivía en esta casa?

La anciana me dijo que vivía más arriba.

—¿Conoce a una mujer que vivía aquí llamada Mariana?

Silbó:

—¡De eso hace mucho tiempo! Se mudó cuando se murió su tía ... Se fue a vivir con el marido...

Un marido. Me quedé petrificado, desilusionado, pero seguí preguntándole:

—¿Se casó?

La anciana se encogió de hombros:

—Eso ya no lo sé. Decir marido es una manera de hablar, quiero decir que era su hombre, ¿entiende?

Me quedé mirándola:

—¿Cuánto tiempo hace de eso?

—No lo sé —respondió—. Puede que unos años antes de que viniera este rey.

—¿No sabe adónde se fue a vivir?

La mujer se encogió de hombros otra vez:

—La gente dice que se va a un sitio y después se marcha a otro. Hay muchas personas así... No tengo ni idea, pero, ahora que me lo pregunta, recuerdo que hará unos dos o tres años me dijeron que la habían visto en la iglesia de Santa Isabel, en una procesión o algo así. A lo mejor allí le podrán dar razón...

Suspiré contrariado:

—¿Y dónde queda esa iglesia?

La anciana me miró llena de curiosidad:

—Usted no es de aquí, ¿verdad?

Sonreí:

—Hace muchos años que no venía...

Recogió otro trozo de madera del suelo y dijo:

—Pueden venir conmigo. Yo voy hacia esa parte, hacia el Campo de Ourique. Allí es donde se está yendo la gente, dicen que allí reparten agua y comida.

Así fue como casi pierdo la esperanza de volver a ver a Mariana, y como Mohamed y yo nos dirigimos hacia un campamento improvisado para que nos dieran de comer y beber siguiendo a la anciana señora que recogía leña. Nunca hubiera imaginado que allí nos encontraríamos con quien nos encontramos, con el hombre a quien había escrito mi petición: Sebastião José de Carvalho e Melo.

21

Yo tampoco tengo padre ni madre —le contó la hermana Margarida al niño—. Fallecieron hace unos años en un accidente.

Ambos tenían la orfandad en común, y por ahí fue por donde iniciaron una incipiente complicidad que enervaba a la hermana Alice, sentada a unos metros de ellos, malhumorada y cansada. El niño las había animado a quedarse allí antes de subir a la catedral o a San Vicente de Fora en dirección a Odivelas, donde la monja anciana decía que tenía un conocido. La hermana Margarida impuso su voluntad de ayudar al niño a buscar a su hermana desaparecida y lo encontraron con un palo en la mano, que usaba como pala para remover los escombros. Sin motivo para alegrías, pero lleno de determinación.

—El perro está nervioso, sabe que ella está viva aquí debajo.

El niño señaló las ruinas.

—¿En el sótano no está? —preguntó la hermana Margarida.

El niño miró la entrada del sótano y explicó:

—Solo se puede acceder al interior unos dos o tres metros... El resto está destruido y ni siquiera el perro puede colarse por culpa de la tierra y las piedras. Tardaré días en remover todos los escombros...

—¿La has llamado?

—Sí, varias veces, pero no me responde. De todas formas, el sótano es muy grande y dudo que ella estuviera ahí a esas horas.

La monja joven se sentó en el suelo y se puso a pensar.

—¿Estás seguro de que estaba en casa?

—No, pero me encontré con un vecino que me dijo que la había visto en la puerta hablando, y que después la vio entrar... —Bajó la cabeza y prosiguió—: Y mi padrastro está ahí dentro, muerto.

—¿Dónde? —preguntó la hermana Margarida, sorprendida.

—¿Quieres verlo?

La monja joven dijo que sí. Rodearon una parte de las ruinas y el niño le enseñó un boquete en el suelo. Ella se asomó a husmear y, cuando sus ojos se acostumbraron a la oscuridad, pudo distinguir el cuerpo de un hombre tendido en el suelo. Acto seguido, se alejó del agujero y comentó:

—Si él está aquí, ella debería estar cerca...

El niño guardó silencio, mordiéndose el labio.

—¿Qué te pasa? —le preguntó la hermana Margarida.

—Nada.

—No se lo contaré a nadie —dijo ella.

—¿Me lo prometes? —le preguntó el niño.

—Sí.

Entonces el muchacho le habló de sus temores: los obscenos deseos del padrastro, las miraditas que le echaba a su hermana, la negación de la madre ante aquellos hechos —algo que el niño consideraba una cobardía—, y el estado de alerta permanente en que habían vivido los gemelos durante las últimas semanas.

La monja joven le preguntó:

—¿Crees que la deshonró?

—No, hasta hoy no. Y por la mañana no debió de tener mucho tiempo, pues estuvieron hablando aquí unos minutos antes del terremoto...

La hermana Margarida tuvo una idea:

—¿Podría haberse escapado?

—¿Escapado? ¿Adónde?

—No sé, pero imagínate que tu padrastro intentara abusar de ella y que ella hubiera huido...

El niño guardó silencio, pensativo. Después dijo:

—En ese caso, el perro no estaría tan agitado. Si mi hermana no estuviera aquí debajo, el animal no echaría a correr hacia allí cuando la llamo.

Tenía sentido, reconoció la hermana Margarida. Y por eso se decidió a ayudarlo y empezó a quitar piedras y maderas durante las horas siguientes, mientras la hermana Alice dormitaba en el suelo y la gente pasaba, unas personas bajaban a la catedral de camino al Rossio o al Terreiro do Paço, y otras deambulaban de una plaza a otra. Los que bajaban o los que venían del Rossio no sabían nada de las olas, y los que subían se lo contaban, y en sus almas nacía la duda y la confusión, y los dilemas se resolvían de distintas formas. Unos volvían atrás, otros cambiaban de dirección, otros seguían la dirección escogida.

Todo el mundo empezaba a tener más hambre y más sed, como las dos monjas y el niño. El agua y la comida que el chiquillo les había ofrecido la primera vez se había acabado. El niño les comentó que podía acercarse a la fuente a por más agua, pero que no sabía dónde encontrar más comida.

—¿Quieres que vaya contigo? —le preguntó la hermana Margarida.

—No, quédate aquí, es peligroso.

Le repitió lo que había ocurrido por la mañana: que los bandidos habían violado a una mujer y habían matado a varias personas en una casa junto a la fuente, y después añadió que otros dos bandidos distintos distrajeron al mastodonte que lo quería matar. Y se los describió: un hombre alto y moreno con una cinta en la cabeza, y un árabe, más bajito.

La hermana Margarida se quedó pensando en lo que le acababa de contar el niño y dijo:

—Creo que he visto ahí abajo a los dos hombres que me has descrito...

El niño esperó a que contase más detalles.

—Estaban junto a un barco, llegaron con la ola.

El niño no lo entendió:

—¿Con la ola?

—No lo sé muy bien, pero al parecer estaban en el río y acabaron en tierra. Casi se mueren.

El niño comentó:

—Pues debe de haber sido una ola gigante...

—Seguro que, si estuvieran aquí, podrían ayudarte —dijo la joven monja.

El niño se puso serio:

—Esa gente no ayuda a nadie... Son piratas y deben de haberse escapado de la prisión del Limoeiro, como los otros, el grandullón que mata a quien se le cruza por delante... Espero que no vuelvan...

La hermana Margarida se sorprendió:

—¿Piratas? Eso fue lo que me dijo la hermana Alice en cuanto los vio... pero no nos hicieron ningún daño...

—Tuvisteis suerte —murmuró el niño.

Siguieron sacando piedras y argamasa y cascotes y maderas, intentando encontrar alguna señal de vida de Assunção, la hermana del niño. El trabajo era lento, y a veces provocaba pequeños derrumbamientos con los que temían lastimarse. En un momento dado, la hermana Alice se despertó y se acercó a ellos. El perro empezó a gruñir, era evidente que no simpatizaba con la anciana.

—Tengo sed, ¿tienes agua? —le preguntó al niño.

—Se ha acabado.

—¿Y no vas a ir a buscarme más?

El niño la miró a los ojos y le dijo:

—No soy tu criado. Ya te di agua una vez, ya te di de comer una vez. Ahora, si quieres más, o me ayudas o vas tú a buscarla.

La monja apretó los dientes, molesta por aquel enfrentamiento.

—¡Soy una anciana y, además, monja! Deberías guardarme un respeto.

El niño no se amilanó:

—A mi perro no le gustas, y nunca se equivoca.

La hermana Alice soltó una pequeña risotada:

—Sí, ya sabemos que tu perro es como el oráculo de los dioses... Sin embargo, hasta ahora todavía no ha encontrado a tu hermana, ¿no es así?

Preocupada, la hermana Margarida intervino tratando de rebajar la tensión:

—Discutir no nos llevará a ninguna parte...

Se volvió hacia el niño y le dijo:

—Dime dónde está la fuente, que ya voy yo.

El niño negó con la cabeza.

—Nunca la encontrarás. Iré yo...

Llamó al perro, pero cuando ya estaba a punto de irse, dio media vuelta.

—Deberíais cambiaros de ropa. En la entrada del sótano hay un armario con abrigos y prendas de mi madre. Creo que os servirán.

Las dos monjas se sorprendieron, y la hermana Alice le preguntó:

—¿Y por qué tenemos que cambiarnos de ropa?

El niño inspiró profundamente, como si la falta de lucidez de la monja mayor le molestase, y le explicó:

—Para encontrar a mi hermana necesito vuestra ayuda, pero vestidas así, como prisioneras de la Inquisición, suponéis un peligro para mí. Puede que hasta me metan preso a mí también...

El muchacho se marchó, y después de lo que acababa de decirles, las dos mujeres bajaron al sótano y allí mismo se cambiaron de ropa. Cuando regresó con una vasija de agua en la mano, las dos monjas estaban quitando escombros.

—No había comida por ninguna parte, pero me han dicho que hay gente que cocina en el Rossio y que reparte sopa a quien tenga hambre —dijo el chico.

—¿Y en la catedral? —preguntó la hermana Alice.

—Yo que tú, no iría allí —respondió el niño.

—¿Por qué?

—Están los guardias de la Inquisición.

La mujer se sintió aliviada por haber escapado del peligro, y tras beber agua los tres reanudaron la labor de retirada de escombros con la esperanza de escuchar un ruido que indicase la presencia de la hermana del muchacho.

A media tarde, la hermana Alice subió hasta el punto más alto de la calle. Regresó con la preocupación estampada en la cara y dijo:

—Hay muchos fuegos por la ciudad...

—¿Fuegos? —preguntó nerviosa la hermana Margarida.

—Sí, en varias partes. Delante y detrás de nosotros.

—¿Y qué vamos a hacer? —preguntó la monja joven, alarmada—. ¡Si el fuego nos alcanza, podemos morir!

El niño notó en su voz el terror que la joven sentía por el fuego. La monja anciana comentó:

—¡Ironías del destino! Escapas de la hoguera de la Inquisición, y al final vas a morir en un incendio en medio de la ciudad...

La hermana Margarida se llevó las manos a la cabeza y miró a la otra monja:

—¿Será que tengo una maldición?

El niño se la quedó mirando a su vez, intrigado, sin decir nada, y la hermana Alice murmuró:

—¡Cierra esa boca, mujer... él no tiene por qué saber!

El niño preguntó:

—¿Saber el qué?

Un corto silencio se abatió sobre los tres, hasta que el jovencito lo rompió:

—¿De qué te acusan?

La hermana Alice repitió la advertencia:

—¡Cállate!

Pero la hermosa muchacha no le prestó atención, necesitaba hablar.

—Me condenó la Inquisición, que me acusa de haber... de haber entregado el alma al Diablo... Iba a morir mañana en una hoguera en el Terreiro do Paço. ¡Y hoy por la mañana he intentado suicidarme!

La hermana Margarida le enseñó al niño las marcas de la cuerda en el cuello. La hermana Alice negó con la cabeza, desaprobando aquella confesión. Pero la monja joven prosiguió con su relato:

—Intenté ahorcarme, pero me salvó el temblor de tierra. Después me escapé con ella y con un hombre, un «profeta», que ha desaparecido. Nos dijo que iba al Terreiro do Paço, pero a lo mejor ha muerto ahogado por las olas. Y ahora la ciudad está empezando a arder... ¿Será una maldición? ¿Y si en verdad Dios quiere que me muera mañana?

Los otros dos permanecieron callados y la hermana Margarida empezó a sollozar. El niño se volvió hacia la hermana Alice y le preguntó:

—¿Tú también ibas a morir mañana?

La monja anciana asintió.

—¿De qué te acusan?

—No es de tu incumbencia —respondió.

El niño le hizo unas carantoñas al perro, que acababa de acercarse, y afirmó:

—No estoy aquí para juzgaros. Me estáis ayudando a buscar a mi hermana. No os voy a denunciar.

La hermana Margarida se sentó, un poco más calmada, y a continuación le explicó:

—La hermana Alice estaba acusada de corromper a las mujeres y de encaminarlas hacia la senda del Diablo.

El niño observó a la monja de mayor edad sin la más mínima expresión en el rostro. Se encogió de hombros y afirmó:

—Siempre que no te metas con mi hermana, cuando la encontremos, lo que hayas hecho no me importa.

Ligeramente aliviada, la monja forzó una sonrisa y dijo:

—Solo piensas en ti…

Entonces le tocó sonreír al niño.

—¿Acaso tú eres diferente de mí?

De nuevo permanecieron callados un rato, cada uno pensando en lo suyo, hasta que el niño retomó la conversación:

—Los soldados que estaban ahí arriba, en la catedral, bajarán hacia esta zona. Les oí decirlo. Quizá sea mejor que volváis al Rossio. Entre la muchedumbre es más fácil esconderse, sobre todo con esa ropa.

Observó el cielo y siguió diciendo:

—Dentro de poco se hará de noche y si los incendios se propagan, al menos en la plaza estaréis a salvo del fuego. Aquí, entre las ruinas, será más peligroso.

Contrariada, la hermana Margarida le preguntó:

—¿Y tú?

—Me voy a quedar aquí. Pasaré la noche en el sótano con el perro.

—¿Y no vas a comer nada? —preguntó la hermana Alice.

El niño le sonrió por primera vez, sorprendido por su preocupación, reveladora de un repentino cambio de actitud.

—Encontraré cualquier cosa a la que hincarle el diente, pero es mejor que vosotras vayáis a por un plato de sopa al Rossio. Si os mantenéis tranquilas y serenas, pasaréis desapercibidas.

Las dos mujeres coincidieron en que esa sería la mejor solución y se despidieron del niño. La hermana Alice ya había empezado a alejarse cojeando, pero la hermana Margarida volvió atrás y abrazó al muchacho.

—Espero que encuentres a tu hermana —le dijo.

Él le susurró al oído:

—Cuidado con la vieja.

Cuando unos días más tarde la hermana Margarida me contó este episodio, me sorprendió la capacidad del niño para dar consejos y también su instinto protector con la joven monja. La advertencia sobre la hermana Alice resultó ser acertada. A pesar de su corta edad, el niño presentía las tentaciones de la carne. Ahora bien, aquella advertencia no habría de impedir lo que ocurrió horas más tarde durante la primera noche después del terremoto.

22

Aquella primera tarde, el capitán Hugh Gold estaba decidido a tomar posesión de su dinero, guardado en una caja fuerte en su casa comercial. Aunque no fuese el único propietario de la compañía, prefería atesorar allí sus ganancias que llevarse a casa un enorme peculio. Era desconfiado por naturaleza, me contó más tarde. Recelaba de su mujer y de su amargura, temía que se sublevase y regresara a Londres. Desconfiaba de la criada, que fornicaba con él pero que tenía novio, y probablemente planeara ganarse unos cuartos con un sutil chantaje. Y, claro, recelaba de los maleantes que asaltaban a cualquier hora del día o de la noche; de los esclavos que vagabundeaban por la tarde por las calles con una lasitud que en cualquier momento podría convertirse en agresividad; de los marineros de diversas nacionalidades, todos alborotadores y encolerizados por la mengua del dinero que les correspondía después de haber arriesgado la vida en las travesías oceánicas. Sí, transportar dinero por la ciudad era un peligro, más valía que las riquezas acumuladas se quedaran en el pequeño cofre oculto en el sótano de la tienda, hacia donde ahora se dirigía con la esclava Ester triscando a su espalda y canturreando en voz baja.

—*You, slave*, ¿qué cantas? ¿*Songs* de África? —preguntó Gold.

—Ahuyenta a los espíritus —respondió ella.

—*Good lord! After* lo que ha pasado *today*, ¿crees *that* espíritus sirven de *anything*? ¡Nada, *nothing*!

La esclava siguió canturreando, sin entrar en la controversia, y ambos siguieron subiendo y bajando montículos de materiales diversos, vestigios de una ciudad desmembrada. Se fueron acercando a la zona de los almacenes y de las casas comerciales en la parte de atrás del Terreiro do Paço, por detrás de la Aduana y de los mercados. Dentro y fuera de los edificios había gente escarbando el suelo, arrastrando objetos, cavando agujeros con un inesperado frenesí. Con todo, había algo raro, una anormalidad que Gold no captó de inmediato, al contrario que la esclava, que la presintió instintivamente. Se detuvo en seco y tiró del pijama de Gold. El inglés se dio la vuelta, inquiriéndola con la mirada.

—No deberíamos ir allí —dijo.

El capitán examinó la zona, observando aquellas hormigas humanas. Y, por fin, reparó en que todos los hombres eran negros.

—*Hell, damn!* Hijos de...

—¡Cállate! —le ordenó la esclava bajando la voz.

Dos negros altos y fuertes con el torso desnudo, empuñando un machete cada uno, observaban a Gold y a Ester con atención. Uno de ellos silbó. De repente aparecieron tres negros más, con machetes en la cintura. En las manos llevaban sacos y cajas de madera, producto del saqueo.

—¡Vámonos! —murmuró Ester.

El inglés, enfurecido, gruñó en voz baja:

—*Fucking camels!* ¡Pandilla de ladrones! ¡*They are* rapiñando *our* dinero! ¡*This is* nuestro, *money* de los ingleses! ¡*Hell*, voy allí y *kill them*, los mato!

Enrabiado y descontrolado, Hugh Gold dio un paso hacia los negros. No fue una buena idea. Los tres salieron de la madriguera en la que estaban robando, depositaron el botín en el suelo y empuñaron los machetes. Uno de ellos echó a correr hacia la derecha y otro hacia la izquierda. El tercero avanzó hacia los otros dos negros que Gold y la esclava habían visto primero. Este nuevo grupo de tres dio dos pasos hacia delante. El hombre que llevaba la escopeta, se la descargó del hombro sin dejar de mirar a Gold.

El capitán sintió el peligro y empezó a retroceder. No podía enfrentarse a cinco hombres armados. Para más inri, tenía un brazo herido y estaba cansado. La joven retrocedió también. De repente se oyó un agudo chasquido producido por una lengua que se movía con rapidez en la boca de un hombre, como si se tratase de una señal de combate. Enseguida aparecieron más negros salidos de debajo de los escombros o del interior de los edificios. Todos parecían nerviosos y enfurecidos, e iban armados.

—Han estado bebiendo —murmuró Ester—. Es mejor que huyamos.

Dio media vuelta y echó a correr. Hugh Gold se quedó paralizado, apretando los dientes, indignado por aquella ganancia ajena que le impedía tomar posesión de su dinero. Pero los gritos se multiplicaron y ahora ya no había solo un hombre chasqueando la lengua, sino casi todos ellos. De pronto, alguien tiró una piedra desde el final de la calle, que cayó a unos metros de Gold.

El inglés me contó que le costó mucho dejar sus riquezas en manos de aquella *troupe* de esclavos del demonio, pero no tuvo alternativa. Cuando echó a correr, varias piedras aterrizaron muy cerca de él, y una le rozó una pierna; otras muchas siguieron cayendo antes de que alcanzara el final de la calle y desapareciera, mientras oía a su espalda los gritos de júbilo de los salteadores.

Corrieron unos doscientos metros aproximadamente y por fin se detuvieron, jadeantes, mirando atrás. Nadie los persiguió, a aquellos hombres no les interesaban ellos, sino los restos de la catástrofe.

—*Fucking camels*, ¿quién es *this* gente? —preguntó Gold, sin resuello—. *Hell*, ¿conoces a alguno?, ¿son *slaves*?

Ester no se lo aclaró, y el inglés comprendió que omitía la explicación intencionadamente.

—¡*Good Christ*, te he salvado la vida, *woman*! ¿*Why* no hablas?

Ella lo miró a los ojos y sonrió:

—Y yo ahora he salvado la tuya... ¡Si llegas a enfrentarte a ellos, no hubieras resistido ni el tiempo que un hombre tarda en beberse una copa de vino!

El inglés la cogió del brazo:

—¿*Hell, who are* ellos?

La muchacha, nerviosa, se libró de su presa con un empujón y dio dos pasos atrás.

—¿Quién te crees que son? ¡Esclavos, inglés, esclavos! ¡Viajeros de las bodegas de vuestros navíos, habitantes de los sótanos y de los patios traseros, escoria como yo! Han sido humillados, vendidos, desangrados, sodomizados, han visto cómo vosotros fornicabais con sus mujeres, hermanas e hijas durante años y ahora quieren... ¿Sabes lo que quieren?

Perplejo, el inglés le preguntó:

—¿*What*, qué quieren?

La esclava levantó los brazos al aire y chilló:

—¡Venganza!

Hugh Gold por fin lo entendió. Liberados del yugo de sus señores por el terremoto, muchos de los esclavos asaltaban la ciudad, robando y matando. Justicia retributiva, de eso se trataba. Pero el inglés protestó:

—¡*But, but*... no son los ingleses que *own them, not our* esclavos! ¡Las tiendas *they are* robando son inglesas! ¡*Good lord, I* no les he hecho daño, *nothing*! No *slaves* yo, ¿por qué roban *my money*?

La esclava soltó una carcajada:

—¡Oh, pobre inglés! ¿Crees que los esclavos comprenden tus maravillosos principios? Es tuyo, es inglés, es esto o aquello... ¡Hoy no hay nada de nadie! Hoy, lo que es tuyo es lo que consigas coger... ¿Te acuerdas de lo que dijo Abraão?

Ester volvió a carcajearse:

—Todos somos seguidores de Abraão, ¿no has leído la Biblia? Yo, tú, ellos...

La ironía de Ester ponía nervioso a Gold, que la agarró otra vez del brazo.

—*Hell*, ¿y tú? ¿*Why* no te unes a ellos? ¿*Why* no vas allí, *looking for* monedas de oro? *Hell*, ¿acaso no eres igual, *slave* Ester?

La joven guardó silencio, inmóvil, muy serena, y entonces el inglés alivió la presión del brazo y la soltó. También permaneció unos instantes en silencio antes de hablar:

—*Sorry*, perdona —dijo.

Ella suspiró, le echó un vistazo a la ciudad y descubrió las columnas de humo salpicando el horizonte.

—No soy una esclava, ya te lo he dicho.

El inglés no sabía qué decirle, ni qué hacer a continuación, así que empezaron a andar de vuelta al Terreiro do Paço. Pero en aquella calle ya había un incendio y tuvieron que rodearlo y modificar su recorrido a través de esa caricatura de ciudad a la que le habían amputado su vida cotidiana. Hugh Gold observaba a los muertos con sus manos rígidas asomando por la tierra como garras de pájaros, o a los vivos, con las ropas cada vez más sucias y los rostros cada vez más pálidos. En breve, concluyó, una especie de locura atacaría también a aquellas almas. O la locura, o los esclavos asesinos.

—¿Adónde vamos? —preguntó Ester.

—*To my house*, a mi casa...

Se encogió de hombros. Se sentía invadido por una especie de indiferencia, por un abnegado letargo, por una total ausencia de objetivos. Cuando vio las casas comerciales violentadas por los esclavos, comprendió cuánto se había perdido en aquella ciudad. Y, desanimado, decidió abandonar aquel caleidoscopio de horrores.

Siguieron caminando y pasaron junto a las ruinas de la Iglesia Patriarcal destrozada, paralela al edificio de la nueva

Ópera, tan reciente como era, y aquella mañana tan furiosamente demolida por los temblores. No quedaba nada en pie, solo un montón de tierra y fragmentos gigantescos de mármol, capiteles y ladrillos sueltos, columnas rotas y partes del tejado, pedazos de pared que parecían hojas de papel rasgadas, una esquina de un palco de talla dorada y una cúpula en miniatura, también dorada. Al pasar cerca de la entrada principal, Hugh Gold reparó en un cartel que anunciaba el elenco y el título de la ópera que se iba a cantar aquella noche. Al leerlo, primero se sintió perplejo, y aquel sentimiento fue seguido de una fuerte conmoción. Miró a la esclava y murmuró:

—*Good lord... Hell,* ¿sabes *the* ópera que *was* ser cantada *tonight*?

La esclava no lo sabía.

—*Look, La destrucción de Troya* —murmuró el inglés—. *Of* Troya...

Observó el mundo que lo rodeaba girando bajo sus pies y se dejó caer de rodillas. Ester estaba intrigada, pues no conocía la historia de la tragedia griega.

—*Christ,* ¿*is it our* destino? ¿*Like* Troya, Lisboa desaparecerá *forever*?

Permaneció de rodillas un rato, hasta que Ester lo abrazó, lo levantó del suelo y le dijo que tenían que seguir, que debían ir en busca de su casa; el capitán así lo hizo, y la acompañó desmoralizado y cabizbajo.

Pasaron por Remolares, donde persistía la agitación que Gold había encontrado por la mañana, y el río también seguía revuelto. Había grupos de personas sentadas, intercambiando relatos sobre los sufrimientos presenciados, evocando a seres perdidos.

El inglés y la esclava se detuvieron cerca de las ruinas de la iglesia de San Pablo, y Hugh Gold vio la Casa de la Moneda a un centenar de metros. Estaba desierta, no había nadie vigilándola, ningún soldado, cosa rara, pero tampoco había ningún alborotador ni ningún curioso cerca, lo cual significaba que el oro allí guardado no había sido objeto de asaltos.

Con un nuevo ánimo, el inglés informó a Ester:

—*Slave*, voy hasta allí. ¿Te quedas *here*?

La esclava se quejó de sed. Iría a la fuente más cercana, a la de la iglesia, y lo animó a hacer lo mismo, pero el inglés persistió en su idea y avanzó en dirección a la Casa de la Moneda.

—*Hey slave*, *you* espérame *here* —le ordenó a la chica.

A medida que se iba acercando al edificio, una sólida construcción, un cuadrado de solo un piso, amurallado y cerrado, el capitán Hugh Gold sintió una cierta agitación interior. ¿El oro estaría abandonado? Allí se guardaba el precioso metal procedente de Brasil antes de que siguiera su camino en nuevos barcos hacia Inglaterra o Flandes. Hugh Gold nunca había visitado la Casa de la Moneda, pero había oído historias acerca de sus dimensiones, de las montañas de lingotes dispuestos unos encima de otros en largas filas. Al llegar al portón de entrada, el inglés se sintió embriagado solo de pensar en el dinero que contendría la caja fuerte. Y entonces oyó una voz. Un hombre le ordenó que no avanzase más. Hugh Gold levantó ligeramente las manos en señal de que sus intenciones eran pacíficas.

—¿Quién es usted? —preguntó el hombre.

El inglés se explicó y contó su historia. Su interlocutor salió de la penumbra mientras el capitán hablaba, y entonces Gold pudo comprobar que estaba ante un sargento, uniformado rigurosamente, con botas y fusil. Parecía tranquilo y seguro de sí mismo, y cuando el inglés terminó su relato, el hombre bajó el arma.

—Ha sido una mañana terrible —afirmó.

Se llamaba Mexia y estaba allí custodiando el oro. El edificio había resistido los tres temblores con solidez. Las olas golpearon las puertas de la Casa de la Moneda sin llegar a entrar. El sargento se había protegido dentro y solo cuando vio al inglés se decidió a salir.

—*Good lord*, Lisboa *is* un caos —informó Gold—. Hay

grups of bandidos saqueando, más de mil *bodies, dead,* horror… *You…* ¿no le entraron ganas de *runaway*, de huir?

El sargento Mexia lo negó:

—Mi deber es quedarme y guardar el oro.

Hugh Gold sintió admiración por aquel hombre: el mundo se había derrumbado a su alrededor y él no olvidaba sus obligaciones. A pesar de todo, en la ciudad todavía quedaba esperanza.

—¿*You are* comandante de los *soldiers*?

El sargento explicó que el comandante había desaparecido.

—*And…* ¿los otros *soldiers, are* ahí dentro? —preguntó el inglés.

—No hay más soldados. O han huido o han muerto. Solo quedo yo.

El inglés se quedó perplejo. Un hombre solitario, heroico, bienintencionado, pero sin duda impotente en caso de que una horda apareciese por allí.

—*Jesus…* ¿*You* necesitas *any* cosa? —preguntó Gold.

—No —respondió el sargento—. La comida y el agua me durarán unos días. Más pronto o más tarde el rey mandará a alguien para ver qué ha pasado con el oro. Hasta que eso suceda, me quedaré por aquí.

Y se sentó junto al portón de la Casa de la Moneda, cansado pero sereno y firme en sus intenciones. Hugh Gold le deseó suerte.

—*Hey man, good luck. Hell, I hope que* los ladrones no *come here.*

Despacio, el inglés regresó junto a la esclava pensando en lo mucho que el reino de Portugal le debía a aquel héroe solitario que, en vez de salvarse, se había quedado custodiando las riquezas del rey don José. Al llegar junto a Ester, el capitán Hugh Gold se sentía fortalecido, con una fe renovada en la capacidad humana ante la tragedia, y también ilusionado, convencido de que si dejaba que la fuerza de su carácter rigiera sus acciones, también podría vencer las adversidades.

—*Fucking camels!* ¡*I want* volver atrás! —exclamó—. *Hell,* ¡no voy a dejar *that those* energúmenos *steal me*! ¡*I'm going to fight,* lucharé contra ellos, *and kill them,* a todos! ¡Vamos, *let's go*!

Ester intentó disuadirlo de su descabellado propósito. Le recordó la peligrosidad de los esclavos, entrenados en el arte de matar, como animales de instintos malignos a quienes el terremoto había brindado una oportunidad única. Además, señaló al cielo, hacia el humo bien visible de los incendios; le recordó que estaba a punto de caer la tarde y que llagaría la noche, y que los obstáculos harían aquella aventura más arriesgada. Pero Hugh Gold se sentía seguro y capaz después de la conversación con aquel héroe, y arrastró a Ester consigo, embelesado por la idea de que recuperaría su fortuna y de que pondría fin a aquel inaceptable robo.

Días más tarde, cuando reveló este episodio, el hábil e inteligente Hugh Gold lo utilizó como un triunfo para salvar su piel, pero nunca dejó de admirar el valor de aquel sargento. Fue de los pocos ejemplos de valentía y serenidad de aquellos días, aunque su soledad contuviese un elemento más bien perturbador. El oro hace que los hombres pierdan la cabeza…

23

Mientras el inglés renacía tras el encuentro con aquel improbable héroe y la hermana Margarida recibía la advertencia de un chiquillo, mi amigo Mohamed daba muestras de un creciente descontrol. Entre el Bairro Alto y la iglesia de Santa Isabel, en cuanto veía un edificio en pie no dejaba de murmurar, rechinando los dientes:

—Santamaria, vamos a asaltar la casa...

O cuando veía algún cadáver en el suelo:

—Santamaria, una cadena de oro, vamos a llevárnosla.

Cada vez que esto sucedía, yo le lanzaba una mirada severa para impedirle que delinquiera en presencia de la vieja señora a la que acompañábamos. Pero estaba perdiendo la paciencia. Mohamed era, siempre lo había sido, un pirata, un bandido de los mares que no respetaba las reglas de la propiedad y solo se cohibía a la hora de llevar a cabo según qué tropelías cuando no se sentía en su ambiente natural; además, tenía miedo de que lo volvieran a meter preso. Sin embargo, aquel sentimiento de perturbación que se había abatido sobre la ciudad, la percepción de que había pocos soldados por la calle, el cansancio y el hambre, empezaban a diluir la contención que se había impuesto a sí mismo. Yo sabía que tarde o temprano ya no podría ejercer mi autoridad sobre él...

Para más inri, cuando llegamos a Santa Isabel se topó con otro escenario de anarquía. Cientos de personas se habían asentado en los alrededores de la iglesia para recuperar fuerzas. Había frailes y monjas circulando de grupo en grupo y ofreciendo agua. Junto a las puertas del edificio habían dispuesto cestas de pan, alrededor de las cuales se formaban corros de mujeres y niños, y algún que otro hombre, que se alimentaban por turnos, respetando el orden que había establecido el prior de la parroquia.

—Mohamed no se quedará aquí, es peligroso —informó el árabe.

La anciana de la leña se despidió de nosotros. Y preguntando por aquí y por allí nos enteramos de que la mayoría de aquellas personas habían venido de la parte baja de la ciudad y que habían abandonado sus casas destruidas. Muchas esperaban regresar en breve; otras, sin embargo, habían decidido pernoctar en Campo de Ourique.

—Mucha gente se está marchando hacia esa zona. Algunos han montado tiendas con sábanas y mantas —dijo un hombre.

Dentro de la iglesia oímos rezar el rosario, y también una misa en la que se rogaba a Dios por la protección para los vivos y la bendición para los muertos. Casi todo el mundo había perdido a algún familiar: un hijo, un marido, un hermano, un padre o una madre. Muchas personas estaban solas, sollozando y lamentando su terrible suerte: habían perdido sus bienes, su casa, o todo ello al mismo tiempo.

Además de rezar y de intentar descansar, la gente necesitaba hablar, compartir con quien estuviera al lado su historia individual sobre la monumental tragedia. Una mujer afirmaba que se estaba lavando cuando el techo se le cayó encima; un muchacho decía, entre sollozos, que vio la cabeza de su padre volar rebanada por una puerta; un hombre añadía que rodó escaleras abajo y que había sobrevivido de milagro. La gente, al oír hablar de muertos se santiguaba, y todo el grupo que estaba escuchando la historia murmuraba a coro:

—Misericordia…

Ya era media tarde cuando se produjo otro fuerte temblor.

En la parte baja de la ciudad se oyeron más estruendos. Un revuelo de terror contagió a la gente y muchas personas echaron a correr hacia el campo, alejándose cada vez más del centro de la ciudad, fuente de todos los peligros. Cuando regresó la calma, me entretuve pensando en la razón que me había llevado allí. No vi a nadie que se pareciese al recuerdo que conservaba de Mariana. Habían pasado muchos años y ya sería una mujer diferente de la chica que yo conocí, pero, aun así, no vi a nadie con rasgos parecidos entre la multitud. Entretanto, había perdido de vista a Mohamed y me temí que estuviese haciendo de las suyas.

En la puerta de la iglesia, quizá debido al susto del nuevo terremoto, se estaba organizando una procesión improvisada. Varios frailes y monjas se habían reunido allí para cantar oraciones. No tenía ni idea de hacia dónde se dirigían, pero muchos refugiados les abrieron paso para verlos pasar. Con velas en la mano, bajaron hacia la parte baja de la ciudad rezando, y la gente los miraba, triste y silenciosa, pensando en quienes habían perdido la vida. Me percaté de lo absurdo de la situación: ¡un grupo caminaba con velas encendidas en dirección a una zona de la ciudad que empezaba a arder! En ese momento ya eran perfectamente visibles las columnas de humo negro que sobrevolaban la Baixa, cual jirones de malos presagios para la noche que se avecinaba. Llevar velas hasta allí no me parecía una buena idea, pero sin duda los frailes y las monjas tienen misiones que no son de este mundo...

Descubrí a Mohamed junto a la iglesia, cerca de los cestos de pan. El árabe pretendía robar unos cuantos y escondérselos en los pantalones o dentro de la chaqueta, pero tras dos o tres intentos un cura lo reprendió y lo expulsó, acusándolo de ser un ladrón y de querer aprovecharse de los males generales en provecho propio.

Se produjo un pequeño alboroto y varios hombres empezaron a propinarle patadas a Mohamed para echarlo de allí. Alarmado, observé que, probablemente llegados de Campo de Ourique, acababan de aparecer tres soldados armados con dagas y fusiles, y que al ver las protestas del cura se sintieron en la obligación de reaccionar, demostrando que cumplían con su trabajo, y echaron a correr detrás de Mohamed.

El árabe huyó cuesta abajo en dirección al valle de Rato con los soldados pisándole los talones. Corrió tan rápido que al cabo de cien metros los soldados renunciaron a la carrera y siguieron tras él más despacio, probablemente indecisos acerca de si no habría sido mejor regresar a la iglesia, donde estarían a salvo de los peligros de un nuevo temblor de tierra. Pasé por su lado con paso tranquilo para no llamar su atención y al llegar al valle busqué a Mohamed, pero no pude encontrarlo.

El camino que venía del Poço dos Negros estaba lleno de habitantes que escapaban del centro de la ciudad presas de una gran agitación, sin duda acrecentada por el reciente temblor de tierra. Había *chaises* acarreando a nobles, caballos que tiraban de carrozas cargadas de sacos y de niños, mulas sobre las que cabalgaban heridos aturdidos y mucha gente con vendas blancas en la cabeza, en los brazos, en las piernas. Temerosos, los habitantes apresuraban el paso, a veces abandonando algunos enseres, sacos o ropa, y dejando un rastro de despojos en la carretera que después recogían otras personas, como pájaros picoteando migajas… Me pareció ver a Mohamed reuniendo un hatillo.

De pronto, del otro lado del camino apareció un carruaje grande y ricamente ornamentado tirado por cuatro imponentes —aunque nerviosos— caballos. El cochero recibió órdenes e intentó parar a los animales, que tenían dificultades para mantenerse quietos en medio de aquel torrente de personas. La puerta del carruaje se abrió y salió un hombre muy alto, fuerte, que se puso a observar el camino y el movimiento humano. Se sentó con total desenvoltura junto al cochero para examinar mejor el Poço dos Negros. También escudriñó el horizonte, repleto de columnas de humo.

Yo conocía a Sebastião José de Carvalho e Melo desde hacía muchos años, desde mis tiempos de juventud. Era diez años mayor que yo y siempre lo admiré, pues era fuerte, intrépido y osado. Dotado de una energía fuera de lo común y un valor físico notable, también era muy dado a meterse en líos. De joven, con poco más de veinte años, le gustaba participar en peleas y refriegas, en duelos y tiroteos nocturnos. Como tenía un carisma particular, reunió a su alrededor a no pocos jóvenes, casi todos menores que él, que seguían su liderazgo sin pestañear. En la ciudad, su panda era conocida como la pandilla del Carvalhão, nombre que sin duda se debía a su estatura, y por el que era conocido entre los soldados, las prostitutas y los taberneros. Componían un grupo de callejeros y alborotadores que causaban disturbios con la alegría y la irresponsabilidad propia de la juventud, y del que yo también formé parte unos meses antes de que el Carvalhão se marchara, primero a Coimbra y después a Londres. Sin líder y sin destino, la pandilla se desmanteló y yo seguí mi camino, que más tarde me condujo a los barcos y al mar. Pero recordaba con nostalgia aquellos días aventureros y llenos de peleas épicas. El Carvalhão imponía respeto, pero nos trataba bien siempre que lo ayudásemos y nunca pusiéramos en duda su autoridad.

Un día, me desafió. Yo tenía catorce años y quería pertenecer a la pandilla, pero él consideró necesario someterme a una prueba. Me explicó que tenía que robarle una bolsa de monedas a un noble y hacerlo mientras el hombre era transportado en una *chaise* por las calles de Lisboa camino del Terreiro do Paço. Me informó de que el hombre pasaba todos los días al caer la tarde por el mismo sitio, pues iba a visitar a su amante. La *chaise* la cargaban cuatro esclavos y era extremadamente difícil robar la bolsa de monedas en movimiento sin que el noble y los criados lo advirtiesen. Además, añadió el Carvalhão, el robo tenía que ejecutarse antes de la cita amorosa, pues a la vuelta la bolsa estaría mucho más vacía.

—Si lo consigues, pasarás a ser uno de los nuestros —me prometió el Carvalhão.

Durante tres días espié el viaje del noble por las calles de la parte baja. Observé los lugares más propicios para un asalto, pero enseguida comprendí que un ataque frontal sería imposible. Entonces urdí una ingeniosa estratagema. Me percaté de que aquel vanidoso hombre llevaba siempre pañuelos anudados al cuello, de seda y de varios colores, y que seguro que se sentiría tentado a detenerse si le mostraba algunos. Yo conocía a una mujer que vendía pañuelos de esos y conseguí convencerla de que le encontraría un comprador en una determinada esquina de la ciudad. Lo dije tan convencido que me creyó. Me preparé para el golpe y avisé a la pandilla del Carvalhão.

Aquella misma tarde, Sebastião José en persona presenció mi engaño. La vendedora se acercó a la *chaise* y el noble, vanidoso como era, paró en cuanto vio los pañuelos que ella llevaba, así como los que yo le enseñé en un segundo cesto. Los esclavos depositaron la *chaise* en el suelo y aprovecharon para descansar. Mientras el hombre se probaba los pañuelos enrollándoselos en el cuello, le robé la bolsa de monedas y la guardé en mi cesto. Después miré al noble, muy satisfecho con un pañuelo escarlata, y me reí a carcajadas. Irritado, el presumido me preguntó por qué me reía, y yo le respondí:

—¡Parece usted una mujer gorda!

Como era de esperar, mi salida de tono lo irritó en mayor medida, y a pesar de tentarlo para que se probara dos o tres pañuelos más acabó por no comprar ninguno, con lo cual se cumplió mi objetivo, pues así no se percató de que ya no tenía la bolsa de monedas. Nervioso, mandó a los esclavos levantar la *chaise* y proseguir el viaje. Y así fue como entré en la pandilla del Carvalhão.

Sebastião José, el Carvalhão. Era quien estaba ahora allí, delante de mí, observando el humo de los incendios desde el carruaje. Hacía muchos años que no lo veía, pero aquella cara, aquella estatura imponente, eran inimitables. ¿Se acordaría todavía de mí? No había respondido a la petición que le había escrito cuando estaba en el Limoeiro solicitándole mi liberación por ser portugués, pero... ¿Y si no la había leído? Quizá no le hubiese llegado. No podía perder la oportunidad de explicarle mi situación.

Los tres soldados que corrieron tras Mohamed se acercaron al carruaje, aguardando órdenes. A fin de cuentas, Sebastião José era el ministro de Asuntos Exteriores del rey don José, una de las figuras más poderosas de Portugal, y ellos lo sabían. Me arriesgué y me acerqué al carruaje. El Carvalhão bajaba de su punto de observación y ordenó al cochero que lo llevara de regreso a Belém junto al rey.

Avancé otros cuatro pasos y lo llamé:

—¡Carvalhão, soy yo, Gato Bravo!

Ese era mi apodo en la época en que pertenecí a su pandilla. Fue el mismo Sebastião José quien me bautizó así, pues decía que mi manera de actuar era muy impetuosa y brava, como la de un gato salvaje.

—¿Te acuerdas de mí? —insistí.

Noté una ligera confusión en su rostro. Me miró sorprendido:

—Tú...

Instantes después, vi cómo apretaba los dientes y me miraba con frialdad:

—Nadie me llama así —me advirtió en voz baja, enfurecido.

Presentí que acababa de cometer un error al llamarlo por el apodo con el que era conocido en su juventud, pero no desistí.

—¿No te acuerdas de mí? Te ayudé, ¿te acuerdas?, cuando fuimos a buscar a tu mujer. Soy yo... Gato Bravo —repetí.

Al oír la palabra «mujer», Sebastião José gritó de inmediato a los soldados:

—¡Prended a ese hombre!

Los tres guardias, sorprendidos, avanzaron hacia mí. Yo insistí:

—¡Soy yo, déjame hablar contigo!

Sin embargo, el ministro de Asuntos Exteriores gritó, furibundo:

—¡Prendedlo inmediatamente!

Soy rápido en evaluar las situaciones y me apercibí al instante de que mi jugada había fallado. Di media vuelta y eché a correr abriéndome paso entre la gente que subía la calle. No miré atrás, pero sabía que los soldados me perseguían y seguí corriendo, enfadado y decepcionado por lo que me acababa de suceder. No me esperaba ese comportamiento de un hombre al que tanto ayudé en el pasado.

Choqué con una persona, después con otra, y una tercera me dio un empujón. Perdí el equilibrio y me caí en medio de aquella confusión. El hombre que me empujó me retuvo, y avisó a los soldados de que me había atrapado. Intenté soltarme, pero los soldados se abalanzaron sobre mí. Me agarraron y me incorporaron para tratar de atarme las manos detrás de la espalda.

Sentí una rabia enorme. ¡Estaba detenido otra vez! La ilusión me había vencido. Pensé que podría convencer a Sebastião José de que me liberara, y no hice sino meterme en la boca del lobo. Desanimado, casi no opuse resistencia y dejé que los guardas hicieran su trabajo.

De repente, uno de ellos se llevó las manos a la cabeza y se arrodilló, aturdido, gritando de dolor. Tenía una herida enorme abierta en la frente, de donde brotaba abundante sangre. Instantes después, el segundo soldado también fue alcanzado por una piedra en la nuca y cayó hacia atrás, impotente. Entonces, con un gesto rápido, le asesté un rodillazo en el muslo al soldado que me tenía sujeto. Gimió de dolor y cayó al suelo, momento que aproveché para propinarle una patada que lo hizo tenderse de lado.

Me volví para ver quién me había ayudado y oí un silbido que imitaba a un cuco procedente de una esquina. Vi a Mohamed por el rabillo del ojo y con un movimiento rápido me dirigí hacia la calle donde él estaba y ambos echamos a correr cuesta arriba. Después nos escondimos detrás de unos fardos de paja, cerca de una casa que todavía resistía en pie. Pasaron unos minutos y pensamos que los soldados estarían demasiado lastimados para perseguirnos. Le sonreí a Mohamed. El árabe tenía una especie de elástico en la mano que había usado como tirachinas para lanzar las piedras. Él también me sonrió y me preguntó:

—¿Quién es el hombre alto?

Le conté quién era y por qué me sentía abandonado por él. Mohamed comentó:

—No vale la pena ser buen portugués aquí, Mohamed comprende...

Tenía razón. En ese momento entendí que no me ayudarían ni me liberarían. Estaba seguro de que Sebastião José me había reconocido y de que ya sabía que me había escapado de la prisión del Limoeiro. O sea, que mi situación había empeorado mucho, pues haría cuanto estuviera en su mano para prenderme de nuevo.

24

Bernardino y su ilustre acompañante tardaron varias horas en llegar al centro de Lisboa. Al salir de Belém tomaron la rua da Junqueira. Una multitud de infortunados, desalentada y afligida, abandonaba la ciudad lamentándose y buscando salvación lejos del centro. El carruaje tenía que parar constantemente debido a aquellos grupos de miseria humana, y a ojos de Bernardino y del ministro de Asuntos Exteriores la dimensión de la hecatombe adquirió proporciones gigantescas.

—Si esto de aquí está así, ¡cómo estará la ciudad! —murmuró Sebastião José de Carvalho e Melo.

Bernardino intentaba contabilizar el número de personas que pasaba, pero dos horas después suspendió el recuento.

—¡Son miles! —dijo.

Permanecieron callados mientras los cocheros intentaban abrir un pasillo para que pasara el carruaje. Aproximadamente a las dos de la tarde todavía no habían llegado al puente de Alcântara, y Sebastião José decidió hacer un alto delante del palacete de don João da Bemposta, hermano bastardo del rey. El edificio presentaba grietas en las paredes, y unos criados ofrecían agua y alimentos junto a los portones de acceso. Entraron. Les dijeron que el rey don Juan había ido a Lisboa acompañado de dos criados. El hombre con quien hablaron les ofreció agua y comida, pero Sebastião José lo rechazó porque tenía prisa. Regresaron al carruaje y reanudaron la marcha.

Atravesaron la ribera de Alcântara con enormes dificultades. El puente no se había caído, pero había tanta gente queriendo pasar en sentido contrario que tardaron más de una hora en acceder al otro lado.

Bernardino se fijó en que había dos detalles fundamentales que distinguían a las personas con las que se estaban cruzando en ese momento de las que se habían cruzado al principio del viaje. La gente de antes estaba herida y llena de polvo, pero no llevaba nada consigo. Debían de ser los primeros fugitivos, que no tuvieron tiempo de pensar. Ahora, muchos transeúntes cargaban ya con sus pertenencias. Familias enteras transportaban partes de las casas a la espalda, dificultando en mayor medida el movimiento de todos. Bernardino dedujo que este segundo grupo de habitantes debía de vivir en áreas donde la destrucción no había sido tan profunda.

Además, también cabía sumar otra categoría de gente sin carga, pero con la ropa mojada. En casa de don João de Bemposta, Bernardino oyó a los criados hablar de las olas, pero no entendió a qué se referían. ¿Por qué estaba la gente empapada, de dónde vinieron las olas? Pero cuando por fin llegaron al Palacio das Necessidades les informaron de tan perturbadora verdad:

—Tres olas gigantes invadieron la ciudad —les contó el capitán de la guardia.

Escucharon la descripción del fenómeno y fueron informados asimismo de que el Cais da Pedra había sido tragado por las aguas, arrastrando con él a miles de personas.

—Dicen que el mar llegó casi al Rossio.

Bernardino y Sebastião José estaban maravillados, perplejos ante semejante posibilidad.

El capitán de la guardia añadió:

—Desde aquí al Terreiro do Paço no se puede pasar con el carruaje. El camino está destruido en varios tramos. En Santos no hay puente y en Remolares también hay graves daños.

—¿Y la Casa de la Moneda? —preguntó Sebastião José.

—No sabemos nada, pero allí había una guarnición y el edificio es muy seguro —recordó el capitán.

—¿Y el Palacio Real ha resistido? —preguntó Sebastião José.

—Según me han informado, la nueva Iglesia Patriarcal se ha derrumbado y la nueva Ópera también, pero el palacio está en pie.

El ministro de Asuntos Exteriores deseaba proseguir el viaje, pero era imposible circular a pie por la zona de Santos.

—Mi sugerencia —avanzó el capitán— es que tomen el camino hasta Rato y después, desde allí, bajen al Poço dos Negros. O, si lo prefieren, pueden seguir en dirección al Rossio.

Sebastião José dio órdenes al capitán de que reuniera a los hombres que pudiese y esperase allí hasta que regresaran. No obstante, el oficial le advirtió:

—No hay muchos. Solo aquí en el palacio han muerto veintidós, y quince están heridos. Conseguiré reunir unos veinte o veinticinco. Pero, señor, le informo de que los hombres están aterrados. Nunca se había visto nada igual. Los que vienen de la ciudad cuentan historias escalofriantes… Dicen que en la zona baja no queda un edificio en pie, que se ha caído todo, hasta las iglesias. Que hay muertos por todas partes… La gente está desesperada, no me sorprende que huyan…

Sebastião José insistió en que agrupase al mayor número de soldados posible.

—Esta noche será difícil —se justificó el capitán—. También he oído decir que muchos prisioneros se han escapado del Tronco… Los pillajes ya han empezado en la zona de Remolares y de Santa Catarina.

Al oírle mencionar la cárcel, Bernardino preguntó:

—¿Y la prisión del Limoeiro ha resistido?

El capitán no lo sabía:

—No hay noticias de esa parte de la ciudad. Solo del Terreiro do Paço para acá. Me han dicho que se ve la catedral y el castillo, pero que la cuesta está arrasada.

Volvieron al carruaje y siguieron las instrucciones del capitán, ordenando al cochero que pusiese rumbo a Rato. En silencio, intentaron aceptar el impensable escenario descrito por el capitán, y solo cuando ya había transcurrido media hora el ministro del rey volvió a hablar.

—Si los prisioneros han huido y andan saqueando la ciudad, los soldados tendrán que prenderlos —decidió Sebastião José. Hizo una pequeña pausa y añadió—: O matarlos.

Bernardino pensó en el pirata Santamaria. ¿Habría conseguido huir aprovechando el terremoto? En unos días, con los puertos cerrados a la navegación, aunque hubiese logrado escapar, lo más probable es que fuera detenido nuevamente. En eso estaba pensando, aunque Bernardino nunca hubiera podido imaginar lo que pasaría a continuación. Cuando llegaron al valle de Rato, Sebastião José mandó parar el vehículo y salió a la calle. Trepó primero junto al cochero, y después saltó al techo del carruaje para observar la ciudad. El horizonte estaba repleto de edificios destruidos y por la rua do Poço dos Negros caminaba una oleada de refugiados arrastrando a familiares heridos y baúles. Más preocupante aún eran las columnas de humo negro que brotaban en varios puntos de la ciudad, irrefutable confirmación de que los incendios ya consumían Lisboa.

Sin avisar, un hombre se acercó al carruaje. Llevaba barba y el pelo largo sujeto por una cinta, y vestía una chaqueta que no le quedaba bien. Bernardino sintió un extraño e inexplicable estremecimiento interior cuando el individuo avanzó unos pasos más mientras Sebastião José bajaba de su punto de observación y ordenaba al cochero que regresara a Belém. Y entonces el hombre llamó al ministro:

—Carvalhão, soy yo… Gato Bravo.

A Bernardino se le hizo un nudo en la garganta. Era él, el de la petición, ¡el pirata Santamaria! Como un alma en pena apareció allí, en plena calle, junto al carruaje. Seguro que se había escapado de la cárcel y ahora deseaba hablar con Sebastião José. El ministro del rey, enfurecido, murmuró unas palabras cuyo sentido Bernardino no captó, y empezó a gritar a los soldados.

—¡Prended a ese hombre!

Confundido, el pirata insistió en que lo escuchase, pero Sebastião José repitió la orden con más vehemencia, y entonces el bandido dio media vuelta y echó a correr, huyendo calle abajo en dirección al Poço dos Negros. Los soldados se lanzaron en su persecución, y después todo sucedió muy deprisa: rodeado y retenido por unos transeúntes, el pirata cayó de rodillas y fue prendido por los soldados cuando, de repente, empezaron a volar piedras. Dos soldados se desplomaron con las manos en la cabeza. El pirata luchó contra un tercero, logró liberarse, echó a correr y desapareció. Sebastião José, que había presenciado la escena, se enfureció aún más ante aquel inesperado desenlace.

—¡Maldito! —murmuró.

Bernardino entró de nuevo en el carruaje, después de Sebastião José, y emprendieron el camino de vuelta. El ayudante, desconcertado, no se atrevió a abrir la boca. Un poco después, ya más calmado, Sebastião José ordenó:

—Quiero a ese hombre preso.

Nervioso, el ayudante convino con él asintiendo con la cabeza.

—¿Es quien pienso que es? —preguntó el ministro del rey.

Angustiado, Bernardino respiró hondo y procuró armarse de valor. La voz le temblaba cuando dijo:

—Sí. Es el pirata, el tal Santamaria.

Sebastião José lo observó intrigado:

—¿Y cómo lo sabes?

A Bernardino se le paró el corazón durante unos instantes. Un sudor frío le recorrió el cuerpo y se le humedecieron las palmas de las manos. Pestañeó, inquieto.

—Yo...

¿Cómo explicarle a Sebastião José que conocía a aquel hombre sin mencionar el pasado de los tres? ¿Cómo aclarárselo sin evocar los tiempos en que el ministro era conocido como el Carvalhão y Bernardino era un chaval que, como otros muchos, pertenecía a la pandilla de jóvenes alborotadores liderados por aquel joven alto, fuerte e inteligente? Sus manos y sus axilas transpiraban cada vez más; pestañeó de nuevo, sin poder hablar.

Sebastião José anticipó la respuesta:

—Sé quién eres tú y también sé quién es él.

El escribano se quedó helado; le resultaba imposible mantener el contacto visual con aquel enorme y poderoso ser que estaba sentado a un metro de él, en el asiento opuesto del carruaje. Oyó que le decía:

—La diferencia entre vosotros dos es que él es un pirata, un criminal fugado de la prisión. Hay que atraparlo y castigarlo.

Bernardino acató aquella sentencia limitándose a asentir, sumiso, con la cabeza.

—En cuanto a ti...

Sebastião José hizo una pausa y clavó los ojos en el ayudante de escribano. Bernardino me confesó que en ese momento sintió que se le acababa la vida.

—Espero que te olvides de lo que te tienes que olvidar y que te acuerdes de lo que te tienes que acordar. ¿Comprendes? —inquirió Sebastião José.

Como una marioneta, la cabeza de Bernardino asintió de nuevo, moviéndose de arriba abajo en total y absoluto acuerdo con aquellas palabras. El ministro siguió diciendo:

—¡Y ni una palabra sobre lo que ha pasado aquí! A nadie. Ni al rey...

Una vez más, ya un poco más aliviado, el ayudante se limitó a decir que sí con la cabeza.

—En un día como este nadie se va a preocupar de la solicitud de un pirata —añadió Sebastião José—. Hay que prenderlo y después colgarlo de una horca en el Rossio para que sirva de ejemplo.

Frunció el ceño, incómodo, y añadió mirando las calles atiborradas de caminantes:

—La ciudad necesita orden. Los criminales no pueden andar sueltos...

Bernardino no podía estar más de acuerdo.

Meses después, cuando tuve conocimiento de las decisiones de Sebastião José, no hice sino confirmar que había sido un error tratar de hablar con él, y aún en mayor medida mencionar a su mujer. Para el ministro, el terremoto suponía una enorme oportunidad de hacerse imprescindible para el rey, de ganar autoridad en Portugal. Cualquier mención a episodios de su juventud solo servirían para minarlo, para mermar su poder. Sebastião José no permitiría que sus enemigos en la corte, los nobles y los jesuitas, utilizasen su pasado contra él. Yo era una pieza de ese pasado y haber aparecido ante sus ojos fue cuestión de mala suerte. Sabiéndome vivo y libre, ascendí a la categoría de contratiempo, me convertí en un peligro debido a lo que sabía sobre su esposa y, por tanto, en un blanco susceptible de ser eliminado en aras de preservar su reputación. Con este encuentro en Rato, mi destino empezó a estar sellado.

25

La tarde estaba cayendo, el olor a madera quemada se propagaba con la brisa, y una tenue luminosidad anaranjada teñía los alrededores. Mientras seguía rebuscando bajo los cimientos destrozados de su casa, el niño sentía la fuerza del fuego que se imponía en la ciudad: un tercer desastre estaba a punto de devastarla y destruirla. Primero, la tierra; después, el agua; y ahora, las llamas. El chico nunca hubiera imaginado que tanta furia pudiese desatarse en un solo día, pero los hechos sobrepasaban la imaginación, por más quimérica que fuese.

Sumergido en una especie de túnel donde se mezclaban en una suerte de amalgama inestable los detritos domésticos y los materiales de construcción, el niño intentaba abrirse camino con un pequeño palo de madera, cavando, horadando, perforando, manteniendo en todo momento la inquebrantable esperanza de encontrar con vida a su hermana.

A veces, emergía agotado del agujero y se sentaba en las piedras para observar la ciudad derruida. En una de esas pausas sintió que recuperaba las fuerzas con un renovado vigor y, de pronto, el perro empezó a dar señales de una súbita agitación. Durante las horas en que el niño estuvo removiendo aquel revoltijo, el perro siempre se mantuvo cerca, dando vueltas, husmeando unas veces, otras ladrando, siempre con el hocico pegado al suelo, concentrado, como comprendiendo perfectamente el objetivo del ejercicio, solidario con la dedicación y la perseverancia de su dueño. Pero nunca había dado muestras de tanta excitación. Empezó a saltar, a ladrar furiosamente en dirección a la entrada del improvisado túnel, como si alguien estuviese saliendo de allí. El niño habló con él como siempre hacía, como si el perro fuese una persona, y le preguntó:

—¿Qué te pasa? ¿Es Assunção?

Al oír el nombre de la niña, el perro ladró aún con más fuerza, volvió a meterse en el túnel y regresó de nuevo hasta donde se encontraba el chiquillo; corría, iba y venía sin cesar, como si lo incitase a entrar en el agujero.

—¿La has oído? —le preguntó.

El chico se levantó de un brinco y se adentró de nuevo en el túnel, primero acuclillado, después arrastrándose para recorrer los metros que ya había logrado despejar. El perro entró detrás de él sin dejar de ladrar.

—¡Silencio! —le ordenó.

Como el animal no podía contener la excitación, el muchacho no tuvo más remedio que acariciarle la nuca para serenarlo. El chucho se calló al fin, se sentó meneando el rabo y se quedó mirando al chico, que aprovechó para volver a llamar a su hermana:

—¿Assunção? ¿Assunção?

El perro ladró bajito, como si le doliese algo. El niño intentó concentrarse únicamente en el ruido que pudiera surgir de las entrañas de la casa, pero no oyó nada. Volvió a gritar con más fuerza:

—¡Assunção! ¿Estás ahí?

El animal empezó a ladrar ahogando cualquier otro posible sonido, pero el niño estaba convencido de que lo que le ponía en aquel estado solo podía ser su hermana. El perro presentía que estaba viva, su olfato la había detectado. Con todo, el jovencito comprendía también que, aunque estuviese viva, Assunção no sería capaz de hablar, ya que no respondía a sus llamadas. Eso era lo que más lo sobrecogía, pues significaba que debía de estar muerta, o enterrada tan hondo que su respuesta no llegaba a la superficie. El niño admitía que cabía esa posibilidad, ya que el sótano de la casa, con sus compartimentos y pequeños trasteros, tenía muchos metros de largo. Si su hermana estaba al final del sótano y los escombros la cubrían, cualquier sonido quedaría sofocado por la distancia y los cascotes.

Sin embargo, el perro no se mostraría tan excitado si la muchacha estuviese muerta. El niño estaba seguro de que, si el animal presintiese su muerte, no estaría tan entusiasmado, sino triste. ¡Aquel entusiasmo significaba vida, significaba esperanza!

Durante las dos horas siguientes, el chico persistió en su empeño de sacar tierra y materiales del túnel, pero avanzó muy poco. Y es que a medida que iba avanzando, más tierra caía desde arriba. El peso de la casa se había abatido en su totalidad sobre el sótano y la presión que ejercía sobre el inestable túnel era considerable. Dos veces se quedó con una parte del cuerpo enterrada, lo cual retrasaba aún más todo el proceso, pues tenía que liberarse y deshacerse de más tierra.

Cuando volvió a salir del túnel ya era de noche. Dentro no había luz, por lo que la excavación resultaba impracticable. Sin embargo, en el exterior la ciudad estaba iluminada por una neblina anaranjada. En las calles contiguas todavía no había casas ardiendo, pero el niño sabía que los incendios no estaban lejos. Oyó gritos procedentes del Rossio y también del Terreiro do Paço. En la cuesta de enfrente, la que subía al Bairro Alto, podía ver cómo las llamas consumían algunos edificios. El perro, más calmado, se sentó en el suelo, junto al niño. No parecía desanimado, simplemente tranquilo.

—Tenemos que buscar agua… y comida. Tenemos que dejarla un rato sola.

Se levantó y echó a andar hacia la catedral, pero el perro siguió sentado.

—¡Ven! —le ordenó el chico—. Vamos a buscar agua.

El perro no se levantó. Al contrario, se tendió, mirando primero el túnel y después al chico, que sonrió:

—No quieres dejarla sola... Está bien. ¡Quédate aquí, enseguida vuelvo!

Subió en dirección a la fuente donde había bebido agua por la mañana. Cuando llegó, comprobó que había poca gente, y que la que allí quedaba estaba alarmada por la voracidad del fuego. Decían que nadie podría combatir aquel azote, que hasta el Hospital de Todos los Santos estaba en peligro. El niño esperó su turno y llenó una bota de agua mientras escuchaba las palabras de una lavandera que anunciaba a los presentes que, cerca de la catedral, los ayudantes del monseñor Sampaio habían rescatado a tres personas vivas.

—¿Dónde están? —preguntó, esperanzado.

—Cerca de la catedral, bajando un poco hacia la Alfama. Hay varios grupos... ¿Por qué?

—Mi hermana está enterrada debajo de nuestra casa... necesito su ayuda.

La lavandera lo animó:

—¡Entonces ve a hablar con monseñor! ¡Que Dios te ayude!

La lavandera se santiguó y él echó a correr con la bota en bandolera. Cuando llegó a la plaza de la catedral, el chico se paró en seco, sorprendido. Frente a la iglesia, en tres lugares distintos, se amontonaban unas enormes pilas de cadáveres. En cada pila había decenas de cuerpos, de diferentes edades y de ambos sexos, mezclados en un siniestro monumento funerario. Se acordó de su madre, a quien había dejado por la mañana en la iglesia de San Vicente de Fora, y cerró los ojos, entristecido. ¿Estaría en una de aquellas pilas? ¿Y qué harían con los cuerpos? ¿Quemarlos o enterrarlos?

El niño vio a dos frailes bendiciendo a los muertos, se acercó a uno de ellos y le preguntó:

—¿Dónde puedo encontrar a monseñor Sampaio?

El fraile ni siquiera lo miró y respondió contrariado:

—¿Para qué lo quieres, chiquillo?

El niño le explicó que su hermana estaba enterrada viva y que necesitaba ayuda, pero el fraile ni se inmutó.

—Esta noche la necesitamos todos —dijo—. ¿Te haces una idea de la gente que hay enterrada? Hay una en cada casa, chiquillo...

El muchacho insistió, y entonces el fraile señaló la Alfama con el dedo:

—Está por allí... Solo lo veo cuando traen más cuerpos para que los cuente. Si quieres, ve, niño, ve y que Dios te acompañe.

Siguió las indicaciones y bajó la cuesta. De vez en cuando se cruzaba con los que cargaban las camillas de cadáveres y les preguntaba por el paradero de monseñor Sampaio. Algunos no lo sabían o ni siquiera se dignaban responder, pero otros le indicaban que iba en la buena dirección. En un momento dado vio en lo alto de unas ruinas un grupo de varios monjes y mucha gente. Sus antorchas iluminaban la zona y parecían estar socorriendo a alguien. El niño reconoció a monseñor Sampaio. Se acercó y le tocó el brazo. Este se volvió y le preguntó:

—¿Qué pasa?

El chico se lo explicó, pero monseñor negó con la cabeza, desalentado:

—Hay mucho que hacer aquí... En cada edificio, en cada casa, hay alguien enterrado, no damos abasto.

—¡Pero mi hermana está viva, lo sé! —imploró el chico.

Monseñor Sampaio lo miró fijamente:

—¿Has hablado con ella?

—Sí... Sí... —murmuró el chico.

El patriarca negó con la cabeza:

—No me lo parece. Chiquillo, dime la verdad, ¿has hablado con tu hermana?

El niño se quedó en silencio.

—Lo ves, ya me parecía a mí que no.

Paciente, monseñor se arrodilló frente al chico, le puso una mano en el hombro y le dijo:

—Aquí, en esta casa, vivían catorce niños… Era un orfanato, las monjas se ocupaban de ellos. Ya hemos desenterrado a cuatro niños, pero se oyen los gemidos y los gritos de otras tantas criaturas y sabemos que muchas están vivas. No podemos irnos de aquí, ¿lo comprendes? Si tu hermana hubiese hablado, quizá podríamos enviar a unos cuantos hombres para que te ayudasen. Pero así…

El niño le pidió un consejo:

—¿Y qué debo hacer?

Con ternura, monseñor le dijo:

—Vuelve mañana. Habrá más hombres…

En ese momento se oyeron unos gritos y alguien exclamó:

—¡Está vivo!

Hombres y frailes rodearon la entrada de una grieta entre vigas y palos iluminándola con las antorchas. Monseñor Sampaio murmuró:

—Dios lo quiera…

Los hombres hicieron hueco para que monseñor pudiera ver y el niño se situó un poco por detrás. En medio de aquel griterío, un hombre barbudo y flaco asomó por la rendija y gritó:

—¡Una camilla, deprisa, deprisa!

Apareció una, que alguien depositó justo delante del barbudo. Este la cogió y volvió atrás introduciéndose por la ranura. Durante unos instantes nadie pronunció palabra, y el niño solo oía el crepitar de las llamas de las antorchas y algún que otro grito lejano. Al fin vio surgir una figura, y cuando la luz de las antorchas iluminó al hombre de las barbas, distinguió dos pies pequeños y sucios seguidos de dos piernas pequeñas, con las espinillas sucias y las rodillas lastimadas. El hombre tomó impulso y salió con la criatura en brazos ante el clamor general. Y el muchacho comprobó que era un niño de unos cinco o seis años, el pelo moreno y sucio, con la frente y las manos ensangrentadas, y vio sus ojos, pequeñitos y asustados, pero abiertos y vivarachos.

El hombre de la barba colocó al niño en la camilla y alguien le dio un poco de agua mientras monseñor le decía:

—Despacito, con calma.

Monseñor le hizo una carantoña al chiquillo y con el pulgar le dibujó la señal de la cruz en la frente, le sonrió e intentó quitarle el miedo del corazón. Después, dos hombres alzaron la camilla y se dirigieron hacia la catedral, seguidos de cerca por otros dos frailes, encargados de velar por la salud del niño. El muchacho se quedó mirándolos y regresó a su casa cabizbajo.

26

Después de la conversación con el sargento Mexia en la puerta de la Casa de la Moneda, el inglés se marchó, decidido, a buscar su valioso cofre sin importarle que ya estuviera anocheciendo, que los incendios se estuvieran propagando, y olvidándose asimismo de que en las inmediaciones de su casa comercial una pandilla de esclavos negros saqueaba sin miramientos.

Al pasar cerca de la iglesia de San Pablo, un grupo de hombres se fijaron en la joven negra y empezaron a llamarla. Ester se pegó al inglés, pero los desconocidos, lejos de callarse, empezaron a insultar a Gold. El inglés y la esclava aceleraron el paso. Cuando pasaron de nuevo por Remolares vieron a tres mujeres asustadas que estaban siendo importunadas por varios hombres desaliñados y con mal aspecto. Hugh Gold no se detuvo, pues sospechaba lo que podría pasar a continuación.

Ester intentó disuadirlo de su propósito, pero el inglés, imbuido de una irracional sensación de valor y heroísmo, no le hizo caso. Cerca de la Iglesia Patriarcal, cada vez más afligida, la esclava se negó a seguir, alegando que no deseaba ir al encuentro de una muerte segura. Y entonces Gold intentó sobornarla:

—*Girl*, ¿quieres *money*? ¡*Give you* parte del *mine*, si vienes!

Evidentemente, la oferta la hizo reflexionar.

—¿Y por qué harías eso conmigo, hombre inglés? —preguntó Ester con interés.

—*Hell, girl*, te necesito. *See, I'm* herido, *no guns, I'm* en pijama. *And, slave*, tú sabes *talk with* ellos...

La joven negra no estaba convencida.

—Dudo de que hablen conmigo. Van a matarnos, ¿lo sabes?

El inglés insistió:

—*Hey, slave*, ¿y si yo les *give my money*? *Yes*, ¿una parte de *my money*?

La esclava soltó una sonora carcajada:

—Pobre loco...

El inglés se molestó:

—*Hell, damn*, ¿*why* yo loco?

—Porque lo estás —insistió ella—. Si te ven con el dinero, te lo robarán y después te matarán, y a mí también. ¿Acaso crees que van a perder el tiempo negociando contigo? Tienen cuchillos y machetes y pistolas. Tú no tienes nada... Nada de nada. En una noche como la de hoy, tu dinero no tiene valor.

El inglés se encogió de hombros:

—*Poor girl, you* poca fe... *Hell, who cares?* ¿Qué importa lo que *you think*? Si quieres, *come with me*, ¡te daré una parte de *my money* a ti! *If not*, vete... *Hell, slave*, quizá los hombres malos te *catch* y ya verás.

Al escuchar aquella posibilidad, la joven se asustó:

—Tú no dejarías que me hicieran daño, ¿verdad?

En ese momento, Hugh Gold notó que volvía a tenerla comiendo de su mano y le sonrió:

—*Good girl*, si *stay* conmigo, *stay* mejor. ¡*But* tienes que venir a la tienda *with me*!

La esclava suspiró. Le aterrorizaba que la violasen. Recordó la cara de los trogloditas junto a la iglesia de San Pablo, recordó a los que se acercaban a las mujeres en Remolares y sabía perfectamente que, si se quedaba sola en la ciudad, sería una presa fácil para esos machos predadores a los que la noche daba aliento. Así que decidió quedarse con el inglés.

Se preparaban para rodear el Terreiro do Paço cuando vieron a un grupo de esclavos negros al final de la calle. Blandían machetes en las manos y lanzaban gritos de celebración.

—¡Cuidado! —gritó Ester—. Retrocedamos…

A pesar de su irritación, el inglés no la contrarió y retrocedieron, procurando que los negros no los vieran.

—*Hell,* ¿*are* los mismos? —preguntó Gold.

—Creo que sí —respondió Ester.

Eran unos veinte y no caminaban todos juntos, sino dispersos, aumentando el área de acción. Ester sugirió que se escondieran en el Palacio Real.

—¿*What,* en el palacio? —preguntó el capitán, sorprendido.

—Sí —respondió la joven—. Es muy grande y está vacío.

Se apresuraron en llegar a palacio, pero los alborotadores los vieron y, cuando entraban por una de las puertas, se dieron cuenta de que los perseguían.

—*Fucking camels!* ¿Y ahora *what, where* vamos? —preguntó Gold.

Estaban en una especie de atrio con arcadas y varios pasillos. Las paredes del Palacio Real presentaban enormes fisuras y en el suelo se veían trozos de techo y piedras sueltas. El edificio estaba vacío y silencioso, y en el exterior se oían los gritos de los esclavos negros.

—Por aquí —decidió Ester.

Cogidos de la mano, atravesaron uno de los pasillos y siguieron por otro corredor. El capitán inglés tuvo que acostumbrarse a la oscuridad, aunque notaba que la esclava sabía por dónde iba, pues lo conducía de la mano con confianza. Pasaron por varias puertas, los gritos de los esclavos reverberaban sin cesar a sus espaldas. Hugh Gold se volvió. Al fondo del enorme pasillo divisó unos puntos de luz anaranjada: eran las antorchas que llevaban los bandidos.

—*Good lord*, vienen hacia *here* —murmuró Gold—. ¿Dónde *can we* esconder?

Ester tiró de él y giró a la derecha. Frente a ellos apareció un tramo de escaleras. Pero la chica no las subió, las rodeó y abrió una pequeña puerta que había detrás.

—¡Vamos! —murmuró.

Cerraron la puerta suavemente y enfilaron un nuevo pasillo, aún más oscuro que el anterior. Ester avanzó en silencio unos metros más, y oyeron al grupo de esclavos llegar a las escaleras. Hablaban muy alto. Unos subieron, mientras que los otros debieron de volver atrás. Y de pronto gritaron, excitados.

—Acaban de descubrir los salones del tesoro real —murmuró Ester—. Están encima de nosotros.

De nuevo oyeron unos gritos que imitaban sonidos de pájaros, y unos cuantos más subieron por las escaleras. El grupo se había reunido para llevar a cabo el saqueo del tesoro real.

—Esto va a acabar mal —murmuró Ester.

—¿*Why* mal?

La joven le recordó al inglés que la ola se había llevado la mayor parte del tesoro. Los ladrones se pondrían furiosos cuando descubrieran que no había mucho que robar. Y eso fue lo que pasó, con rabia y a tiros.

—¡Vamos! —dijo Ester.

Corrieron hasta el final del pasillo y la esclava abrió una nueva puerta. Pero nada más abrirla, la volvió a cerrar.

—*Hell,* ¿qué pasa?

La muchacha le mandó callar y retrocedió.

—Ya han llegado aquí —dijo ella.

Aquel pasillo comunicaba con el patio donde aquella misma mañana habían sido azotados por las olas.

Frustrados por la ausencia de tesoros, ahora los bandidos se estaban ensañando con las cocinas reales. Entonces el inglés y la esclava oyeron una serie de ruegos desesperados, como si alguien pidiera perdón, y, al cabo de unos minutos, un extraño silencio. El capitán y Ester permanecieron inmóviles, sin hacer el menor ruido durante casi una hora, escuchando el clamor de los bandidos y, por fin, su retirada del palacio utilizando el mismo portón por el que horas antes había salido el cuerpo de Abraão flotando sobre el reflujo de las olas. Ester escudriñó el patio. Finalmente estaba desierto, así que salieron y se dirigieron a la cocina.

Dentro había velas encendidas y una escena macabra. Seis mujeres y dos hombres, todos blancos, colgaban cabeza abajo de las vigas del techo con el cuello cortado por los machetes de los asesinos. Impresionado, Gold cerró los ojos y la esclava comentó:

—Son las cocineras y los ayudantes.

La joven sollozó, emocionada:

—Si mi madre no hubiese ido esta mañana a Belém, ahora estaría aquí, degollada...

Conmovido, el inglés la estrechó entre sus brazos:

—*Good lord*, no *think* en eso. *It's good* que ella no esté *here*.

La esclava se dejó abrazar, y el inglés sintió su cuerpo cálido, el pecho firme de ella contra el suyo, y por primera vez después del terremoto deseó poseer a una mujer. Como él aún iba en pijama, Ester notó su erecto vigor masculino, pero no dijo nada.

A pesar de la emoción carnal, y a pesar del tétrico espectáculo que se mostraba ante sus ojos, Hugh Gold sintió hambre. La cocina olía a patatas, a sopa, a carne y a pan, y la barriga del inglés se contrajo. Apartó un poco a la esclava y ella lo interrogó con la mirada, como si aquella reacción la sorprendiese. Gold se sintió en la obligación de explicarse.

—*Girl*, tenemos que *eat*, comer. *I'm* mucha *hungry*.

Ester sonrió comprensiva y se dirigió a los fogones mientras Gold se sentaba en una silla, de espaldas a los cuerpos colgados.

—*Slave*, ¿*can you get me* una chaqueta? —preguntó—. ¿*And some* zapatos?

208

La esclava le prometió que después de comer irían a buscar las prendas. Le ofreció a Gold dos cuencos de sopa, vino tinto y un poco de guisado de carne que había en una de las ollas.

—Son sobras del almuerzo. El resto se lo han llevado los ladrones —le explicó Ester.

Los dos comieron en silencio. Al final, el inglés le preguntó:

—¿Crees *that we can* pasar la noche *here*?

La joven negra frunció el ceño:

—Me parece que aquí solo hay muertos. La corte está en Belém, se llevaron a casi todos los criados. Venga —dijo mientras se levantaba—, vamos a buscar la ropa.

Cogió una vela y salieron por una puerta distinta de la que habían usado para entrar. Atravesaron otro pasillo, más modesto que los anteriores, que conducía a los aposentos de la servidumbre. Cuando ya llevaban recorrido un trecho, Ester entró en una sala repleta de armarios.

—Aquí es donde los criados guardan la ropa —dijo, y los abrió.

Hugh Gold eligió unos pantalones y una chaqueta, y descubrió unas botas de su talla. Iba a empezar a probárselo todo cuando Ester le comentó, sonriendo:

—No tengas prisa, podemos descansar…

Abrió una nueva puerta y entró en una habitación con dos camas. Gold dejó la ropa en una de ellas y los zapatos en el suelo. Después, miró a la chica y sonrió, deseoso:

—*Hey, girl*, ven aquí, *take my* pijama.

—Espera —dijo ella—. Voy a curarte la herida.

El inglés aguardó sentado mientras la joven negra iba a buscar una botella de alcohol. Embebió un paño con el líquido y le limpió las heridas con cuidado. Después le anudó otro paño en el brazo, como si fuera una venda, protegiéndole la herida, y dijo:

—Así estás mejor.

El inglés sonrió y la muchacha le sugirió que se pusiese de pie. Le quitó el pijama por la cabeza y Hugh Gold se quedó desnudo. Ester empezó a recorrerlo con los dedos y él sintió que su energía viril regresaba. Entonces, la joven se arrodilló y lo besó en su fuerza erecta, y él gimoteó de placer. Después, la esclava se desnudó y el inglés le acarició los senos redondos y grandes y ella gimió también. Se tendieron en la cama y Gold la poseyó con intensidad y descubrió que ella, a pesar de ser tan joven, estaba muy versada en aquellas artes, mostrándose complaciente con todos sus deseos.

Al final, Ester se enroscó junto al cuerpo de él, como un gato, y el inglés le preguntó:

—*Slave*, ¿y si te quedas embarazada, *pregnant*?

Ella le dijo que no, que sabía qué tomar para evitarlo.

—¿*What* tú tomas? —preguntó el inglés.

Le contó que su madre elaboraba un jarabe muy eficaz que vendía a sus clientas. Hugh Gold recordó que su criada, la joven portuguesa rolliza a la que le gustaba fornicar por la mañana, también tomaba un jarabe.

—*Well*, ¿conoces a una *girl*, Ofélia, *no more than* veinte años?

Para gran sorpresa del inglés, Ester la conocía:

—Sí. ¡Viene aquí cada dos meses a comprar el jarabe de mi madre!

Hugh Gold no podía creérselo:

—¡*Well*, *she was* mi criada!

Y todavía se quedó más sorprendido cuando Ester le dijo:

—¡Ya lo sabía!

El inglés se sentó en la cama, asombrado:

—*Good lord*, *slave*, ¿tú *know me*? ¿Sabías *who I was*?

Ester se explicó:

—Sí, sabía que eras el patrón de Ofélia. Una vez, hará cosa de un año, fui a tu casa a entregarle el jarabe de mi madre. Y te vi salir por la puerta… Además, Ofélia me hablaba mucho de ti y me lo contaba todo.

El inglés se enfureció:

—*Well*, *well*, ¿todo *what*? —preguntó.

—Lo vuestro —dijo la chica sonriendo—. Decía que eras muy viril... ¡Y es absolutamente cierto!

Se rieron, pero al instante Gold se puso serio. Respiró hondo:

—*Poor* Ofélia, ha muerto... *Today*, por la mañana. *Was* debajo de la casa...

Ester pareció entristecerse al escuchar la noticia, pero luego suspiró y se encogió de hombros:

—¿Y qué podemos hacer?

La joven esbozó una sonrisa maliciosa y lo abrazó:

—¡Así serás solo para mí!

El inglés volvió a tenderse en la cama y añadió:

—*My wife*, mi esposa, también *died*.

La esclava dijo:

—Lo siento.

Esta vez fue el inglés quien se encogió de hombros:

—*Well*, *it's* mejor así.

Interesada, la joven lo interrogó:

—Ya no la querías, ¿verdad?

—*Hell*, no. *Long* tiempo. *Well*, *I think* que nunca la quise... Ella lanzó un suspiro.

—Eso es muy triste —concluyó, y volvió a acurrucarse junto a Gold.

Permanecieron un rato callados, y al cabo de unos minutos empezaron a acariciarse de nuevo, la excitación de sus cuerpos se reavivó y se amaron una vez más. Cuando terminaron, se quedaron dormidos, exhaustos, pero su sueño duró poco, pues un horrible grito procedente del piso superior los despertó bruscamente.

—¡Fuego!

Se levantaron a toda prisa, se vistieron y salieron al pasillo. Ester iba delante y guio a Gold hasta un nuevo atrio en el interior del palacio. Asustados, vieron las llamas en el torreón y en una de las alas del edificio. Algunas personas atravesaron el atrio con baldes en las manos.

—¡*Hell*, tenemos que *run*, huir! —gritó el inglés.

—¿Hacia dónde? —preguntó la muchacha.

—¡*Outside* del Terreiro do Paço!

Ester corrió hacia una pequeña puerta y salieron a los jardines del palacio, justo por debajo del torreón que ardía.

—¡Vamos por allí! —señaló Ester.

A unos cincuenta metros había un portón, era la salida que daba al Terreiro do Paço. Con todo, mientras corrían, Hugh Gold vio que Ester miraba hacia arriba, estupefacta, y que dejaba de correr. El inglés también se detuvo y miró hacia donde ella miraba. En una ventana vio una figura negra con los brazos abiertos. A su espalda, el interior del palacio ardía con violencia.

—¡Mira! —gritó Ester—. ¡Es Abraão!

Incrédulo, Gold comprobó que era el viejo negro, el mismo que había visto por la mañana flotando muerto, arrastrado por las aguas. ¿Cómo era posible aquello? ¡El hombre no habría podido sobrevivir a la fuerza del reflujo de las olas! Pero era él, tanto Gold como la esclava podían verlo perfectamente, iluminado por las llamas, vivo, en aquella ventana del palacio.

—¡Tenemos que salvarlo! —gritó la joven.

En vez de dirigirse al portón, cambió de dirección, echó a correr hacia la torre y abrió una puerta. Subió unas escaleras seguida por Gold, pero cuando llegaron arriba se toparon con una frontera infranqueable: una enorme cortina de llamas.

—¡*Hell*, no, Ester, si *go there* moriremos! —gritó el inglés.

La joven negra gritó con todas sus fuerzas el nombre de Abraão, pero no obtuvo respuesta. El humo los intoxicaba y el calor casi los abrasa. Sin dudarlo, el inglés tiró de Ester y la sacó de allí, de regreso a la puerta de salida que daba al Terreiro do Paço.

TERCERA PARTE

Fuego

27

A pesar de que con aquella ropa no podían ser reconocidas como prisioneras de la Inquisición, a la hermana Margarida le asustaba estar de vuelta en el Rossio. Sentía que volvía atrás. Después de haber intentado suicidarse, a lo largo de la mañana y de la tarde se había alejado del Rossio, del Palacio de la Inquisición y del convento de Santo Domingo, y a cada paso que daba se sentía más cerca de una nueva vida. Nunca más sería la hermana Margarida, una joven monja condenada a muerte por confabular con el Diablo, sino Margarida, una chica dispuesta a reiniciar su existencia en otra ciudad o en otro reino.

Sin embargo, la confusión que reinaba en la capital le impedía huir. La terrible ola había destruido el muelle y la navegación se había suspendido. Y para agravar aún más sus temores, era como si un anillo de fuego quisiera rodearlas. Volver al Rossio podía ser peligroso, pero era la única alternativa para comer, beber y dormir sin el amenazante terror de las llamas.

Había miles de personas tendidas en el suelo de la plaza. Los menos afectados por las asperezas del día intentaban ayudar a los que más sufrían, y en el centro del Rossio había grandes ollas de sopa y se distribuían cuencos de agua. La gente esperaba su turno en un estado próximo al sonambulismo, con la cabeza gacha. Como si un extraño viento les hubiese robado la energía.

—Parecen estar muertos por dentro —comentó la hermana Alice.

Era verdad. Aquella plaza, habitualmente un torbellino de vida y de comercio, parecía un cementerio. Ni siquiera los rezos, practicados sin cesar por los frailes y los curas, aliviaban las penurias. Los gritos de misericordia que se habían oído por la mañana ahora no pasaban de ser meros gemidos.

En un momento dado se formó una procesión espontánea. Un grupo considerable de gente seguía a siete frailes que daban la vuelta a la plaza con siete cirios encendidos. Cuando pasaron cerca de ellas, pudieron oír sus oraciones, pero no se levantaron. Se habían situado lejos del convento, en el lado opuesto de la plaza, y desde allí apenas podían ver lo que sucedía. Sin embargo, la hermana Alice escuchó unos rumores e informó a la más joven:

—Se van a llevar a los presos fuera de Lisboa…

—¿Ahora? —preguntó la monja más joven.

—Eso es lo que he oído…

—Voy allí, quiero ver —dijo la chica.

La hermana Alice se enfadó:

—¡Ni se te ocurra! ¿Y si te descubren?

La hermana Margarida se encogió de hombros:

—Nunca me reconocerán con esta ropa.

La vieja se enfureció, pero no pudo impedir que se marchara. Atravesó la plaza y se fijó en las tiendas improvisadas con mantas que habían levantado usando palos de madera; dentro había familias enteras: los niños dormían mientras los adultos rumiaban las penas. Se detuvo a unos cien metros del convento de Santo Domingo, donde se aglomeraba más gente, como si fueran espectadores de una obra de teatro callejera.

Junto al convento, los guardias de la Inquisición, vestidos con túnicas blancas, formaban un amplio círculo. Los prisioneros estaban sentados en medio. Contó veintidós, muchos de ellos con las cabezas vendadas, con los brazos en cabestrillo o incluso con las piernas entablilladas con trozos de madera. Así pues, solo faltaban ocho de los treinta presos que había en las celdas antes del terremoto.

A unos veinte metros de allí había una pequeña carreta con cinco cuerpos envueltos. Si se trataba de presos muertos, como era lo más probable, solo faltarían tres en el recuento: ella, la hermana Alice y el Profeta. Los únicos que habían salido victoriosos, tal como pudo confirmar gracias a los comentarios de la concurrencia.

—¡Vi cómo atrapaban a tres de ellos aquí mismo, en medio del Rossio! —dijo excitada una pescadera.

—¡Y yo vi cómo pillaron a una desvergonzada que intentaba entrar en el hospital, la muy descarada! —exclamó un pescador a su lado.

Simulando ser ajena al asunto, la hermana Margarida preguntó:

—¿Han encontrado a todos los que han huido?

La pescadera se volvió hacia ella, indignada:

—¡Qué va! ¡Todavía faltan tres, dos mujeres y un hombre! Pero de hoy no pasa, te lo digo yo. Una de ellas es rubia, como tú. ¡La descubrirán pronto, ya lo verás! Y la otra, válgame Dios, es una depravada… Una pervertidora de muchachas…

La hermana Margarida esbozó una mueca de asco y reprobación, pero no pudo evitar asustarse al ser identificada como la «rubia». Con todo, por suerte para ella, la aparición de unos guardias por la parte norte del Rossio, cada uno de ellos tirando de un burro, captó la atención de los allí presentes. El comandante de la guardia de la Inquisición, de espaldas a Margarida, ordenó que los reclusos montasen en los borricos, uno a uno.

La platea observaba en silencio la dificultad con la que los presidiarios, especialmente los heridos, subían a las grupas. Y en cuanto lograron mantenerse estables a lomos de los animales, el guardia que los guiaba recibió la orden de avanzar. La fila de burros con sus respectivas cargas abandonó lentamente el Rossio, con unos cuantos guardias más a pie que los escoltaban, cada uno con una antorcha, iluminando el camino y atentos a cualquier intento de fuga.

—¿Adónde los llevan? —preguntó la hermana Margarida.

La pescadera respondió:

—A Coimbra...

—¿A Coimbra, a pie? —inquirió sorprendida la joven monja.

La pescadera se limitó a encogerse de hombros. La concurrencia se dispersó cuando el espectáculo hubo concluido con la salida de la carreta de los muertos, que cerraba el cortejo. La hermana Margarida se quedó de pie, sola, mirando las ruinas del convento y del palacio.

Decidió regresar junto a la hermana Alice, pero en medio de la plaza la sorprendió un grito horrible, que rápidamente se transformó en una enorme algazara procedente de una de las esquinas del Rossio. Al principio no quiso volverse para mirar, pero había tanta gente señalando con el dedo que la curiosidad pudo con ella. Y miró. A la derecha del convento de Santo Domingo, el gran hospital de Lisboa, el Hospital de Todos los Santos, estaba en llamas.

El edificio, de varios pisos, tenía muchas de sus ventanas iluminadas de un naranja vivo, y unas columnas de humo oscuro ascendían hasta el cielo formando remolinos. A la hermana Margarida se le encogió el estómago. De repente, una neblina le ofuscó la vista y sintió que la abandonaban las fuerzas. Se volvió, dio dos o tres pasos y cayó al suelo de rodillas. La cabeza le daba vueltas, cerró los ojos... y se vino abajo. Incapaz de apoyarse en los brazos, se desmayó.

Al cabo de un rato volvió en sí. La hermana Alice le estaba dando agua. Bebió y recobró las fuerzas.

—¿Qué ha pasado? —preguntó.

—Te apagaste. Ha sido el miedo al fuego, ¿a que sí?

La monja anciana le pasó la mano por la frente, le hizo una carantoña y le atusó un poco el pelo.

—¡Hay tanto miedo dentro de ti! —le dijo.

—No puedo mirar allí...

—Lo sé. Bebe agua y respira hondo. Y no mires.

Y así permanecieron un rato, la monja joven recuperándose, y la más vieja auxiliándola y acariciándole la cara con ternura. Al cabo de un rato le dijo:

—Tenemos que irnos... Estar aquí te hace daño.

Se levantaron. La hermana Alice tomó de la mano a la más joven para que se apoyara en ella, recordándole cuánto habían cambiado las cosas aquel día:

—Hace un rato eras tú la que me brindabas tu hombro, ahora soy yo la que te lo ofrezco a ti...

Se dirigieron a una de las esquinas de la plaza, por donde empezaba la subida al Bairro Alto. En aquella zona había un edificio que parecía haber resistido mejor los temblores de tierra, y la hermana Alice sugirió que entrasen.

—Pasaremos la noche aquí.

Era un edificio grande, quizá un almacén, y mucha gente había tenido la misma idea. Había personas esparcidas por el suelo durmiendo envueltas en mantas, muy juntas para sentir menos el frío. Las dos mujeres atravesaron la división principal y anduvieron hasta encontrar un rincón desocupado donde casi no había luz.

—Nos quedaremos aquí. ¡Túmbate! —ordenó la hermana Alice.

La monja joven se sentó en el suelo, aún débil, y se recostó en la pared. La hermana Alice le ofreció un trozo de pan; la chica no le preguntó de dónde lo había sacado, y la otra tampoco le dio explicaciones. La vio alejarse, en silencio, mientras se comía el pan lentamente para no atragantarse. Cuando la monja anciana regresó con una manta y una bolsa de ropa en la mano, comentó:

—Estaba muerto, ya no lo va a necesitar.

Extendió la bolsa de ropa en el suelo para que ambas la usaran como almohada, se sentó, tapó a la joven con la manta y después se tapó ella también.

—Así estamos bien —dijo sonriendo—. ¿Cómo te encuentras?

—Mal —respondió la hermana Margarida.

—No hablemos más de ello, hacerlo solo empeora las cosas.

La joven le sonrió:

—Gracias.

La hermana Alice le devolvió la sonrisa. Parecía otra, estaba contenta.

—Tenemos que ayudarnos. Siempre he oído decir que todo se hace mejor en pareja, ¿no es así?

La hermana Margarida estuvo de acuerdo.

—¿Tienes frío? —le preguntó la hermana Alice.

—Sí, un poco.

—Acércate más a mí.

Pasó el brazo por encima de los hombros de la guapa joven, la abrazó intentando que entrara en calor, y le dijo:

—Eres una muchacha muy guapa, ¿sabes? ¡No voy a dejar que nadie te haga daño!

La hermana Margarida se sintió protegida. El calor que desprendía el cuerpo de la otra le produjo una sensación de bienestar y la invadió un sereno sopor. Agotada, le apetecía estar allí, segura en brazos de aquella mujer. La mano de la hermana Alice le acariciaba la espalda, los hombros, el cuello, y cerró los ojos. Dejó de ver llamas. Unos segundos después, le asaltó la imagen de un hombre, el pirata, junto a un barco destrozado. Sus ojos vivaces la miraban de arriba abajo. Suspiró. La monja vieja la estrechó más fuerte y la hermana Margarida abrió de nuevo los ojos y solo vio la sala oscura. En las paredes, una vaga luminosidad anaranjada proyectaba sombras extrañas e irregulares. Le pareció reconocer de nuevo al fantasma vestido de negro y tembló, muerta de miedo.

—¿Qué te pasa? —murmuró la hermana Alice.

—Tengo miedo —le confesó la joven monja.

—Tienes que pensar en otra cosa…

Entonces empezó a acariciarla. Primero el cuello, y después le desabrochó los botones de la camisa, despacio, y le tocó los senos suavemente. El corazón de la joven empezó a latir más deprisa, se sintió extraña, dividida, y pensó en pedirle a la mujer que parase, pero al mismo tiempo las sensaciones eran buenas, estimulantes, y se dejó llevar. La hermana Alice siguió acariciándola.

Cuando la hermana Margarida me contó este incidente se justificó diciéndome que estaba demasiado cansada y atormentada, y que no había sido capaz de impedir aquel ataque de la anciana. Sin embargo, añadió que, a pesar de haberla tocado, la hermana Alice no fue más allá y unos minutos después ambas estaban durmiendo extenuadas.

¿Sería eso lo que pasó? Es evidente que la hermana Margarida estaba débil y, por tanto, era vulnerable a las artimañas de la vieja, muy versada en el juego de la seducción. Estaba dispuesto a creer que me había contado la verdad, que no se habían sobrepasado ciertos límites, aunque ahora ya no lo sé. Aquellos fueron días extremos, de sentimientos e ideas desmedidos, de confusión, y creo que entre aquellas dos mujeres pudo haber existido un momento de intimidad más profundo de lo que la hermana Margarida me confesó.

—No pasó de unas caricias, de unos besos —me dijo.

¿Acaso lo dudo por quererla tanto? ¿Acaso el gusano de los celos me corroe y me impide creerla? ¿O será realmente cierto que entre ellas ocurrió algo perturbador? Incluso hoy no me resulta fácil responder a esa pregunta.

28

Ellos nos persiguen, ellos nos matarán! —refunfuñaba Mohamed a medida que nos alejábamos del valle de Rato.

—Lo sé, amigo, lo sé…

Sebastião José tenía un carácter despiadado y duro, y no mostraría ni un ápice de compasión hacia mí. O me iba de Lisboa, o acabaría muerto. Con todo, el hecho de que la ciudad viviera un caos inesperado me brindaba una pequeña oportunidad, la única esperanza a la que podía agarrarme.

Habíamos rodeado el Bairro Alto y tomado un nuevo camino hacia Campo Grande. Pero el éxodo de habitantes se había detenido, y la zona se había transformado en un gigantesco campamento, un lugar provisional donde la gente había decidido pasar la primera noche. A la orilla del camino, hombres y mujeres levantaban tiendas con ropa de cama, mantas y palos, y acostaban a sus familias en el suelo intentando protegerlas del frío. Otros dormían debajo de los carros procurando ahuyentar a quienes, privados de techo, se metían debajo a hurtadillas.

Había enfrentamientos, riñas y peleas a cualquier hora. Aquella multitud hambrienta, cansada, sedienta, con frío, se saltaba las normas. Cada ser humano luchaba por sobrevivir lo mejor que podía, aun cuando eso implicara pegar o matar a alguien. De vez en cuando se oían tiros, y Mohamed miraba hacia el lugar de donde procedía el sonido temiendo la aparición de los soldados, pero no venía ninguno. Era la propia gente la que se enzarzaba en reyertas, desquiciada. Se oía un grito, el llanto de una mujer, y al momento todos desviaban la mirada en otra dirección, indiferentes a cualquier tragedia menor que se zanjaba en una cuneta. Nadie tenía ánimos para rebelarse y nadie quería saber del destino de terceros en aquella comunidad de desvalidos.

En un momento dado, pasamos por delante de una casa señorial y vimos a unos criados cargando un carruaje a la luz de las antorchas. Colocaban baúles y urnas en el techo del vehículo y los sujetaban con cuerdas. Dedujimos que alguien se preparaba para un viaje: un hombre rico y su familia siempre tienen más opciones que los pobres, o que aquellos que no son ni ricos ni pobres. Echamos un vistazo a través de las rejas del jardín, como muchos otros mirones. Mohamed me murmuró al oído:

—Ellos se van, nosotros asaltaremos la casa.

La idea ya se me había pasado por la cabeza, pero había más interesados. A diez metros de nosotros, encaramados a las rejas, tres rufianes también estaban espiando los movimientos de la casa.

—Tengo hambre —dijo Mohamed.

—Ellos también.

Mohamed examinó a la concurrencia.

—Ellos tienen armas —murmuró.

Por el rabillo del ojo verifiqué que los tres hombres llevaban puñales en los cinturones. Entonces se me ocurrió una idea. Di unos pasos hacia el portón de entrada y le dije al árabe:

—¡Sígueme!

Entramos en el jardín. Los atareados sirvientes ni siquiera advirtieron nuestra presencia. Me acerqué a uno de ellos y le imploré:

—¡Ayúdeme, por favor!

Se armó un revuelo, pero uno de los empleados me preguntó sin ambages:

—¿Para qué quieres ayuda?

Señalé a los tres hombres en las rejas.

—Aquellos hombres son bandidos, tienen puñales…

El criado se encogió de hombros:

—¿Y a mí qué? Nosotros nos vamos…

—Pero es que —balbuceé—, les hemos oído decir que van a asaltar esta casa en cuanto os hayáis ido.

Al escuchar aquello se quedó inmóvil, visiblemente preocupado:

—¿Cómo?

Añadí que estaban allí hacía algún tiempo observando los movimientos de la casa. El hombre se enfureció. Llamó a otros criados, que aparecieron armados con pistolas y echaron a los tres hombres de allí a tiros, e incluso hirieron a uno de ellos en una pierna. Satisfechos, los criados volvieron dentro y el primero nos agradeció el aviso. Me fijé en que llevaba una pistola en el cinto.

—¿Queréis comer o beber?

Aceptamos la invitación y nos condujeron a la parte trasera de la casa, a la cocina, donde nos dieron sopa, pan, chorizo y cerveza. Le pregunté:

—Todo el mundo huye de la ciudad, pero ¿adónde?

Se me quedó mirando y dijo:

—Al río.

Mohamed bajó la mirada y la posó en el cuenco de sopa.

—El Cais da Pedra está destruido, los barcos no pueden atracar en el puerto… —informé.

El jefe de los criados sonrió.

—El Cais da Pedra no es el único de Lisboa. Mi señor sabe de un lugar donde los barcos atracan, frente a la Casa dos Bicos. Vamos hacia allí ahora. Hay una embarcación esperándonos para sacarnos de aquí. Solo necesitamos un piloto, aún no hemos encontrado ninguno…

—¿Santamaria se lo va a decir? —me preguntó Mohamed.

Sagaz como era, el supervisor de los criados me observó con curiosidad:

—¿Eres piloto?

—Sí —respondí—. Toda la vida he estado en el mar.

—¿Y qué estás haciendo en tierra?

Resoplé enojado, y mentí:

—Estábamos esperando. Varios barcos tendrían que haber llegado hoy a Lisboa… Ahora, con esta tragedia, ya no llegarán… Debo tener paciencia, como todo el mundo. ¿Y adónde vais?

El hombre infló el pecho y dijo con convicción:

—A Santarém, río arriba. Por la carretera es imposible. ¿Has visto cómo están las cosas? Es como si toda la ciudad se hubiera echado a los caminos. En barco tardaremos menos de un día…

Se hizo un brevísimo silencio, tras el cual pregunté:

—¿Aceptas mi ayuda? Tengo unos días libres, podré regresar a tiempo hasta que mi barco zarpe a Brasil.

El hombre se levantó y dijo:

—Vamos a ver, voy a preguntar.

Salió de la sala. Observé a Mohamed, que parecía muy tenso. El árabe se ponía siempre así cuando bebía cerveza, el alcohol no le sentaba bien. Permanecimos callados, esperando. Pasado un rato, el hombre regresó sonriente.

—¡Estás contratado! Vienes con nosotros.

Miró al árabe y añadió:

—Pero solo vienes tú. En el carruaje no cabe nadie más.

Mohamed apretó los dientes, enfurecido. Me di cuenta de que el cuchillo que había encima de la mesa de la cocina había desaparecido. Sonreí:

—Mi amigo es ligero, no ocupa espacio. Puede ir encima de los baúles, ¿verdad, Mohamed?

—¡No! —repitió el jefe de los criados—. El carruaje pesa mucho. Mi señor quiere llevar a la familia. Son tres hijos, la esposa y dos criadas los que irán dentro. Delante, iremos el cochero y yo. Y tú —dijo señalándome a mí— irás encima de los baúles. Pero él no, él se queda —dijo señalando a Mohamed—. ¡Vamos!

Lo seguimos de vuelta al jardín. Mohamed murmuró:

—Santamaria va a dejar a Mohamed…

—Espera —me limité a decir.

La familia ya estaba dentro del carruaje y el noble hablaba con el cochero. Al vernos aparecer, exclamó:

—¿A qué diablos esperáis? ¡Vámonos ya!

Era un hombre gordo y corpulento, y parecía muy nervioso. Abrió la puerta del carruaje, entró y la cerró con fuerza. El cochero me miró a mí, después a Mohamed, y se alejó.

—¡Sube! —me ordenó el criado que había estado con nosotros en la cocina.

Sin moverme de donde estaba, le pregunté:

—¿Y el pago?

Se sorprendió:

—¿Qué pago?

—El del viaje. No los llevaré a Santarém sin que me paguen…

El otro se molestó:

—¡Eso ahora no importa, sube! ¡Ya hablaremos en el barco!

Permanecí inmóvil. Mohamed estaba a dos pasos detrás de mí, también quieto, mirando la calle. El jefe de los criados empezó a perder la paciencia.

—¡Vamos, sube! —gritó.

La cabeza del noble asomó por la ventana del carruaje y preguntó qué pasaba. El subordinado se acercó y hablaron en voz baja para que yo no los oyera. Noté un movimiento a mi espalda: Mohamed había desaparecido. El noble metió la cabeza en el carruaje y comprendí que mis servicios iban a ser dispensados de forma brusca. Mohamed también; había cruzado rápidamente por debajo del vehículo tras rodearlo y había reaparecido detrás del criado sin que este se diera cuenta. Antes de que pudiese llevarse la mano a la pistola, Mohamed le puso en el cuello el cuchillo que había robado en la cocina.

Sonriente, le dije al hombre:

—¿Así tratáis a quienes os ayudan? —pregunté.

Se quedó callado.

—¿Denunciamos a unos bandidos que querían asaltar la casa, les ofrezco mis servicios como piloto y así es como me lo agradecen?

Derrotado, se rindió y dijo en voz baja:

—Subid los dos. Y deprisa…

Sonreí:

—Así se habla.

Trepamos al techo del carruaje y nos sentamos encima de los baúles. Poco después ya estábamos en camino, de vuelta al Rossio. Ahora que era de noche se podía circular con más facilidad. Había gente acampada en los márgenes de la vía. Me eché hacia atrás con la idea de descansar. Veinte minutos más tarde, cuando ya divisábamos el Rossio, Mohamed me llamó:

—¡Santamaria!

Me apoyé en los baúles. Una gran nube anaranjada cubría el Rossio, lo cual me hizo dudar de que pudiésemos atravesar la plaza. Pero Mohamed no se estaba refiriendo al Rossio. Lo que admiraba era la larga fila de burros que pasaba junto a nosotros, cada uno con un prisionero de la Inquisición y con su respectivo guardia vestido de blanco, que tiraba de la bestia por el ronzal. Examiné la indumentaria de los condenados y me acordé de la joven guapa y de la vieja que habíamos visto por la mañana cerca del Terreiro do Paço. Vestían una ropa muy parecida, así que sin duda estaban huyendo de la Inquisición.

Minutos más tarde, nuestro transporte se detuvo. Había muchos carruajes como el nuestro bloqueados y mucha gente en el camino. Le pregunté al cochero:

—¿Qué pasa?

Se volvió y dijo:

—Hay incendios entre el Rossio y el Terreiro do Paço. Los carruajes no pueden pasar.

Entonces el noble salió, llamó al jefe de los criados y al cochero y los tres echaron a andar hacia alguien que estaba delante. Entablaron una intensa discusión, y acto seguido se armó un gran revuelo. Resoplé. Estaba seguro de que el carruaje no pasaría por allí. Así que le dije a Mohamed:

—Es hora de irnos.

El árabe estuvo de acuerdo conmigo. De repente se oyeron unos gritos agudos. Miré hacia la izquierda: el Hospital de Todos los Santos ardía. La algazara terminó tan pronto como había empezado y la mayoría de los hombres echó a correr en dirección al incendio. Mohamed y yo saltamos al suelo y los seguimos.

El edificio se estaba transformando en una enorme antorcha. De las ventanas salían lenguas de fuego, voraces y rápidas, y el humo se elevaba por los aires formando negros torrentes. En el tejado, unos remolinos de chispas ascendían al cielo y podían verse numerosas explosiones de centellas. Todos los pisos del edificio estaban siendo devorados por el incendio, y lo más preocupante de todo era que nadie lo combatía. No se veía a nadie con cubos de agua, solo a seres humanos saliendo despavoridos por las puertas con algunas partes del cuerpo ardiendo, aullando como animales heridos.

—Los enfermos van a morir —murmuró Mohamed.

De pronto, dos mujeres con el pijama en llamas se precipitaron por una ventana del tercer piso lanzando alaridos, produciendo un sordo estruendo al estrellarse contra la calle. Se quedaron allí, inmóviles, mientras las intensas llamaradas consumían sus cuerpos. Y entonces empezaron los gritos. Ni siquiera los marineros de los barcos abordados gritaban tanto antes de que los piratas los degollaran. Eran alaridos de dolor y de miedo, bramidos desesperados de enfermos que ya se sabían en tránsito hacia la muerte. Los gritos procedían de todas las ventanas, de todos los pisos, de todos los resquicios de aquel edificio condenado. Y parecía que el fuego ganara más fuerza al oír aquellos alaridos, como si se alimentase del terror y del dolor de aquellos seres perdidos y redoblase su ánimo y su fuerza destructiva para consumirlos con su macabro esplendor.

Algunas personas querían entrar en el edificio, pero otras les impedían lanzarse a una muerte segura.

—¡Hay seiscientas almas dentro, no podemos abandonarlos! —gritó alguien.

Era una mujer que lloraba e imploraba a Dios que detuviera aquel desastre. Con todo, el incendio proseguía, cada vez más intenso, y entonces advertí que las llamas entre los pisos se habían unido, tal era su dimensión, y era como si el hospital ya no estuviese compartimentado en pisos, sino que formara una única pared anaranjada, una pira global.

Mohamed tiró de mí y nos alejamos rodeando el hospital; pasamos por la calle que había entre el edificio en llamas y el convento de Santo Domingo, tapándonos la boca con las manos para no respirar el humo que nos envolvía. Llegamos al Rossio y corrimos hacia el centro de la plaza, donde miles de personas presenciaban, fascinadas, el terrible episodio. Así pasamos horas, mientras el hospital ardía ante nuestros ojos. De pronto, oí una voz a mi lado que decía:

—¡Jesús está cerca, hermanos, esta es la señal! ¡El fin del mundo es hoy y Jesús vendrá!

Me fijé en que el predicador, arrodillado en el suelo, vestía la misma ropa que las dos mujeres que había visto por la mañana, y que los prisioneros que acabábamos de ver encima de los burros. Era un fugitivo de la Inquisición. Me acerqué y le pregunté:

—¿Sabes alguna cosa de las dos mujeres que huyeron contigo?

Aterrorizado, echó a correr como un loco sin mirar atrás. A su alrededor, nadie reaccionó: era como si nada tuviese sentido aquel día maldito. Mohamed estaba exhausto, quería dormir, pero a mí no me agradaba la idea de quedarnos en medio de la plaza. A pesar de que no había soldados a la vista, temía que apareciesen, y lo convencí de que siguiera caminando. Decidimos dirigirnos hacia el lado derecho del Rossio, y no tardamos en descubrir una especie de almacén. Entramos. Había mucha gente descansando, y una neblina de humo tóxico flotaba en la oscuridad provocando toses dispersas. La primera sala estaba abarrotada, así que continuamos hacia las otras divisiones. Entramos en una donde había menos gente y nos acostamos.

Recuerdo haberme dormido, pero no sé cuánto tiempo, y cuando abrí los ojos ya entraba algo de luz del amanecer. Tosí y me di cuenta de que cada vez había más humo en aquel compartimento. La gente no podía parar de toser, y eso hacía que se fueran despertando. De pronto, una voz de mujer protestó:

—¡Quieta, ya basta!

En la penumbra, a la derecha de la sala, vi a una chica que intentaba apartarse un poco de un bulto tendido a su lado que no la dejaba y que alargaba el brazo para retenerla.

—¡No! ¡Basta! —volvió a gritar la joven.

Parecía recelosa del hombre del suelo. Me levanté y le pregunté:

—¿Qué pasa?

Miré el bulto del suelo:

—¿Conoces a ese hombre? —le pregunté a la muchacha.

Para mi sorpresa, el bulto se incorporó y no era un hombre, sino una mujer mayor que la otra, que dijo irritada:

—Métete en tu vida, carajo…

A pesar de que la claridad de la madrugada todavía era débil y de que el humo me nublaba la vista, reconocí a las dos mujeres que había visto por la mañana después de la ola gigante.

—Os conozco —afirmé.

Era evidente que ellas también me habían reconocido.

—Os habéis cambiado de ropa —comenté con un toque de malicia.

La joven guapa se sobresaltó, pero la tranquilicé con una sonrisa:

—No tengas miedo, no voy a denunciaros…

Me devolvió la sonrisa, agradecida. La mujer mayor se enfureció al verme intercambiar sonrisas con la joven y dijo:

—Vete, pues no te necesitamos para nada.

Fruncí el ceño, divertido, y la provoqué imitando su acento:

—¿Acaso no has tenido bastante durante la noche?

Apretó los dientes y vociferó:

—No te acerques, es mía, ¿me has oído?

La joven esbozó una carcajada y yo le sonreí de nuevo, pero al instante recobré la compostura y le pregunté a la vieja:

—¿Todavía queréis huir de Lisboa por el río?

Entusiasmada, la chica guapa se incorporó y se arrodilló ante mí:

—¿Sabes cómo?

—Puede que sí…

La hermana Alice sacudió la manta que la tapaba. Me di cuenta de que tenía la falda levantada y el pecho al descubierto, aunque hiciera un esfuerzo por recomponerse rápidamente. La hermana Margarida siguió arrodillada, se recogió el pelo detrás de la nuca levantando los brazos y se hizo una cola de caballo, respirando profundamente y arqueando el torso a la vez. Me percaté de que su camisa también estaba desabotonada y entreví el nacimiento de sus senos. Eran bonitos, redondos y tersos, y la deseé.

—¡Vístete! —le ordenó la mujer mayor, nerviosa.

La joven la ignoró. Volvió a sonreírme sin abrocharse la camisa, enseñándome parte del pecho, como si se me ofreciese. Sentí su deseo y me entraron muchas ganas de poseerla allí mismo, con todas mis fuerzas, pero la vieja no me lo permitiría. No en ese momento.

—Eres una desvergonzada —le gritó—. ¡Déjalo ya!

Le guiñé un ojo a la chica, pero me pareció mejor no seguir con el juego. Las demás personas en la sala se acababan de despertar y Mohamed también me estaba mirando. Lo saludé, sonriente:

—Buenos días.

Mohamed se sentó, amodorrado, y dijo:

—Es hora de irse.

Señalé a las dos mujeres:

—Vendrán con nosotros.

La hermana Margarida se alegró, pero tanto al árabe como a la vieja monja se les ensombreció el semblante.

29

Si nuestra primera noche en el Rossio estuvo marcada por el horrible escenario de un hospital devorado por el fuego, la primera noche de Hugh Gold y de Ester también estuvo marcada por un teatro en llamas, pero en varios actos. Cuando salieron apresuradamente de los jardines al Terreiro do Paço, el inglés y la esclava aún estaban aturdidos por la inesperada imagen de Abraão luchando contra el fuego en el primer piso del palacio.

Ester, que estaba profundamente consternada, se mantuvo en estado catatónico varias horas, balbuceando en su lengua natal interjecciones incomprensibles, salpicadas aquí y allá de exclamaciones en portugués que daban fe de su incredulidad y de su aflicción. El capitán inglés intentó calmarla, pero sus palabras no ejercían ningún efecto curativo sobre su alma, de modo que al cabo de un rato dejó de insistir y decidió observar la barahúnda que los envolvía.

El Terreiro do Paço parecía un vitral gigantesco, sonoro, tétrico y absurdo. Cerca de Gold y Ester había cientos, si no miles, de personas perplejas y atónitas. Hugh Gold no sabía qué esperaban, pero le pareció que estaban aguardando el fin del mundo.

En el centro del Terreiro do Paço, una enorme pila de sacos, baúles y cajas alcanzaba ya una altura considerable, puede que de cinco metros. La gente había descargado sus posesiones allí por miedo a las llamaradas y las chispas que sobrevolaban sus cabezas. Poco a poco, la pila iba aumentando, pues cada vez llegaba más gente al centro de la plaza huyendo de los incendios procedentes de todos lados excepto del río.

El Palacio Real ardía. Aquí y allá, en una ventana asomaba una llamarada como si saludara a la plaza. Más hacia la derecha, la nueva Iglesia Patriarcal y la Ópera también eran rehenes de aquel diabólico fuego devorador, y parecían estar más cerca de su fin que el palacio.

Más hacia la derecha aún, Hugh Gold vio decenas de focos del incendio en la parte baja de la ciudad, rodeando las calles y los edificios que habían resistido los temblores. El capitán inglés pensó que caminar hasta el Rossio sería un proyecto imposible, pues el recorrido se había transformado en un vía crucis de altas temperaturas.

El lado derecho de la plaza, es decir, el opuesto al palacio, donde antes estaban la Aduana, los almacenes, los mercados y, por detrás, las tiendas de los ingleses, también parecía un misterioso cementerio en ruinas, con vigas ardiendo y paredes agrietadas que se mantenían en pie de puro milagro, mientras todo a su alrededor se quemaba y sucumbía.

Quedaba el río —una zona de oscuridad, un contrapunto negro al naranja intenso que emanaba de la ciudad—, pero allí apenas se distinguían algunas velas ardiendo en los barcos, que seguían fondeados cerca de donde antes estuvo el famoso Cais da Pedra. La multitud creía que la salvación vendría de allí, y cientos de personas se aglomeraban junto a la orilla, señalando los esquifes que flotaban, llamando a los pilotos o a los remeros, prometiendo dinero, exigiendo ayuda.

Cuando una embarcación se acercaba a la orilla, se vivía un peligroso momento de lucha, pues cientos de personas deseaban subir a bordo. Algún que otro soldado intentaba simular un poco de orden en aquel embrollo, pero enseguida desistía, y eran la fuerza bruta de unos y la experiencia de otros las que acababan decidiendo y otorgando plaza. Otros muchos se tiraban al río, envalentonados, e intentaban nadar, pero no tardaban en darse cuenta de que no alcanzarían su objetivo y sus cabezas desaparecían después de agitar angustiosamente los brazos, implorando una salvación que nunca llegaría.

Gold, consciente de que le resultaría imposible luchar por un puesto en un barco, se quedó en mitad de la plaza. Estaba herido, con las fuerzas mermadas y, aunque había comido y bebido en el palacio, no se sentía capaz de arriesgar la vida ni de enfrentarse a toda aquella desesperación. Además, se resistía a abandonar a la esclava en aquel estado, pues seguía sufriendo alucinaciones y balbuceando sinsentidos. Sería una presa fácil para los alborotadores que deambulaban por allí, algunos ya ebrios, todos desequilibrados.

En plena noche, el viento arrastró las chispas hasta el centro de la plaza y Hugh Gold, al igual que otros cientos de personas, se vio obligado a levantarse y a alejarse, acercándose a los almacenes, donde había menos peligro. Llevó a Ester a cuestas, ya más calmada, pues había dormido más de una hora seguida. Se sentaron. Cerca de ellos había un grupo de treinta personas arrodilladas y un hombre gritaba:

—¡Es un castigo de Dios! ¡Somos Sodoma, somos Gomorra, vamos a ser destruidos por el fuego, por las plagas! ¡Rezad, rezad y arrepentíos!

Las treinta personas bajaron la cabeza y rezaron, pero Gold y Ester se quedaron sentados en la misma posición, y el inglés le preguntó a la joven:

—*Well*, ¿te sientes mejor, *better*?

—Sí...

Gold intentó sonreírle, pero le dolía el brazo y solo fue capaz de esbozar una mueca de dolor. Al fin exclamó:

—¡*Good lord*, *hell*, mierda!

La esclava, sorprendida, le preguntó:

—¿Qué pasa?

Tras pronunciar su arenga, el predicador se dirigió hacia

ellos con aire furibundo. Cuando llegó a donde estaban, señaló a Gold y vociferó:

—¡La culpa es vuestra! Estos son los culpables —gritó mirando a las demás personas que rezaban—. ¡La culpa es suya, Dios nos ha castigado por su culpa!

Hugh Gold se levantó y se encaró con él:

—*Hell*, ¿*what* dices? ¿Culpables *of what*?

El excitado orador levantó los brazos al aire:

—¡De que la tierra temblara, de que el mar se sublevara, del fuego, de todo! Sois vosotros...

Dio media vuelta y se dirigió a la audiencia:

—¡Son ellos! ¡Un hereje y una bruja! ¡Son ellos! ¡La culpa es suya!

El grupo suspendió las oraciones y avanzó hacia Gold y Ester, corroborando las acusaciones del fanático. Y este, envalentonado por sus seguidores, rugió todavía más alto:

—¡Un hereje y una bruja! ¡Por su culpa sufrimos nosotros!

Gold se situó delante de Ester para protegerla y gritó:

—¡*Hell*, estás loco, *fool*! ¡No le hagáis caso, está loco!

La gente se detuvo, dudando brevemente de su momentáneo líder espiritual. Gold insistió con mayor convencimiento:

—¡*Hell*, no os lo creáis, *he is* loco!

Pero su acento no jugaba a su favor. El predicador se percató de aquel punto débil y volvió a la carga:

—¡Mirad cómo habla! ¡Es un hereje, un protestante! ¡Ellos han corrompido la ciudad! ¡Por su culpa, Dios nos ha castigado! ¡Muerte! ¡Muerte a los herejes y a las brujas!

Sus gritos enardecieron a sus seguidores, finalmente convencidos, y Gold se preparó para luchar. Pero en ese preciso instante, a unos cien metros de donde se encontraban, se formó un considerable revuelo junto al montón de sacos y baúles. La gente se distrajo, se olvidó del inglés y concentró su atención en el nuevo alboroto. Un burro cargado con varios sacos estaba ardiendo. El pobre animal corría dando coces, intentando liberarse de la carga en llamas. Para no ser atropellados, todos los presentes tenían que apartarse y mantener al burro lejos de la pila de baúles, evitando así que las pertenencias también ardieran. El borrico pataleaba, sufriendo por las quemaduras y rebuznando de dolor. Algunas personas intentaron acercarse al animal, pero como no paraba de dar vueltas y de correr, nadie pudo atraparlo y se vieron obligadas a retroceder por miedo a recibir una coz.

Entretenido con aquella cruel pantomima, el grupo que había rodeado a Hugh Gold se marchó del lugar y el inglés aprovechó para propinarle una violenta patada al histérico acusador, que rodó por los suelos agarrándose las espinillas. Después, Ester y él cambiaron de ubicación en la plaza. Esta vez se situaron más cerca de la parte baja de la ciudad, mezclándose con una gran aglomeración de negros que los demás habitantes habían confinado en aquel lugar por temor a ser asaltados. Eran esclavos de distintos orígenes, y Ester le preguntó a Gold si podía sentarse con ellos. El inglés, que cada vez sentía más dolor en el brazo, accedió a su deseo y se dejó caer en el suelo.

La esclava fue a echar un vistazo. Gold vio cómo una anciana le cortaba la cabeza a una gallina, y a un anciano lanzando unas piedras en el suelo; sin duda estaría practicando algún ritual de magia, puede que con la intención de comprender cómo y por qué les había sobrevenido aquel mal tan grande.

Inesperadamente, Ester regresó a todo correr, muy nerviosa, y exclamó:

—¡Abraão está vivo!

El inglés entornó los ojos:

—*Well*, menos mal, *very good*... ¿*Can he* curar mis heridas?

La muchacha se agachó y pegó su rostro al del inglés:

—Aquí en la plaza no está.

Gold suspiró, desanimado:

—¿Entonces *where*?

La esclava miró el Tajo:

—¡Me han dicho que está en medio del río!

Hugh Gold, decepcionado, suspiró de nuevo.

—¿No te lo crees? —le preguntó la joven, casi indignada.

—¡Ester, *well*, tú lo has visto! *He was* en el balcón *and the* palacio ardía… *Slave, how* ha podido ir al *river*, *¿he* vuela?

Ester cerró los ojos y permaneció callada unos segundos. Y entonces habló pausadamente y con una extraña solemnidad:

—Lo que voy a decirte es un secreto. Es un secreto nuestro, de los esclavos.

El inglés arqueó las cejas y esperó.

—Abraão puede volar —proclamó Ester.

Gold se quedó paralizado, incapaz de reaccionar.

—*¿He* volar?

—¡Sí, puede volar! —dijo la esclava, muy agitada—. Habla con los espíritus y le ofrecen la posibilidad de ser uno de ellos, y entonces se transforma en el espíritu de un pájaro antiguo y vuela.

Hugh Gold, que era un cínico, fingió creerla asintiendo con un breve movimiento de su cabeza.

—¡*Well, sure*, por eso *he is* en el *river*! ¡Oh, *sure,* voló, *fly*!

Sonrió a la joven y siguió con su chanza:

—*Good lord*, ¿cómo no? ¡*Of course*, claro, *so obvious*! ¡Abraão voló, *he flies*! *Left the* balcón y bzzzz, sacudió las *wings*, bzzzz, y aterrizó en un *boat*…

Molesta por el desmesurado y jocoso escepticismo del capitán inglés, Ester lo reprendió:

—¿No te lo crees? ¡Mal hecho! Nuestra magia es mucho más antigua que la tuya. Abraão vuela, lo quieras o no.

Se levantó, ofendida por la incredulidad de Gold, y él se encogió de hombros. El bullicio general que resonaba en la plaza lo distrajo de nuevo, y el inglés vio al desgraciado burro hacer su última carrera. El animal tropezó a la entrada del palacio sin honor ni gloria, y siguió crepitando unos minutos más, ya muerto.

—¡Pobre burro! —dijo una voz junto a Gold.

El capitán miró al lado: era un hombre de unos sesenta años, de barba blanca, con unas gafas en la punta de la nariz y una maleta en la mano. Se presentó como Thomas Alison, médico. Hugh Gold ya había oído hablar de él antes entre la comunidad inglesa y le preguntó:

—¿Fue *a girl that called* usted?

El otro dijo sorprendido:

—¿Qué chica?

—Ester, *the* esclava.

El doctor se sentó al lado de Gold y le ordenó que le enseñase el brazo. Mientras lo examinaba, le aclaró:

—No conozco a ninguna Ester. No ha sido una chica quien me ha mandado venir aquí.

—*Well*, ¿quién *was*? —preguntó Gold.

Thomas Alison le quitó el vendaje, aplicó desinfectante en la herida, la suturó y volvió a ponerle la misma venda, pero hasta que no acabó de curarle el brazo a Gold no volvió a abrir la boca. Después sonrió y le dijo:

—Llevo aquí varias horas, desde media tarde. Me he ocupado de casi doscientos heridos. Me estoy quedando sin desinfectante.

Gold le devolvió la sonrisa en señal de gratitud hacia aquella alma que acababa de reforzar su fe en la bondad de la raza humana. Intrigado, le preguntó:

—*Hell*, ¿*how you* me descubrió?

El médico volvió a sonreírle con expresión bondadosa.

—De la misma manera que he descubierto a los demás heridos.

Gold arqueó las cejas a la espera de que el médico prosiguiese sus explicaciones. Thomas Alison se incorporó y dijo:

—Los dos somos viejos, nos ayudamos el uno al otro.

Sorprendido, Hugh Gold lo corrigió:

—*Good lord, I'm not* tan viejo, *no offence*.

El médico sonrió:

—No me refería a ti, sino a mi compañero. Al viejo negro.

Anda por aquí viendo quién está herido y despúes me avisa para que acuda. Se llama Abraão.

Hugh Gold se quedó boquiabierto mirando al doctor. Este se despidió:

—Buena suerte, espero que mañana pueda salir de aquí. Abraão dice que todavía quedan muchos barcos que pueden llevar gente fuera de la ciudad.

El médico lo saludó y se marchó, y Gold se quedó sentado, desconcertado, sin saber qué pensar. ¿Estaría Abraão vivo de verdad? ¿Cómo era posible? Se echó hacia atrás, agotado, y se quedó dormido en el suelo, tapado con una manta que tomó prestada. Tuvo un sueño agitado, lleno de pesadillas, y no sabía si estaba dormido o despierto. Notó el calor de un cuerpo a su lado. Era Ester, pero él siguió durmiendo. Súbitamente, la tierra tembló una vez más, una réplica muy intensa que arrancó gritos de terror en toda la plaza. Hugh Gold sintió un escalofrío y se sentó, en alerta. Ester, que seguía su lado, también se incorporó. En ese momento, el inglés sintió cierta ternura por la esclava.

—*Hey*, has vuelto —murmuró.

—Sí —dijo Ester.

Una violenta ráfaga de viento ululó en la plaza y la esclava se pegó al inglés, que le pasó el brazo por encima de los hombros para confortarla. La muchacha dijo:

—Abraão ha avisado a los esclavos de que habrá más fuego entre nosotros.

Hugh Gold la pellizcó, juguetón:

—Hum, *fire* ya hubo… Nosotros *on fire*…

La chica ignoró su malicia, sin sonreír:

—No es eso. Fuego en medio de la plaza, eso es a lo que se refería.

Gold señaló el centro del Terreiro do Paço:

—¡*Good lord*, en medio *there is* nada! Ester, *look*, solo hay *people and…*

Vio el enorme montón de sacos y baúles. Las ráfagas proyectaban cada vez más chispas y llamaradas que caían encima de los enseres. El inglés murmuró:

—¡*Fuck*, mierda… va a *burn*, arder!

Al cabo de unos segundos, aquella montaña de bártulos empezó a arder y el alboroto aumentó en la plaza. Las llamas irrumpieron y crecieron rápidamente, y nadie pudo impedir semejante golpe del destino, ni siquiera los cientos de personas que tenían allí sus pertenencias se atrevieron a salvarlas. La pila se volvió incandescente y una llamarada gigante, acompañada de un remolino de penachos de humo, emergió de la hoguera: otro impresionante monumento a la desgracia.

Casi simultáneamente se oyó un enorme estruendo procedente del Palacio Real, como si se abriese un agujero que hendiera maderas o paredes. Sin embargo, Gold no apreció daños en la fachada, y dedujo que habría pasado algo en la parte de atrás. Aun así, se mostró pesimista:

—*Good lord*, el palacio *will fall*, se va a caer.

—Nosotros también —añadió la muchacha.

Gold notó que Ester estaba decaída, y entonces la abrazó y le dijo:

—*Slave*, no *talk* así. *We are* vivos… *We will* salir de aquí.

La esclava se llevó las manos a la cara, asustada.

—Mañana por la mañana ya no habrá barcos.

Gold le sonrió:

—*Who says?* ¿Quién ha dicho *that*? ¿Abraão?

Ester le contó la novedad que había escuchado un poco antes de dormirse:

—El rey ha ordenado cerrar los puertos. Nadie podrá salir, ni por mar ni remontando el río.

Tenía sentido: las autoridades no podían permitir que la navegación se descontrolase. Además, si los piratas del norte de África se enteraban, en breve enviarían una expedición de saqueo a la ciudad.

—*Good lord*, ¡*that's why* necesito mi *money*! —exclamó Gold—. ¡*Will go* por la mañana!

Ester protestó, sin rendirse:

—Nunca he visto a un hombre tan obstinado. ¿De qué te va a servir el dinero ahora?

Hugh Gold sacó pecho y dijo, absolutamente convencido:

—¡*Hell, if not by* mar, saldremos *by* tierra! ¡*That's why* necesito *my money*!

Ester se encogió de hombros y volvió a tenderse en el suelo mientras Gold miraba la pira gigante que ardía en medio de la plaza. En el cielo empezaba a nacer un nuevo día.

30

Según me contó la hermana Margarida —lo mejor será llamarla solo Margarida, pues es evidente que ya no era ni quería ser monja—, el niño también había pasado por un mal trance. Después de encontrarse con monseñor Sampaio y de que este le confesara que no podía ayudarlo, el niño volvió al solar en el que antes se levantaba su casa, pero como no había luz, también decidió ir al Rossio a descansar. Se llevó al perro y dormitó unas horas en una pequeña casucha entre desconocidos. Cuando amaneció, tenía hambre y sed, y siguió a sus compañeros noctámbulos hasta la plaza. Por desgracia, cuando llegaron, comprobaron que la comida ya se había acabado y que quedaba poca agua.

El niño sabía que había agua en la fuente a la que había ido varias veces el primer día, pero estaba lejos y, además, en aquellos momentos tenía más hambre que sed. Tenía un agujero en el estómago, que se le contraía emitiendo ruidos extraños. El chucho también estaba hambriento, pero allí no había nada para un perro.

El niño se quedó mirando el Hospital de Todos los Santos, transformado en un cadáver carbonizado. Una vez había ido allí con su madre y recordaba los pasillos y el patio, pero el edificio acababa de sufrir una trágica metamorfosis y ahora solo era una estructura humeante y negra. Un hombre, que también lo miraba, se lamentó:

—Han muerto más de seiscientos enfermos… Ninguno ha podido salir… Durante toda la noche se han oído sus gritos. ¡Que Dios nos asista!

También se santiguó. El chiquillo le preguntó:

—¿Dónde va esa gente?

La multitud empezaba a abandonar la plaza. El hombre dijo:

—No sé. Mucha gente se ha ido a Campo de Ourique y a Campo Grande. Dicen que hay miles de tiendas por allí.

—¿Y usted se va para allá? —le preguntó el niño.

—Quizá —dijo el hombre—. Hacia ahí abajo sí que no voy, está todo ardiendo.

En dirección al río se divisaban columnas de humo, un incendio gigantesco se había interpuesto entre el Rossio y el Terreiro do Paço. Entonces, el muchacho oyó el tintineo de una campana y buscó el origen de aquel sonido. Un grupo de frailes reclutaba almas para iniciar una procesión. Reunió a unos cuantos fieles que empezaron a rezar una avemaría en voz alta, y a continuación los frailes echaron a andar seguidos por los devotos.

El niño caminó por el centro de la plaza pidiendo un trozo de pan. El perro lo seguía de cerca. Sin embargo, la gente no tenía nada que ofrecerle, y cuando ya renunciaba a pedir, la procesión pasó otra vez por su lado. Había dado la vuelta a la plaza implorando misericordia y el niño pensó que se detendría allí, donde había empezado, pero los frailes siguieron caminando y los fieles detrás de ellos, reanudando una nueva vuelta a la plaza.

Entonces el jovencito, desanimado, decidió que aunque tuviera hambre lo mejor sería regresar a casa. Echó a andar en dirección a la iglesia de la Magdalena y, cuando dejaba atrás la plaza, oyó una voz que lo llamaba.

—¡Eh, niño!

Se volvió y vio a las dos monjas, a la más joven y a la más vieja, con dos hombres a los que también reconoció: los mismos a los que el bruto español odiaba.

—Buenos días —dijo la hermana Margarida—. ¿Todavía buscas a tu hermana?

El niño asintió. La monja joven le acarició la cabeza, pero la mayor no mostró señal alguna de afecto ni le dio los buenos días. Mohamed y yo nos quedamos mirándolo. De repente, el árabe le preguntó con una risotada nerviosa:

—¿Todavía tienes comida?

El niño respondió:

—No. He venido aquí a buscarla, pero tampoco hay. Y aunque la tuviera, a estos no les daría nada…

Las dos mujeres lo miraron, asombradas, y la hermana Margarida le preguntó:

—¿Conoces a estos hombres?

Mohamed y yo no dejábamos de mirarlo, yo con una sonrisa en los labios, lo cual irritó aún más al muchacho.

—Sí, los conozco. Este —y me señaló— se llama Santamaria. El otro, el árabe, se llama Mohamed. Son dos piratas que han aprovechado el terremoto para escapar de la prisión del Limoeiro. Ayer por la mañana se negaron a ayudarme y me robaron la comida. Son bandidos, no deberíais ir con ellos.

La hermana Alice sonrió, súbitamente animada. Pero Margarida dijo, sorprendida:

—No nos han hecho ningún daño…

Se volvió hacia mí y me preguntó:

—¿Es verdad lo que dice el niño?

¿Qué podía hacer yo? ¿Cómo iba a imaginarme que sucedería algo así? Entonces repliqué:

—¿Y no cuentas que te salvamos la vida?

El niño se enfurruñó, hostil y furioso:

—¡No me salvaste la vida!

Mohamed se acercó y exclamó:

—¡Mohamed se acuerda! ¡Tú a punto de morir colgado, Perro Negro quería matarte! ¡Nosotros te salvamos!

Confundida, Margarida se volvió hacia mí:

—¿De qué está hablando? —preguntó.

Le sonreí:

—De un prisionero español, un hombre enorme y malvado que huyó de la prisión del Limoeiro y que lo atacó. Cuando nosotros lo vimos, el español lo tenía agarrado del cuello, le dio una patada al perro y estaba punto de matar al chiquillo. Nosotros llamamos al español y entonces soltó al chaval y echó a correr detrás de nosotros...

Me acerqué al niño:

—¿No te acuerdas?

El niño me encaró, sin miedo:

—¡No me quería matar! Quería lo mismo que vosotros, robar comida. Iba a dársela...

Se volvió hacia Margarida y le preguntó:

—¿Por qué crees a estos hombres? ¡Son piratas, viven de robar a la gente!

La hermana Alice intervino por primera vez:

—Porque es tonta y solo piensa en hombres... Le he dicho lo mismo, esta gentuza no es de fiar. Son criminales.

Me tocaba sonreír a mí. Mohamed también soltó una risotada.

—¿Nosotros? ¿Y vosotras qué sois? Según tengo entendido, ayer por la mañana os escapasteis de allí.

Y señalé el convento de Santo Domingo y el Palacio de la Inquisición, de donde también emergía mucho humo negro a través de las grietas abiertas por el terremoto.

—Y allí —seguí diciendo— solo van a parar los prisioneros de la Inquisición con una sentencia ya en firme. Por tanto, o mucho me equivoco, o estas dos señoras son criminales mucho más peligrosas que nosotros y están condenadas a morir en la hoguera. —Sonreí de nuevo y concluí—: No es nuestro caso, nosotros éramos presos, pero no condenados a muerte.

Miré a la hermana Margarida y después a la hermana Alice, y dije:

—Sobre ti no lo sé, pero sobre tu vieja compañera casi estoy seguro del delito del que la acusan.

La vieja se quedó callada, más furiosa que avergonzada. Mohamed soltó una nueva risotada. Los ojos de Margarida saltaban de mí a la otra monja, y al fin dijo:

—Hermana Alice, nos han prometido que nos ayudarán a salir de la ciudad. Tienen un barco. ¿Por qué tanta discordia?

El niño alertó a Margarida buscando su complicidad y me señaló:

—No te creas sus promesas. Es un mentiroso y un timador.

A Margarida, aquella afirmación la desalentó. La hermana Alice, que advirtió sus dudas, aprovechó para afirmar:

—El niño tiene razón.

Curiosamente, al chaval, el apoyo inesperado de la hermana Alice, no le pareció algo inocente y previno a Margarida:

—Tampoco deberías fiarte de ella. ¿Has tenido problemas durante la noche?

Angustiada, la joven tragó saliva. Yo me reí y bromeé:

—Ya me he dado cuenta de que aquí tú eres el único que se percata de todo. —Señalé a la monja anciana—. Esa es una vieja promiscua que solo quiere manosear mujeres; yo, un mentiroso y un pirata, y ella —señalé a Margarida— es una pobre chica tonta, indefensa en nuestras garras.

Oportuno, Mohamed añadió:

—¡Y Mohamed da por culo a los hombres!

Solté una carcajada que contagió a Margarida, que también se rio. A continuación, llené de aire los pulmones, miré al muchacho y seguí diciendo:

—Y tú, tú eres el chaval más puro del mundo, ¿no?

Se quedó cortado. Con malicia, añadí:

—¿Y quién ha degollado a tu padrastro en el sótano, acaso he sido yo?

El niño avanzó envalentonado hacia mí y me replicó:

—Solo quiero encontrar a mi hermana. Lo que tú pienses no me importa, ni me importa lo que piensen ellas. No os necesito para nada. Seguid vuestro camino, que yo seguiré el mío.

Miró una vez más a Margarida, después dio media vuelta y

echó a andar hacia su casa. Los cuatro nos quedamos mirando cómo el perro lo seguía, fiel. Recuerdo haber admirado su determinación, su persistencia, su voluntad por encontrar a su hermana, y no entendía el porqué de tamaña hostilidad hacia mí.

La hermana Alice fue la primera en romper el silencio:

—Podríamos comernos al perro...

Divertido, el árabe aprobó la idea:

—¡A Mohamed le gusta la carne de perro!

Vi la cara de repugnancia de Margarida y dije, aprovechando la oportunidad para que aumentara su consideración hacia mí:

—¡El perro no! No estamos tan desesperados.

Margarida, cuando vio que yo la comprendía, me miró y apeló a mi buen corazón:

—Podríamos ayudar al niño, está solo, buscando a su hermana.

Mohamed y la vieja monja desaprobaron la propuesta con interjecciones. Por mi parte, recordé nuestra situación:

—Nos espera un barco. O nos vamos hoy, o nos quedaremos aquí muchos días más. Los soldados nos buscan a nosotros, y los guardias de la Inquisición a vosotras.

Me acerqué a Margarida y le acaricié la cara.

— Tienes buen corazón y eso en una mujer me gusta, pero, desgraciadamente, no hay tiempo para ayudar al niño.

Margarida bajó la mirada, desilusionada, y dijo:

—Me decepcionas.

La deseé nuevamente. Entonces me fijé en que tenía unas marcas rojas en el cuello, pequeñas heridas, como surcos en la piel.

—¿Quién te ha hecho eso? —le pregunté, recorriéndole las heridas con los dedos.

Posesiva y furiosa, la vieja se interpuso inmediatamente entre Margarida y yo.

—¡Ya te he dicho que no la toques!

La joven no levantaba la vista del suelo, no pronunciaba palabra, pero sentí que una triste emoción recorría su alma. Le puse los dedos en la barbilla y le levanté la cara, miré profundamente sus ojos verdes y le dije:

—Vámonos al río. Si encontramos comida, le daremos una parte al niño. Es todo cuanto puedo hacer por él.

Mohamed añadió, chasqueando la lengua:

—Mohamed puede hacerle algo más...

Margarida se estremeció ligeramente, alarmada por el significado perverso de las palabras de mi amigo. Y yo le lancé una mirada reprobatoria.

—¡Cállate, árabe idiota!

31

Había sido una larga noche. Bernardino no había podido pegar ojo y se sentía exhausto. Odiaba dormir mal y ya era la segunda noche seguida. La agitación se había apoderado de Belém y en la corte no había quien parase. Sebastião José era el más activo y enérgico. En cuanto llegaron de la visita a la cuidad, el ministro se multiplicó en un frenesí de decisiones sin darle a nadie, ni siquiera al rey, un minuto de descanso.

Quería que algunos grupos fuesen a la ciudad a comprobar lo que pasaba en cada zona. Quería uno en la Alfama, otro en Graça, otro en Castelo, otro en Santa Catarina, otro en la catedral, otro en el Rossio, etcétera. Cualquier hombre que llegaba a la corte era reclutado de inmediato para integrar un equipo con diversos objetivos, siempre decididos por Sebastião José.

Quería enviar gente al Palacio Real para verificar si había ardido, si se había derrumbado, si el tesoro se había salvado. Quería mandar voluntarios al acueducto de las Aguas Libres para que le garantizaran que estaba operativo, como le habían dicho, y si iba a continuar así. Quería seleccionar distintos grupos para verificar el estado de los muelles y dar órdenes a los barcos; y destinar otros a la Aduana y a los almacenes para comprobar si era posible reanudar el comercio. Y también quería enviar mensajeros a las villas de los alrededores para que prepararan el avituallamiento de hortalizas para los días siguientes.

Sin embargo, las decisiones podían cambiar en cualquier momento, pues cada vez llegaba más gente del centro de Lisboa con noticias a cuál más trágica. La última decía que la ciudad ya era pasto de las llamas, que todo ardía, y entonces fue necesario reunir un contingente específico de hombres que comprobasen si los incendios se podrían combatir y cuál era su verdadera dimensión.

Lo más difícil de aquella noche fue distinguir la verdad de los rumores. Aterrorizados ante tamaña sucesión de acontecimientos, los que llegaban del centro lo hacían contagiados de una imaginación que a Bernardino le parecía delirante.

—Unos monstruos procedentes del mar han entrado en la ciudad. En las calles próximas al Rossio hay peces…

—Las iglesias se han derrumbado, y en el interior han visto al Diablo gritando y riéndose como un loco en medio de las llamas…

—Todas las casas se han caído, no queda ninguna en pie…

—Hay hordas de vándalos saqueándolo todo y ya han empezado a comerse a los muertos.

Cualquier persona que pasara por la calle y por delante del palacio era conminada a dar su versión de los hechos. Solo contaban lo que habían visto, pero la imagen que transmitían era tan extrema que tanto a Bernardino como a Sebastião José se les antojaba exagerada.

El ayudante de escribano corría de la calle, donde escuchaba las declaraciones de los habitantes, y luego a la sala, donde se encontraba el ministro del rey, rodeado de mapas y envuelto en una soledad que Bernardino juzgaba preocupante, pues aquel aislamiento le parecía una premonición de que en la corte pocos confiaban en el ministro. Preferían que se perdiera él solo, sin la compañía de terceros.

—¿El marqués de Alegrete ha llegado ya? —preguntó Sebastião José por enésima vez.

—No, todavía no —respondió Bernardino.

—¿Y alguien ha conseguido ir a la catedral y hablar con monseñor Sampaio?

—Tampoco.

Bernardino se acercó a él, sin atreverse a hablar. Carraspeó, y por fin dijo:

—Tengo más malas noticias. El embajador de España ha muerto. Se le cayó la casa encima esta mañana. Parece ser que lo ha matado el escudo de armas que pendía de la puerta del palacete...

Sebastião José frunció el ceño:

—¿De verdad?

—La noticia es fidedigna. El propio hijo del embajador, que ha pasado por aquí, me la ha contado.

—Menos mal.

Lo último que Sebastião José necesitaba era un conflicto con los españoles. Con una muerte por causas naturales se evitaría un drama de Estado, concluyó Bernardino.

—¿Y la reina está más tranquila? —preguntó el ministro.

El ayudante se lo confirmó: aunque seguía llorando, había tomado sus sales y se le habían normalizado la respiración y las pulsaciones.

—Los niños también están bien.

Sebastião José miró de nuevo los mapas desinteresándose del ayudante, a quien despachó con un gesto de la mano:

—Ve a ver si hay más noticias...

Y así se pasó la noche Bernardino, yendo y viniendo, empapándose de novedades cada vez más preocupantes.

Entretanto, fue a ver al ministro y le dijo:

—¡Por fin han conseguido hablar con monseñor Sampaio!

—¿Está vivo?

—Sí. ¡Sano y salvo, gracias a Dios!

—¡Menos mal! ¿Y qué cuenta?

—Desgracias, señor, solo desgracias.

La Alfama, Castelo y San Vicente de Fora también habían

resultado gravemente fustigados por los terremotos matinales.

—Miles de muertos y heridos, una destrucción impensable —contó Bernardino—. Monseñor Sampaio está allí rescatando gente de los escombros.

—¿La catedral ha resistido? —preguntó Sebastião José.

—Sí, con algunas grietas, pero ha resistido. Sin embargo, San Vicente de Fora se ha derrumbado como un castillo de arena. Al parecer, han muerto miles de personas dentro. Estaban en misa...

Las horas pasaban y no se veía el fin de la hecatombe.

—La gente no tiene con qué combatir el fuego, ni fuerzas para hacerlo —añadió Bernardino.

—¿El agua sigue circulando por el acueducto? —preguntó el ministro.

Sí, lo seguía haciendo, y para el día siguiente se esperaba la llegada a Belém del arquitecto Carlos Mardel, autor de la obra.

—¿Hay barcos en el Tajo?

Bernardino no sabía qué responder a esa última pregunta de Sebastião José, pero un hombre que entró inesperadamente en la sala se acercó a ellos y dijo:

—Los hay, pero están muy dañados...

Era el marqués de Alegrete, comandante de las tropas del rey y presidente de la Cámara Municipal de Lisboa. Por fin aparecía, cansado y sucio. A última hora de la mañana del terremoto, había logrado entrar en la ciudad procedente de Sacavém con un pequeño destacamento de soldados, y por la tarde pudo llegar con muchas dificultades al Terreiro do Paço. Relató los estragos y su visita al Palacio Real, que consideró prácticamente en ruinas.

—Puede que aguante uno o dos días más, pero se derrumbará.

Exhausto, se sentó en una silla, bajó la cabeza, se puso las manos en la cara y se tapó los ojos, como si quisiese evitar que los demás viesen sus lágrimas.

—Nunca he visto nada así. La ciudad, nuestra Lisboa a la que tanto queremos, ha sido literalmente diezmada... No ha quedado nada en pie. Las calles por las que hemos pasado, las casas, la gente... Es un horror, algo tenebroso —dijo sollozando—. No sé cuántos miles de personas han muerto, es una visión del infierno.

Sebastião José guardó silencio, dejando que el momento de emoción pasara un poco, y a continuación le preguntó:

—¿Hay alguna manera de cerrar los puertos?

El marqués de Alegrete asintió:

—Sí. La ciudad ha muerto. Es un enorme cadáver. No podemos dejar que los buitres, los piratas árabes, desembarquen en ella procedentes del mar. Y no hay manera de organizar el comercio, de cobrar los impuestos. Hay que pararlo todo, aunque solo sea unos días.

Sebastião José asintió con un suspiro.

—Y por aquí, ¿cómo están las cosas? ¿El rey está bien? —preguntó el presidente de la Cámara Municipal.

—Han muerto los leones del jardín, la reina se ha desmayado muchas veces, los niños lloran y los demás nobles han huido en cuanto han podido. Pero, aparte de eso, nada grave.

El marqués de Alegrete esbozó una sonrisa ante la ironía de Sebastião José.

—¿Y podemos hablar con Su Majestad?

—Sí, claro, vamos. En cuanto a los soldados, ¿qué me puede contar?

El comandante de las tropas del reino respiró profundamente y se lamentó:

—Todo malo, como el resto. Muchos han muerto, y todavía no he podido comunicarme con la mayoría de los fuertes que rodean la ciudad. Tenemos un pequeño destacamento en Sacavém, y otro aquí cerca, ahí arriba, en Ajuda. Pero hay pocos hombres para controlar todo este desastre. Los prisioneros han huido del Limoeiro, del Tronco, hasta de la prisión de los esclavos, y están asaltando las casas y a las personas.

Sebastião José examinó su mapa.

—Lo sé —dijo—. Me he cruzado con algunos esta tarde cerca de Santa Isabel. Tenemos que cercar la ciudad, y actuar desde allí hacia dentro. Hay que acabar con los criminales lo antes posible. Hay que matarlos al instante, sin dudar.

El marqués de Alegrete no estaba de acuerdo con aquella propuesta logística:

—No disponemos de hombres suficientes para preparar un cerco. Podemos avanzar desde Ajuda y desde Sacavém, pero toda la zona del norte del Rossio está fuera de nuestro alcance...

El ministro comentó exaltado:

—¡Pues es ahí donde se encuentran la mayoría de los habitantes que han huido del centro! ¡Ahí es donde vamos a necesitar más soldados!

El marqués de Alegrete se levantó. Era un hombre alto, pero no tan alto como Sebastião José, y cuando se pusieron uno al lado del otro, Bernardino comprendió que, aunque se respetaran, por la forma en que ambos tensaron el cuerpo, entre ellos reinaba una animosidad latente, como si se estuvieran preparando para un embate físico.

—Los soldados que hay en Ajuda tienen que proteger el oro de la Casa de la Moneda —dijo el marqués de Alegrete—. Allí hay un destacamento pequeño, pero no es suficiente.

Sebastião José apoyó el dedo índice en el mapa.

—Entonces hay que mover a los de Sacavém hacia la zona de Campo Grande y avanzar desde allí hacia el centro, evitando la fuga por el norte. La guarnición que hay en Necessidades puede unirse a la de Ajuda y cerrar el lado de poniente.

Entusiasmado, Sebastião José prosiguió con su idea, señalando con el dedo.

—Ya ha partido un emisario a Évora para llamar a los Dragones. En dos o tres días más de mil soldados podrán llegar a Lisboa y entrar por la parte de Sacavém para cerrar la zona este.

El comandante de las tropas comprendió que aquel plan era inteligente y estuvo de acuerdo.

—Además —prosiguió Sebastião José—, los soldados también tienen que proteger la distribución de alimentos en las calles, al norte del Rossio. No podemos dejar que el caos se instale en esa zona.

Con el dedo, describió un círculo en el mapa que empezaba en Alcântara y acababa en Sacavém.

—Hay que cercar toda la ciudad. Primero, para acabar con el crimen. Después, para evitar que la población huya. Si todo el mundo se va de Lisboa, entonces sí que será el fin…

¿El ministro quería cercar la capital? ¿Para qué? Bernardino no comprendió el propósito de aquel objetivo y no quería pensar que estaba tomando una decisión de tal magnitud solo para encontrar al pirata del Limoeiro. ¿Sería posible?

Los dos responsables decidieron ir a hablar con el rey para recibir la aprobación final del plan, y el ayudante los acompañó.

Cuando entraron en la salita real se encontraron de cara con el padre Malagrida, siempre vestido de negro, que terminaba su confesión. El viejo jesuita recogió el rosario y comentó con voz nasal, sin mirar a nadie:

—Quizá ahora ya me crean si digo que esto ha sido castigo de Dios… Dios ha transformado Lisboa en las nuevas Sodoma y Gomorra porque este es un pueblo de pecadores y promiscuos, de meretrices y fornicadores, de envidiosos y corruptos…

Al oírlo, el rey se santiguó y su cara se contrajo en una mueca de conmoción. Sebastião José no pronunció palabra, pero el marqués de Alegrete dio un paso al frente y afirmó con una ligera sonrisa en los labios:

—Puede que tenga razón, padre Malagrida, puede que tenga razón… Pero Dios tiene un raro sentido del humor, ¿no le parece? Casi todas las iglesias han sido destruidas y, sin embargo, la calle de las meretrices, por el contrario, se ha salvado. Vaya a saber por qué…

Los ojos del jesuita echaban chispas, pero contuvo la rabia y salió de la sala sin hacer ni un solo comentario. Bastó una reunión de una hora para que el rey aprobara todas las decisiones de su ministro de Asuntos Exteriores. Acabada la audiencia, el marqués de Alegrete se marchó a Sacavém para supervisar el desplazamiento de los soldados, y Sebastião José regresó con Bernardino a su sala de trabajo, donde permanecieron despiertos el resto de la noche, con el ayudante entrando y saliendo para transmitir las novedades que iban llegando.

Cuando rayaba el día, Sebastião José le preguntó:

—El rey no ha llegado a tener conocimiento de la petición del prisionero del Limoeiro, ¿no?

Bernardino le confirmó que no. El ministro miró de nuevo el mapa, pensativo, y después dijo, casi murmurando, como si estuviese hablando consigo mismo:

—Es un marinero, un pirata. Seguro que intentará hacerse a la mar. Con los puertos cerrados, le será imposible.

Se volvió hacia su ayudante con los ojos entornados y le preguntó:

—¿Qué hace un pirata cuando no puede ir al mar?

Bernardino lo ignoraba, pues no estaba versado en piratería.

—Lo mismo que hace en el mar... Roba, asalta, mata.

En cuanto hubo pronunciado aquella conclusión tan elemental, Sebastião José guardó silencio, de nuevo con la mirada puesta en el mapa de la ciudad. Después susurró entre dientes:

—Estás en algún lugar, por aquí...

32

Aquella mañana Lisboa parecía una manta de fuego y humo flotando sobre un bausero. Hacia dondequiera que mirásemos, solo veíamos edificios transformados en matorrales ardientes, remolinos negros y humeantes ascendiendo al cielo, chispas y centellas volando como luciérnagas diabólicas. Y después estaba aquel hedor tan horrible, una mezcla de carne humana, madera y tierra quemada, una pestilencia nauseabunda que se colaba por la nariz y la garganta y nos obligaba a escupir, toser y vomitar.

Donde no había incendios, había cadáveres: aparecían cuerpos reventados en cada hondonada, en cada montículo de escombros, como si nos quisiesen dar un susto, marionetas macabras de una ópera grotesca, con las manos abiertas al aire a la espera de agarrar algo que ya nunca lograrían asir, cabezas cortadas junto a macetas y zapatos viejos, torsos cuyo sexo ya no se distinguía, tal era la mutilación sufrida.

Caminábamos lentamente, esquivando las vigas puntiagudas y las piedras sueltas, intentando mantener el equilibrio por aquella alfombra de ruinas. Mohamed, las dos monjas y yo parecíamos más bien una extraña compañía de peritos inspeccionando la degradación, como si elaborásemos un minucioso inventario.

Íbamos camino de la Casa dos Bicos, donde esperábamos encontrar el barco del noble para poder embarcar, pero Margarida no paraba de acordarse de que yo le había prometido buscar comida para el niño. Y Mohamed también estaba hambriento. Mi amigo árabe hacía un alto en cuanto advertía señales de cocina, ollas y cubiertos, cubos o platos, y rastreaba el suelo unos segundos.

En un momento dado, tuvimos que rodear un grupo de casas que ardía a nuestra izquierda y nos dimos de bruces con lo que quedaba de una iglesia. Parecía un pastel que alguien hubiera lanzado al suelo, estaba completamente destruida, con las dos campanas arriba, intactas. Mohamed trepó hasta las campanas y me gritó:

—¡Son de bronce, valen dinero!

Margarida me tocó el brazo:

—¿Vais a robar las campanas de la iglesia?

La hermana Alice, unos metros por detrás, soltó una risotada:

—¡Pues claro! Son piratas, eso es lo que hacen.

La joven me puso la mano en la cara y dijo:

—Santamaria, por favor...

Le sonreí:

—Me gusta oírte decir mi nombre.

Margarida miró al árabe, que intentaba levantar una campana.

—Dile a tu amigo que se esté quieto, por favor.

Acerqué mi frente a la suya, sentí que se le aceleraba la respiración y le dije, en voz baja, para que solo me oyera ella:

—¿La Inquisición te ha condenado a muerte y te preocupas por una campana?

La hermosa joven se separó un poco, se apartó el flequillo de los ojos con la mano y respondió:

—Es diferente... Esto... —señaló a Mohamed—. ¡Esto es robar!

Solté una pequeña carcajada:

—¿Esto? Y si fuese comida para el chico, ¿ya no sería robar? ¿Es que no te das cuenta de que la ciudad está destruida, de que no hay nada de nadie? ¿Cómo piensas conseguir dinero para embarcar? ¡No tenemos con qué pagar!

Ahora le tocaba a Margarida acercar su cara a la mía.

—La campana de una iglesia no es dinero —dijo.

Me mantuve junto a ella, sintiendo su olor, que me embriagaba:

—Tienes razón, no nos servirá de nada.

Le grité a mi amigo:

—¡Mohamed, olvídate de las campanas! No vamos a poder intercambiarlas por nada. Y además, ¿quién cargará con esos armatostes de bronce? Con lo enclenque que tú eres...

Irritado, el árabe le dio una patada a la campana y bajó por el montón de escombros hasta llegar a nuestro lado. Añadí:

—Si fuese un cáliz, todavía... ¿No has visto nada más de valor?

A la joven le sorprendió mi pregunta y, mientras Mohamed me confirmaba que no, la monja anciana extrajo una conclusión evidente:

—Ya te lo había dicho yo...

Me encaré con ella:

—Lo mejor es que cierres esa boca, vieja lechuza. Hablarle mal de mí a esta joven no te servirá de nada. Mientras yo esté aquí, ella no volverá a ser tuya.

La hermana Alice me lanzó una mirada incendiaria. De repente, se agachó, cogió una piedra con la mano derecha y volvió a incorporarse a toda velocidad. Echó la mano hacia atrás con la intención de arrojarme el pedrusco. Pero yo fui más listo, llegué hasta ella en dos saltos, le agarré la mano, se la sujeté con fuerza y ella se retorció.

—¡Ya sé lo que necesitas! —le murmuré al oído—. ¿Cuántos años hace que no te monta un hombre?

—¡Suéltame, puerco! —vociferó, intentando zafarse.

Le apreté la muñeca y la obligué a soltar la piedra. Después, la forcé a mirarme y le dije:

—Si vuelves a atacarme, te cuelgo en el primer poste que encuentre. ¿Me has oído?

Sabía perfectamente que no tenía ninguna fuerza para enfrentarse a mí y se rindió:

—Sí, pero la chica...

La interrumpí:

—Esa chica guapa hará lo que ella quiera. No seremos ni tú ni yo quienes la obliguemos a hacer lo que no quiera, ¿lo entiendes? Ella decide.

Bajó la mirada, desanimada.

—Entonces ¿qué vas a hacer? ¿Sigues con nosotros o te quedas por aquí? —le pregunté.

Con la vista clavada en el suelo, murmuró:

—Voy con vosotros.

La solté e intercambié unas rápidas miradas con Mohamed. A partir de ese momento, él iría delante, seguido de la vieja monja, y Margarida y yo cerraríamos la comitiva. Así no me podría tirar una piedra por la espalda, como sin duda deseaba.

Caminamos unos trescientos metros más y un nuevo incendio en otra calle nos empujó a ir hacia la derecha. Debido a los terremotos, en aquella zona las casas de ambos lados de las calles se habían vencido hacia delante, unas encima de otras, y como la distancia original entre ellas era muy corta, los destrozos habían creado extraños pasadizos bajo las ruinas caídas. Era peligroso atravesarlos, pero lo hicimos despacio, esquivando vigas y palos afilados.

Oí un silbido que imitaba a un cuco. El árabe se detuvo. Señaló un cobertizo que había a la izquierda:

—¡Mohamed huele comida!

Se introdujo por una rendija entre las maderas. Observé a la hermana Alice: parecía resignada. Margarida ni siquiera la miraba, y me preguntó:

—¿Sabrás encontrar la casa del niño?

Le dije que sí: subiendo hacia la catedral, estaba cerca.

—¿Me prometes que iremos allí?

—Si encontramos comida.

Oí un ruido procedente del cobertizo. La cabeza de Mohamed asomó.

—Nada —comentó desanimado.

Seguimos caminando y en cada casucha que encontrábamos Mohamed buscaba comida, pero no tuvimos suerte en horas. El árabe estaba convencido de que alguien había rapiñado las viviendas antes que nosotros.

—Hay grupos que roban, Mohamed está seguro. Hay hombres que matan gente…

Había visto varios cadáveres dentro de las casas.

—¿Con la garganta cortada? —pregunté.

—Sí. Por aquí —explicó el árabe llevándose el dedo a la garganta y trazando una raya horizontal.

Retomamos la marcha. Intrigada, Margarida me miró varias veces antes de preguntarme:

—¿Qué pasa?

—Nada.

No quería preocuparla, pero insistió:

—¿Corremos peligro?

Le sonreí:

—Tiene gracia. Dos condenadas a muerte por la Inquisición, dos piratas perseguidos por los soldados, una ciudad destruida por un terremoto, fuego a nuestro alrededor, bandidos saqueando las casas, ¿y tú me preguntas si corremos peligro?

Margarida se mordió el labio:

—¿Quién está robando en las casas?

Me encogí de hombros:

—No lo sé. Deben de haberlo hecho durante la noche. Mohamed dice que la sangre ya está seca.

—¿No tenemos armas?

Negué con la cabeza. El cuchillo que tenía lo había perdido por la mañana con la ola monumental.

—Ni siquiera un cuchillo de cocina —añadí.

De nuevo, oí el silbido del cuco. El árabe apareció corriendo, agitado.

—¡Escondernos, deprisa, escondernos!

Nos metimos los cuatro por entre las ruinas de un cobertizo. Al poco, escuchamos a unos hombres, sus pasos, sus bromas. Me pareció que hablaban en español, pero no pude confirmarlo. Pasaron por delante de nosotros hacia el Terreiro do Paço. Cuando volvió el silencio, Mohamed me tocó el hombro, entusiasmado.

—¡Mira, vamos a comer!

Acababa de descubrir unos recipientes de barro llenos de patatas y unas cacerolas con carne. Margarida preguntó:

—¿Por qué no vamos a ver al niño y nos lo comemos allí?

Mohamed y la monja anciana hicieron caso omiso de su sugerencia y se abalanzaron sobre la comida. Yo también. Margarida encontró un tarro más pequeño y guardó en él patatas y carne mientras los demás la observábamos. Después, se dirigió a la puerta y le pregunté:

—¿Adónde vas?

—Voy a ver al niño.

La hermana Alice le advirtió:

—No vamos a esperar a que vuelvas… Y ten cuidado con el fuego.

Margarida titubeó.

—Sería mejor que fuéramos todos juntos —le dije—. Espera que acabemos de comer.

La vieja comentó:

—No deberíamos perder el tiempo con eso.

De acuerdo con ella, Mohamed añadió:

—El barco no espera, Santamaria.

Seguí comiendo. A la joven le molestó mi pasividad y salió del cobertizo. Escuchamos sus pasos alejarse, pero enseguida la oímos gritar. Me levanté y corrí a la calle. A cinco metros, un barbudo había agarrado a Margarida y le había robado el pote de barro. La joven intentaba recuperarlo, pero el crápula era mucho más fuerte que ella. Cogí una viga de madera, corrí hacia él y le propiné un fuerte golpe en las rodillas. Soltó a Margarida y aulló de dolor. Se volvió hacia mí y vi que llevaba un cuchillo en la mano. Levanté la viga y le di en el brazo. El cuchillo cayó al suelo y él, al perder ventaja, reculó. Le grité que se alejara y así lo hizo. Dio unos pasos atrás y desapareció.

Recogí el cuchillo y tomé del brazo a la joven con ternura. Ella se zafó de mí, furiosa. Se agachó, recuperó el tarro y metió las patatas y la carne que habían salido rodando por el suelo. Mohamed y la hermana Alice presenciaban la escena desde la entrada del cobertizo. Les dije:

—Voy con ella a dejarle la comida al niño. Vosotros id a la Casa dos Bicos y esperadnos allí.

Unos cincuenta metros más adelante oí un ruido a nuestras espaldas. Mohamed y la vieja monja nos seguían, y esperamos a que nos alcanzaran. Caminamos en silencio los cuatro por entre aquella maraña de escombros. Un poco más tarde, el terreno empezó a subir: estábamos cerca de la casa del chico.

Cuando llegamos, me di cuenta de que uno de los incendios cercanos cambiaba de dirección debido al viento y que ya estaba consumiendo unas ruinas a poco más de un centenar de metros. La hermana Alice también vio las llamas y se dibujó una cínica sonrisa en sus labios. Llamamos al niño a gritos por la boca del túnel y el perro apareció de inmediato moviendo el rabo. El niño se asomó por la grieta. Subió sin demostrar alegría al vernos. Estaba cubierto de tierra, sucio y cansado, pero no había perdido la determinación. Le pregunté:

—¿Has oído algo?

No me respondió. Margarida le ofreció el tarro:

—Te he traído comida. Carne y patatas. Si no te lo comes todo ahora, te sobrará comida para la noche.

El niño le sonrió:

—Gracias.

Cogió el tarro con ambas manos. Miró lo que había dentro y comentó:

—Somos dos.

Le dio un poco de comida al perro, que se la tragó en un santiamén. La joven le preguntó:

—¿En qué te puedo ayudar?

La hermana Alice no dejó responder al niño y afirmó:

—No te creas que te vas a quedar aquí. Tenemos que irnos... el barco está esperándonos.

Mohamed farfulló:

—El barco se va... El barco parte, Santamaria.

Margarida me miró, suplicante:

—¿No podemos ayudarlo unas horas?

El niño se sentó y le dio un poco más de carne al perro y después mordió una patata. Habló con la boca llena mientras me miraba:

—No quiero tu ayuda. No eres de fiar...

Su comentario me irritó y le repliqué:

—No me interesa lo que pienses de mí.

—Entonces, ¡fuera de mi vista! —exclamó el niño—. No me gusta el estiércol a mi lado mientras estoy comiendo.

Mohamed silbó y comentó:

—El mocoso debería tener cuidado, Santamaria mata rápido...

El niño soltó una carcajada:

—Claro. Matar niños es fácil. Los cobardes siempre consiguen matar a los más débiles.

No respondí a la provocación y me volví para observar el incendio. En una o dos horas estaría quemando los escombros de la casa del muchacho. Se lo advertí:

—Ese fuego llegará antes de que anochezca. No te quedes dentro del túnel cuando el humo se acerque, puedes morir asfixiado ahí abajo.

El niño se encogió de hombros y le guiñó un ojo a Margarida:

—No está preocupado por mí, solo lo dice para que tú lo oigas y así complacerte.

La joven miraba el incendio, asustada. La monja anciana percibió su miedo y dijo:

—Tenemos que irnos, si nos quedamos aquí nos atraparán las llamas...

Margarida se mordió los labios, miró al niño y dijo:

—No puedo quedarme. Tengo miedo... Y tú, ¿no tienes miedo?

El niño se metió otro trozo de carne en la boca, lo masticó y después de tragárselo dijo:

—Solo tengo miedo de no encontrar viva a mi hermana.

Mohamed y la hermana Alice se alejaron. Vi que a Margarida le brotaban lágrimas.

—Vamos —le dije.

Le di la espalda al niño, Margarida lo abrazó y me siguió en silencio. Me detuve de pronto y le dije:

—No soy un hombre bueno. Tengo que huir de Lisboa. Y tú también. No puedo hacer nada por el niño, ni tú tampoco.

La joven permaneció callada, negándose a mirarme. Añadí:

—Su hermana, a estas horas estará muerta. Y si no lo está, no pasará de hoy, aquello arderá completamente. No podrá salvarla.

Margarida se estremeció al escucharme mencionar el incendio y comentó en voz baja, sin mirarme:

—En esta ciudad no hay gente buena. Ni tú, ni yo, ni nadie. Excepto el niño.

33

Mientras buscaban el dinero entre las ruinas de un edificio, Hugh Gold reconoció papeles, muebles, incluso un pequeño cuadro, y le juró a Ester que aquella era su tienda, aunque ella dudaba de estar hurgando en el lugar adecuado.

—Si el cofre del dinero estuviese aquí, ya habría aparecido.

Con todo, el inglés, persistente, no renunciaba:

—*They are* aquí, *slave. My money is* aquí...

Intentaba mostrar convicción, pero hasta él mismo ya empezaba a no estar tan seguro.

—*Hell*, todo *destroyed*, es *difficult* saber, *good lord*...

La esclava se sentó, desanimada.

—¡Has dicho lo mismo dos o tres veces...! Y a mí ya me rugen las tripas...

A mediodía habían vuelto al Terreiro do Paço y habían tomado sopa, cortesía de una familia de ingleses. Después reanudaron la búsqueda.

—*Hell*, a mí también —dijo el inglés—. Pero *the money* está *here... and the* barcos *only* nos llevarán *if* pagamos...

Sorprendida, Ester lo miró como si le hubiese largado una absurda perorata:

—¿Es que quieres irte de la ciudad en barco?

Pillado en falso, el inglés no respondió.

—¡Pensaba que solo querías recuperar tu dinero para que no te lo robaran! —le dijo Ester esperando una aclaración, pero Gold no se la dio. Entonces se levantó enojada—: Ya lo entiendo, estoy perdiendo el tiempo.

Dio unos pasos y se alejó, pero Gold la llamó:

—*Hey, Ester!* ¿*Where* vas?

—Me voy. ¡No me necesitas para nada! En cuanto recuperes tu dinero, tomarás un barco y me dejarás aquí con todos esos hombres malos.

El inglés echó a correr tras ella y trató de justificarse:

—*Hell*, no, *I* no *leave you, I...* yo... —Y siguió diciendo, casi sin aliento—: *Well, I* no sé *what to do... The city* está in caos, todo *burns, on fire... I lost my* mujer, *my* casa, *my* criada, *all dead*, ¿comprendes? *And my* brazo *is* herido, *hurts...* Quizá *a boat* ser *good* idea... *We could go to* Sacavém o Vila Franca, *I don't know...* Estar *there* unos *days...*

Ester sonrió, desdeñando la idea:

—¿Y a mí para qué me necesitas allí?

El inglés se encogió de hombros:

—*Well, we together*, juntos. Yo no te *leave behind... I can* ayudarte.

La esclava guardó silencio, pensativa.

—*Please, Ester, stay!* —le suplicó Gold, y miró a su alrededor la tienda totalmente destruida—. *Need* dinero... Si no *money*, no barco... *And...* necesitamos *money* rápido, ellos *close ports...*

Ester accedió tras un intento final. Una hora más tarde, el inglés por fin gritó triunfal. Acababa de localizar el cofre, así que empezó a escarbar la tierra para quitar los escombros que lo cubrían. Después le dio la vuelta al pequeño baúl y examinó la cerradura.

—*Good lord, it's my* cofre... ¡*It's* lleno!

Se incorporó pletórico, pero de pronto Ester se puso lívida. Hugh Gold se volvió. A poco más de diez metros de ellos, un hombre enorme, con barba y melena negra, los observaba. Tenía heridas en los brazos y las piernas y la ropa que lo cubría era más bien escasa. Sus ojos irradiaban una fuerza malévola y destructiva que Gold no había visto jamás en ningún ser humano.

Y entonces aparecieron los demás hombres, ocho en total, fuertes y malcarados. Hugh Gold supo enseguida que se trataba de prisioneros huidos de las cárceles. Estaban sucios y heridos, pero iban armados con cuchillos, pistolas e incluso fusiles. El jefe, el monumental hombre de barba negra, empuñaba un fusil con bayoneta en la punta.

Gold temía que hubiesen visto el pequeño baúl, pero enseguida se apercibió de que aquellos energúmenos no se habían fijado en él, sino en Ester, y un escalofrío le recorrió el cuerpo.

Uno de los hombres gritó:

—¡Eh, Perro Negro, mira qué guapa!

El jefe de la banda señaló a la derecha, describiendo un pequeño arco con la mano, y después a la izquierda, describiendo otro pequeño arco. Lentamente, los perros de ataque abrieron un semicírculo cuyo objetivo era evidente: rodear a Gold y a la muchacha.

—Me quieren a mí —murmuró Ester—. ¡Corre!

El capitán inglés se quedó paralizado. Por más rápido que echase a correr, los bandidos serían más veloces y lo abatirían sin piedad de un tiro por la espalda. Precisamente cuando había encontrado el dinero, lo último que quería era morir.

—*Hey*, ¿*what* queréis? —gritó.

El jefe de la banda apuntó a Hugh Gold con el fusil y este exclamó, aterrorizado:

—¡No, no! ¡Aquí hay *money*! ¡Os doy *my money*!

Al oírlo, los saqueadores, sorprendidos, intercambiaron una mirada, primero entre ellos y después con el jefe. Perro Negro bajó ligeramente el cañón de la escopeta y le preguntó al inglés:

—¿Dónde está?

El capitán intentó ganar tiempo:

—*Well... in a* cofre, *close*, cerca.

Señaló a su derecha:

—Detrás, *there*, allí...

El mastodonte sonrió y se acercó a él sin dejar de apuntarle con el arma. Cuando se encontraba a dos metros de Gold, miró a la esclava y le preguntó:

—¿Es tuya?

El capitán negó con la cabeza. Ester no podía creer que el inglés la entregara de aquella manera.

—Así pues, ¿tienes dinero?

El inglés volvió a explicarle dónde estaba el dinero, pero los hombres parecían más interesados en la chica.

—Perro Negro, ¿para qué queremos esa plata? —dijo uno de ellos en portugués—. ¡No hay nada que comprar! La chica, sin embargo, sí que vale la pena, mira qué tetas tiene.

Cada vez más angustiado, el inglés se enfrentó al jefe de los malhechores y le dijo:

—*With* dinero, *get* barco, *sea*, *run* de Lisboa.

Perro Negro caviló la propuesta. Después hizo un gesto con la escopeta y ordenó al inglés:

—¡Fuera de aquí! ¡Ponte allí y no te muevas!

Gold se desplazó hacia donde le habían indicado y entonces tres bandidos lo rodearon.

—¡Si este cabrón intenta huir, matadlo! —ordenó el jefe.

Se dirigió a la esclava y exclamó entre risotadas:

—¡Una negra! ¡Qué bueno!

Le lanzó el arma a uno de sus hombres, que la atrapó al vuelo, y agarró a la chica por la cintura con un rápido movimiento. Ester empezó a forcejear, dando patadas al aire e intentando arañarle la cara y los brazos, mientras él y sus correligionarios se desternillaban de risa.

—¡Déjanos un poco a nosotros! —gritó el portugués.

La bestia tiró a la chica al suelo y se abalanzó sobre ella, sujetándola por los brazos. Ester pataleó y gritó:

—¡Gold, Gold!

Pero con tres pistolas apuntándole a la cabeza, el inglés no podía hacer nada. Entonces la esclava intentó una estrategia desesperada, destapando la mentira de Gold.

—¡Está mintiendo, el dinero no está donde dice! —gritó.

Pero al bruto ya no le interesaba lo que la chica pudiera decir, y empezó a levantarle la falda mientras le inmovilizaba las piernas, trabándolas entre las suyas. Sin previo aviso le asestó un puñetazo en la cara, y Ester, aturdida, dejó de patalear unos segundos. El hombre aprovechó para rasgarle la parte de arriba del vestido y le dejó los pechos al descubierto, arrancando un grito de unánime aprobación entre aquellos salvajes. Acto seguido, se llevó una mano al bajo vientre, con la intención de preparar su órgano sexual para la penetración. En cuanto estuvo listo, empujó hacia delante con fuerza. La joven aulló de dolor.

El inglés bajó la mirada, conmocionado, y aquel gesto le impidió ver lo que sucedió a continuación. De pronto, uno de los hombres que le apuntaba cayó hacia delante y empezó a rodar. Gold vio que tenía un machete clavado en las costillas. Aquello no tenía sentido...

A continuación se oyó una salva de gritos, y una decena de esclavos negros con telas ceñidas a la cintura y a la cabeza, armados con machetes, lanzando chillidos e imitando cantos de pájaros, irrumpió en la tienda. El encontronazo entre las dos bandas fue violento, y se enzarzaron de inmediato. Hugh Gold oyó un tiroteo y vio cómo se desataban varias reyertas a la vez. El hombre enorme soltó a Ester, empezó a disparar con su pistola y a usar el fusil como bastón con el que agredía a los esclavos; a su derecha, tres negros golpeaban a dos de sus hombres y otros tres acuchillaban con saña a un tercero, que sangraba a borbotones.

En el fragor de la batalla, Gold se percató de que nadie lo veía y puso pies en polvorosa. A su espalda podía oír los gritos de la batalla, aunque ignoraba quién estaría ganando. Se olvidó de Ester y corrió en dirección al Terreiro do Paço. Sin embargo, confundido como estaba, en un momento dado tropezó, se lastimó un tobillo y tuvo que detenerse para masajearse la zona dolorida.

A lo lejos, el griterío persistía. La lucha era a muerte. Sin duda aquellos dos grupos ya se habían enfrentado antes, quizá el día anterior, o aquella misma noche, y la animadversión entre ambos era fortísima. Probablemente eran enconados rivales disputándose los saqueos, y no permitirían que nadie los adelantase en aquella pugna por apropiarse del botín.

Gold se apoyó en una pared mientras se le pasaba el dolor. Quería esperar el final de la refriega para poder regresar a las ruinas de su tienda y recuperar el pequeño cofre en el que nadie había reparado. Esperó a que se hiciera de noche y volvió al lugar tras mucho tiempo sin oír los gritos. Con atención redoblada, paso a paso y observando lo que pasaba a su alrededor, fue avanzando acuclillado entre los escombros, esquivando los puntos más iluminados por el cielo anaranjado de los incendios.

En la oscuridad, mezclados con los cascotes, distinguió varios cuerpos. La mayoría eran negros, los esclavos, que parecían los derrotados en la batalla. Solo vio el cadáver de un blanco, el del portugués que había hablado. Contó siete muertos, algunos con la cabeza cortada, otros con el pecho destrozado por las cuchilladas o los tiros; estaban cubiertos de sangre, como si alguien hubiera derramado tinta roja sobre sus cuerpos.

Identificó el lugar en el que había encontrado el cofre la vez anterior, pero el corazón empezó a latirle desordenadamente al percatarse de que el pequeño baúl no estaba donde lo había dejado. Removió la tierra, levantó las piedras más cercanas, cada vez más furioso, pero no lo encontró. Se detuvo, respiraba ansiosamente. ¿Qué habría pasado con el cofre? Estaba seguro de que el español, el hombre enorme, no lo había encontrado. ¿Cómo había desaparecido? Pensó en Ester... ¿Se lo habría llevado la esclava? ¿Dónde estaría? No vio su cuerpo. ¿La habría raptado el hombre enorme?

Se sentó, desolado. Estaba exhausto, le dolía el brazo y tenía hambre y sed. Peor que eso, se sentía perdido. Durante aquellos dos días, su principal intención había sido recuperar el dinero. Había estado tan cerca...

Súbitamente oyó un ruido a unos metros a su derecha y se incorporó, con los sentidos alerta. Un pequeño bulto se arrastraba entre las piedras. Hugh Gold se acercó, convencido de que sería uno de los esclavos moribundos, pero reconoció a Ester. Corrió hacia ella y se arrodilló a su lado.

—Me abandonaste —murmuró Ester—. Me dejaste en sus manos, traidor.

Se sentía decepcionada por la cobardía del capitán. Hugh Gold le preguntó si estaba herida y ella respondió:

—Solo en el alma.

El inglés la abrazó y le suplicó:

—Ester, *I'm sorry*, perdóname... *They were* muchos, iban a *kill me...*

Ester sollozó, escupió y dijo:

—Un hombre valiente nunca abandona a una mujer.

El inglés esperó a que la joven se sentase y le respondió:

—Ester, *hell, don't say* eso. *These are* horas terribles... *See the* ciudad, la gente *kill each other...*

Extenuada, la esclava hizo un esfuerzo enorme para levantarse, miró en dirección al Terreiro do Paço y anunció:

—Tengo que irme con Abraão. Está allí, en la plaza.

El inglés esbozó un gesto de ternura y dijo:

—*Please, my* cofre, *money* ha desaparecido. *But it's* aquí, *they* no se lo llevaron.

Ester tragó saliva, enojada y harta de aquella búsqueda:

—Tu cofre no me interesa.

El inglés intentó hacerla entrar en razón:

—¡Ester, *we need* dinero!

La joven parecía no escucharlo y solo miraba lo que había en el suelo a su alrededor. Dio unos pasos en una dirección, después en la otra, sin dejar de mirar a los muertos. Por fin, volvió junto al inglés, rabiosa.

—Ha sido una matanza de negros. Los blancos han ganado. Y ahora se han ido a buscar a los otros.

—¿*Others*, otros? —preguntó Gold, confundido.

—A los otros negros. Aquí no estaban todos.

El inglés se rascó la nuca, turbado:

—¿*Are these* mismos negros *that atack* nosotros en el palacio, *yesterday*?

Ester asintió, y añadió:

—Sí, pero hay más.

La esclava echó a andar hacia el Terreiro do Paço. El capitán le suplicó ayuda una vez más, pero ella lo hizo entrar en razón.

—Está muy oscuro para buscar tu cofre. Volvamos mañana por la mañana. Ahora, vamos a la plaza.

Hugh Gold no tuvo más remedio que seguirla.

34

Junto a la Casa dos Bicos, frente al río, pasamos la noche observando el bullicio de los pocos barcos que allí fondeaban. Muchas personas habían elegido aquella forma de abandonar Lisboa, pero los barqueros solo transportaban a quienes les pagasen bien. Mohamed, después de mucho insistir, vino a hablar conmigo y admitió:

—No veo al noble ni al criado.

Los hombres que nos llevaron en el carruaje hasta el Rossio no habían aparecido y no había manera de saber si alguno de aquellos barcos era el suyo.

—No deben de haber llegado hasta aquí —le dije.

Mohamed examinaba los barcos. Yo sabía qué intenciones tenía y le advertí:

—Cuidado, es peligroso.

Cientos de personas desasosegadas y nerviosas se arremolinaban junto a la orilla. Robar un barco era una aventura arriesgada, incluso suicida. Muchos barqueros llevaban puñales o pistolas al cinto.

—Mohamed quiere intentarlo.

Comprendí su impetuosidad. Igual que la mañana del terremoto, nos encontrábamos de nuevo a dos pasos de la libertad. En cuanto pusiéramos el pie en un barco, nunca más nos atraparían.

—Necesitamos dinero —comenté.

El árabe preguntó:

—¿Y dónde hay? ¡Mohamed está tieso! ¡Santamaria está tieso!

Miré alrededor y sugerí:

—Busca por ahí, hay mucha gente durmiendo.

Mi amigo se fundió con la noche y yo regresé junto a las dos monjas. La hermana Alice hablaba con la joven, pero cuando me vio aparecer se calló de repente. Avergonzada, Margarida bajó la mirada.

—Solo hay barco si pagamos —les expliqué.

La hermana Alice se encogió de hombros y sentenció mirando a la chica:

—Ya te lo dije. No vale la pena creer en esta gente, nunca nos sacarán de aquí.

Refunfuñé, enfadado:

—¿Tienes una idea mejor? —le pregunté.

Se me encaró enderezando la columna, intentando parecer más alta de lo que era:

—Pues resulta que sí la tengo. Deberíamos ir caminando por la orilla del río hasta Sacavém. Allí será más fácil conseguir una barcaza y atravesar el Tajo.

Sonreí, divertido, ante el audaz conocimiento fluvial que demostraba:

—¿Y cómo lo sabes?

—Todo el mundo lo sabe, quien vive en Lisboa lo sabe. Tú no, que eres un pobre pirata perdido en la ciudad, dando vueltas sin saber adónde ir. ¡Puede que en el mar seas fuerte, pero en tierra eres un don nadie, no vales nada!

Margarida seguía con la mirada fija en el suelo. Presentí que en lo más profundo de su alma se estaba librando una lucha entre la vieja y yo, y que solo uno de los dos podría ganar la batalla. Me acerqué a la hermana Alice.

—Para que lo sepas, en Sacavém hay una compañía de soldados que se prepara para entrar en la ciudad. Si fuéramos por el río, caeríamos en su poder. ¿Eso es lo que quieres?

Justo un poco antes, Mohamed me había dado la noticia, que había obtenido de los barqueros.

Además, cuando los soldados llegasen, en cualquier momento, o puede que al día siguiente, la navegación clandestina en el río se suspendería.

—¿Están sitiando la ciudad? —preguntó la hermana Alice, asustada.

Me encogí de hombros:

—No lo sé. Lo hemos oído decir. Por eso no es buena idea ir a pie a Sacavém.

Los tres nos quedamos callados, sin levantar la vista del río. Más que huir, lo que aquella mujer deseaba era alejarme de Margarida. Cualquier argumento le servía: el fuego, los soldados, los barcos. Yo, sin embargo, quería todo lo contrario y no dejaría que se saliera con la suya.

La hermosa joven suspiró, cansada:

—Entonces ¿qué quieres hacer?

Le pregunté:

—¿Vamos a dar un paseo?

Al instante, la vieja monja, tensa como la cuerda de una guitarra, apretó los puños y me embistió como un animal salvaje:

—¡Ya te dije que te alejaras! ¡Es mía!

Di un paso al frente y me encaré con ella.

—¡Ahora ya no! ¡Ahora es mía! Y si tienes dudas, pregúntale.

La hermana Alice respiraba ansiosa, casi descontrolada, en un estado de intensa agitación. Me miraba a mí, después a Margarida, a mí de nuevo…. Hasta que, por fin, le preguntó a la joven:

—¿Es verdad? ¿Es con él con quien quieres quedarte?

Margarida volvió a bajar la mirada y susurró:

—No has sido buena conmigo.

Fuera de sí, la vieja le gritó, señalándome con el dedo índice de la mano derecha:

—¿Y él? ¿Acaso crees que él es bueno para ti? ¡Te utilizará y después te dejará tirada como si fueras un trapo viejo! ¡No puedo creerlo! ¡No puedo creer que me vayas a abandonar!

Me mantuve sereno. La mujer mayor estaba asimilando que había llegado el momento de irse, pero intentó una arremetida final. Desesperada, dijo entre sollozos:

—¿Ya te has olvidado de lo que he hecho por ti? ¡Si no hubiese sido por mí, estarías muerta! ¿Por qué me haces esto? ¿Y lo de anoche?

Bajó el tono de voz y emitió un ronroneo cariñoso, intentando enternecer a Margarida:

—¿Es que no te gustó lo que pasó entre nosotras anoche?

Margarida, nerviosa, se levantó bruscamente y abrió las manos:

—¡Olvídate de eso! ¡No pasó nada! Estábamos cansadas y...

La hermana Alice la interrumpió a voz en grito:

—¿Que no pasó nada? Pero... pero... ¿acaso ya no te acuerdas? ¡Dormimos juntas, nos acostamos!

Entonces Margarida exclamó, irritada:

—¡Basta ya! ¡Sabes perfectamente que no soy como tú y que nunca lo seré...!

La vieja balbuceó desconcertada:

—Pero, pero...

Margarida abrió las manos con las palmas vueltas hacia la hermana Alice, como si quisiese detener su acercamiento:

—¡Para! ¡Tienes que parar! ¡Tú no decides qué debo o qué no debo hacer! ¡Lo decido yo!

Conmocionada, Margarida pasó junto a mí y me sonrió. Siguió caminando unos metros hasta que se detuvo y se sentó en el suelo, recostándose en la pared de una casa. La hermana Alice se llevó las manos a la cabeza y dejó escapar un pequeño aullido de dolor. Sabía que aquella joven guapa había hecho su elección, y sufría por ello. Y Margarida le dijo:

—¡Lárgate! No te queremos más cerca de nosotros.

Ofendida, la hermana Alice perdió las fuerzas y se arrodilló sollozando. El espectáculo que ofrecía era penoso. Di media vuelta y me senté con Margarida. Juntos presenciamos su tormento, su llanto, sus convulsiones. Después, la monja anciana se incorporó bruscamente y, sin mirarnos, se esfumó en dirección a Sacavém.

Dejé que transcurrieran unos minutos, al cabo de los cuales le pregunté a Margarida dónde la había conocido. Me describió la mañana del terremoto, la fuga de la prisión de la Inquisición, el deambular de ambas por la ciudad destruida hasta nuestro encuentro. Mientras hablaba, volví a fijarme en su cuello.

—¿De qué son esas marcas? —le pregunté.

Me contó lo de su intento de ahorcamiento, interrumpido abruptamente por el temblor de tierra. Me reveló que el pavor al fuego había nacido en ella a los trece años durante un paseo con sus padres; y recordó cómo casi enloquece en su celda. Me confesó que primero intentó seducir al carcelero, y que después consiguió la cuerda por medio de un trueque con un «profeta», intercambiándola por su cadena de oro.

—¿Tienes la cadena de oro? —quise saber, acariciándole el cuello.

Al sentir mis dedos en su piel se estremeció.

—Sí, la recuperé. La llevaba puesta el carcelero muerto. No me preguntes por qué, porque no tengo respuesta. Quizá el Profeta consiguiera la cuerda ofreciéndole a él la cadena. No lo sé, no tiene sentido.

No sabía si me contaba la verdad o no, pero no insistí. Lo cierto es que entonces eso no me preocupaba, me daba igual si Margarida era virgen o no. Solo más tarde, cuando supe que me había enamorado ella, fue cuando los celos me hicieron revisitar sus palabras de manera irracional.

Margarida se recostó en mí, apoyó la cabeza en mi hombro y la abracé. Le besé la frente con cariño y le susurré al oído si quería que buscásemos un sitio más recogido. Nos levantamos, y en la parte de atrás de la Casa dos Bicos encontramos una vivienda. Tras una rápida inspección comprobamos que, a pesar de los fuertes daños sufridos, en la planta baja las habitaciones conservaban el techo. Descubrimos una cama con colchón, la sacudimos para limpiarla de yeso y tierra y nos tendimos entre risas.

Durante las horas siguientes fui feliz. Margarida tenía muchas ganas de vivir emociones profundas con un hombre. Hacía tanto tiempo que fantaseaba con ellas que necesitaba, por fin, experimentarlas, y se entregó a mí con dedicación y empeño. Sentí el calor de su piel, su amor más profundo, y poseí a aquella guapa joven con una alegría eufórica; al oír sus gemidos de excitación, una alegría interior se apoderó de todo mi ser. Ella se sintió mujer y yo me sentí hombre como hacía mucho tiempo que no me ocurría. Me sentí completo, como si su cuerpo fuese la parte que le faltaba al mío, como si hubiésemos nacido para fundirnos el uno con el otro.

Que los hombres son animales en el sexo era algo que yo ya sabía, pero ella me reveló que una mujer, cuando se entrega, también puede transformarse en un animal salvaje, capaz de permitir que una fuerza pura y primaria se apodere de ella. Me había acostado con muchas mujeres, casi siempre con prostitutas que practicaban el sexo de forma mecánica, con una teatralidad voluntariosa pero postiza, llena de «ays» y de «huys» y de «¡fóllame!»; sus cuerpos actuaban, pero carecían de alma. Aquellas mujeres parecían ausentes, al contrario que Margarida en el presente y que Mariana en el pasado. Incluso sin querer, las comparé. Era como si, muchos años después, en la misma ciudad, continuase lo que dejé interrumpido. Amé a Mariana intensamente, y después mi vida se convirtió en un desierto de emociones donde el placer del sexo no era más que una descarga necesaria, pobre e insuficiente, separada del alma y del corazón. Sin embargo, al amar a Margarida, la emoción de la vida renació en mí, un sentimiento que creía perdido para siempre. Muchos años después de Mariana, una mujer me traía de vuelta al mundo de los vivos, de los que saben que el amor es lo opuesto a la muerte. Era como si su cuerpo, su corazón, su mente, todo se uniese con un solo propósito, el de vibrar con aquellas horas de placer sensual, con la locura de los sentidos, de los olores, de los gemidos. Y eso fue lo que me aportó, la novedad, algo valioso, bonito y aterrador al mismo tiempo. Los hombres siempre temen la fuerza de un amor así, y yo no era la excepción.

Ya bien entrada la noche, le pregunté:

—¿Por qué te condenaron a morir en la hoguera?

Me contó que cuando sus padres murieron en un accidente tenía dieciséis años, y que la internaron en un convento. Al principio se sintió bien: las monjas eran simpáticas y le hacían compañía. Sin familia, se sentía muy sola y ellas suplían su falta de afecto, a pesar de que las normas cotidianas del lugar le exigiesen una difícil adaptación. Al poco de cumplir los dieciocho la autorizaron a «asomarse a las rejas del convento». Entonces despertó a un mundo nuevo, más vasto, y empezó a tener ganas de salir de allí, de conocer hombres y coquetear con ellos, de vivir otra vida y no la de una monja. Todas las noches, al acostarse, en vez de rezar las oraciones soñaba con príncipes encantados, con una casa propia, con una familia, con niños jugando en la puerta de la calle.

Entre los dieciocho y los veinte años se distrajo en las «rejas» intercambiando notas, sonrisas, prendas o dulces, haciendo lo que todas las chicas del convento hacían, jugando a dar muestras de amor y cariño a los visitantes que las cortejaban. Pero cada vez su curiosidad era mayor. Se hizo muy popular entre los hombres, sus formas femeninas bien dibujadas y su melena rubia eran motivo de comentarios y elogios.

Sin embargo, fue notando progresivamente que las demás monjas, las novicias e incluso las mayores, le tenían envida y codiciaban su cuerpo, más redondo y atractivo.

Para más inri, empezó a oponerse a la autoridad religiosa y se negó a acatar órdenes, pues las prohibiciones la irritaban. Al tiempo que sentía despertar los deseos propios de una mujer, nacía en su alma una rebeldía valiente, alegre, caprichosa y subversiva. Fiel a su naturaleza juguetona, decidió luchar contra aquella incómoda tiranía represiva con ardides juveniles que creía inofensivos e incluso ineficaces. Por la noche, asustaba a las monjas mayores con chillidos o rugidos que resonaban por las sombrías paredes del convento, produciendo ecos inesperados que aterrorizaban a las más sensibles. No contenta con eso, inventó nuevas diabluras: encendía velas en la puerta de las celdas insinuando al día siguiente que habían sido los duendes. Una vez incluso llegó a poner unas patas de pollo en la cama de una monja anciana, que se llevó un susto de muerte. En otra ocasión pintó las puertas de los cuartos de varias hermanas con la sangre de un conejo que robó de la cocina. Y, finalmente, una noche cortó la cabeza de un gallo y la puso en la almohada de una monja, que se desmayó aterrorizada.

Mientras se entretenía con aquellas tontas pantomimas, creció en ella la absoluta convicción de que aquel no era su destino. Pidió una audiencia con la madre superiora y le manifestó su voluntad de abandonar el convento. A la abadesa no le hizo ninguna gracia escuchar que no le interesaba servir a Dios y la animó a rezar, convencida de que el tiempo se encargaría de revelarle el camino justo. Las discrepancias entre ambas nunca llegaron a resolverse, sino que, por el contrario, se agravaron.

Un día, la hermana Margarida se sintió muy atraída por un hombre mayor que ella con quien galanteaba en las «rejas», y que la visitaba dos veces por semana. Estaba muy emocionada, quería conocerlo mejor, sentirse mujer con él, pero en el convento de Alcântara aquello no era posible. Margarida sabía que otras monjas dejaban entrar a sus pretendientes por la ventana, y que los ocultaban rápidamente en sus celdas para retozar con ellos. Sin embargo, la única vez que ella lo intentó la descubrieron.

Aquel episodio, banal y vulgar, provocó un escándalo desmesurado en el convento y los castigos no se hicieron esperar.

A partir de entonces la animadversión general que ya existía contra Margarida, aunque larvaria y contenida, se convirtió en causa legítima y explotó. Las monjas pusieron el punto de mira en ella, exagerando sus errores o atribuyéndole fallos que no había cometido, y le prohibieron frecuentar las «rejas». Nunca más volvió a ver o a hablar con su amante, y unos días más tarde, al final de una misa, la madre superiora la acusó con gran ostentación de estar poseída por el demonio.

Sin dar crédito a lo que estaba oyendo, Margarida fue informada de que sería llevada al Santo Oficio para ser juzgada, pues había cometido graves pecados y había demostrado tener una predisposición peligrosa para las artes de Satanás. La metieron en una celda, primero en Alcântara, y unas semanas después fue procesada en el tribunal de la Inquisición. Para su sorpresa, muchas de las compañeras del convento atestiguaron en su contra, acusándola de mantener gravísimas y secretas relaciones con el Diablo. Sus tropelías, los gritos y los aullidos, las patas de pollo, la sangre de conejo o la cabeza de gallo fueron descritos como actos de magia negra, lo cual probaba que tenía alma de bruja.

—Por eso me condenaron a muerte y me encerraron en el Palacio de la Inquisición —concluyó—. Me torturaron y lo confesé todo con la esperanza de salvarme, pero no lo conseguí.

Había oído historias parecidas, pues las absurdidades de la Inquisición portuguesa recorrían el mundo. Le sonreí:

—Eso no fue lo que te condenó. Lo que te condenó fue tu cuerpo, tu cara bonita, tus ojos.

Frunció el ceño, sin comprender.

—¡Envidia! —proseguí—. Las monjas de los conventos son terriblemente envidiosas. Tú eras vida, belleza, los hombres te cortejaban y ellas odian eso.

Margarida pestañeó, halagada, y añadió:

—A las mujeres nunca les he gustado... Excepto a la hermana Alice, pero esa es una pervertida.

Le sonreí otra vez:

—Puede que la madre superiora también estuviese enamorada del hombre que tú amabas y que sintiera celos. Historias así son muy comunes. El rey don Juan V tenía varias amantes entre las monjas de Odivelas. Una de ellas era la madre superiora.

La joven suspiró:

—Pero ¿morir quemada por eso?

Le rocé levemente la cara con los dedos:

—Has tenido suerte. Si no llega a ser por el terremoto…

Ella añadió:

—Y por mi confesor.

Me contó que él la animó después del terremoto y que le infundió la fuerza necesaria para atreverse a emprender la fuga en una ciudad destruida. Me sonrió y me preguntó:

—Y tú, ¿por qué estabas preso?

Le conté mi epopeya reciente: la captura a manos de los franceses, los días en la prisión del Limoeiro, la mañana del terremoto, la pelea casi mortal con Perro Negro. Llena de curiosidad, quiso conocer mi biografía anterior.

—¿Y cómo te hiciste pirata?

Le conté mi historia sin entrar en demasiados detalles: hace muchos años, los portugueses me abandonaron y me capturaron los árabes. Tras dos años de cautiverio, me reclutaron en su flota y así me convertí en pirata. Con ellos y como ellos.

—Estuve muchos años sin venir a Portugal —añadí.

—¿Aquí no tienes familia?

Negué con la cabeza.

—¿Ni esposa?

Volví a negar.

—¿Nunca te has casado?

Sonreí:

—Los piratas no se casan.

Ella también sonrió y añadió:

—¿Y nunca se enamoran?

Solté una pequeña carcajada.

—Sí, a veces. Sobre todo cuando se apoderan de barcos donde viajan mujeres guapas como tú...

Ella también soltó una breve carcajada:

—Yo no viajo en barco.

—Es verdad, pero eres muy guapa.

La abracé con ternura, la besé en la boca, largamente. Entrelazamos las piernas, la piel de uno excitó la piel del otro, el deseo volvió. Le besé el pecho, jugueteé con sus senos y gimoteó, ansiosa. Nos amamos, insaciables, intercambiando la posición de nuestros cuerpos, pues queríamos experimentar múltiples sensaciones. Incluso en aquella noche fría sudamos y acabamos exhaustos cuando ya rayaba el día. Dormimos uno junto al otro, desnudos y enroscados, un sueño tranquilo de muchas horas. Durante todo ese tiempo nos olvidamos por completo de lo que pasaba a alrededor, del horror y de la perdición que consumían Lisboa.

Ya era media mañana cuando me desperté y vi a Mohamed observándome desde la puerta. No miraba el cuerpo de la mujer sino el mío, pero no me incomodó. Estaba acostumbrado a las inclinaciones del árabe y le sonreí:

—¿Qué, traes novedades?

Mohamed desvió la mirada de mi cuerpo desnudo y la fijó en el de Margarida. Incluso para alguien a quien no le gusten las mujeres, el suyo era impresionante. Parecía una escultura con bonitas piernas y muslos perfectos, nalgas redondas y empinadas, senos voluminosos, cabello ondulado y dorado cayendo sobre sus hombros.

—Es guapa, ¿verdad? —le pregunté en voz baja.

—Sí, es muy bella —afirmó el árabe; lanzó un suspiró y me preguntó—: ¿Santamaria se ha enamorado?

Sonreí y cambié de tema preguntándole a mi vez si tenía novedades.

—Hay barcos en el Terreiro do Paço. Aquí no.

Reparé en que llevaba colgando una pequeña bolsa del cinturón. El árabe se la había robado a alguien.

—¿Cuánto dinero has conseguido?

Mohamed se desató la bolsa de la cintura y me la lanzó. Me cayó en el pecho y la abrí. No había mucho dinero.

—No nos basta para llegar a Brasil —comenté.

Margarida se movió. Se despertó y se avergonzó por estar desnuda ante Mohamed. Buscó la ropa y se tapó.

—¿Qué pasa? —preguntó.

Le sonreí y le dije:

—Buenos días.

Me devolvió la sonrisa, pero miró al árabe llena de curiosidad.

—¿Tenemos barco?

Mohamed le explicó lo que me había dicho a mí. Entonces decidimos dirigirnos al Terreiro do Paço, pero antes rebuscamos por la casa algo de comer. Encontramos pan y chorizos. Comimos y nos guardamos los chorizos que sobraron en los bolsillos. Al menos tendríamos comida para aquel día.

Partimos, y cuando llegamos, el Palacio Real ardía con fuerza al otro lado de la plaza. En la parte baja, en dirección al Rossio, había muchos incendios activos. Una multitud se aglomeraba junto al río con la vana esperanza de tomar cualquier barco. Nos quedamos por la zona, malaventurados, y media hora más tarde oímos gritar a alguien.

—¡Hermana Margarida!

Era el niño, que corría entusiasmado hacia nosotros a voz en grito:

—¡He oído a mi hermana! ¡Está viva!

35

Assunção está viva!

Cuando recuperó la calma, el niño nos contó que la había buscado durante toda la noche, incluso cuando el humo de los incendios invadió el sótano. Resistió hasta la madrugada sin parar de toser, mientras el perro ladraba preocupado, pero al fin se rindió. Se alejó un poco de la zona para descansar y respirar un aire menos cargado. Nada más amanecer volvió a bajar al sótano para proseguir con la labor de retirada de escombros y entonces la oyó.

—¡Me llamó, llamó a mi madre!

Presa de una gran excitación, le habló a su hermana con palabras tranquilizadoras y le prometió salvarla. Con todo, las fuerzas de la chiquilla se desvanecían y el niño ya no volvió a oír más que su tos. Alarmado, volvió a cavar con todas sus fuerzas, sacando piedras y maderas, mientras el perro, pegado a sus talones, gemía como si fuera un ser humano afligido.

La contienda era intensa pero desigual. La excavación era lenta y el fuego avanzaba veloz, ya lamía las casas vecinas y las llamas aumentaban el calor hasta lo insoportable. El humo se arremolinaba con tanta furia que resultaba imposible permanecer en el sótano. Asustado, el perro salió del túnel y ladró llamando al niño. Impotente y frustrado, el muchacho abandonó el sótano una vez más sin dejar de llorar, y vio que no podría subir hasta la catedral, pues el frente del fuego venía de allí. Entonces bajó corriendo al Terreiro do Paço, y ya llevaba un rato rondando por allí en busca de ayuda.

Margarida apartó la mirada sin pronunciar palabra. En cuanto oyó decir que el fuego rodeaba la casa, su miedo irracional la paralizó.

—¡Por favor, ayúdame! —le pidió el niño.

Torturada por sus fantasmas de juventud, Margarida rompió a llorar y vi cómo las lágrimas brotaban de sus bonitos ojos. Me planté delante del niño y le dije:

—No puedes pedirle eso.

—¿Qué? —gritó incrédulo.

—El fuego le da pavor, no puedes pedirle que vaya a tu casa.

El niño se quedó perplejo, como si aquella idea fuera absurda:

—Pero he oído a mi hermana. ¡Está viva!

Se acercó más a Margarida, le tocó el brazo y le preguntó:

—¿No me vas a ayudar?

Como último recurso, se arrodilló a su lado, cual penitente, y le imploró:

—¡Por favor, ayúdame a salvarla!

Angustiada, la joven se llevó las manos a la cara, se tapó los ojos y murmuró, avergonzada por su cobardía:

—¡No puedo, no puedo!

El niño se estremeció, desilusionado por aquella negativa. Desolado, negó obstinadamente con la cabeza y se levantó. Me miró enojado y dijo:

—A ti no vale la pena ni que te lo pida.

Nos dio la espalda y echó a correr sin mirar atrás.

Días más tarde pude saber lo que pasó después de aquel encuentro en el Terreiro do Paço. El niño atravesó corriendo la zona de la Aduana y de los almacenes para llegar a su casa y fue testigo de una matanza encarnizada. Junto a las tiendas inglesas, un grupo de bandidos liderados por un hombre enorme y barbudo, que el niño reconoció rápidamente, estaba practicando un siniestro ejercicio.

En un escenario propio de una guerra, se acababa de librar una batalla a muerte entre dos bandos, el mismo combate que Ester y Hugh Gold presenciaron. Los ganadores de la refriega regresaron más tarde y profanaron los cadáveres con los cuchillos y machetes que habían utilizado para degollar a los negros, clavando sus cabezas en unas estacas que plantaron en el suelo.

Al pasar, el niño contó ocho cabezas. Los ejecutores de aquella siniestra acción actuaron como verdugos alucinados, ángeles vengadores en una arena sangrienta, garantizando así que sus tristes almas nunca alcanzaran la salvación, desmembrando, destripando y mutilando sus cuerpos hasta los límites del horror, para que los vivos comprendiesen que aquel grupo de asesinos era capaz de todo.

El niño escapó de allí y pudo llegar a su casa a pesar de que las llamas lo rodeaban casi todo. Vio al perro, que había permanecido, obediente, en los alrededores. Por primera vez el animal no lo siguió, ni siquiera atravesó el círculo de fuego, tenía miedo. Con todo, el niño se animó al comprobar que su casa no ardía como las otras circundantes. Así pues, pensó que su hermana quizá podría resistir una prueba tan extrema como aquella. Pero tendría que hacerlo sola, pues con tanto humo y calor él no podría bajar al túnel.

En cuanto a nosotros, seguimos caminando por el Terreiro do Paço. Margarida estaba muy pálida y triste. Haberse negado a ayudar al niño la tenía mortificada. Había dejado que el miedo ganase la batalla contra su buen corazón y estaba desconsolada.

—No puedes hacer nada —le dije.

Me miró y sentí que también se sentía desilusionada conmigo.

—Pero tú sí que podrías… Santamaria, si no hay barcos en las próximas horas, ¿por qué no vas a ayudarlo?

Mohamed le dio una patada a una piedra. El árabe estaba

a punto de perder la paciencia. Yo lo comprendía. Nada me ataba al niño, no tenía ninguna obligación con él.

—Dame una buena razón para que lo haga —le dije a Margarida.

Se me quedó mirando y tragó saliva. Proseguí:

—¿Por qué tengo que poner en riesgo mi vida por ese niño o por su hermana? La ciudad está ardiendo, Margarida, ¿no te das cuenta? Mira a tu alrededor: ¡Lisboa es un incendio gigante, solo se ven humo y llamas! ¿Por qué he de morir abrasado por intentar salvar a alguien? ¡Ni siquiera soy portugués! ¡Portugal me abandonó! ¡Don Juan V dejó que me pudriera en una prisión árabe! ¡Se negó a pagar el rescate, el mío y el de mi barco! Por mí, ¡que todo esto arda!

Señalé el Palacio Real alzando el dedo índice, la rabia que llevaba años sepultada en mi corazón resucitaba y se apoderaba de mí:

—¡Estas riquezas solo existen porque hay hombres como yo era, como lo fui un día! ¡Hombres que arriesgan su vida por los reyes, trayéndoles oro y las riquezas de Brasil! ¿Y cuando nos capturan los árabes qué hacen? ¡Nos abandonan a nuestra suerte!

La miré de nuevo, la ira ardía en mi pecho con la misma fuerza que las llamaradas en el palacio.

—Lisboa no me importa nada. Por mí, ¡que se queme entera! ¡Solo quiero irme de aquí, huir, olvidarme de esta tierra! ¡Y tú deberías pensar lo mismo!

Maldije, jadeante, y apreté los dientes:

—¿Qué le debes a esta tierra, a este reino? ¡Las monjas te tendieron una trampa, fuiste condenada a morir en la hoguera! ¿Qué te importa lo que pase aquí? ¡Tenemos que huir deprisa! ¿Por qué vamos a perder el tiempo ayudando a ese chiquillo o a otro cualquiera? ¿Qué ganamos con ello?

La cara de Margarida se contrajo, las lágrimas le resbalaban por la cara abriendo pequeños surcos claros en el polvo que le cubría la cara.

—¡Oh! Santamaria... ¿que qué ganamos? Nuestra salvación.

Descreído, negué con la cabeza.

—¿Nuestra salvación? —repetí—. ¡Nuestra salvación es esto! ¡El terremoto ha sido nuestra salvación, los incendios son nuestra salvación! Mientras el desastre continúe, seremos libres. Cuando acabe, nos capturarán, ¿no te das cuenta?

La joven se quedó callada, llorando. Mohamed me miró y, para mi sorpresa, se llevó el dedo al cuello gesticulando un tajo mortal. «Si por mí fuera, mataría a la chica», ese era su mensaje. Fruncí el ceño, desconcertado por su sugerencia.

Margarida murmuró:

—La hermana Alice tenía razón. Solo piensas en ti... Solo haces lo que tú quieres.

Como un animal herido por una flecha, me volví de nuevo hacia ella y me enfrenté a su mirada. Ella me preguntó:

—¿Me quieres?

Cerré los ojos y no respondí. Margarida añadió:

—Si me quisieras, harías lo que te pido.

Volví a abrir los ojos, respiré hondo y le dije:

—Si quieres salir de esta ciudad, te llevaré conmigo. Si quieres ayudar al niño, tendrás que ir sola.

Margarida rompió a llorar. El árabe silbó y me llamó. Di unos pasos hasta él. Me dijo entre susurros:

—Santamaria, la mujer es peligrosa, esa mujer te va a perder.

Apreté de nuevo los dientes, por primera vez desilusionado, y le dije:

—Vamos a salir de esta ciudad los tres. No se te ocurra hacerle daño, ¿me has oído?

Puso los ojos en blanco, cínico, y se alejó mezclándose con la multitud que permanecía en el Terreiro do Paço. Al cabo de unas horas lo vi regresar, agitadísimo.

—¡Santamaria, ven a ver!

Señalaba el Palacio Real, y al principio no pude distinguir

nada nuevo. El edificio seguía ardiendo, las altas llamaradas consumían sus diferentes fachadas y deduje que el torreón estaría abrasado. Después divisé un pequeño grupo de personas junto al río. Tres soldados acompañaban a un hombre vestido con una casaca azul que lo hacía parecer ridículo y fuera de lugar en una plaza en la que todo el mundo vestía con andrajos. Debía de ser un emisario del rey.

—¿Quiénes son?

—Mohamed no lo sabe, pero acaban de llegar.

Seguí observándolos. Margarida estaba sentada en el suelo, encogida sobre sí misma, con la cabeza apoyada en las rodillas. El grupo se desplazó hasta el centro de la plaza escrutando a la gente.

—Nunca nos reconocerán con esta ropa —comenté.

El árabe estaba nervioso. Tenía un sexto sentido para las situaciones peligrosas que en el pasado nos había resultado muy útil en numerosas ocasiones. Era extremadamente improbable que aquellos soldados fuesen los mismos que nos persiguieron el primer día cuando nos cruzamos con Sebastião José.

Sin embargo, a medida que se acercaban, también empecé a ponerme nervioso. Seguíamos sin armas y allí, en mitad de la plaza, si los soldados nos reconocían, sería difícil escapar. Crucé una fugaz mirada con el hombre de la casaca azul. Aquella cara me sonaba, no recordaba de qué, pero conocía a ese hombre. En algún momento de mi pasado en Lisboa conviví con aquel individuo. Y él también me conocía a mí, pues se paró en seco, llamó a un soldado y señaló en mi dirección.

Unos días más tarde me enteré de que aquel hombre era Bernardino. En ese momento, incluso sin identificarlo, tomé la decisión de salir de allí pitando. Levanté a Margarida tirándole del brazo. Protestó, confundida, pero le expliqué que teníamos que escapar de los soldados. Mohamed, más veloz que yo, ya se había esfumado.

Estiré la cabeza para ver mejor y me di cuenta de que, extrañamente, los soldados no nos perseguían. Seguían observándonos sin moverse de donde se encontraban. Quizá el hombre no tuviese autoridad suficiente sobre ellos o, como solo eran tres, puede que no se sintiesen seguros si atravesaban una plaza persiguiendo a tres personas, una actitud que podría provocar una revuelta y la consiguiente incomprensión ante tanto sufrimiento.

Corrimos hacia los escombros de los edificios de la Aduana y los almacenes, y los perdí de vista. De repente, Mohamed reapareció junto a nosotros con un cuchillo en la mano.

—¿Dónde has conseguido el cuchillo?

El árabe no respondió y seguimos caminando. Al otro lado, nos topamos con una zona de edificios más bajos, todos derruidos.

—Santamaria, ¿dónde vamos? —preguntó el árabe.

—No lo sé.

Me sentía atrapado. No podía salir de la ciudad por el río, y los incendios nos impedían dirigirnos a Alcântara, al Bairro Alto o al Rossio. Y de Sacavém venía un regimiento. Hice un alto y Margarida también se detuvo a mi lado, esperando una sugerencia. El árabe se separó unos metros para examinar el terreno. Silbó. Me acerqué y dijo:

—Voy a ver…

Trepé a una pequeña elevación de cascotes. Cuando llegué a la cima, un extraño espectáculo apareció ante mis ojos. Había un montón de estacas clavadas en el suelo y, en lo alto, cabezas cortadas de negros. Se había librado una batalla y los derrotados habían sido despedazados. En el suelo se distinguían trozos de cuerpos descuartizados, desmembrados.

Margarida también intentaba subir, pero le grité:

—¡No! ¡Baja!

Me obedeció y descendí junto a ella:

—No quiero que lo veas. Hay muchos muertos.

Mohamed comentó:

—No han sido los soldados, los soldados no matan así.

Por momentos, se me pasó por la mente una idea, pero me

pareció demasiado improbable para ser verdad. La matanza era obra de hombres malos, quizá de prisioneros fugitivos. Y no debían de estar muy lejos, pues de algunos cuerpos todavía brotaba sangre.

—Tenemos que irnos de aquí —le dije al árabe.

—¿Adónde?

—Vamos a la vivienda en la que hemos dormido junto a la Casa dos Bicos —sugerí—. Pasaremos allí la tarde y por la noche partiremos a Sacavém.

A Margarida le extrañó:

—¿Y los soldados?

—Nos esconderemos. Si pasan por nuestro lado sin vernos, lograremos seguir adelante… Tenemos que conseguirlo.

De repente nos pusimos en guardia, pues oímos ruido muy cerca. Trepé a otro montículo de escombros y vi a un hombre y a una mujer. Él tenía el pelo claro y ella era negra. Eran Hugh Gold y la esclava.

36

Durante la segunda noche, el horrible eco de la catástrofe siguió llegando permanentemente a Belém. El Hospital de Todos los Santos había sido aniquilado por el fuego cinco años después de que le hubiera ocurrido lo mismo. Más tarde se supo que todos los hospitales lisboetas se habían derrumbado también, carbonizados. Despojada de todo uso sanitario, la ciudad quedaba amputada de auxilio médico.

Las prisiones del Limoeiro, del Tronco e incluso la de los esclavos, en los límites oficiales de la ciudad, habían sucumbido causando la muerte a cientos de prisioneros, pero liberando a muchos otros que ahora saqueaban agrupados en bandos. Circulaba el rumor de un enfrentamiento sangriento entre grupos de prisioneros y de esclavos. Estos últimos aprovechaban su inesperada libertad para vengarse robando a los antiguos señores.

Las noticias sobre las iglesias no podían ser peores. En treinta de las cuarenta parroquias de Lisboa, los edificios religiosos se habían derrumbado heridos de muerte, y los que resistían en pie eran víctimas fáciles de los robos.

Quien venía de la zona de Castelo coincidía con quien venía del Bairro Alto: no había edificio que hubiese resistido entre el Rossio y el Terreiro do Paço. San Nicolás, la segunda parroquia con más habitantes, era una ruina llameante, igual que la vecina Nuestra Señora de la Concepción, donde se decía que ninguna de las dos mil quinientas casas había salido ilesa. Al norte, junto al Rossio, la parroquia de Santa Justa se había transformado en una trágica sombra de lo que fue, arrasada hasta los cimientos.

Antes de correr hasta Belém, un individuo había pasado por Mártires y relataba que no solo la iglesia del mismo nombre y el convento de San Francisco se habían venido abajo, sino que también podía apreciarse la destrucción de varios palacios —el de la familia Bragança, el de la familia Corte Real, el del conde de Atouguia, el del marqués de Távora, el del conde de Vimeiro, el del conde de la Ribeira Grande, el del vizconde de Barbacena, todos derruidos por las arremetidas de los temblores.

Una mujer, procedente del Bairro Alto, describió la fantasmagórica visión del convento de los Carmelitas, donde cientos de monjes murieron sepultados. Por allí cerca se anunciaban más tragedias, pues se decía que en el convento de la Santísima Trinidad no había habido supervivientes.

Y las diversas historias proseguían imparables, como si el terremoto no se acabara nunca. De vez en cuando, Bernardino observaba la cara de Sebastião José y se convencía de que no era de este mundo, pues no manifestaba la más mínima señal de emoción. Mientras unos se entristecían o lloraban y el rey sollozaba conmovido, Sebastião José permanecía serio, frunciendo el ceño de vez en cuando al escuchar una tenebrosa novedad más, pero enseguida se concentraba en el mapa, pensativo.

El torrente de informaciones no cesaba; al contrario, cada vez se propagaba con mayor intensidad. La parroquia de Sacramento, altiva y bellísima, había sido salvajemente destruida por los temblores de tierra y el fuego. La iglesia de San Roque, fabulosa morada de la capilla de San Juan Bautista, en cuya construcción el rey don Juan V dilapidó una fortuna, estaba reducida a polvo y cenizas. La iglesia de Loreto, otra más, derrumbada. La plaza Largo de São Roque y la rua do Carmo no eran más que dos recuerdos en la cabeza de todos, pues ya no existían. Y más palacios se sumaban a la lista de los edificios aniquilados: el del duque de Lafões, el del marqués de Nisa, el de los condes de Oeiras y Cocolim. Era como si aquella maravillosa parte de Lisboa, la más rica, se hubiese ofrecido como tributo a las implacables leyes de la naturaleza.

La fuerza de los temblores y de las réplicas, que no habían parado de sacudir la ciudad desde hacía más de dos días, había dejado a Lisboa devastada. La iglesia de San Pablo también se había caído, así como la de Santa Catalina, de la que se decía que se había tragado a una multitud en la plaza de enfrente. Los conventos de las Bernardas, Inglesitas y de las Trinas, en el barrio de Madragoa, también se habían desplomado, y en Alcântara las cosas no estaban mejor: el convento se había derrumbado aplastando a decenas, o a cientos, de monjas, nadie podía asegurarlo.

Los hombres que venían del este de la ciudad confirmaban —al contrario de lo que se pensaba o se esperaba al principio— que en aquella zona la devastación era inmensa, contribuyendo así a la desmoralización general. La Alfama estaba muy castigada, el convento y la iglesia de Santa Clara estaban hechos añicos, las iglesias de Santa Engracia y de San Vicente de Fora estaban destrozadas y se habían llevado por delante miles de vidas que estaban oyendo misa a la hora del terremoto. Junto al castillo, la parroquia de la Magdalena también era una pira fúnebre que aún ardía con furia.

Entretanto, en plena noche, Sebastião José ordenó que un grupo de hombres partiese por la mañana al Terreiro do Paço, y nombró a Bernardino líder de la expedición. Quería que él verificase si era cierto el relato del cataclismo total no solo en la plaza del palacio, sino también en las zonas comerciales situadas al este.

Cuando amaneció, Bernardino partió a caballo, pues en coche o en carruaje resultaba mucho más difícil llegar al centro. A lo largo de la rua da Junqueira había, igual que el primer día, miles de habitantes acampados por las calles.

—Esto no es nada comparado con lo que hay por ahí en los campos en torno a la ciudad —comentó uno de sus compañeros de viaje, un soldado.

Había pasado los dos primeros días en la zona norte de Lisboa antes de ser llamado a Belém, y su recuento, por más exagerado que pareciese, era aterrador. Miles de personas habían ocupado los campos limítrofes, desde Ourique hasta los situados más al norte. Era como si una nueva y fantasmagórica urbe hubiese nacido en cuarenta y ocho horas, un campamento colosal y desorganizado de tiendas de campaña y carros y personas desamparadas.

—La gente roba en las casas en busca de camas, colchones y mantas, y después se marcha en masa a los campos y se instala allí, como si fuese su casa. Como animales, igual que hormigas, qué sé yo —proseguía el soldado.

El frío, el hambre, la sed, eran ahora los enemigos principales de los habitantes de aquella nueva Lisboa provisional, afligida y angustiada, donde ya no reinaba nadie, ni don José, ni siquiera Dios, sino el caos.

—Se matan los unos a los otros por una manta...

Sebastião José había avisado de la necesidad de mantener el orden, pero los pocos soldados disponibles no podían proporcionar seguridad a aquellas gentes aterrorizadas.

—Ya no hay comida...

El soldado estaba convencido de que un día o dos más en esas condiciones, y reinaría la desesperación absoluta. Se temía lo peor: un abismo humano donde la decencia acabaría y nacería lo indescriptible y lo impensable.

—Si no llega la comida, acabarán comiéndose los unos a los otros —profetizó el soldado, sobrecogido.

Bernardino sintió un escalofrío en el espinazo. Había oído contar historias de canibalismo en los mares, en navíos que se perdían, en naufragios, en islas desiertas, pero ¿caníbales en su Lisboa? Aquello era una pesadilla...

Durante la cabalgada pudo confirmar la destrucción en Alcântara, en Santos, en Remolares. Vio Santa Catarina hecha añicos, los escombros repartidos cuesta abajo, como vómitos de materiales de un enojado dios de la arquitectura. Solo sintió un ligero alivio cuando vio la Casa de la Moneda intacta, y anotó mentalmente que a la vuelta tendría que pasar por allí.

Su corazón no pudo contener la emoción al acercarse, por primera vez desde el inicio de aquel tormento, a la plaza principal de la ciudad. La Ribeira das Naus estaba desintegrada, los astilleros no eran más que carbón y humo. El Palacio Real ardía y el torreón parecía una triste pira que amenazaba con desplomarse en cualquier momento.

En plena combustión, casi en fase terminal, renegridos y despojados de su anterior belleza, así estaban el Palacio Real y la Aduana. De la Casa de la Ópera, novísima obra a cuya fiesta de inauguración no pudo asistir, solo quedaba el emplazamiento y un montón de brasas humeantes. Lo mismo se podía decir de la magnífica Iglesia Patriarcal y del convento de San Francisco. La Casa de la India, donde se alojaba el archivo de más de doscientos años de comercio con Oriente, había dejado de existir.

En la plaza reinaba el caos. En el centro se elevaba una montaña humeante de enseres, paquetes y sacos, e incluso muebles. En las esquinas se distinguían cuerpos de personas, de caballos y de mulas carbonizados junto a los carruajes. Bernardino se percató de la dimensión de la ola que sumergió la plaza la primera mañana al comprobar con sus propios ojos no solo la desaparición del famoso muelle del Cais da Pedra, sino también la presencia de fragmentos, mástiles, cubiertas y cascos de barcos repartidos por el suelo o depositados en posiciones extrañas sobre las ruinas.

El lado este de la plaza también le causó un impacto brutal. En la parroquia de San Julián, la más grande de la ciudad, junto al río, no quedaba un solo edificio en pie. Los mercados de cereales y de carne, así como centenares de tiendas y almacenes ya estaban totalmente consumidos por las llamas o en vías de estarlo. Bernardino sabía que antes allí vivían cerca de veinte mil personas, pero en aquellos momentos no habría podido sobrevivir ni un alma.

Como Sebastião José de Carvalho e Melo se temía, la vitalidad comercial de la ciudad se había visto cercenada abruptamente, pues sin registros ni locales donde efectuar las transacciones el comercio no podría recomponerse. Bernardino caminaba desolado por la plaza. Más allá de la rua Nova dos Ferros y de la rua da Confeitaria, la parte baja de la ciudad ardía con una voracidad que impedía cualquier visita.

De pronto, entre la multitud distinguió una figura que lo hizo detenerse. Era él, ¡el prisionero del Limoeiro! El hombre al que vieron el primer día cerca de la iglesia de Santa Isabel y que burló a los soldados. Iba acompañado de una chica muy guapa, por cierto, y por otro hombre más bajo que parecía árabe. Sus miradas se cruzaron y Bernardino tuvo el convencimiento inmediato de que el hombre también lo había reconocido. ¿Cuántos años habían pasado desde la última vez que se vieron? No lo sabía, pero muchos: eran dos muchachos en aquellos tiempos.

El pirata, presintiendo el peligro, huyó, pues Bernardino alentó a los soldados con la vaga esperanza de que lo prendieran. Con todo, estos vacilaron. La plaza estaba atestada de gente enfurecida, desesperada, y cualquier intento de represión podría desencadenar la convulsión general.

De manera que Bernardino no tuvo más remedio que contentarse con ver al pirata de la petición alejarse, escabulléndose entre la gente, en dirección a la zona este de la plaza. Durante aquellos dos días, el hombre no había conseguido salir de Lisboa ni por tierra ni por mar. Por tanto, ahora que los puertos estaban cerrados a la navegación, aún tendría más dificultades para abandonar la ciudad. No le quedaba otra opción que esconderse, lo cual tampoco resultaba tan sencillo como podría parecer en aquella urbe en llamas y sembrada de ruinas.

—Tendrás que comer y beber —murmuró Bernardino.

Beber no sería difícil, pues el agua que transportaba el acueducto de las Aguas Libres discurría por las fuentes. Comer sí que supondría un impedimento para el pirata o para cualquiera de los desesperados del Terreiro do Paço.

Meses más tarde, en una conversación con Bernardino, me enteré de que cuando llegó a Belém encontró a Sebastião José todavía sin dormir, siempre concentrado y enérgico, y que le presentó el listado de los incalculables daños que había sufrido Lisboa. El ministro de Asuntos Exteriores lo escuchó sin manifestar, una vez más, su estado de espíritu: se limitó a hacerle algunas preguntas, a comprobar los mapas y a garabatear notas en sus papeles. Sus preocupaciones fundamentales seguían siendo las mismas: el bandidismo que proliferaba, la incapacidad de alimentar a las hordas de habitantes hambrientos que se habían refugiado en los campos de los alrededores y la desbandada general, el abandono de la capital.

—El marqués de Alegrete ha mandado a un emisario a avisarme de que en Sacavém hay pocos soldados, muchos menos de los que pensaba. Ha decidido avanzar por ahí con los que tiene para contener a los alborotadores. Los Dragones de Évora no llegarán hasta mañana o pasado.

Informó a Bernardino de que había podido reunir algunas decenas de soldados en Belém y que esa fuerza estaba disponible para ir a la ciudad al día siguiente entrando por la puerta de Alcântara.

—Sería mejor enviarlos a la Casa de la Moneda —sugirió el ayudante.

Bernardino le comunicó que se había olvidado de pasar por allí, porque Remolares era un desconcierto. Sebastião José arqueó las cejas, perplejo. Y al fin, Bernardino tosió y se armó de valor:

—La razón, en realidad, ha sido otra. He visto al pirata, el que hizo la petición, en el Terreiro do Paço...

Sebastião José lo fulminó con la mirada:

—¿Por qué no lo has arrestado?

Bernardino le explicó el estado general de los ánimos en la plaza, la prevención de los soldados y la fuga inmediata del pirata.

—Hemos hecho bien en cerrar los puertos —comentó Sebastião José.

Después examinó el mapa una vez más y dijo:

—Tenemos que capturarlo... Por tierra no podrá salir debido a los fuegos. Por el río, tampoco... Si no muere de hambre, o lo matan otros bandidos, lo capturaremos.

Tras un repentino silencio, le preguntó:

—¿Has dicho que iba acompañado de una mujer?

Bernardino lo confirmó:

—Sí, de una chica joven y guapa.

Sebastião José no dijo nada durante unos segundos, y a Bernardino le pareció ver una leve sonrisa en sus labios.

—Eso es bueno —concluyó el ministro—. Con una mujer al lado, la vida es más peligrosa para él.

37

Tal fue la sorpresa del inglés al ver a Margarida y la de ella al verlo a él, que enseguida deduje que ya se conocían. Al principio, tal como le había indicado, Margarida caminaba unos diez metros por detrás de nosotros, mientras Mohamed y yo nos acercábamos a Hugh Gold y a la esclava. El inglés, que estaba rebuscando en el suelo, levantó la vista. Y preguntó, como si lo hubiesen sorprendido robando:

—*Hey, you*, ¿quiénes sois?

Nos detuvimos junto a él. La esclava volvió a sonreírme, pero el inglés ni se dio cuenta. Para él, era como si Ester no estuviese allí.

—Otra vez vosotros —comenté.

Gold se sorprendió al escuchar mis palabras. No recordaba que nos hubiésemos cruzado el primer día. La esclava sí, y le refrescó la memoria:

—Los vimos la primera vez que fuimos a buscar tu dinero.

La palabra «dinero» produjo un efecto inmediato en todos nosotros, y ese debía de ser el objetivo de la esclava. Los ojos de Mohamed escrutaron al inglés en busca de señales de riqueza. Tenía una herida en el hombro, pero iba desprovisto de talegas, cuchillos o pistolas.

Tenso, el inglés fulminó con la mirada a la negra. Presentí que al ponerlo en peligro ante nosotros, de alguna forma Ester estaba vengándose, resarciéndose de una desilusión que él mismo había provocado antes.

—¿Tienes dinero? —le pregunté.

Sarcástica, la esclava soltó una carcajada:

—¡Qué más quisiera! ¡Hace dos días que no para de decir lo mismo! ¡Que tiene dinero aquí, en su tienda, pero aquí ya hemos venido varias veces y nada!

El inglés permaneció callado como una tumba.

—Ayer encontró un cofre y dijo que era donde guardaba el dinero, pero ahora el cofre ha desaparecido y otra vez se ha vuelto pobre.

En ese momento Margarida se acercó, y antes incluso de ver con quién estábamos hablando, exclamó:

—¡Ahí hay un cofre!

El inglés se volvió hacia ella y entonces sus miradas se cruzaron y se me hizo evidente que ya se conocían. Margarida no pudo contener un pequeño grito, llevándose la mano a la boca.

Sonreí y comenté:

—Por lo visto, aquí todo el mundo se conoce…

La esclava miró a la joven y me preguntó:

—¿Quién es? ¿Tu mujer?

El inglés me miró, frunciendo el ceño. Yo sonreí a la joven negra.

—¿Cómo te llamas?

—Ester.

—¿Eres esclava?

—Ya no lo soy. Me liberó la ley. Trabajo en el Palacio Real… Bueno, trabajaba, ahora no sé qué pasará.

Señalé con el dedo al inglés y le pregunté:

—¿Y él?

—Es Hugh Gold —respondió Ester—. Un comerciante inglés. Dice que es marino, comandante de un navío, pero no sé si es verdad.

Arqueé las cejas y le pregunté:

—¿Eres hombre de mar?

Paralizado, en estado de choque, Hugh Gold se limitaba a mirar a Margarida. Lentamente procesó mi pregunta aclarativa, y por fin me respondió:

—*Yes*, lo fui, pero *not now*, *now* comerciante.

Mohamed, esquivo y furtivo, se había acercado al lugar en el que Margarida había descubierto el cofre, pero ella fue más rápida y llegó antes que el árabe. Cogió el pequeño baúl del suelo y advirtió a Mohamed:

—Esto no es tuyo.

El árabe me miró, esperando mis órdenes. Hubiera bastado con un gesto mío para neutralizarla, pero no era eso lo que pretendía. Margarida me gustaba y estaba seguro de que podría calmarla.

—¿Es tu dinero? —le pregunté al inglés.

Dijo que sí.

—¿Y qué vas a hacer con él? No hay nada que comprar en esta ciudad.

Gold me miró e inspiró profundamente para armarse de valor.

—*Well*, *what* voy hacer *is with me*, *my* dinero, *my money*.

Sonreí ante su fútil bravuconería. Contra nosotros no tenía opciones. De todas formas, Margarida seguía con el cofre en las manos. Así que le guiñé un ojo a Mohamed y, veloz como un felino, el árabe dio un brinco y se plantó junto a la chica. Antes de que ella pudiera reaccionar, le propinó una patada al pequeño baúl, que rebotó de sus manos al suelo. El árabe saltó de nuevo y pisó el cofre con el pie derecho, y cuando Margarida se encaró con él, sacó la navaja y la apuntó a su pecho.

—¡No le hagas daño! —grité.

Con una sonrisa victoriosa en los labios, el árabe se apoderó del cofre, se lo puso bajo el brazo y me lo entregó. Enojada, Margarida corrió hacia mí y me dijo:

—¡El dinero no es tuyo, es de Hugh!

Suspiré, simulando divertirme:

—Sí, ya lo sé, pero ¿quieres explicarme primero de qué conoces... a Hugh?

Margarida se quedó callada y desvió la mirada, incapaz de sostener la mía. Presentí en aquella fuga ocular una historia que la violentaba. A nuestro lado, Ester soltó una nueva carcajada:

—¡Vaya, inglés, eres un donjuán! ¡No hay mujer en Lisboa que no haya sentido el peso de tu barriga!

Ofendido, Hugh Gold la reprendió:

—¡Ey, *slave*, no hables así! ¡*She* no es *like you*!

Un corto silencio se instaló en nuestro improbable grupo. Margarida no aparentaba tener ganas de explicarme de qué conocía al inglés, de manera que intenté recordar lo que me había contado durante nuestra fogosa noche. ¿Sería él el hombre del que me habló, el que despertó emociones en ella y la llevó a desear abandonar el convento? Me dijo que nunca tuvieron oportunidad de citarse, pero, al parecer, entre los dos seguía vivo un fuerte sentimiento. Y Gold la retribuía protegiendo su reputación, que la diferenciaba de la esclava.

Como no soy hombre al que le guste perder el tiempo, me dirigí a Ester desplegando una sonrisa:

—Si dice eso de ti es porque tú también has sentido el peso de su barriga, ¿verdad, preciosa?

Divertida, soltó otra risotada y entonces me percaté de que entre nosotros dos también existía un entusiasmo mutuo, lujurioso, palpable. A pesar de ser menuda y flacucha, sus senos eran grandes y saltaban a la vista bajo los harapos que vestía.

—¡Eh, guapo, si quieres que sienta el peso de la tuya, no tienes más que decírmelo! —exclamó para provocarme.

Nuestro inflamado intercambio de piropos incomodó a Margarida, que se interpuso:

—Santamaria, no me malinterpretes.

Me volví hacia Margarida simulando despreocupación:

—No sé de qué me hablas.

Sonriéndome, intentó diluir mi desconfianza.

—Sí. Ese es el hombre del que te hablé, el que conocí en el convento.

Miró a Hugh Gold, que permanecía callado. Sentado a unos metros de nosotros, Mohamed se limpiaba las uñas de la mano con la punta de la navaja mientras escuchaba atentamente la explicación de Margarida.

—Intercambiamos notas, caricias, solo eso. Por su culpa, las monjas de Alcântara se volvieron contra mí. Algunas también estaban enamoradas de él, pero él venía a verme a mi. Fue un sentimiento bonito, intenso. Después, ya sabes lo que pasó. Fui arrestada, hubo un juicio, la condena, el auto de fe… ¡No lo había vuelto a ver! Y ahora, de repente, en medio de esta ciudad destruida, me lo encuentro. Es normal que esté confundida, ¿no te parece?

Al escuchar el relato de la joven, Hugh Gold frunció el ceño:

—*Hell, what?* ¿*You* fuiste condenada, tú *in jail*?

Margarida se lo aclaró haciéndole una relación de los hechos:

—Sí, estaba prisionera e iba a morir el domingo, quemada en el Terreiro do Paço. El terremoto me salvó. Hui de la cárcel de la Inquisición y llevo dos días dando vueltas por la ciudad sin saber cómo escapar.

Cada vez más asombrado, Hugh Gold le preguntó:

—*But*, *girl*, ¿qué hiciste? ¿*Why* prisionera *by* Inquisición?

Margarida le resumió en unas pocas frases su absurdo vía crucis y él se exasperó, indignadísimo:

—*Good lord, I was in the* convento varias veces. *I asked* por ti, *but they said* que tú *was* enferma, *in bed. One day* me dijeron *you went* a tu tierra, al norte, *to die* allí. ¡*It was big* mentira! *Never* pensé que tú *in jail, to die,* condenada, *in the fire…*

Tristes, como dos seres a quienes el destino juega una mala pasada, se miraron sin saber qué hacer o qué decir. Ester interrumpió la pausa aplaudiendo e imitó, irónica, las ovaciones de una ópera:

—¡Bravo! ¡Qué historia tan bonita, tan conmovedora! ¡Por fin, el amor es posible entre ellos! ¡Bravo, bravo! —Soltó una nueva carcajada—: Pero ten cuidado, chica, no pienses que es un hombre bueno e inocente. Además de estar casado con una mujer a la que despreciaba y que, por fortuna para él, murió el sábado por la mañana cuando le cayeron unos grandes pedruscos en la cocorota, tenía de amante a una criada gordinflona que tomaba un jarabe para evitar quedarse embarazada, ¡un jarabe que le vendía mi madre! —Ester aplaudió de nuevo, divertida—: ¡Y la pobre de la criada también estiró la pata porque le cayeron unos pedruscos en la coronilla! ¡Pero todavía hay más…!

La esclava, socarrona, dio un brinco y abrió los brazos de par en par como si fuese el bufón de una obra de teatro:

—¡Y esa es solo la primera! Aparte de ella, está la señora Locke, esposa del señor Locke, con quien fornicaba los viernes. Y también la marquesa de la rua da Junqueira, cuyo marido está en París, y a la que también se tira siempre que puede. ¡Y vete a saber a cuántas más, que este hombre tiene un apetito insaciable, y sé de lo que hablo!

Ester ejecutó una pequeña y rápida pirueta y me sonrió, añadiendo:

—Efectivamente, queridísimo amigo pirata, sí que he estado debajo de él. ¡Y no estuvo nada mal, no señor! Salta como un conejillo adolescente…

Mohamed y yo estallamos en una carcajada al mismo tiempo, y vi cómo se dibujaba una breve pero orgullosa sonrisa en la comisura de los labios de Gold. Solo Margarida se mostró afectada por aquella retahíla de revelaciones. Imparable, Ester brincó de nuevo, dio unas palmadas más y prosiguió:

—¡Pero lo peor de este caballero inglés no son las frescas de sus amantes! Puede que folle bien, pero es un cobardica de primera. ¡Si hay algo que no soporto en un hombre es la cobardía! Y aquí, este bello semental, que fornica como un poseso, en cuanto se vio rodeado por los bandidos, ¿qué fue lo que hizo? Pues en vez de defenderme a mí que, a pesar de ser esclava y un poco puta, no dejo de ser una sensible doncella, ¡dejó que me horadaran el coño con tal de escapar!

El árabe soltó una nueva carcajada. Miré al inglés y a Margarida, y le comenté:

—Como ves, todos tenemos defectos.

El inglés presintió una justificación en mi frase y, de pronto, se acercó a Margarida y le preguntó:

—*Girl*, ¿*you*... tú *sleep* con él?

Presa de un repentino azoramiento que no me hizo la menor gracia, Margarida optó por el silencio, mientras su mirada iba saltando de mi persona a Hugh Gold, como si nos comparase. Me entraron ganas de estrangularla a ella y de matarlo a él, pero contuve mis palabras y mis actos para evitar romper el vínculo que, a pesar de la provocación, todavía existía entre ella y yo. Sin embargo, Mohamed, por su parte, no dejó escapar el lance:

—¡La chica guapa no es tan santa! ¡La chica guapa es una cachonda! En prisión, jugó con el rabo del carcelero. Después, se lio de noche con la vieja. ¡Y ayer cabalgó con Santamaria la noche entera, por delante y por detrás! —exclamó exhibiendo una sonrisa perversa—. ¡Mohamed lo vio y lo oyó todo! ¡La chica guapa es muy fogosa! Muy puta...

La esclava y yo nos echamos a reír. Solo Margarida y el inglés estaban serios, incómodos. Tenía sentido: de todos nosotros, solo ellos dos tenían una reputación que guardar. Ni el maldito Mohamed, con sus tendencias invertidas; ni la ardiente esclava, con su impetuosidad salvaje; ni yo, un pirata sin blanca, teníamos, ni siquiera ligeramente, la más mínima reputación que mereciese una defensa.

—Bueno —concluyó la esclava sin parar de reír—, me parece que tú, inglés, y esta princesa religiosa estáis hechos el uno para el otro.

Margarida, que se abstuvo de pagar a la esclava con la misma moneda, me tocó el brazo y se justificó:

—Lo que dice tu amigo no es verdad. Con el carcelero no hice nada, y tampoco me acosté con la hermana Alice.

Me mantuve callado, aunque por dentro estuviese en ebullición. La desconfianza es un pozo sin fondo y los celos son el agua que llena ese pozo. ¿Cómo podía saber si decía la verdad?

Hugh Gold optó una vez más por el silencio, sin intenciones de confirmar o desmentir a Margarida. Con su habitual cinismo, la esclava comentó en voz intencionadamente baja, como si estuviese prestando un peligroso y falso testimonio:

—Sería la primera vez que un hombre seduce a una mujer en las rejas de un noviciado y no la posee. Todos sabemos lo que pasa en los conventos...

Margarida, ahora ya enojada, se enfrentó a Ester por primera vez:

—No digo que no hubiese podido pasar, pero la verdad es que no pasó nada. No nos dejaron. Nos pillaron antes.

La esclava esbozó una sonrisa entre escéptica y cáustica, y dijo con voz meliflua:

—¡Qué pena...! ¿Y has sido condenada a muerte por una causa sin provecho?

Margarida le replicó:

—¡Ese no fue el motivo! ¡Me condenaron a muerte porque decían que hablaba con el Diablo!

Refunfuñé. Aquella conversación no nos llevaba a ninguna parte. Miré el cofre, que descansaba a los pies de Mohamed, y le pregunté al inglés:

—¿Cuánto tienes ahí?

—*Hell, who knows?* No lo sé. *Did not count* en los últimos *days*.

—¿Será suficiente para sacarnos de la ciudad?

El inglés se encogió de hombros:

—*Who knows? ¿What* queréis?

—Queremos un barco —respondí—. Un barco que nos lleve a los tres fuera de Lisboa.

Hugh Gold se nos quedó mirando:

—*Well, ports are* cerrados. No navegación.

Y yo le respondí sonriente:

—Nada que una mano llena de dinero no pueda resolver. Hay barqueros que salen de la Casa dos Bicos al anochecer. Si les pagamos, nos llevarán hasta el otro lado del río. Por eso vamos a ver lo que hay aquí.

Celoso de lo suyo, el inglés dio un paso al frente en mi dirección, pero, una vez más, Mohamed fue más rápido y se plantó frente a él de un brinco, con la navaja en ristre apuntándole a la garganta, amenazador.

—Mohamed te cortará el cuello, será rápido.

El capitán Hugh Gold se quedó paralizado, convencido de que para el árabe no supondría drama alguno clavarle una estocada en la tráquea. Se limitó a protestar entre dientes:

—*Fucking camels!* ¡Dinero es *mine*!

Abrí el cofre. Esperaba tener que forzar la cerradura, arrancarle el pestillo, pero el cierre cedió a la primera, lo cual me hizo desconfiar. Abrí la tapa y me llevé una desilusión.

—Nada.

Mostré el interior para que todos viesen que estaba vacío. El inglés gritó:

—¡*Fucking camels*, me han robado! *They steal me! Friday it was* lleno, tenía...

Pero antes de llegar a revelar la cantidad que supuestamente debería contener el cofre cerró la boca. Tiré el pequeño baúl al suelo, irritado.

—Bueno, me parece que no nos puedes ayudar a salir de la ciudad.

La esclava, que seguía sentada, me advirtió:

—Santamaria, es un mentiroso, ¡no te lo creas!

Mohamed levantó la navaja y el inglés gritó asustado:

—*I swear*, lo juro. ¡*There was* dinero, alguien *steal*! *Maybe it was* el monstruo español, que *kill* a estos *blacks*.

Sorprendido, le pregunté:

—¿Quién?

Hugh Gold me describió al hombre enorme, al mastodonte español, y no dudé de que se trataba de Perro Negro. Mohamed también estaba seguro de ello, leí el miedo en su mirada.

—¿Ese español anda por ahí?

El inglés y la esclava relataron el episodio que vivieron. ¿Cómo había podido sobrevivir aquel bruto a la ola gigante? La última vez que lo vi fue en medio del río, a unos metros de nuestra falúa. Al instante, una imagen pasó por mi mente: unas manos agarrándose al barco mientras la ola nos lanzaba contra el Terreiro do Paço. ¿Habría conseguido aquel coloso aferrarse también a la falúa? ¿Cómo resistió a la fuerza de las aguas?

—*Fucking camels!* ¡*They* robaron *my* dinero! —afirmó el inglés lleno de rabia.

Gruñí. Otra oportunidad perdida, otra expectativa que no se materializaba. Una vez más, no podíamos huir. Cerré los ojos pensando en qué hacer. No sabía hacia dónde ir, dónde esconderme, dónde proteger a Margarida. Y además, con Hugh Gold rondando por ahí, ella tendría una nueva posibilidad de irse con él. Y sin dinero, el inglés era inútil para nosotros. El hecho de que conociera a Margarida lo convertía en un rival, y aún me entraban más ganas de verme libre de él. Pero matarlo allí mismo, delante de ella, sería demasiado brutal, y podría destruir el afecto que me profesaba.

—¿Quieres venir con nosotros? —le pregunté a Ester.

—¿Adónde vais?

Le dije que íbamos a Sacavém, y que intentaríamos atravesar el Tajo por allí.

—Sí, voy.

Le sonreí y miré a Gold.

—Entonces, vámonos. Tú que quedas —le dije al inglés—. Y da gracias a Dios de que no te matemos.

Ester y yo avanzamos unos pasos y Margarida nos siguió renuente. Mohamed se quedó mirando al inglés, con ganas de sacudirle, pero se contuvo y también echó a andar. De pronto, a nuestras espaldas oímos a Hugh Gold, que gritaba:

—*Santamaria, wait!* ¡Hay oro, *gold, lots of* oro! ¡*In* Casa de la Moneda, *and* no hay *guards*!

Sorprendido, miré a Ester. Ella lo confirmó:

—Solo hay un hombre, un soldado joven. Los demás han muerto o han huido.

El inglés volvió a gritar:

—¡*Good lord, I* hablé con el *guard*! *We go*, yo *talk* con él, tú *kill* él. ¡*If we* vamos allí, *we* ricos, *very* ricos! Hay *lots of gold*, ¡todos ricos! ¡*Then* tú podrás huir, *buy boat*!

Por fin contento, Mohamed exhibió una gran sonrisa. Ester también. Miré a Margarida y ella comentó encogiéndose de hombros:

—Si eso nos va a ayudar a salir de la ciudad...

Regresamos donde estaba el inglés y le dije:

—Entonces, vayamos allí. Todos. Ester, tú irás delante, siguiendo a Mohamed. Después Margarida y tú, inglés. Yo me situaré detrás para impedir que te escapes.

Formamos una fila india con una separación de cinco metros entre cada uno y nos dirigimos hacia el Terreiro do Paço. Teníamos que atravesar de nuevo la zona de los mercados, los almacenes, las tiendas. Pero no recorrimos exactamente el mismo camino para evitar el macabro cementerio de las cabezas cortadas. Nos desviamos unos cien metros hacia el río.

En un momento dado, comprobamos que los edificios derruidos formaban una maraña de vigas de madera muy peligrosa, llena de grietas y agujeros profundos. Avanzábamos despacio. De repente oí unos ruidos, pero no me dio tiempo a reaccionar. Y entonces escuché un grito a mi espalda.

—¡Eh, cabrón!

Me di la vuelta y mi corazón dio un vuelco. A poco más de diez metros de mí, en una de las grietas abiertas entre los edificios, distinguí la figura monumental y grotesca de Perro Negro. Empuñaba un fusil con el que me estaba apuntando y sonreía enseñándome los colmillos. Oí más gritos y miré a mis compañeros. Vi que Margarida y el inglés echaban a correr, que unos hombres intentaban atrapar a Ester y que Mohamed empuñaba la navaja. Después oí un disparo a mi espalda, sentí un violento golpe en la cabeza y la oscuridad me cegó.

38

La confusión reinó durante el ataque de la banda de Perro Negro y cada uno intentó escapar de allí como pudo. Mohamed y Ester lucharon por su vida y resultaron heridos, en especial el árabe. Sin embargo, consiguieron huir a trompicones escabulléndose entre las grietas.

En cuanto a Margarida y el inglés, la fortuna les sonrió. Cuando Perro Negro me disparó, estaban justo delante de mí en un lugar que contaba con un pasaje lateral en medio de las grietas de las paredes, una especie de túnel que se había formado bajo los escombros. El inglés se introdujo de inmediato por la grieta y llamó a Margarida, que lo siguió. Como una parte de la banda estaba detrás de nosotros y la otra delante, los laterales quedaban libres. Así que corrieron tan rápido como aquel suelo inestable les permitía y se esfumaron del lugar.

Cuando nos reencontramos más tarde, reconocieron haber dejado de correr solo cuando el terreno empezó a subir en dirección a la catedral. Sin aliento, se escondieron detrás de un montón de maderas. Al contrario de lo que imaginaban, nadie los persiguió. A lo lejos pudieron oír gritos de celebración.

—¡Dios mío! —dijo Margarida, aterrada—. ¿Crees que van a morir?

Ante todo, el inglés intentó recobrar el aliento. El aire estaba cargado de humo y tosió varias veces.

—¡*Good lord*, *yes*, van a morir! ¿*You saw the* negros, las *heads* cortadas?

Como yo le había ahorrado aquella visión, Margarida escuchó impresionada la descripción que Hugh Gold le hizo de aquel diabólico cementerio.

—*Hell*, son *monsters, will kill* piratas...

La joven se entristeció súbitamente.

—Reza, *pray* por su *soul*. ¡*It will be* horrible! —insistió Gold.

Margarida rompió a llorar, conmovida. El capitán inglés la dejó desahogarse y después le pasó la mano por encima del hombro para tratar de consolarla.

—*Poor* Margarida, *I know* que él te gustaba, *but... The spanish* monstruo *is an* asesino, *very bad* hombre. *He kills* negros, mujeres, *whites... I was lucky*, mucha suerte, yo escapé *yesterday... But*, ¿*the* pirata? No lo creo... *He was shot* en la cabeza, *I saw*, vi *blood*...

Margarida se llevó las manos a la cara y lloró convulsivamente. Después, entre sollozos, lanzó al aire la duda que la atormentaba:

—¿Cuándo se va a acabar este horror?

Oportuno y amable, el inglés la estrechó un poco más e intentó animarla:

—Maggie, *got be* fuerte. *You* has pasado *a lot and* has sobrevivido... *You escape the* hoguera, *the* Inquisición *guards*... ¡*And now, good lord*, tú atacada y estás viva, *here*, sana y salva! ¡*Others* no, *others dead*!

Ella gimoteó una vez más, convencida ya de mi muerte.

—En el fondo, era un hombre bueno, sé que lo era.

El inglés siguió consolándola:

—*It's hell*, estos días. *I saw* mucha muerte, *also. My wife* ha muerto, *my* criada ha muerto... *A women* y *one bebe died* a mi lado... *In* Terreiro do Paço, *I saw* decenas de *dead... Death is around* nuestro, *but... we* continuar, *we are* vivos. ¡Me *and* tú, Margarida, *we are* vivos!

Todavía inmune a sus sugerentes llamamientos, Margarida lo miró con los ojos anegados en lágrimas y le preguntó:

—¿Le van a cortar la cabeza y la colgarán en una estaca?

La idea de ver mi cara mutilada, de verme decapitado con la cabeza clavada en una estaca la aterraba. El inglés cerró los ojos forzando una mueca estudiada, como si también rechazase aquella horripilante visión, y dijo:

—*Good lord*, no *think* así… *You* continuar, *you* viva, *not* muerta. *No more* muerte… ¡Muertos *have to leave you*, olvídate de los muertos! *If they stay* dentro de ti, *they kill you* también. *Don't think* en muertos, *forget the* pirata… *you* continuar, *you* viva, *pirata is* dead…

Margarida, con la mirada perdida, trastornada por el dolor, parecía desorientada a ojos del inglés. Con todo, poco a poco Gold se fue percatando de que no era solo eso. Los ojos de la joven se contrajeron y empezó a parpadear.

—*Maggie, what?* ¿Qué te pasa? —le preguntó el inglés.

Parecía en trance, confundida y lúcida a la vez, como si estuviese en el mismo lugar pero en otro tiempo, en el pasado.

—Esta calle, este sitio… —murmuró.

Se levantó.

—¡Aquí fue donde a la hermana Alice y a mí nos sorprendió la ola que vino del río! ¡Aquí fue donde vi al fantasma de negro!

Hugh Gold no la entendía:

—¿*What* fantasma?

Margarida no le dio explicaciones. Dio una lenta vuelta sobre sí misma, como la bailarina de una caja de música.

—Sí… fue aquí y, más arriba, está la casa del niño.

Gold seguía sin entender nada:

—*What* niño, ¿*the* pirata?

—No.

Margarida dejó de rodar sobre sí misma y miró al inglés con los ojos aún anegados en lágrimas, pero ya con la mente al mando de sus emociones.

—Un niño que busca a su hermana —le explicó—, que se ha quedado enterrada debajo de su casa y a la que ha podido escuchar. ¡Está viva!

El capitán inglés le pidió que se lo contase mejor y Margarida así lo hizo. De inmediato, Hugh Gold se declaró muy impresionado por la historia e insistió en que, ya que estaban cerca, debían ir a ver qué pasaba. El inglés sabía cómo llegar al corazón de una mujer y se concentró en la joven y en sus preocupaciones.

Media hora más tarde vieron al perro del niño, que no paraba de ladrar a los incendios, los cuales, a pesar de estar todavía cerca, ya empezaban a alejarse y habían perdido gran parte de su anterior fulgor. La altura y la voracidad de las llamas eran mucho menores debido a la falta de nuevo material que alimentase la combustión. Dondequiera que mirasen, solo se veía un terreno negro, un rescoldo de brasas humeantes, pero sin la impetuosidad de los días anteriores.

Margarida manifestó su nerviosismo por la cercanía de las llamas, pero la presencia del inglés la tranquilizó, así como sus palabras. Llamaron al perro y el animal acudió corriendo, meneando el rabo. El inglés, habilidoso, le hizo unas cuantas carantoñas, jugueteó con él, le lanzó trocitos de madera para que se los trajera de vuelta corriendo. Sin que se dieran cuenta, el niño se acercó a ellos, sorprendido por la presencia del hombre.

Margarida le sonrió, lo abrazó y le preguntó:

—¿Y tu hermana?

Se encogió de hombros. No había vuelto a oírla desde el día anterior. Habían pasado más de veinticuatro horas sin un gemido, un grito, una tos. Con todo, los ojos del chico y sus palabras seguían demostrando una fe inquebrantable.

—Presiento que está viva. Debe de haber sufrido mucho ayer y hoy con el humo y con el calor, pero no ha muerto. Es muy fuerte, es de buena cepa.

En un gesto de amabilidad, Hugh Gold le contó una historia para animarlo:

—*Well, you know,* en Londres, *in the Great* Fuego, *lots of* personas *survived,* muchos *days...* ¡*A man survived* seis días! *And a child survived seven* días, *under the* fuego... *Hell, it's* muy duro, *very dificult, but* posible... *You believe,* ¡créelo!

El niño empatizó enseguida con el capitán inglés. Era la primera persona, desde el terremoto, que creía posible salvar a su hermana y que lo animaba a seguir la búsqueda.

—El perro también está convencido —añadió el niño.

—¡*Good lord, that's* fantástico! ¡*Great* señal! —exclamó entusiasmado Gold—. ¡*Dogs know* si personas *alive, dogs* saben!

Acarició al perro y prosiguió:

—¡*This* tunante *knows!* ¡*Your* hermana *alive, dog* lo sabe!

Sonrieron los tres y Margarida sintió una nueva esperanza en su corazón.

—¿Eres inglés? —preguntó el chico.

Hugh Gold contó su historia, dónde vivía, su boda, su venida a Lisboa, aunque omitió con astucia el motivo, seguro que porque estaba ante la presencia de Margarida. Relató lo que había vivido desde el terremoto: los paseos por la ciudad, el encuentro con la esclava, el incendio en el palacio, la ida en busca del cofre, el médico que lo curó en el Terreiro do Paço. Cuando lo escuchó hablar de Ester, Margarida se puso tensa. Se mordió una uña y le preguntó:

—¿No es prostituta? Pues habla como si lo fuera.

Gold se quedó pasmado, sorprendido:

—*Good lord,* ¿una *whore?* ¿En serio? *To me* dijo que era *maid in the* palacio, *her mother was* cocinera. Pero... *Well, she talked* mucho sobre dinero... *She was* conmigo por mi dinero. *Hell, she* hubiera podido huir, *but* se quedó, *wanted my* dinero...

Margarida guardó silencio unos segundos, y le preguntó:

—Habló de... del peso de tu barriga... ¿Eso es verdad?

El inglés sonrió y miró al niño:

—*¡Hey, boy, close your* oídos! ¡Eres muy *young* para estas *things*!

Fue la primera vez que Margarida vio sonreír al niño y eso la alegró. Entonces, Gold se exaltó y acusó a la esclava de ser una mentirosa.

—*Hey, she* es una esclava... *Talks* mucho y mal... *Tongue* afilada, *you know? Nothing with me*, nada conmigo. *We just walk, likes* tontos, *running*, huir... ¿*My belly*, mi barriga? ¡Mentira! *She lies, she is* mentirosa, *big* mentiras...

Suspiró y añadió:

—*Well, some is* verdad. *My wife, my* criada, *dead*, muertas en el terremoto... *And yes*, verdad, *no love* mi mujer... *But* ¿el resto? Resto *big* mentira, *slave* loca. ¡*Fucking* loca!

Margarida lo puso en duda, sin saber si podía confiar en sus palabras. Miró al suelo y murmuró:

—Podrías haberme buscado con más insistencia.

El inglés se mostró muy indignado:

—*But*, ¿cómo? *In the* convento *they* me dijeron *you went* fuera. ¡*Never* pensé *you went to* prisión!

De repente se calló, pues consideró que estaba hablando más de la cuenta delante del niño, pero este lo tranquilizó:

—No te preocupes. Sé de dónde ha huido. Y estate tranquilo, no voy a denunciarla.

Margarida sonrió al niño y este afirmó:

—No sabía que os conocierais de antes. De antes del terremoto, quiero decir.

Hugh Gold respondió pletórico:

—¡*Good lord*, sí!

Dio un paso al frente haciéndose el galante, hincó una rodilla en el suelo, le tendió una mano a Margarida, como un donjuán en el teatro, y dijo:

—Nos citamos algunas veces. *I went to the* convento *with* flores y *little* regalos, *in the grade* de los dulces, *in* Alcântara. La conocí allí, *in the* convento. ¡*She was the* más guapa *woman in Lisbon*!

Margarida se sintió ofendida y frunció el ceño:

—¿Solo en Lisboa?

—¡*Oh, my God, in the* mundo! —exageró Gold—. ¡*She is* guapa, *these eyes* bonitos, *the hair* maravilloso! ¡*I was in love* en cuanto la vi, *mad* de la cabeza! *She, in the* principio, me rehuía. *Pretended* no verme... *But I was* firme. *And* despacito, *she open the doors.*

Sacó pecho, ufano y contento:

—¡*Well, it was the* más feliz día *of my* vida!

Divertida y halagada con la representación, pero sin perder la lucidez, Margarida comentó entre risas:

—Eres un tonto.

Gold protestó:

—*Me?* ¡Lo juro! —gritó—. ¡*Never my* corazón *felt like that*!

Margarida lo dudaba:

—¿No?

Gold, juguetón, también frunció el ceño:

—*Well, maybe,* quizá.... *Yes, that* día... *We went to the* almacén, *in secret...* *we* nos besamos... ¡*Yes, that was* fantástico!

Margarida se puso súbitamente triste al recordarlo:

—Fue por culpa de esa noche en el almacén por lo que acabé siendo arrestada y acusada de artes demoníacas.

El inglés se sorprendió:

—¿*What, why me, why* por mi culpa?

Margarida se lo explicó:

—Por ir a encontrarme contigo causé aquel alboroto en el convento, porque le puse a la madre superiora una cabeza de pollo en la almohada. Tú fuiste el que me la dio, ¿no te acuerdas?

Se rieron. El niño los escuchaba entretenido, y los tres parecían haber recuperado cierta normalidad con aquella conversación que les hacía olvidar la monstruosidad del entorno. La tarde fue pasando y el niño recuperó las fuerzas. Después, les informó de que regresaría a su casa, a su túnel, a buscar a su hermana gemela. Gold y Margarida lo acompañaron y el inglés también se metió en el agujero y cavó tierra y retiró escombros mientras Margarida, a la entrada del túnel, los ayudaba recogiendo los cascotes que sacaban de allí abajo y que después tiraba más lejos.

Cuando cayó la noche, estaban muertos de hambre. El perro también, y se mostraba nervioso, pegando el hocico al suelo en busca de algo que llevarse a la boca. Lo oyeron ladrar en un cobertizo cercano y el inglés descubrió al animal engullendo trozos de fruta seca. Examinó el espacio carbonizado y encontró unas piedras de granito que debieron de servir de fogón. Rebuscó debajo y tuvo suerte. Encontró tres tarros de barro intactos. Dentro había trozos de carne salada de cerdo. Los olió y concluyó que estaban en condiciones de comerse. Regresó a la casa del niño, donde fue recibido como un héroe por parte de Margarida.

—Así pasaremos la noche sin hambre.

Se sentía contenta, orgullosa de él, y lo abrazó. Hugh Gold comentó:

—*Well, we need* agua. Carne *very* salada.

El niño les habló de una fuente que había cerca de allí y se desplazaron hasta el lugar. Junto a la fuente había dos mujeres y un hombre que al verlos se alejaron atemorizados.

—*Hell, no need* tener miedo… *We don't* hacer daño —anunció Gold.

Las dos mujeres se detuvieron, pero el hombre no. Una de ellas les advirtió:

—Por ahí anda mucha gente mala. Aquí ya han matado a unos cuantos. Yo que vosotros me iría.

Las mujeres también desaparecieron. El niño y el inglés llenaron las vasijas que habían llevado y Margarida aprovechó para lavarse. Se echó agua en la cara, en el pelo, se lavó las axilas y a continuación les pidió que se apartaran. El inglés y el niño se sentaron dándole la espalda, a unos diez metros.

—*Hey boy*, ¿*you* conoces a Santamaria, *the* pirata? —le preguntó Gold.

—Lo he visto dos o tres veces —dijo el niño—. Es un mentiroso y nunca me ha ayudado en nada.

El inglés se quedó pensativo y después le preguntó:

—*Well*, *he and* Margarida, ya sabes… *they were* juntos, *at night?*

El niño negó con la cabeza:

—No he visto nada. Solo sé que decidieron ir juntos porque querían huir de la ciudad, además del árabe y otra monja.

—*Who?*

El niño le describió a la hermana Alice y Gold murmuró:

—*Oh*, *right*, *the one* que le gustaban las *women*…

En ese momento, Margarida regresó y aún parecía más guapa con la cara lavada y los ojos que le brillaban en la oscuridad, con el cuerpo limpio y los contornos de la piel bien dibujados, sin el polvo y la suciedad de los últimos días.

—*Wow!* ¡*You are* realmente guapa! —comentó el inglés.

Ella sonrió:

—¿Y qué tal si vosotros también os laváis? ¡Parecéis cerdos salidos de una pocilga!

El niño y el capitán se rieron, se acercaron a la fuente y se asearon lo mejor que pudieron. Cuando volvían, el niño le preguntó al inglés:

—¿Crees que Santamaria ha muerto?

—*Yes*, ha muerto —dijo Gold convencido—. *He was shot*, un tiro en la cabeza, *head*… *And then* cayó en una grieta, *and the* hombre enorme *shot the* pistola… *Many* tiros… *No man survives* a tantos disparos.

Los tres se agruparon de nuevo para buscar un sitio donde pernoctar. En una calle cercana a la fuente quedaban unas cuantas casas en pie. Una de ellas era la misma en la que el niño presenció, justo el primer día, la violación de una mujer a manos de Perro Negro, seguido del asesinato a tiros de su marido.

El cuerpo de aquel hombre ya no estaba allí, seguramente lo habrían recogido los frailes de la catedral. El niño les informó de que aquella casa tenía el techo en condiciones y los tres entraron. Miró de inmediato el lugar donde violaron a la mujer, esperando encontrar su cuerpo, pero tampoco estaba. No sabía qué le habría pasado, si estaría viva o muerta.

—*Well*, *one* de nosotros *can stay in the* sofá —sugirió el inglés.

Margarida exploró la casa, intentando no pisar ningún objeto que pudiese lastimarle los pies. Unos minutos después, regresó.

—Hay una habitación en medio del pasillo con una cama grande. Las demás dependencias están llenas de cascotes y maderas, pues el techo se ha derrumbado. Y en la cocina no hay nada.

Se sentaron en el suelo del salón, comieron la carne salada y bebieron agua. Después, como estaban cansados, el inglés propuso ir a dormir.

—*Well*, *I stay* aquí, *in the* sofá —dijo—. *You* dormís en la *bed*.

Margarida se sintió un poco decepcionada, pero no protestó y les dio las buenas noches a ambos. El niño dejó que saliera del salón, y a continuación se tendió en el sofá y dijo:

—Inglés, Margarida quiere que pases la noche con ella.

Hugh Gold le sonrió. El perro se tumbó en el suelo al lado del niño, que le hizo una última pregunta:

—¿Crees que vamos a encontrar a mi hermana viva?

—*Good lord, yes! I told you, in* Londres…

El niño le devolvió la sonrisa y se lo agradeció.

—Gracias. Buenas noches.

El inglés le acarició la cabeza con cariño y le deseó buenas noches. Después fue a la habitación con Margarida. Se sentó a su lado en la cama y reparó en que se había quitado el abrigo y el vestido y que estaba casi desnuda bajo las sábanas. Gold se descalzó, se quitó la chaqueta y los pantalones en silencio, y se metió en la cama junto a la joven. Sintieron el calor de sus cuerpos y se abrazaron. El capitán inglés dijo:

—*The* árabe *said you* dormir *with the* pirata...

Ella le replicó indignada:

—¡Eso es mentira! El árabe es un sodomita embustero, asqueroso y malo. Ha intentado matarme varias veces. Es él quien querría dormir con el pirata, es de esos que...

Gold quiso saber:

—*Do you think* que ellos... ¿los dos *are*...?

—¡No lo sé! Son raros, parecen un matrimonio. El árabe es la mujer y Santamaria el hombre. El árabe siempre se pone nervioso cuando el otro está cerca de mujeres, y habla mal de ellas, como lo hizo de mí.

El inglés le sonrió:

—*Well, then after me in the* convento, ¿no *more* pretendientes?

Molesta, Margarida respondió:

—Aunque hubiese querido, ¡no hubiera podido! He estado prisionera, a punto de morir. En la cárcel no hay oportunidad para esas cosas.

El inglés seguía desconfiando:

—*Well, and the* carcelero *and the* hermana Alice?

—¡Ese árabe está loco! Es como la esclava, una persona horrible que solo el terremoto nos ha dado a conocer. ¡Espero no volver a verlos nunca más!

Hugh Gold la abrazó y Margarida se enroscó a él e hicieron el amor de una forma poderosa y tierna a la vez, pues aquel era un reencuentro deseado entre dos cuerpos que ya se habían unido antes. Con todo, Gold la notó distinta. La primera vez que la había amado, largos meses atrás, escondidos en el almacén del convento de Alcântara, perdió la virginidad con él y él le enseñó a gozar de los placeres del sexo hasta alcanzar la excitación. Ahora, ella se movía de otra forma, más suelta, más entregada, y Gold estaba seguro de que la joven le había mentido, de que ciertamente había estado con otro hombre. O en la prisión o, como decía el árabe, con Santamaria. Y se convenció aún más cuando ella, al final, rompió a llorar.

—¿*What*, *girl*, *why* lloras? —quiso saber el inglés.

—Por nada.

Margarida se volvió, dándole la espalda a Gold, y él la abrazó por detrás, pegando su cuerpo al suyo; permanecieron así, en silencio, hasta que ella se quedó dormida. El inglés cerró los ojos. «Menos mal que el pirata ha muerto», fue su último pensamiento antes de caer en un sueño profundo.

La luz de la mañana que entraba en la habitación lo despertó y vio al niño en la puerta. Margarida estaba desnuda, tendida boca abajo, con sus redondas nalgas al aire matinal. Hugh Gold miró al niño y le preguntó:

—*Boy*, *never* has visto a una mujer desnuda?

El niño se puso nervioso, pero siguió mirando el cuerpo desnudo de Margarida y dijo:

—Tenemos que irnos. Deprisa.

—¿Por qué, *why*? —preguntó Gold, sentándose en la cama.

—Hay hombres malos por aquí cerca. Y los perros han vuelto.

—¿*Dogs*, perros? —preguntó Gold.

—Los perros de la ciudad.

En ese momento, Margarida se despertó, se sentó también en la cama y sus senos bonitos y redondos quedaron a la vista en todo su esplendor. Amodorrada aún, se restregó los ojos y fue entonces cuando se apercibió de que el niño estaba allí. Se tapó de inmediato y el chaval desapareció. Gold y ella se vistieron y salieron al salón.

—¡Mira por la ventana! —dijo el niño.

El inglés se acercó y miró hacia fuera. A veinte metros de la casa, unos cuantos hombres con muy mala pinta revolvían los escombros. Uno de ellos clavó un puñal en el suelo. Después se agachó y arrancó algo a cuchilladas, y cuando se levantó, a Gold se le hizo un nudo en el estómago. El hombre acababa de arrancar el brazo de un cuerpo y lo examinaba. Sin pensarlo dos veces, lo metió en un cesto donde había más partes de seres humanos.

Un perro vagabundo se arrimó al cesto para olisquearlo y ya se disponía a hincarle el diente cuando el hombre lo apartó de un puntapié. Entonces Gold vio otros perros, muchos. Los animales de Lisboa, los abandonados y sin dueño, los que habían huido la víspera del terremoto estaban de vuelta en la ciudad.

Con la tez pálida, Gold se volvió hacia Margarida y le dijo:

—*Hell, we have to go* por la parte de atrás. *These fucking camels are* peligrosos.

Los tres y el perro del niño salieron por una puerta que había al fondo del pasillo. Inspeccionaron los alrededores y echaron a andar. Vieron más perros. El del niño ladró, pero el resto de canes no respondieron, entretenidos como estaban en olisquear el suelo y en escarbarlo con las patas en busca de comida. Solo en los primeros cien metros, Gold contó más de veinte perros callejeros de diversos colores y razas, todos con aspecto agresivo y hambrientos. Se metían por los escombros, entre los cascotes de las ruinas de las pocas casas que todavía se mantenían en pie, buscando alimentos desesperadamente.

Los tres bajaron la cuesta y, cuando estaban casi a punto de llegar a la casa del niño, dos grandes perros marrones echaron a correr hacia el chucho del chiquillo, gruñendo y enseñando los dientes. El jovencito intentó retener a su perro sin éxito, y los otros dos se abalanzaron sobre él, mordiéndolo. El perro del niño no se quedó quieto, los tres animales lucharon y se mordieron con furia, ladraron y se gruñeron, enzarzándose en una pelea rabiosa. Gold y el chico cogieron maderas y piedras y lograron ahuyentar a los demás animales; con todo, el del niño resultó malherido, pues le sangraban la boca y el hocico. El niño lo limpió con la manga de la camisa. El inglés le hizo algunas caricias, le habló para tranquilizarlo, y comentó:

—*Hell, dog* valiente. *Did not run* de ellos, *fight* ellos…

Entretanto, Margarida divisó a los lejos a varios hombres que se acercaban y dio la voz de alarma. Hugh Gold reconoció entre ellos al caníbal que acababa de cortarle el brazo al cadáver. Y echaron a correr hacia el río seguidos por el perro.

39

Fue más tarde cuando me enteré de lo que pasó entre Margarida y el inglés. Aun así, la verdad nunca quedó del todo aclarada, y en mi alma siempre quedaron manchas de duda. La desconfianza, siempre la desconfianza... Cuando nos enamoramos de alguien, en nuestro interior nace de inmediato el terror a la traición, a la infidelidad o el miedo al abandono o a la sustitución. Otra persona puede ocupar nuestro lugar en nuestra ausencia, y después solo nos queda sufrir, sentir cómo los celos empañan nuestra imaginación enferma y atacan nuestro cerebro con visiones de lo que pudo, o no pudo, haber sucedido en realidad.

El episodio relatado anteriormente me fue referido en parte por el propio inglés y en parte por el niño, la única vez que se dignó dirigirme la palabra durante aquellos días. Margarida se mantuvo fiel a su versión: nunca en el pasado se había acostado con el inglés en el convento de Alcântara; solo intentó seducir al carcelero para conseguir una cuerda, pero no llegó a practicar el acto sexual con él; y siempre se resistió a las embestidas de la hermana Alice, que intentó toquetear su cuerpo la noche que las encontré.

Finalmente, Margarida reconoció que la noche que se acostó con el inglés todo era distinto. Creía que yo había muerto por las balas de Perro Negro y se sentía infeliz y triste y con el corazón destrozado. Pero, aun así, me contó muy poco acerca de este episodio, nunca me reveló toda la verdad.

De alguna manera, la noche que pasó con el inglés es la única mentira que puedo aceptar. Estaban realmente convencidos de que yo había muerto. Y no es de extrañar, pues hasta yo mismo al principio pensé que lo estaba. La bala del fusil de Perro Negro me alcanzó en la cabeza, pero solo me rozó. Me causó un dolor muy intenso, un desmayo y una abrupta caída entre las grietas. Me desplomé y me hundí varios metros, desamparado, golpeándome contra los maderos y las piedras, y mi cuerpo, inerte, rodó y rodó sin control por aquel abismo. Después Perro Negro disparó su pistola desde arriba, con la intención de rematarme, y aunque estuvo muy cerca, por fortuna no lo logró. Cuando, horas más tarde, intenté moverme en aquel agujero, a mi lado había maderas agujereadas por las balas, a pocos centímetros del lugar en que mi cabeza y mi torso reposaban.

No sé cuánto tiempo estuve inconsciente. Solo sé que recuperé el sentido bien entrada la noche. Solo recordaba vagamente lo que había pasado. Estaba molido, las piernas, los brazos y la espalda me dolían terriblemente y era como si un martillo me golpeara la cabeza. Me resultaba extremadamente difícil moverme, el mínimo gesto no hacía sino aumentar mi dolor, y estaba atrapado entre piedras y palos, lo cual imposibilitaba cualquier desplazamiento. Además tenía la cara y la cabeza ensangrentadas, y el pelo empapado en una sustancia que creí que era parte de mi cerebro. Volví a desvanecerme.

Unas voces me despertaron. Un anciano negro, encogido sobre sí mismo en aquella improvisada gruta de escombros, me estaba aplicando unos paños en la cabeza. Intenté hablar pero no pude, y me desmayé de nuevo, exhausto. Volví en mí no sé cuánto tiempo después y el hombre seguía allí, intentando que bebiera el líquido en una taza. Di unos sorbos a aquel brebaje que sabía mal: era una infusión a base de té y alcohol, olía a eucalipto y a absenta, y me abrasó la boca, haciéndome toser varias veces.

—¿Quién eres tú? —le pregunté al hombre.

Sonrió y me dijo con voz profunda y serena:

—Abraão. Tu amiga, y amiga mía también, me ha traído aquí para salvarte.

A su lado vi a Ester, sus dientes blancos refulgían en la oscuridad.

—Hay que sacarlo de aquí —dijo ella.

—Nuestros hermanos están a punto de llegar —añadió Abraão.

Bebí más de aquella poción y poco a poco empecé a sentirme mejor. Oí unos ruidos por encima de mi cabeza y varios negros bajaron por la grieta. Abraão les dio instrucciones: que me auparan hasta el exterior del agujero y me colocaran en una camilla improvisada. Llegué a preguntarles adónde me llevaban, pero de nuevo me invadió un enorme sopor y me quedé dormido.

Cuando desperté, de noche aún, me hallaba entre cuatro paredes con Ester a mi lado. Le pregunté:

—¿Me estoy muriendo?

Ella sonrió y me dijo:

—No. Estás conmocionado a causa de los golpes, pero no te vas a ir al otro barrio, Santamaria. ¡Y con el brebaje que Abraão te ha obligado a meterte por el gaznate, en nada de tiempo estarás bueno!

De hecho, me sentía mucho mejor. Aunque me doliera todo el cuerpo, no tenía nada partido ni sangraba.

—¿Dónde estamos?

—En Mocambo —respondió Ester.

Era el nombre que los esclavos africanos daban al barrio de Madragoa, enclave en el que se habían concentrado durante los últimos siglos. Me quedé asombrado. Habían atravesado gran parte de la ciudad conmigo a cuestas, desde la zona del río, desde más allá del Terreiro do Paço, hasta allí, hasta Madragoa.

—Tengo que dar las gracias a los hombres que me cargaron en la camilla.

Ester sonrió:

—¡Válgame Dios! ¡Lo de allí abajo es un pandemonio! Todo el mundo se está matando… Los hombres que te han traído son prisioneros de la cárcel de los esclavos y han venido aquí huyendo de los soldados.

La prisión de los esclavos estaba en los límites orientales de la ciudad, mucho más allá de la Alfama, junto al río.

—Aquí estamos todos más seguros —siguió diciendo Ester.

Le pregunté cómo había logrado escapar y me contó que, tras luchar con un hombre, se metió por las grietas y se escabulló a rastras.

—¿Y Mohamed?

—No lo sé. Vi que mataba a un hombre con la navaja antes de huir.

No dije nada más, pero ella se anticipó:

—¡Y no me preguntes qué les ha sucedido a la blanquita y al inglés, porque no tengo ni idea! Puede que los hayan pillado aquellos canallas, y a lo mejor a estas alturas las cabezas de esos idiotas estén clavadas en unas estacas como las que vimos anoche. Y la blanquita no debe de haber tenido una muerte muy agradable. Esos salvajes no habrán dejado pasar la oportunidad de catarla. Todos…

Me negué a imaginarme la escena. En ese momento, Abraão entró en la habitación con una vela. Era un hombre muy anciano, casi calvo, con el rostro plagado de arrugas, pero que transmitía una serenidad contagiosa.

—Veo que estás mucho mejor, *sallyman*.

Sonreí. El viejo utilizó la expresión con la que los ingleses designaban a los piratas y a los corsarios.

—En tierra, poco valgo —repliqué.

Se sentó a mi lado y me puso la mano en la cabeza.

—Eso no es verdad. Te esperan nobles acciones, aunque difíciles.

Fruncí el ceño. Y él siguió hablando:

—Tienes un largo camino que recorrer, lleno de obstáculos.

Tendrás que vencer el mal que hay en tu interior, superarlo. Y después tendrás que vencer el mal que hay fuera de ti, y matarlo. Al final, tu corazón te llevará a hacer el bien y serás feliz como nunca antes.

Me abstuve de comentar su profecía. Él añadió:

—Vivirás grandes alegrías, pero antes vivirás grandes dolores.

Sonreí, lleno de curiosidad:

—¿Y al final seguiré vivo?

Me miró muy serio.

—No hay nada que llegue a su fin, Santamaria, si es que ese es tu nombre. Ni el mal ni el bien tocarán a su fin. Siempre estarán ahí. Ahora necesitas dormir, pues te queda mucho por delante.

Abraão y Ester salieron del cuarto. Me sentía agotado y me quedé dormido. Cuando desperté al cabo de unas horas, seguía siendo de noche, pero me encontraba pletórico de energía. Oí música fuera, sonidos africanos, tambores. Las casas de los negros también estaban destruidas, pero al menos intentaban sobreponerse divirtiéndose. Me levanté de la cama, me puse los pantalones y la camisa, me calcé y salí de la habitación. Atravesé una pequeña sala y después una puerta que daba a la calle.

Al examinar el escenario que se abría ante mis ojos me sentí en África. No era por casualidad que sus habitantes llamasen Mocambo al barrio de Madragoa. Decenas de negros, hombres y mujeres, estaban sentados en el suelo en torno a varias hogueras, tocando el tambor y otros instrumentos de percusión, canturreando o emitiendo leves sonidos divertidos, mientras otros grupos bailaban en círculos más pequeños entre las hogueras, sacudiendo el cuerpo enérgicamente con movimientos sensuales. Parecían estar de celebración, sonreían y cantaban, primero echando la cabeza hacia atrás y mirando al cielo, y después echando la cabeza hacia delante y mirando al suelo. Los ritmos musicales eran rápidos, primitivos, cercanos al movimiento instintivo de sus cuerpos y al latido de sus corazones. El resultado era vibrante: los músculos transpiraban, los cuerpos se mezclaban imitando movimientos sexuales que excitaban tanto a los bailarines como a los espectadores.

Hombres y mujeres se abrazaban, cambiaban de pareja constantemente, se rozaban los unos con los otros, se tocaban con las manos simulando muecas de placer. Llegaban incluso a lamerse el pecho, la cara y las piernas, los hombres a las mujeres y las mujeres a los hombres. Los que estaban sentados fumaban pipas de agua y de otras sustancias, expulsando bocanadas de humo que impregnaban el ambiente de un olor dulzón.

Busqué a Abraão y a Ester, pero no los encontré. Me quedé allí, recostado en la puerta, mecido por el ritmo de los tambores. Al cabo de unos minutos empezaron a elegir: una mujer se acercaba a un hombre, bailarín o espectador, que sonreía y la abrazaba, y después desaparecían en la noche. A medida que la gente se iba emparejando, el número de personas en la fiesta disminuía, así como la intensidad de la música y la energía de la danza colectiva.

Ester apoyó una mano en mi brazo. En ese momento me di cuenta de lo menuda que era, ni siquiera me llegaba al hombro.

—No te he visto en el baile —le dije.

Ella se encogió de hombros:

—Yo ya he elegido a mi pareja, no necesito bailar.

Entendí el significado de aquella frase: estaba a mi disposición para una noche de amor conmigo. Sin embargo, por un instante dudé de mi fuerza física.

—No quiero desilusionarte, pero estoy molido.

Ester esbozó una sonrisa:

—Ya verás cómo la poción de Abraão hace milagros.

Era verdad, tal como pude comprobar a continuación. Me tomó de la mano y me llevó de nuevo al cuarto. Cerró la puerta y me desnudó. Empezó a besarme el cuerpo, se arrodilló y se esmeró en chuparme. Me excitó mucho. Durante las horas que siguieron, hasta que se hizo de día, fornicamos sin un momento de debilidad, gozando ambos de un intensísimo y repetido placer en un estado de vigor que me sorprendió, pues me creía más débil de lo que estaba. Es verdad que Ester, a pesar de su poca estatura, era un portento de la naturaleza: su cuerpo era ágil, ardiente y totalmente predispuesto a cualquier experiencia, gozaba sin recelos ni contención. Cuando se estremecía de placer, chillaba, aullaba, me tiraba del pelo, decía palabras malsonantes y me mordía con un frenesí contagioso. La poseí de varias maneras y ella me poseyó a mí, en un juego que parecía no tener principio ni fin y que nos dejó completamente saciados.

Cuando la luz del sol entraba por la ventana, Ester estaba sentada sobre mi vientre, con las rodillas dobladas hacia atrás, acariciándome la cara con las manos. Entonces me dijo:

—Olvídala, Santamaria. No vuelvas a la ciudad.

Cerré los ojos, su olor a hembra negra penetraba por mi nariz.

—Tengo que buscarlos, a ella y a mi amigo.

Ester empezó a moverse, sus pezones chocaban con el tabique de mi nariz y dijo esbozando una sonrisa:

—La blanquita no te hace lo que te hago yo, no te da lo que te doy yo.

«Es verdad, pero eso no lo es todo», pensé. Mi corazón clamaba por Margarida. Durante aquellas horas, mi recuerdo me jugó más de una mala pasada, y vi su cara, su cuerpo, como una sombra pasajera, un fantasma amoroso que habitaba en mi interior.

Ester, insistente, añadió con malicia:

—A ella le gusta el inglés, espero que te hayas percatado. Y esta noche se ha acostado con él.

Antes de acabar de decirlo, ya me había introducido un pezón en la boca y yo lo estaba lamiendo, pero me puse tenso de repente y paré.

335

—¿Qué te pasa, pirata? ¿No te gusta el sabor de mis pechos? —me preguntó.

Con los ojos cerrados, le pregunté a mi vez:

—¿Cómo sabes que ha dormido con el inglés?

La negra enderezó ligeramente la espalda, echó una mano hacia atrás y empezó a manosearme el pene. Volví a sentir deseos, y una renovada fuerza hizo crecer mi músculo, que se endureció. Estaba asombrado de mi propio furor, pero lo achaqué a la bebida que Abraão me había dado, probablemente a sabiendas, y puede que incluso por petición expresa de Ester.

—Abraão lo ve todo —explicó ella—. ¿Sabes que su espíritu sobrevuela la ciudad?

—Eso significa que están vivos —comenté.

No respondió. Siguió manoseándome el pene, y cuando sintió que ya estaba listo, se incorporó un poco e introdujo la cabeza de mi miembro en su ano, tanteándolo para que encajara mejor en su cuerpo. Empecé a entrar en ella. Ester contoneó las caderas para facilitar la penetración y empezó a moverse con suavidad, primero hacia arriba y después hacia abajo, a fin de que penetrara más hondo. Comprendí que luchaba por mí como ninguna otra mujer lo había hecho antes y se lo agradecí. Con todo, yo sabía que al final iría en busca de Margarida.

Ester aceleró el vaivén de su cuerpo, excitada. De pronto, se irguió un poco más y mi pene salió de ella. Pensé que iba a dar por terminado nuestro momento, pero entonces, ya fuera de mí, señaló el borde de la cama y el suelo, y me ordenó:

—Ponte de pie, aquí, fuera de la cama.

Me incorporé y la obedecí. Ella se volvió. Dobló las rodillas, apoyó las manos en el colchón, se puso a cuatro patas, empinó las nalgas y me dijo:

—Poséeme así.

De pronto, ante la visión su culo erguido, empezaron a desfilar extrañas imágenes por mi cerebro. Me invadió una sensación de malestar y se me nubló el espíritu. Sentí un dolor interno, como si me estuvieran rasgando por dentro, y fui incapaz de seguir. Cerré los ojos, no por no verla a ella, sino para intentar borrar de mi mente sórdidos recuerdos.

Ester esperó, y al ver que no la penetraba, me preguntó:

—¿Qué te pasa?

Me entraron escalofríos, tenía las manos húmedas y me sentí desfallecer, como si mi energía interior se hubiese desvanecido. Medio aturdido, me apoyé en la pared. Ester advirtió mi malestar y se volvió hacia mí, intrigada, con los ojos abiertos de par en par:

—¿Ya no tienes ganas?

Me limpié el sudor de la frente y suspiré. Mis piernas ya no me sostenían y me senté en el suelo, creyendo que me mareaba.

—No es eso —dije—. Me encuentro mal.

Ester se acercó, intrigada, y me preguntó:

—¿Te sientes mal o sentiste el mal?

Un poco más tranquilo, en cuanto hube recuperado el aliento, la miré. Ella me recordó unas palabras:

—Abraão dijo que el mal está dentro de ti.

Y entonces las malas visiones regresaron. Intenté cerrar los ojos para luchar contra ellas, pero no pude. Ester bajó de la cama y se arrodilló ante mí. Puso mi cara entre sus manos y me obligó a mirarla a los ojos.

—¡Expulsa el mal fuera de ti! —exclamó.

Así lo hice. Le conté lo que nunca le había contado a nadie, el terrible secreto de mi vida. Muchos años antes, mi navío fue abordado por piratas árabes y la tripulación fue diezmada en la batalla o finalmente asesinada. Como era un piloto hábil, solo yo salí vivo. Me llevaron a una ciudad africana y me encarcelaron. Durante el cautiverio enloquecí, privado de libertad y del mar, viviendo en un estercolero permanente, luchando por mi vida contra los demás prisioneros. Portugal me había abandonado: el rey decidió no pagar el rescate exigido para la devolución del navío, que se llamaba *Santa Maria*, de ahí que los árabes me llamaran así.

Dos años después, un hombre vino a visitarme a la celda. Era el comandante del navío que me capturó, el responsable de la muerte de mis compañeros. Me dijo que admiraba la forma ejemplar en que capitaneé mi barco, huyendo de los piratas durante tres días y tres noches, obligándolos a un esfuerzo extraordinario para hacerse con mi valiosa carga, oro procedente de Brasil.

—Eres un gran piloto y necesitamos hombres como tú.

Le pregunté qué quería y me dijo que, ya que el rey de Portugal me había olvidado, él podría convertirme en un pirata árabe. Me ofrecía el puesto de contramaestre y un porcentaje de las ganancias obtenidas en los saqueos.

—¿A cambio de qué? —le pregunté.

Sonrió con malicia y dijo:

—Eres un hombre guapo. Si te entregas a mí, te concederé la libertad.

Durante tres meses rechacé la propuesta. Con todo, mi convencimiento empezó a resquebrajarse. Sentía que si no salía de aquella prisión moriría o enloquecería para siempre. Finalmente accedí a su petición. Vino a visitarme a mi celda, muy sonriente, y aquella misma tarde impuso su voluntad. Me arrodillé en el suelo frío de la celda, me bajé los pantalones y él cayó sobre mí como un águila. Me penetró hasta el fondo provocándome un agudo dolor, y sentí una humillación y un asco como jamás lo había sentido en mi vida. Aquella noche sangré por el ano y estuve vomitando horas y horas.

Cumplió su promesa y al día siguiente por la mañana me liberó y me llevaron al navío. Me recibió, complacido, y me prometió que me trataría bien. Enseguida comprendí a qué se refería, pero no volví a ceder a sus caprichos. Nos hicimos a la mar al día siguiente y siempre me resistí durante las tres semanas que siguieron. Por suerte, tenía otra alternativa para satisfacer sus caprichos, un árabe pequeño, triste y afeminado llamado Mohamed, con quien entablé amistad. Yo sabía que estaba sufriendo en mi lugar, y cuánto odiaba la brutalidad con la que el otro lo trataba. Así fue como, a la primera oportunidad que tuve, en pleno océano Atlántico y con la complicidad de Mohamed, lancé su cuerpo al mar. Al día siguiente, nadie de entre la tripulación sabía qué hacer, y como yo era el segundo de a bordo y un avezado piloto, tomé el timón del navío.

Tal era mi pericia que no tardamos en apoderarnos de numerosos barcos extranjeros y de sus riquezas, y cuando volví a tierra cargado de oro, nadie quiso saber qué había pasado con el comandante. Mi carrera como pirata empezó ahí, pero ni siquiera la muerte de mi violador pudo liberar el dolor que había dentro de mí. Diez años de piratería en alta mar solo consiguieron soterrarlo profundamente, pero no destruirlo. Y ahora, tal como Abraão había profetizado, asomaba de nuevo para consumirme las entrañas.

—Por eso no puedo hacerlo —le dije a Ester.

Ella me miró, muy seria, y contestó:

—Al contrario. Por eso es por lo que tienes que conseguirlo. Solo así vencerás el mal, solo así serás más fuerte que él. Eso es lo que Abraão quiso decirte, tienes que superar el mal que cargas en tu alma.

Después de mi confesión, me serené. Ester me sonrió una vez más y dijo:

—No temas a la fuerza que tienes dentro.

Cerré los ojos y me quedé así unos minutos. La imagen de lo que sucedió en la mazmorra árabe, hace ya muchos años, desapareció, como disuelta, liberada por mis palabras. Abrí de nuevo los ojos y sentí que aquel momento me había transformado.

Ester me sonrió, le devolví la sonrisa y se sintió complacida. Volvió a besarme en la boca y en la cara, y se empleó a fondo en lamerme y chuparme el pene hasta que logró endurecerlo de nuevo. Levantó a cabeza y me sonrió:

—Un buen recuerdo puede matar otro malo. ¿Quieres volver a intentarlo?

Sonreí, se subió a la cama de un brinco y volvió a empinar

el culo sensualmente para mí. Con suavidad, con la mente limpia, me arrimé a Ester, y ella me guio, primero despacio y después más rápido, hasta que una excitación animal se apoderó de ambos y exploté, una vez más, dentro de ella.

Permanecimos un rato el uno junto al otro mientras recuperábamos el aliento, y a continuación me levanté y me vestí. Admiré su cuerpo, menudo y desnudo, sus nalgas redondas y su espalda, en cuyo perfil se insinuaban los nudos de los huesos de su columna. Le pregunté:

—¿Sabes dónde están?

Ni siquiera levantó la cabeza, solo se limitó a responderme:

—En el Terreiro do Paço.

No le pregunté cómo lo sabía, me limité a despedirme:

—Adiós.

Sin moverse, de espaldas a mí, con la cara pegada al colchón, Ester me dijo:

—Nunca te olvidaré, Santamaria. Pero nunca más volveré a verte.

Yo aún no sabía que sus palabras eran ciertas, pero ella sí. En aquel momento me limité a salir de Mocambo tranquilamente, pasando entre los escombros y los esclavos que ya habían iniciado el nuevo día y que me miraban sin desconfianza, sin temor. Bajé hasta el Poço dos Negros, me acerqué al río y fui caminando por la orilla, pasando por San Pablo, por Remolares, por Corpo Santo, y la ciudad fue adquiriendo una nueva dimensión para mí. Cuando divisé la carbonizada Ribeira das Naus, comprobé que el Palacio de la Ribeira y el palacio de don José seguían ardiendo. Anduve un centenar de metros más y de pronto oí un estruendo enorme. El palacio se derrumbaba, como un moribundo que se desploma, agotado de tanto luchar, desmoronándose, el último perdedor de aquella lucha entre la ciudad y la naturaleza. Había resistido los temblores de tierra iniciales, la furia de las tres olas, el fuego incesante que lo corroyó por dentro, y al fin sucumbía, vencido, el símbolo final del colapso de aquella metrópolis de la que se decía: «Quien nunca ha visto Lisboa, nunca sabrá lo que es bueno».

Me sentía angustiado. Me arrodillé y lloré. Sollocé convulsivamente, con las lágrimas brotando de mis ojos sin cesar, y una tristeza infinita me invadió el corazón. No lloraba por mí, ni por mi imprevisible destino, ni por la mujer a la que amaba o creía amar, ni por mi amigo árabe, compañero de tantas luchas al que temía haber perdido. Lloraba por la ciudad, por el sufrimiento que aquel golpe del destino le había infligido, aniquilándola, mutilándola de una forma tan irreverente y fatal. Lloraba por la pérdida de la Lisboa que yo amaba, que fue mía, que me vio crecer, ser joven y lleno de vida, ser hombre, y que me vio partir al mar, ir y volver, y a la que muchos años después de salir por última vez regresé prisionero y humillado, quizá con el único propósito de asistir a su fin, de presenciar su trágica despedida de este mundo.

Las ciudades no solo son espacios con edificios y vidas y monumentos y personas desconocidas. Son, por encima de todo, partes de nuestro ser, de nuestra vida, de nuestros sentimientos, de nuestras memorias: capas y capas de vivencias humanas que se van superponiendo unas sobre otras. Y ahora Lisboa se moría y yo sentía que una parte importante de mí se moría con ella. El momento en que fui consciente de esa despedida, de esa partida, de esa pérdida, se materializó cuando vi venirse abajo el Palacio Real, exhausto y derrotado. Como yo. Como nosotros. Como Lisboa.

CUARTA PARTE

Aire

40

El estampido del tiro de una escopeta resonó en los tímpanos de Bernardino mientras veía caer al tigre de Bengala muerto, los fragmentos sanguinolentos de cerebro pegándose en el pavimento. Era uno de los últimos animales que moría abatido. El Jardín Real, antes un alegre lugar donde las fieras rugían para el deleite de los visitantes del rey, se había transformado en el escenario de una masacre. Leones, panteras, rinocerontes, bisontes, ciervos, monos, decenas y decenas de animales de las procedencias más exóticas habían sido ejecutados, uno a uno, por orden real, y su sangre inocente se derramaba por el suelo.

Los soldados habían cargado las armas, envalentonados, lo cual no era difícil, protegidos como estaban por las rejas de las jaulas. Apuntaban, sonriendo como idiotas, a la cabeza de los animales y disparaban, matándolos sin piedad. Cada bicho que moría entristecía más a Bernardino, al que siempre le había gustado mucho aquel sitio por su sorprendente festividad, por su exotismo, por la variedad de fieras, por sus pieles, por sus rugidos, por sus manías animales.

Muchas veces, casi siempre que visitaba el palacio de Belém, se escapaba al jardín y paseaba junto a las jaulas admirando aquella majestuosa fauna, que era, en sí misma, un símbolo de la riqueza y de la extensión del Imperio portugués. Los ejemplares procedían de todos los rincones y eran bellos, orgullosos, feroces algunos, tiernos otros, y Bernardino se sentía un privilegiado por poder visitarlos.

El terror a más terremotos fue lo que aceleró su sentencia de muerte. Espeluznado ante la posibilidad de que, durante una de las permanentes réplicas, los animales se pudiesen escapar y atacar a la población, e incomodado por el tremendo alboroto que armaban las fieras asustadas siempre que la tierra temblaba de nuevo, el rey don José perdió la paciencia y decidió matarlos a todos. El fusilamiento se había iniciado aquella misma mañana, y para Bernardino aquello era otro síntoma evidente de que en Lisboa nada sería igual que antes.

El peso de la situación aplastaba el alma y la determinación de la gente. Bernardino descubría en los hombres de la corte una sombra permanente en la mirada, un silencio turbador, una alegría contenida, la desaparición de la risa y de las ocurrencias divertidas. Nadie arriesgaba una broma, nadie sugería una francachela, y todo el mundo deglutía la desgracia en el estómago y en el cerebro como si rindiera un lacerante homenaje a la difunta capital del reino.

Sebastião José era el único que manifestaba una persistente obstinación, una necesidad de reacción anímica. Era él, con sus órdenes, con su autoridad natural, con su determinación, quien luchaba prácticamente a solas contra el desánimo generalizado que contagiaba a la corte del rey don José. Y no lo hacía para ahuyentar la negra sombra de las mentes diluyendo la tristeza con bromas. De eso nada. Lo que quería era acción, y era esa energía pura y dura la que obligaría a la gente a avanzar, a pensar, a moverse. Como un toro, embestía hacia delante con su fuerza bruta, y los demás tenían que seguirlo, pues una voluntad más fuerte que la suya los comandaba sin permitirles caer en el letargo más allá de lo razonable; una voluntad peligrosa, por lo demás.

Sebastião José había ordenado cerrar los puertos definitivamente, en parte porque corría el rumor de que los piratas árabes se preparaban para desembarcar en la ciudad —más tarde se supo que la noticia era falsa, y que en realidad pudo tratarse de un rumor propagado por el propio Sebastião José para asegurarse una legitimidad que justificase a priori su decisión— y en parte porque el ministro quería evitar que más gente abandonase la ciudad. Si los comerciantes se iban de Lisboa, si los mercaderes huían, la ciudad no solo sufriría una pérdida temporal sino permanente, y eso podría hacer inviable su futuro colectivo.

Bernardino sabía que los daños en la comunidad inglesa, por ejemplo, habían sido elevados. No tanto por la pérdida de vidas como por la pérdida monetaria, de archivos, almacenes y tiendas, que había sido casi total. Según el embajador, Abraham Castres, la mayoría de los comerciantes se preparaba para abandonar aquel volcán de amargura. Cerrar los puertos era una forma de evitar la fuga inmediata y de obligar a los interesados a repensar sus decisiones.

Además, Sebastião José comprendió que la huida de la población lisboeta podría interpretarse como una terrible señal de desconfianza en la capacidad del reino para sobreponerse a la calamidad. Le explicó al rey don José, así como a los demás nobles, que era absolutamente prioritario evitar una desbandada general, para no dar una imagen de renuncia que acabaría golpeando a la urbe de forma letal. Mientras que el padre Malagrida insistía en la necesidad de asistir a las almas torturadas fomentando el arrepentimiento, y proponía al rey la celebración de procesiones en el Rossio, el ministro se empeñaba en defender, de forma entusiástica y contra todo pronóstico, el despliegue de tropas en las puertas de la ciudad, cercándola para paralizar el éxodo de habitantes.

Bernardino me contó que se generó un intenso debate. El marqués de Alegrete, presidente de la Cámara Municipal, tampoco consideraba prioritaria la logística religiosa de Malagrida, pero no estaba de acuerdo con cercar la ciudad. Sostenía que, con el frío y la escasez de alimentos, la confusión se propagaría por los campamentos improvisados, y que lo mejor sería permitir que la población se desplazara a otras localidades cercanas a la ciudad, o incluso a las más lejanas. Pero Sebastião José se opuso con vehemencia a la propuesta del marqués insistiendo en que, si se permitía el éxodo, este sería definitivo y la gente no volvería nunca más, aniquilando así la ciudad con su ausencia. A fin de evitar que eso sucediera, los soldados tendrían que impedir la fuga en masa con armas y fuego real si fuese necesario, para que los habitantes entendiesen que tenían que quedarse y participar en la reconstrucción, aunque en las actuales circunstancias tal decisión conllevase un alto grado de sufrimiento. Algunas personas, admitía Sebastião José, podrían morir de frío y de hambre, otras serían víctimas de enfermedades o conflictos, pero al final la ciudad se salvaría, resistiría y renacería.

Con su habitual retórica y su firme convicción, el ministro recordó que Lisboa era una de las capitales comerciales más importantes de Europa y que, incluso después del terremoto, tendría que seguir siéndolo, y eso solo sería posible si la población no huía y si la corte daba muestras inmediatas de haber iniciado la reconstrucción. Como de costumbre, don José se dejó convencer por el poder argumentativo de su ministro, y Bernardino sintió que, en medio de tanta desolación, el rey había encontrado un faro de esperanza al que se asía con uñas y dientes. Al contrario de lo que podía desprenderse de las palabras de su confesor Malagrida, y del sentimiento general de rebeldía que se había apoderado de los hombres y mujeres más pobres de espíritu, había gente que confiaba en la capacidad de los habitantes, en su voluntad de resistencia, en la resurrección de una energía colectiva que en la superficie parecía aniquilada.

Y todo ello sucedía en un momento en que las noticias que seguían llegando eran cada vez peores. Los incendios habían consumido la Baixa, se decía que no quedaba una casa en pie, que todo estaba carbonizado y que la fuerza de las llamas se extinguía porque ya no había nada más que pudiera arder. Los saqueos y el pillaje eran continuos y las zonas junto al río eran el escenario de un salvajismo permanente. Bandas de hombres violentos y armados luchaban como gladiadores hasta la muerte.

Por otra parte, el hambre había sentado plaza en los barrios. Los que no habían huido a los campos y se habían quedado en la ciudad estaban más hambrientos a cada hora que pasaba, y más desesperados. Además, ya habían empezado a circular macabros relatos de canibalismo. Se rumoreaba que ya se estaban comiendo a los muertos, y que después pensaban seguir con los vivos, en una espiral de crimen y barbarie que solo cesaría con la llegada de los soldados.

El marqués de Alegrete trataba de justificarse, al borde de la desesperación: con el número de soldados de que disponían era casi imposible desempeñar dos trabajos simultáneamente. Para cercar la ciudad habría que situar en las más de cuarenta puertas de Lisboa soldados preparados para enfrentarse a multitudes atormentadas y hambrientas, a las que no sería justo someter a más agravios. Al mismo tiempo, limpiar la ciudad de asesinos y malhechores era prácticamente imposible, porque los soldados tendrían que estar en permanente movimiento persiguiendo a los criminales, y entonces no podrían organizarse en las puertas. «La manta es corta —decía el marqués de Alegrete—, si tiramos de un lado destapamos el otro.»

El tema en cuestión suscitó una nueva polémica que se prolongó durante toda la noche y la mañana del día siguiente. Por fin se decidió que los soldados destacados en las zonas bajas seguirían con su lucha titánica contra los fuera de la ley, matándolos sin contemplaciones. Sebastião José exigió que a los bandidos se les cortase la cabeza, y que esta fuera exhibida en las esquinas de las calles, clavada en lo alto de un palo, para que todo el mundo aprendiese la lección.

Entretanto, el marqués de Alegrete distribuiría soldados en las puertas de la ciudad, en número suficiente y debidamente armados, a fin de disuadir a los habitantes de que abandonasen la ciudad, y también en las carreteras, para obligar a los fugitivos a retroceder. Sebastião José ordenó que ambos objetivos se llevaran a cabo simultáneamente, imponiendo así su voluntad al presidente de la Cámara, y este, agotado, acabó cediendo.

Bernardino me contó que Sebastião José no dormía, que por la noche solo echaba una cabezadita de una o dos horas y que se alimentaba mal. Excepto cuando iba a hablar con el rey, siempre estaba metido en su carruaje yendo de Belém al centro, visitando las carreteras, los límites de la destrucción ciudadana. Después regresaba, cambiaba los caballos y volvía a marcharse, empeñado en decidirlo todo y en querer resolverlo todo.

A la mañana siguiente recibió al arquitecto que había diseñado el acueducto de las Aguas Libres, Carlos Mardel, para escuchar sus proyectos sobre el futuro de la ciudad. Según me relató el ayudante de escribano, en aquella reunión se discutieron tres ideas. La primera era reconstruir una Lisboa igual a la que acababa de desaparecer, con las mismas calles, las mismas iglesias, los mismos palacios. La segunda era abandonar definitivamente aquella zona de la ciudad, la Baixa y el Terreiro do Paço, y construir una nueva capital en Belém, junto a los Jerónimos y al palacio del rey. Finalmente, la tercera idea era la más polémica: reconstruir la ciudad en el lugar donde existía, pero de forma totalmente diferente, innovadora, lineal, racional.

Durante las primeras horas, la solución más saludada fue la segunda hipótesis. Belém casi no había sufrido daños con el terremoto, era un lugar plano con una colina por detrás, lleno de sol y luz, y parecía ser la cuna perfecta para una nueva capital sin la sombra de la destrucción y de la muerte planeando sobre el terreno y las almas. «No vamos a construir sobre una montaña de muertos» era un argumento poderoso. Sin embargo, había otro argumento que, aunque nadie se atreviese a verbalizar en alto, estaba en todas las mentes. Por temor a las réplicas, don José decidió que hasta el fin de sus días jamás volvería a vivir bajo un techo de piedra, y mandó construir un palacio de madera y materiales ligeros al que pensaba irse a vivir, según decía, hasta que Dios se lo llevase. La Real Barraca, como empezó a llamarse, era una construcción alta y extensa, pero fea y fuera de lugar, sin ningún tipo de dignidad real. Construir una ciudad alrededor de un barracón gigante habitado por un rey parecía motivo de burla, una oportunidad para que los extranjeros nos machacaran por nuestras ridiculeces. Ya teníamos suficiente con lo que los españoles decían de nosotros, que éramos «pocos y locos».

Así pues, a medida que fueron pasando los días, la opción que Sebastião José prefería, la tercera, fue ganando adeptos. Semanas más tarde, ese sería el camino elegido, con la aprobación de todos, incluida la del rey.

Sin embargo, cuando se supo que el Palacio Real se había derrumbado consumido por las llamas y el rey añadió que no deseaba construir un nuevo palacio en aquel enclave, todos comprendieron que Su Majestad jamás volvería a la Baixa. Cedía en cuanto a la ciudad, concediendo a Sebastião José su «nueva Lisboa», pero se guardaba Belém para sí, rechazando el centro como residencia permanente de la corte. La «nueva Lisboa» sería más mercantil, más habitable, y menos regia. El rey se quedaría en la Real Barraca.

Al caer la tarde, y después de que Sebastião José hubiese decretado que todos los panaderos y pasteleros de la capital estaban obligados a elaborar pan en los campamentos provisionales, forzados por las armas si se diera el caso —medida que solo fue efectiva una semana después del terremoto—, las preocupaciones volvieron a recaer en el oro de la Casa de la Moneda.

Por allí no había pasado todavía ningún grupo de soldados, pero tampoco circulaban noticias sobre luchas o asaltos en el lugar. Aparentemente, los bandidos que vampirizaban Lisboa, verdaderos buitres que caían sobre los restos mortales de la fustigada capital, habían pasado por alto esa posibilidad. Les resultaba más fácil saquear casas, ruinas, escombros, muertos, que atacar un edificio que se mantenía en pie y que consideraban defendido por un valiente grupo de fieles guardias. Ese error, mejor dicho, ese desconocimiento, fue una de las pocas buenas noticias de aquellos días. El robo de todo aquel oro habría sido un golpe, quizá mortal, a la viabilidad de Portugal como reino financieramente autónomo, y en la corte se dio gracias a Dios por ello.

Sebastião José comentó que el padre Malagrida podría organizar sus procesiones para pedir el perdón y la misericordia de Dios, pero que él solo rezaría por la salvación del oro. Y para que dicha salvación estuviera definitivamente garantizada, se movilizó a un grupo de soldados que acababa de llegar al Palacio de las Necesidades y que a la mañana siguiente partiría hacia la Casa de la Moneda para rodearla y defenderla, salvando para siempre el precioso metal. El ministro del rey añadió que, si pudiese, iría personalmente, pero que en cualquier caso Bernardino acompañaría a los soldados para verificar si era cierto lo del ya legendario heroísmo del sargento que vigilaba él solo aquel lugar.

Al caer la noche llegaron noticias de que algunos criminales ya habían sido abatidos sumariamente en la zona de los mercados, cerca del Terreiro do Paço, lo cual alegró mucho a Sebastião José. Animado, el ministro insistió en que los vándalos fuesen decapitados y sus cabezas clavadas en estacas, cosa que, según decía, aún no se había hecho.

El día tocó a su fin con una decisión más del ministro, una decisión que, según me contó Bernardino, al principio él no entendió. Habían mandado llamar al responsable de la *Gazeta de Lisboa,* el periódico de la ciudad. Sebastião José exigió una nueva edición impresa a cualquier coste. Sin embargo, prohibió que se publicasen extensos relatos sobre el terremoto y obligó a que se escribiese un único texto de cinco líneas donde se explicaba que la ciudad de Lisboa había sido sacudida por un temblor de tierra, pero que el rey y los haberes reales estaban sanos y salvos.

En el periódico que la población, los nobles y los extranjeros leerían en los próximos días, la tragedia se anulaba, se suprimía, como si no hubiese pasado, y solo se daría una buena noticia sobre la realeza para aliviar el ánimo de la gente. Y eso era todo. Sebastião José no quería dramas, no quería desánimos, pretendía limitar los estragos en la medida de lo posible.

Como era de esperar, cuando el padre Malagrida tuvo conocimiento del hecho, se rebeló. El confesor del rey sacaba su energía de la catástrofe, como si esta fuese la confirmación de lo que pensaba de la ciudad y de la perdición de sus habitantes. La dimensión del desastre validaba sus razones. ¡Lisboa, decía bien alto, era Sodoma! Una ciudad pervertida, pecadora, donde imperaban la gula y la lujuria. El terremoto, el maremoto y los incendios habían sido el equivalente de la sal bíblica que quemó Sodoma. Para castigo de los lisboetas, que se deleitaban con la sodomía y otros horribles pecados, Dios les había ofrecido una lección, una funesta demostración, un implacable castigo. Limitar la hecatombe a un pequeño texto, como Sebastião José había ordenado, era un gravísimo error, un insulto a Dios, un desprecio a Sus leyes y a Su poder, y, por tanto, Malagrida condenaba tal decisión con todas sus fuerzas. En su opinión, el pueblo tenía que comprender la dimensión de sus errores y la gravedad del castigo divino. El pueblo tenía que arrepentirse y rezar. Olvidarse de ello sería ofender a Dios, desafiarlo. En vez de negar el cataclismo para reconstruir la ciudad, el padre Malagrida quería otorgar a aquella naturaleza desatada una justificación pecaminosa que posibilitase una explosión de culpa y de arrepentimiento colectivo, manteniendo a la gente concentrada en su temor reverencial a Dios.

Para Bernardino, y probablemente para muchos otros, era evidente que el conflicto entre Sebastião José y el padre Malagrida iba en aumento, y que presagiaba un enfrentamiento futuro que ya se adivinaba cercano. El confesor del rey podría organizar, y organizaría, sus procesiones, proclamar sus terribles condenas, equiparar Lisboa con Sodoma o Gomorra, pero eso solo contribuiría a irritar incluso al mismísimo rey.

Y Bernardino, al igual que todos los demás, lo sabía y lo presentía: a cada hora que pasaba, Sebastião José iba ascendiendo a la condición de organizador del futuro colectivo, transformando el terremoto en una oportunidad para consolidar su poder y de paso gestar una revolución. No existía Malagrida alguno, por más inflamado o carismático que fuese, que tuviera la energía o la habilidad suficiente para detenerlo. Para el ministro del rey, Dios solo era un argumento, no una voluntad. La única voluntad con poder para determinar lo que estaba por venir era la suya.

41

Cuando, por la mañana, llegué al Terreiro do Paço, enseguida me percaté de que ya no se veían comerciantes, ni portugueses, ni ingleses, ni italianos; ya no se veían frailes ni curas; ya no se veían nobles, ni burgueses, ni mujeres con hijos cerca. La plaza estaba ocupada por hombres de mala calaña, grupos de bandidos, prostitutas, marineros extraviados, prisioneros evadidos y desertores. Como si la chusma de la ciudad se hubiese reunido allí en un encuentro general de los fuera de la ley.

Casi todos iban armados con navajas, sables, machetes, pistolas, y algunos incluso con fusiles, probablemente sustraídos a los soldados que habían asesinado. Por aquí y por allí nacían riñas espontáneas, habituales entre cualquier comunidad de malhechores. En medio de barbudos de mirada feroz agrupados en círculos, que cantaban o berreaban en torno a hogueras que aún ardían, había prostitutas tendidas boca arriba en el suelo o a gatas, con la falda levantada, que se turnaban para satisfacer los deseos masculinos, acompañadas de una gran algazara.

Aquella fauna me recordó la isla de Tortuga, una guarida de piratas que visité varias veces. Con todo, había algunas diferencias esenciales: al contrario de lo que pasaba en las poblaciones donde los piratas se divertían, aquí no circulaba el alcohol, ni tampoco la comida o el agua. Los hombres se hallaban en estado de necesidad, ninguno de ellos iba borracho, pero aun así se mostraban agresivos, conflictivos, dispuestos a matar por la simple razón de que tenían hambre y sed.

Junto a los grupos dispersos que se habían formado podían verse los objetos robados. Sacos, cestas, jarrones de cerámica, baúles o ropa revelaban una inesperada evidencia: el fuego fue más rápido y más eficaz que cualquier bandido. Sin duda, el fuego había sido el ladrón más exitoso aquellos días: le había robado a la gente sus pertenencias, y a los ladrones la posibilidad de ser felices. El botín de aquella orgía de saqueos colectivos era irrisorio, y en la cara de los malhechores se traslucía la frustración.

No divisé a Perro Negro ni a los españoles que lo acompañaban, pero seguro que andarían por allí. Puede que estuvieran durmiendo, tendidos entre la multitud. Sin embargo, al fondo de la plaza, en la esquina que conducía a la catedral, sí que vi a los que yo andaba buscando: Margarida, el inglés y el niño. Eché a andar hacia ellos. Y de repente oí una voz a mi espalda:

—¡Santamaria!

Me volví y vi a mi amigo árabe. Nos abrazamos y me contó cómo escapó después de luchar con los hombres de Perro Negro. Mató a uno de ellos, pero le hirieron en una pierna, que llevaba envuelta con un jirón de tela para restañar la sangre.

—Hay que curar eso —le dije.

Mohamed se mostró sombrío:

—No hay médicos, solo bandidos.

Señalé hacia el fondo de la plaza y él también atisbó lo que parecía la imagen de la única familia feliz del lugar: el inglés, de la mano con Margarida, y el niño junto al perro dando brincos.

—Es peligroso —murmuró Mohamed—. La mujer y el niño, aquí, es muy peligroso...

Ambos sabíamos que una mujer guapa como Margarida y un muchacho de aquella edad serían un blanco fácil para los deseos más oscuros de los desesperados que por allí vegetaban. Me fijé en el cuchillo que mi amigo llevaba al cinto y le ordené:

—Consígueme armas, rápido.

Me dirigí hacia ellos mientras Mohamed se dedicaba a explorar entre la chusma. A medida que me iba acercando, un extraño sentimiento se apoderó de mí. Al ver aquel cuadro de felicidad fuera de lugar sentí un dolor en el corazón, unos celos irracionales que me lastimaban y me enfurecían, y que al mismo tiempo me confirmaban las palabras de Ester. Cuando vi a Margarida sonreír mientras se sentaban en el suelo, junto a un carruaje abandonado y destrozado, me convencí de que habían pasado juntos la noche anterior. Cerré los ojos y apreté los puños intentando controlar la rabia. A unos cinco metros de ellos dije:

—No deberíais estar aquí.

El perro vino corriendo hacia mí meneando el rabo y el niño lo llamó, enojado. En cuanto oyó mi voz, Margarida se levantó de un salto. Puso la mueca de sorpresa más grande que jamás le había visto a una mujer, y exclamó:

—¡Dios mío, Santamaria, estás vivo!

Se lanzó sobre mí, me abrazó con una vívida y totalmente inesperada alegría. Repitió:

—No puedo creerlo, no puedo creerlo… ¡Oh, Dios mío!

Rompió a llorar, a sollozar. Yo, que al principio me mantuve tenso y firme, intentando parecer distante, sentí que mi cuerpo cedía ante la fuerza de su emoción y también acabé por estrecharla y por consolarla.

—¡Pensaba que estabas muerto! —murmuró Margarida.

—¡*Good lord, we thoughy* tú muerto! —añadió de pronto el inglés.

En su mirada descubrí decepción. No por mí, pues yo le importaba poco, sino por la emoción que Margarida manifestó al verme.

—*Christ!* ¡*Never* pensé *that* tú *survived* a los tiros! —dijo Hugh Gold—. ¡*We saw* tú caer, *like a* muerto!

Casi histérica, Margarida añadió:

—¡Dispararon muchos tiros con la pistola!

Se justificaban, y puede que incluso dijesen la verdad. Yo mismo todavía no sabía muy bien cómo había sobrevivido. Sin embargo, en Margarida había algo más que sorpresa. Tal vez un velo de culpa y remordimiento que aquella abrupta explosión de emociones no lograba borrar del todo.

—Soy duro de roer —comenté.

El capitán inglés miró mi frente vendada y dijo:

—¡*Well, someone* se ha ocupado de ti! ¿*A doctor, a* médico?

Sonreí:

—Sí. Un hombre negro y viejo llamado Abraão me salvó la vida. Si estoy aquí, se lo debo a él y a la esclava.

El inglés se mostró asombrado, pero no hizo ningún comentario. Incomodada, Margarida me soltó y me preguntó mirándome a los ojos:

—¿Estás con ella?

Resoplé, como demostrando desinterés.

—No. Están en Mocambo, con los negros y los esclavos. Mucho mejores que toda esta gente.

Miré la plaza y después la miré a ella:

—Este es no es lugar para ti. Ni para él —y señalé al niño.

Siempre con la hostilidad a flor de piel, el muchacho me dijo:

—¡No te preocupes por mí, sé lo que tengo que hacer!

Lo ignoré y proseguí con mi advertencia:

—Esa gente es peligrosa. Son prisioneros, bandidos, violadores, asesinos, son la escoria de la tierra. Si os encuentran...

El niño se encogió de hombros, Margarida estaba angustiada. El capitán Hugh Gold me dio la razón muy hábilmente:

—¡*Well, it's* verdad, Margarida! ¡*These guys will* matar, matar *everybody*! ¡*We need to* partir, *and* deprisa!

Sorprendida por su cambio de discurso, Margarida le dijo:

—Hemos venido hasta aquí para ver si había comida y bebida, ¿te acuerdas? Tú lo sugeriste...

El inglés examinó la plaza con preocupación:

—*True, but* no hay. No hay *food*, no hay *drink. Only* balas y bandidos...

Margarida me preguntó, inquieta:

—¿Y adónde podemos ir?

Resoplé y miré a Hugh Gold.

—Tu amigo dijo que había oro en la Casa de la Moneda. Iremos allí. Si conseguimos un poco, podremos salir de la ciudad.

Algo fuera de sí, Margarida me reprochó, indignada:

—Santamaria, ¿solo piensas en robar?

Me acerqué a ella y le pregunté:

—¿Y a ti qué te importa lo que yo piense?

Se quedó perpleja, sin saber qué decir. Gold sonrió casi imperceptiblemente y me dieron ganas de apalearlo. Refunfuñé de nuevo y traté de hacerla entrar en razón:

—¿Acaso te crees que he vuelto de Mocambo en busca del oro? La Casa de la Moneda está por allí, podría haber tomado esa dirección.

Mi respuesta pareció satisfacerla. Entonces el inglés se adelantó, apretando el paso.

—*Well, let's go*, vamos —dijo—. *Here is* peligroso, *let's* andar.

Me tendió la mano para que lo saludara. Le devolví el saludo y comentó, cortés:

—¡*Hell, man, I'm* contento *that you survived*!

De repente, el niño se enfureció:

—¿Y a mí no me va a ayudar nadie? ¡Ahora todos os hacéis amigos y os olvidáis de mí!

El inglés se encogió de hombros y enseguida me di cuenta de que, si bien al principio la nueva situación había sorprendido al niño, ahora, en cambio, se sentía decepcionado. De un brinco se situó junto a Gold y lo interpeló:

—¿Hoy no me vas a ayudar? ¿Ayer eras mi mejor amigo y ahora ya estás listo para huir de aquí, olvidarte de mi hermana e ir a robar oro como un pirata?

Fingiendo que se sentía exhausto, Hugh Gold suspiró:

—*Well, boy*, chico, *look* a tu alrededor. *¿See these* gente? *These* hombres *are* los mismos *we* vimos *in the morning, near* tu casa. ¡*Fucking cannibals*, cortan *arms and* se los comen! ¡*We*, no armas, no *guns*! ¡*We two* hombres, *one* mujer y *one* chico! ¡*It's very* fácil *kill us, me or Santamaria*! *And*, después, *what happens to Margarida, to you?* —Negó con la cabeza, desesperanzado—: *Boy*, mejor pensar… *They kill*…

Entonces, Margarida se acercó al niño y le puso la mano en el hombro:

—Tienen razón. Tenemos que irnos de aquí, y tú tienes que venir con nosotros. No puedes quedarte. No resistirás ni un día más aquí solo.

Indignado, el niño le apartó el brazo.

—¿Y mi hermana? —protestó—. ¡Está viva, lo sé! ¡No voy a abandonarla ahora! Cada día que pasa es peor para ella.

Intenté intervenir:

—Si te matan, no le servirás de nada.

Como de costumbre, me lanzó una mirada cargada de rabia y se me encaró, furioso:

—¿Y a ti qué te importa? ¡Solo piensas en robar, en huir de aquí! ¡Qué más te da mi hermana!

Junto a nosotros, algunos hombres estaban escuchando nuestra discusión y empezaron a soltar improperios.

—¿Lo veis? —les dije—. Ya están empezando. Vámonos.

Tiré del brazo del niño, pero se soltó con rabia y gritó:

—¡No me toques! ¡Tú no mandas en mí!

Gold, receloso, echó a andar por delante de mí y Margarida lo siguió. Tras escuchar la última respuesta del niño, dejé de prestarle atención y eché a andar yo también con los otros dos. En ese momento, Mohamed apareció junto al inglés, que se asustó con su súbita llegada, y le preguntó:

—*Good lord*, ¿tú… también *alive*?

Con una sonrisa en los labios, el árabe me lanzó un puñal por los aires y, a continuación, una pistola. Cogí las armas al vuelo y me las coloqué en el cinto.

—¿Cuántas balas tiene? —pregunté examinando el arma de fuego.

Levantó dos dedos, sin querer revelar al vecindario nuestras limitaciones balísticas. Señalé a Gold con la vista y le pregunté a Mohamed:

—¿Tienes un arma para él?

El árabe sonrió:

—Inglés, ¿quieres una navaja?

El capitán Hugh Gold aceptó la oferta y Mohamed le lanzó uno de los cuchillos que llevaba en la cintura, donde conté tres más.

—Tú no matarás a Mohamed, ¿no? —le preguntó el árabe con una cínica sonrisa, enseñándole los dientes de manera amenazadora.

Hugh Gold lo tranquilizó explicándole que ahora éramos un grupo y que nos dirigíamos juntos a la Casa de la Moneda en busca de oro. Con todo, mi amigo nos informó de que ese no era su objetivo inmediato:

—Primero, vamos a comer.

—¿Dónde? —pregunté.

Bajó el tono de voz para decirnos que en la Baixa, en la primera calle, había casas donde encontraríamos pan y dulces.

—¿En la rua da Confeitaria? —preguntó Gold, hablando más alto de lo que debiera.

Le lancé una mirada de desaprobación y este abrió las manos en señal de disculpa. El árabe prosiguió:

—Sí. Allí hay comida, venid con Mohamed.

Atravesamos un montón de escombros en dirección al Rossio y al poco ya estábamos en lo que quedaba de la rua da Confeitaria que, como su propio nombre indica, era una zona de Lisboa con muchas panaderías y obradores de pasteles y chocolate. Por un capricho del destino, el fuego solo había consumido el principio de la calle. Algunos edificios, aunque en ruinas, no estaban del todo carbonizados. Vimos a unos hombres que se introducían entre los escombros, como gusanos en la tierra, mientras Mohamed nos conducía hasta uno de los edificios derruidos y nos indicaba la entrada a un sótano.

—El sótano grande, el sótano está lleno. Hay que entrar deprisa.

Con el perro pisándonos los talones, los cinco bajamos por una escalinata que nos condujo a un espacio amplio, una suerte de almacén subterráneo. En medio de los estragos que el terremoto había causado allí —el techo se había derrumbado y el suelo estaba lleno de cascotes—, había sacos inmensos, armarios de madera y unos baúles de los que emanaba un intenso olor dulzón.

Al fondo de la sala, tres hombres sacaban cosas de los armarios, se las comían o llenaban pequeños recipientes de cerámica.

—Voy a ver —exclamó Mohamed—, ¡por si es chocolate!

El árabe abrió una bolsa y sacó unos pastelillos de chocolate. Era verdad, estábamos en un horno y a nuestro alrededor descubrimos harina, pan, dulces y una cantidad infinita de golosinas. Al principio nos quedamos paralizados unos segundos, abrumados, pero de pronto, como obedeciendo a una voz de mando interior y simultánea, atacamos los sacos como posesos, estúpidamente felices. Vi al inglés metiéndose caramelos en la boca a puñados, y a Margarida embadurnada después de comerse varios pastelitos de chocolate. Hasta el niño parecía haberse olvidado de su hermana y devoraba ávidamente trozos de un pastel amarillento que había sacado de un armario. El perro también atacaba una bolsa de pasteles de crema, lamiéndolos con avidez.

Durante unos minutos fuimos como niños pequeños en una fiesta de cumpleaños, comiendo dulces, relamiéndonos de gusto los dedos pringados y pegajosos del azúcar de las golosinas. Pero en medio de aquel desvarío no nos dimos cuenta de que, poco a poco, habían entrado más hombres, y hasta dos mujeres, en el almacén, y nos imitaban, hincándole el diente a aquellos manjares con una voracidad de alucinados. Cuando me percaté del peligro que corríamos ya era demasiado tarde. Decenas de bárbaros estaban entrando en el sótano impelidos por una oleada de excitación colectiva, y empezaban a empujarse unos a otros, disputándose el chocolate, los pasteles, el azúcar. Miré alrededor y vi cómo dos barbudos empujaban a Margarida y le robaban la bolsa de pastelitos de chocolate; al momento, aquellos hombres fueron atacados a su vez por otros, que rasgaron la bolsa y tiraron los pastelitos por el suelo.

Vi cómo el perro recibía una patada y lo oí aullar. El chico también sufrió un encontronazo y fue a dar en el suelo mientras varios individuos atacaban su armario de pasteles subiéndose encima, desequilibrándolo y estrellándolo contra el piso con gran estruendo. Sin dudarlo un segundo, más hambrientos se abalanzaron sobre el mueble y reventaron las maderas a patadas y a machetazos. Dos de ellos se enfadaron compitiendo por un trozo de pastel y empezaron a luchar. Una navaja brilló y se clavó en un estómago. Un vómito de sangre cubrió los pasteles.

De pronto, el sótano enloqueció: las peleas se multiplicaron, se oyeron muchos gritos y sonaron dos tiros. Un bulto se desplomó, arrastrando en su caída unas vasijas de granulados que se diseminaron por el pavimento. Un hombre fue lanzado contra un armario, y los cristales le explotaron en la espalda liberando una nube blanca de harina. En pocos segundos la refriega se transformó en una batalla campal de locos hambrientos que luchaban con navajas y puños, pero también con pasteles, con bollos de leche, con pastelillos de chocolate, con caramelos o con pasas, con paquetes de azúcar y de harina, con panes de maíz y con masa, en una lucha de lo más absurda por la comida y por los dulces, pero que también era una lucha por la vida.

Entonces vi a Perro Negro. El mastodonte español estaba al fondo de la sala levantando dos sacos que se había agenciado en la parte de atrás, en una esquina donde guardaba unos cuantos más. Perro Negro y sus hombres —me pareció contar cuatro— intentaban hacerse con el territorio y acaparar la mayor cantidad posible de alimentos. Y mataban sin contemplaciones a quien se lo impidiera. Lancé un silbido muy agudo y grité:

—¡Gold, Margarida, escapad!

En el almacén había más de dos puertas. Vi al niño salir por una de ellas, la más lejana, y a Hugh Gold arrimarse a la que estaba más cerca de mí:

—¿Dónde está Margarida? —grité.

—Aquí —respondió ella.

Estaba a poco más de cuatro metros, pero entre nosotros había una barrera de luchadores disputándose barras de azúcar y chocolate. Perro Negro nos descubrió y lanzó un bramido. Cogió el fusil y disparó en mi dirección. Pude agacharme a tiempo, pero una cabeza explotó a mi lado, proyectando un potente chorro de sangre que salpicó la harina y el azúcar esparcidos por el suelo.

Tiré de Margarida y retrocedí, camino de la puerta. Perro Negro saltaba en mi dirección, aullando, mientras ordenaba a sus hombres que protegiesen su rincón de la pastelería. Para nuestra suerte, la multitud de desvariados que ocupaban el sótano impidió el avance de Perro Negro. El mastodonte mató a dos de ellos a navajazos antes de que yo lograse acceder a la calle.

—¡Vamos! —grité una vez fuera.

Eché a correr con Margarida a mi lado y el inglés un poco por delante. Cincuenta metros después se nos unió el niño.

—¿Y mi perro? —gritó—. ¿Dónde está mi perro?

Ninguno habíamos visto al animal. El inglés obligó al chiquillo a correr sin permitirle que se detuviera, y le aseguró que el perro ya aparecería. El niño obedeció a regañadientes.

Casi sin aliento, el capitán me preguntó:

—¿Y el árabe?

A causa de su herida, Mohamed no podía lanzarse a aquella carrera pedestre. Si Perro Negro no lo atrapaba, se reuniría con nosotros en la Casa de la Moneda.

—Está herido, no puede correr.

Sin dejar de trotar, Margarida me preguntó un poco sorprendida:

—¿Y dejas a tu amigo atrás?

No respondí. Seguimos galopando y no nos detuvimos hasta llegar a la plaza Largo do Corpo Santo para recuperar el aliento. Margarida estaba exhausta y ya no podía continuar, así que nos quedamos un rato junto al río, escondidos detrás de unas ruinas. Cuando recuperó el resuello, me miró preocupada y repitió la pregunta:

—¿Y dejas a tu amigo atrás?

Tenía la boca manchada de chocolate y me apeteció lamerla. Aunque estaba extenuada, seguía siendo muy guapa; en ese instante sentí que la amaba, y aquella sensación me causó placer y dolor al mismo tiempo.

—Tenemos que buscar un escondite para pasar la noche —comenté—. Lo más cerca posible de la Casa de la Moneda.

Exasperado y enojado a la vez, el niño miró a Margarida y gritó:

—¿Ves cómo es? ¡No quiere cuentas con nadie! ¡Ni con mi hermana, ni con mi perro, ni siquiera con su amigo!

Ignoré sus palabras, y el inglés tampoco intervino. Pero Margarida desvió la mirada: acababa de desilusionarla una vez más.

42

Por qué lo defiendes siempre?

El niño le dirigió la pregunta a Margarida. Caída la noche, nos instalamos a poco más de cien metros de la Casa de la Moneda. Abrigados junto a unas ruinas, ante una pequeña hoguera improvisada, esperábamos a que llegara Mohamed, por cuya vida temía, y también la madrugada, la mejor hora para atacar el depósito de oro, como les expliqué a Margarida y al inglés.

—Mi hermana pasará una noche más sin que la ayudemos —protestó el niño, entrometiéndose en la conversación.

Margarida intentó suavizar su resentimiento y, por primera vez, le preguntó cómo se llamaba:

—¿Cómo te llamas, niño?

El niño respondió:

—Filipe.

Al escuchar su nombre me sorprendí, pero no dije nada.

—Es un nombre bonito —contestó Margarida—. Filipe y Assunção. Sois gemelos, ¿no?

El niño lo confirmó, pero volvió a la carga:

—¿Por qué haces siempre lo que él quiere?

Hablaba de mí, pero señaló a Gold:

—¡Y tú también! Ayer me ibas a ayudar. Pensabais que el pirata estaba muerto, y hoy, que resulta que está vivo, hacéis lo que Santamaria dice. ¿Por qué? ¿Os da miedo? ¿Es eso?

El niño miraba fijamente al inglés.

—De ella —señaló a Margarida— puedo entenderlo. Cree que está enamorada... Pero ¿tú? ¿Por qué haces lo que él quiere?

El inglés suspiró y dijo:

—*Well*, *boy*, *if we* estamos juntos, *we live*, *we* vivos... Santamaria *not* mi amigo, *but*... *he is* experimentado, *he kills*, *he* pirata... *We need* Santamaria, ¿lo entiendes?

El niño no lo entendía.

—No. Perro Negro quiere matarlo a él, no a nosotros. Ha sido así desde el primer día. Fue Santamaria quien recibió el tiro que casi lo mata. Quedarse junto a él es mucho más peligroso que seguir nuestro camino.

El niño no dejaba de tener razón, y ninguno de nosotros le replicó. Así pues, siguió hablando sin dejar de mirar fijamente a Margarida:

—Estos dos solo están contigo porque ambos te pretenden, y el uno no quiere que sea el otro quien se quede contigo.

Esta vez sí le respondí, acariciando mi pistola:

—Lo que quiero es salir de esta ciudad, y el oro es la única forma de conseguirlo.

El muchacho se levantó:

—¡Si quisieras, podrías irte de la ciudad a pie! ¿Por qué no lo haces? ¿Por qué has vuelto atrás?

Miré a Margarida primero, después a él, y les revelé una novedad que Ester me había contado:

—Las puertas de Lisboa están custodiadas por los soldados. La ciudad está cercada, no dejan salir a nadie. La población se ha quedado retenida en los campos, no puede salir a las carreteras. Órdenes de Sebastião José, ministro del rey.

La noticia cogió por sorpresa al inglés:

—*Good lord*, ¿*the city* sitiada? *Why*?

—No sé —respondí—. El río es la única salida y, aun así, solo con mucha suerte y mucho dinero conseguiríamos un barco. En caso contrario, los soldados acabarán capturándonos.

Era mi turno de mirar a Margarida:

—Por eso volví atrás. A ella no pueden arrestarla, si lo hacen, la meterán otra vez en un calabozo de la Inquisición y acabará muriendo en la hoguera.

La hermosa joven me sonrió para ahuyentar el miedo. Le dije que debía dormir, que se acostara en el interior de la casa en ruinas, donde tendría menos frío. Accedió y se levantó. El niño comentó, irritado:

—Solo pensáis en robar, matar, huir, fornicar. Y salvar a una niña, ¿eso no os interesa? Ninguno de vosotros sabe lo que es hacer el bien. Ni ella ni el inglés. ¡Y mucho menos tú!

Margarida no reaccionó a la provocación y se alejó, adentrándose en la casa en ruinas. El inglés también guardó silencio. Solo yo me atreví a contrariar al muchacho:

—Deberías descansar.

Se puso en pie, furioso:

—Santamaria, Gold, ¿no os dais cuenta de que ella os está engañando a ambos? ¿Acaso creéis que se va a quedar con uno de vosotros? ¡Nada de eso! ¡Margarida es igual que vosotros, solo piensa en ella!

Tras aquel encendido alegato, el niño se alejó unos metros y se recostó en las ruinas, taciturno. El inglés y yo permanecimos un rato callados, y entonces oímos un silbido que imitaba a un cuco. Silbé yo también como respuesta, remedando el mismo canto. Oímos un ruido y Mohamed apareció. Exhausto, con la herida sangrando e inflamada. Se sentó junto a nosotros y me puse a curársela, limpiándole el pus y tratando de detener la hemorragia.

—¿Te han seguido? —le pregunté.

—Mohamed no lo sabe. Mohamed ha dado una vuelta grande para huir de ellos. En la plaza hay confusión, todo el mundo mata a todo el mundo.

El inglés, que seguía a nuestro lado, comentó:

—*Fucking camels... Lisboa mad city...*

Después de ocuparme de la pierna del árabe, eché más leña

para avivar la lumbre que habíamos encendido. Hugh Gold me preguntó dónde estaba cuando la tierra tembló la primera vez y le describí nuestra epopeya, desde que escapamos del Limoeiro hasta cruzarnos con él y con Ester. A cambio, el inglés me narró su historia: cómo lo sorprendió el terremoto en su casa, la muerte de su esposa y la de su criada, el encuentro con la esclava, las olas, el fuego en el palacio. A medida que compartíamos nuestras respectivas historias, que descubríamos semejanzas y diferencias, el inglés empezó a sentirse más cómodo y enseguida desvió la conversación hacia su tema favorito, las mujeres. En tono confidencial, me confesó la fría relación que mantenía con su esposa, sus tórridos escarceos con la difunta criada, los momentos de diversión con su amiga marquesa, que no sabía si estaba viva o muerta; y también los encuentros furtivos con la señora Locke, con cuyo marido se encontró la mañana del terremoto cubierto de polvo.

Hay que reconocer que Hugh Gold era un buen contador de historias, pues agregaba detalles divertidos y picantes, manteniéndonos entretenidos durante casi dos horas. En ningún momento mencionó a Margarida, ni habló de los tiempos del convento ni de lo que había tenido con ella la noche anterior. Solo hablaba de las otras mujeres, y protegiendo a Margarida con aquel voto parcial de silencio.

Sin embargo, el relato de la noche con la esclava Ester, cuando durmieron juntos en el palacio, fue particularmente efusivo, rico en pormenores y comentarios:

—¡*Hey, hey, my boy, very good* tetas! ¡*She* chupa *well*! ¡*And she* grita *a lot*, la negrita!

Soltó una carcajada estúpida, pero yo no reaccioné, jamás le revelaría que yo también había pasado una tórrida noche de amor con Ester. Tampoco interrogué al inglés sobre su última noche. Ester, invocando el conocimiento de Abraão, me dijo que Gold y Margarida habían dormido juntos, y seguramente sería lo más probable. Con todo, saber la verdad, ya fuese por boca de Gold o de Margarida, me habría causado un dolor más profundo, y en aquel momento no lo deseaba. Al contrario, lo temía. No sé qué habría hecho si Gold se hubiese vanagloriado allí mismo de sus hazañas con Margarida. Todavía hoy me dan ganas de matarlo y no quiero ni pensar en mi reacción si me lo hubiese contado entonces.

A solas con mis divagaciones, ni siquiera me di cuenta de que Gold se había callado. Vi que me miraba atentamente. Levanté una ceja, expectante, y él afirmó:

—Santamaria, *you are not* un hombre para ella.

Me mantuve en silencio y él prosiguió:

—¡*Good lord, you are* un pirata! ¡*You are an* aventurero! ¡*Dangers*, viajes, *emotions*! ¡*Women love* hombres *like you*! ¡*But*, Santamaria, *not* para casar! Tú fugitivo, tú *danger*, tú bandido. ¡*Sooner or later*, tú capturado *by soldiers, your* cabeza en una estaca! *No future* para mujer, tú sabes.

Sonreí, pero seguí sin decir nada. Entonces el inglés lanzó la sugerencia que estimaba más correcta:

—*Hell*, Santamaria, ¿*why not* dejarla? ¿*Do you believe* ella salir de *Lisbon*? *With you*? *Don't be* tonto, Santamaria…

Examiné mi pistola y mi navaja mientras él seguía hablando:

—¡*That* pistola, *only two* balas! ¿*And that* navaja? *Good lord*, Mohamed *is* herido, *very bad, in* pierna… ¿*Why don't you* huir? *You run, you* marinero, *you get* barco! *Not her*…

Entonces, oí decir a Mohamed en voz baja:

—El inglés tiene razón, esa mujer perderá a Santamaria…

Entusiasmado con su nuevo e improbable aliado, Hugh Gold exclamó:

—*You see!* ¡*Even you* amigo! ¡*Run*, Santamaria, *run* y *forget* chica!

Sonreí de nuevo, suspiré y finalmente dije:

—Eso es lo que tú quieres, para quedarte con ella.

Como si alguien hubiera puesto su honra en tela de juicio, Gold se enderezó primero, a continuación dio media vuelta para situarse frente a mí y dijo, haciendo especial hincapié en sus palabras:

—*Hell, you right!* ¿*And not* mejor para ella? ¡*My wife* muerta, *not very* rico, *but more* rico *than* you!

Removí las brasas mientras Mohamed negaba con la cabeza, coincidiendo con las ideas de futuro del inglés.

—*Woman need* seguridad, *a rich* hombre. ¡*I know lots of* personas *in Lisbon, important* personas! ¡*I'm a friend of the ambassador, a friend of* don João da Bemposta!

Casi de rodillas, Hugh Gold se acercó a mí bajando la voz y añadió en tono confidencial:

—Santamaria, *I can make her* indulto… *My friend, the ambassador, is* amigo de Sebastião José, *the new boss. It's* fácil *she* indultada…

La afirmación era verdadera: el inglés podría obtener el perdón real para Margarida con mucha más facilidad que yo.

—*Think*, Santamaria.

Gold se puso definitivamente de rodillas, abrió los brazos y concluyó:

—¡*When she* despierte, *I say you went, you are* pirata! Piratas *never care what* mujeres dicen… ¡*There is no* amor *for* piratas!

El inglés seguía arrodillado, con los brazos abiertos como si fuera un fiel rezando, cuando de pronto oímos un ruido procedente de las ruinas. Margarida nos escuchaba junto a la puerta. El inglés bajó la mirada al instante, avergonzado, y aún tardó menos en sentarse de nuevo. Ella se lo quedó mirando unos instantes antes de intervenir.

—¿Te he oído decir que quieres casarte conmigo, inglés?

Hugh Gold se levantó, sorprendido. No esperaba que Margarida hubiese escuchado la conversación. Perplejo, volvió a abrir los brazos:

—*Well, it's* una manera de hablar.

La joven enarcó las cejas con sarcasmo y siguió interrogándolo:

—¿Una manera de hablar? No lo entiendo, ¿quieres o no quieres?

El inglés bajó los brazos y Margarida se encogió de hombros, nerviosa:

—Justo lo que pensaba. En realidad, lo que quieres es ganarle la batalla a Santamaria. Quieres ser mejor que él y obligarlo a que me abandone. Eso es lo importante para ti —dijo muy seria—. Esa es tu naturaleza, ¿verdad? Lo que te gusta es ser más machote que los demás. Más macho que el marido de la marquesa, más macho que el novio de la criada, más macho que el señor Locke, más macho que Santamaria. Nosotras, las mujeres, no somos importantes, solo somos el objeto de tu lucha. Tu batalla es contra los hombres, eso es lo que te gusta. —Margarida forzó una mueca—: ¿Acaso te crees que me casaría con un hombre que traiciona a su esposa conmigo y con otras muchas mujeres?

Furiosa, dio media vuelta y se adentró de nuevo en las ruinas. El capitán Gold no dijo ni mu. Por su parte, Mohamed esbozó una risita que se asemejaba vagamente a una carcajada y comentó:

—Esa chica es fuego...

Y entonces oímos a Margarida gritar con desesperación. Me levanté de un salto, y cuando miré enfrente me quedé paralizado. Varios bandidos armados nos acababan de rodear. La luz de la hoguera me permitió reconocer la cara de uno de ellos: era uno de los españoles de la banda de Perro Negro. Eché a correr hacia las ruinas, y por el rabillo del ojo vi que el inglés, situado casualmente en el lado opuesto de los malhechores, también salía corriendo a toda velocidad.

43

Tendrás que vencer el mal que hay en tu interior, y también el mal que hay fuera de ti.» Las palabras de Abraão retumbaban en mi mente cuando me vi rodeado de enemigos. El mal, el mal que está en tu interior y el mal que hay fuera, ¿acaso no son el mismo y único mal? ¿Dónde acaba uno y empieza el otro?

Oí el grito de Margarida, sabía que estaba en peligro y mi primer impulso fue correr hacia las ruinas. Sin embargo, de los cinco hombres de la banda de Perro Negro, tres estaban entre la casa derruida y yo. Apunté a uno de ellos con la pistola y disparé; después, apunté al otro y efectué un segundo disparo. Ambos cayeron desplomados por los dos certeros tiros que les disparé a la cabeza, dos muertes más en mi larga lista de trofeos siniestros.

El tercer bandido titubeó. También se esperaba que le apuntase con la pistola, pero no lo hice, pues no me quedaban balas. Le lancé la navaja, que penetró en su garganta perforándole la tráquea. Cayó al suelo emitiendo unos extraños sonidos que me recordaron el gruñido de los cerdos al comer. Me volví: Mohamed luchaba con el segundo adversario tras haber vencido ya al primero, que agonizaba en el suelo, moribundo. Corrí hasta el esbirro y le asesté un violento golpe en la cabeza. Se desplomó sin tan siquiera darle tiempo a mirarme.

—¡Dame un cuchillo! —le grité a mi amigo.

Me pasó dos. Corrí hacia las ruinas y entré. La escena que presencié allí me causó una violenta emoción y me cegó el odio. Margarida estaba tendida boca arriba en el suelo, con las piernas abiertas y la falda levantada, y Perro Negro la estaba forzando sujetándole los brazos e intentaba violarla. Al verme, Margarida gritó de nuevo y el salvaje presintió mi llegada. Rodó rápidamente sobre sí mismo y se llevó la mano a la pistola. Me abalancé sobre él antes de que me apuntara con el arma y logré impedirle que me disparara. Sin embargo, con su largo y poderoso brazo, él evitó a su vez que yo le clavara el cuchillo.

Perro Negro tenía que elegir entre usar la pistola, y entonces solo que le quedaría un brazo libre para sujetarme, u olvidarse del arma y así poder disponer del otro brazo para luchar. Eligió mantener la mano en la pistola y sostenerla mejor para descerrajarme un tiro, de manera que ahora solo me sujetaba con un único brazo, que usaba para inmovilizar mi brazo derecho y mantener mi cuerpo alejado del suyo. En cuestión de un segundo sentí que aquel pequeño error del mastodonte me proporcionaba cierta ventaja. Yo seguía empuñando el segundo cuchillo con mi mano libre, la izquierda. Y aunque no era zurdo, concentré todas mis fuerzas en ese brazo, cerré el puño alrededor del mango del arma y la lancé contra la garganta de Perro Negro. Se la clavé de lado, y el español lanzó un aullido desgarrador, soltó la pistola y se llevó la mano a la herida. La presión de su mano derecha disminuyó y me soltó el brazo. Con un nuevo gesto rápido, le asesté el golpe de gracia con el cuchillo que tenía en la mano derecha y se lo hundí en el pecho, directamente en el corazón.

Chilló de nuevo. Los ojos casi se le salen de las órbitas. Al fondo de su mirada asomaba la muerte: una súbita ausencia de brillo, y la terrible angustia de un ser que sabe que está viendo por última vez el mundo que le rodea. Su cuerpo se contrajo entre espasmos; le brotó sangre de la boca y emitió un sonido, una mueca de desesperación, antes de quedarse inmóvil, con los ojos abiertos, la cabeza echada hacia atrás, abatida, los brazos caídos y el cuerpo ya sin ninguna energía en cuestión de segundos.

Había matado al monstruo que me perseguía desde hacía días. Permanecí un momento encima de él para recuperar el aliento, sintiendo su cuerpo ya sin vida en contacto con el mío, y me di cuenta de que era mucho más grande y más alto que yo, un gigante musculoso que apestaba a sangre, sudor, orina y muerte.

—¡Santamaria! ¿Estás bien?

La voz de Margarida parecía venir de otro mundo. Se había recompuesto, ahora ya llevaba la falda bien puesta, las piernas tapadas y la camisa abotonada. Se sentó en el suelo, con la cara desencajada de tanta incertidumbre, temiendo por el desenlace de la contienda.

—Sí, ¿y tú?

Me separé del cuerpo de Perro Negro y avancé hacia ella de rodillas, jadeante.

—¿Te ha hecho algún daño?

Ella negó con la cabeza:

—No llegó a estar dentro de mí.

Suspiré, exhausto.

—Menos mal.

Margarida me preguntó:

—¿Está muerto?

—Sí, por fin, tras una larga lucha. No descansaría hasta matarme. Era o él o yo.

Margarida me abrazó y después me dio un beso en la boca.

—Gracias por haberme salvado la vida otra vez.

Le sonreí. Ella añadió:

—Eres un hombre bueno, en el fondo de ti hay bondad —me dijo sonriendo. Y añadió, bromeando—: Pero está oculta muy en el fondo...

Nuestras frentes se tocaron en un gesto cariñoso. Sentí que una ola de calor nacía dentro de mí. Y entonces Margarida me preguntó:

—¿Y los demás? ¿El niño, el inglés, Mohamed?

Oí una voz en el exterior y me volví:

—Mohamed está vivo, el niño está vivo.

El árabe y el niño nos observaban desde la puerta en ruinas.

—¿Y el inglés? —pregunté.

Mohamed se encogió de hombros y no dijo nada, dejando en el aire la posibilidad de que Gold hubiese resultado herido o incluso muerto. Creo que deseaba provocar la reacción de Margarida para ver qué decía. Pero no dijo nada, solo observaba el cuerpo sin vida de Perro Negro.

El que sí habló fue el niño:

—Huyó. Lo vi echar a correr hacia Santa Catarina… Ni siquiera se dignó luchar contra estos canallas. Simplemente huyó.

Miré a Margarida, que seguía sin apartar la vista del mastodonte.

—¿Qué te pasa? —le pregunté.

Se contrajo y se abrazó a sí misma, como si tuviese frío.

—Antes de que apareciera Perro Negro vi al fantasma.

—¿Qué?

Margarida me contó la historia del fantasma, el hombre de negro que siempre se le aparecía cuando su vida estaba en peligro.

—Me desperté y el fantasma estaba allí. —Señaló un rincón de las ruinas—. Y de pronto el gigante se me echó encima.

Intenté sonreírle.

—Ya ha pasado.

La dejé a solas con su imaginación y me volví hacia mi amigo.

—¿Los otros están muertos? —le pregunté.

—Sí. Santamaria ha matado a tres, Mohamed a dos.

—¿Y él? —preguntó el niño señalando a Perro Negro—. ¿Está muerto?

Se lo confirmé levantando el pulgar.

—¿Cómo has podido matarlo? —me preguntó el niño.

Por primera vez vislumbré admiración en sus ojos. Tal vez la opinión que tenía de mí cambiaría tras aquel episodio, y esa posibilidad me enojó.

—Y a ti qué te importa —le dije con desdén—. Soy un hombre malo, ¿te acuerdas? Soy un pirata, un asesino, un mentiroso. Solo por eso soy capaz de matar con tanta facilidad. No me admires por ello.

Sorprendido por mi arrebatada reacción, el niño se diluyó en un embarazoso silencio.

—Al menos me has salvado la vida —dijo Margarida—. Algún valor tendrá ese acto.

Se acercó a mí y me dijo, tocándome la cabeza con los dedos:

—Estás herido aquí, tienes sangre.

Margarida empezó a limpiarme y le dije:

—Esa sangre no es mía.

Ella siguió con lo que hacía:

—De todas formas, hay que limpiarla.

Era evidente que no solo me estaba limpiando. Por el rabillo del ojo vi a Mohamed llevándose al muchacho fuera de las ruinas. Nos quedamos a solas y ella siguió limpiándome la frente, la cara, el cuello. El roce de sus manos me sentaba muy bien. De nuevo, el calor me invadió y cerré los ojos. Contenta, Margarida canturreó una melodía. Me dejé llevar con los ojos cerrados y me olvidé de quién era y de dónde estaba mientras escuchaba su mágica canción.

Nos amamos con inmensa ternura, nos besamos lentamente, acariciándonos con cariño, como dos enamorados, sin prisa, pero con una emoción profunda como no había sentido en mucho tiempo. Recuerdo haber pensado que sería capaz de cualquier cosa para retener a aquella mujer a mi lado el resto de mis días. Después, nos quedamos dormidos.

De madrugada, el chiquillo entró en las ruinas y replicó nuestro silbido que imitaba un cuco. Me desperté. Margarida estaba desnuda, una parte de su cuerpo reposaba encima de mí, y el niño no le quitaba ojo.

—¿Nunca has visto a una mujer desnuda?

—Sí —respondió.

Me quedé callado y, como el muchacho no se atrevía a decir nada más, le pregunté:

—¿Qué pasa?

—Mohamed tiene fiebre.

Aparté a Margarida con delicadeza y la tapé. Me vestí y salí de las ruinas. Mohamed estaba recostado en la pared, temblando. Le puse la mano en la frente y noté que estaba ardiendo. Cogí una vasija y fui a buscar agua a la fuente. Cuando regresé, intenté bajarle la fiebre aplicándole agua fría en la cara. El árabe se despertó.

—Tengo que curarte la herida.

Mohamed seguía mudo. Le quité el trapo que le cubría la pierna. La herida estaba infectada e intenté limpiársela lo mejor que pude. De repente, recordé que había visto una botella en el suelo de las ruinas a pocos metros de Perro Negro y le pedí al chico que fuese a buscarla. Así lo hizo, y en cuanto me la dio olí el gollete: era ron. Limpié la herida con el alcohol y Mohamed apretó los dientes para aguantar el dolor. Después rasgué la camisa de uno de los muertos y volví a cubrir la pierna del árabe.

—Te pondrás bien —le dije.

El árabe no tenía fe en la mejoría, pero intentó descansar. Durante los minutos siguientes me dediqué a hacer un inventario de las pertenencias de los muertos. Recogí varios cuchillos, una pistola y una escopeta. Por desgracia, la escopeta no tenía balas y no encontré ninguna en los cuerpos. No disponíamos de gran armamento. Sabía que, si solo había un hombre en la Casa de la Moneda, tal como había dicho Hugh Gold, sí que podríamos vencerlo aunque estuviese armado. No obstante, con Mohamed en aquel estado, si hubiese más soldados no tendríamos posibilidades.

Eché un vistazo al interior de las ruinas: Margarida seguía durmiendo. Como no tenía sueño, me senté fuera. El niño también estaba sentado y me preguntó cómo me había hecho pirata. Le conté una historia de marineros y prisiones. De pronto, el chiquillo me soltó a bocajarro:

—¿Estás enamorado de ella?

¡Menuda pregunta! Sobre todo viniendo de un mocoso de doce años, pensé.

—Margarida es importante para mí.

El niño miró las ruinas, como para asegurarse de que Margarida no nos oía, y prosiguió:

—Hace nada me has preguntado si había visto a alguna mujer desnuda, ¿te acuerdas?

—Sí.

—La vi ayer, a ella, exactamente en la misma posición que hoy, desnuda, pero tendida con otro hombre.

Refunfuñé. Pero el chiquillo siguió hablando:

—Solo tengo doce años y no entiendo de mujeres, pero ¿es normal que una mujer pase la noche con un hombre y la noche siguiente la pase con otro?

Me encogí de hombros:

—Niño, tengo cuarenta años y nunca he entendido a las mujeres. Con ellas nunca se sabe qué es normal.

El chiquillo permaneció callado unos instantes, y a continuación preguntó:

—¿Pensaba que estabas muerto y se olvidó de ti rápidamente?

Suspiré de nuevo, esta vez más prolongadamente.

—Lo mejor será que se lo preguntes a ella.

Miré alrededor. Mohamed seguía durmiendo, el día empezaba a rayar. Sentí el impulso de decirle algo al muchacho que pudiera molestarlo, como venganza.

—Al final, tu perro no nos ha encontrado —le espeté.

Y el chaval replicó indignado:

—¡No me ha abandonado! Sé dónde está.

—¿Con tu hermana? —le pregunté.

—Sí. Está con ella, donde yo debería estar.

Cansado ya de tanta determinación y de su seguridad en sí mismo, rezongué por tercera vez, hastiado, y le dije:

—Deberías haber huido con el inglés. Hubieras ido por allí hasta el Bairro Alto y bajado al Rossio e intentado convencer a alguien para que te ayudase. Nosotros no vamos a volver atrás. Con Mohamed en este estado no podemos. O conseguimos oro y después un barco, o nos quedaremos por aquí. Quizá nosotros vayamos a Mocambo en busca de la esclava y de Abraão. Son los únicos que nos podrían echar una mano. En cuanto amanezca, Margarida y tú deberíais partir.

Asombrado, frunció el ceño:

—¿No te vas a llevar a Margarida contigo?

Dentro de mí había sentimientos encontrados. Por un lado, sentía nacer el principio de una pasión, un deseo fortísimo de amarla y poseerla. Por otro, no confiaba en ella. Sabía que me había mentido varias veces; que era una joven inexperta y que estaba bastante confundida; y aquella incertidumbre me producía malestar, incomodidad; no podía creer en sus palabras, y eso me hacía dudar permanentemente de la verdadera naturaleza de su carácter. Margarida, que despreciaba al inglés por ser un hombre infiel que se acostaba con varias mujeres y que engañaba a la suya, ¿no era también así, como él, un ser infiel? Lo que pasó con el carcelero, lo que pasó con la hermana Alice, lo que pasó conmigo y después con el inglés, ¿acaso no eran pruebas suficientes de que era una mujer peligrosa, hipócrita, capaz de mentir, pero sin la habilidad suficiente para no ser descubierta? Sí, probablemente fuera así. Pero ¿quién era yo para exigirle un comportamiento correcto a una mujer, y además en aquellas circunstancias, en aquellos días? Yo también me había acostado con la esclava y no por ello el sentimiento tan intenso que Margarida despertaba en mí se anulaba. Fuera como fuese, había perdido la ilusión; la fantasía de que nuestra relación había empezado y continuaría de una manera tan bonita, y de que no se entrometerían otras personas, había muerto.

Cuando regresé a las ruinas ya era de día, y Margarida se estaba despertando. Se sentó en el suelo y me tendió los brazos, dejando a la vista sus maravillosos pechos, que parecían estar esperándome, palpitantes, deseosos. La abracé y le besé los senos, le mordisqueé los pezones y oí sus gemidos. Fuimos felices una vez más, la penetré lo más hondo que pude con una desesperación intensa, sintiendo que aquella sería la última vez.

Nos vestimos y, cuando íbamos a salir de las ruinas, me acerqué a ella y la miré directamente a los ojos:

—El inglés tenía razón. Deberías haberte ido con él. Conmigo no vas a tener un destino bonito ni bueno.

Le recordé que Mohamed estaba herido, que no podría aguantar más de un día y que si no huíamos los soldados acabarían capturándonos. Le dije que, si las cosas salían mal, me iría a Mocambo para ver a Abraão, pues solo él podría ayudarme a salir de Lisboa.

—Este no es lugar para ti. Si los soldados nos encuentran, vete al Rossio con el niño e intenta ayudarlo a encontrar a su hermana.

Margarida se enfureció:

—¡Quieres ir a ver a la esclava! ¡Eres un mentiroso, un ladrón!

Suspiré y le dije:

—Si aquí hay alguien que miente, no soy yo. Sabes perfectamente lo que sucedió anteayer por la noche.

Margarida guardó silencio, incapaz de argumentar nada en su defensa, incluso porque eso implicaría admitir la verdad. Le sonreí.

—Pero no vale la pena que nos enfademos. Si todo sale bien, seguiremos juntos. Si no… Ya sabes qué debes hacer.

Salí de las ruinas, pero ella corrió tras de mí, me agarró del brazo y gritó:

—¡Santamaria, basta! ¡Te quiero y quiero estar contigo!

Mohamed cojeaba, ya de camino hacia la Casa de la Moneda. El niño nos miraba, apoyado en una pared de las ruinas. Busqué de nuevo los ojos verdes de Margarida y le dije:

—Yo también te quiero. Pero no sé si habrá muchos o pocos soldados. Si no vuelvo, haz lo que te he dicho.

—¡Entonces no te vayas y quédate conmigo! —me suplicó—. Pensaba que me amabas. ¿Por qué solo piensas en ti?

Me reí y le dije:

—Necesitas mirarte al espejo.

De pronto, Margarida se puso muy seria y me soltó el brazo. Di media vuelta y seguí a Mohamed camino de la Casa de la Moneda y del oro con las palabras de Abraão sobre el mal retumbando de nuevo en mi cabeza.

44

Un mal presentimiento me invadió desde que me había despertado. Tomar el oro al abordaje no saldría bien. Débil y febril, Mohamed estaba incapacitado para una lucha digna de tal nombre. Y en cuanto a la Casa de la Moneda, solo conocía lo que mis ojos veían: un edificio compacto de un piso con un patio central. Lo que alcanzaba a ver me resultaba insuficiente para poder planear un asalto basado en sus puntos débiles, por eso decidimos un ataque directo por el portón principal. Confiábamos en las palabras de Hugh Gold cuando nos dijo que solo había un guardia defendiendo el lugar. A un único hombre podríamos convencerlo, controlarlo, aturdirlo, engañarlo. Con todo, la descripción que el inglés nos había hecho del sargento le atribuía un carácter heroico, y eso me preocupaba. Un cobarde siempre es más fácil de vencer que un valiente imbuido de una poderosa fuerza espiritual. Esos suelen vender cara su piel y resisten hasta la muerte.

Mohamed caminaba a mi lado arrastrando la pierna herida con una mueca de dolor en la cara. Habíamos dejado a Margarida y al niño junto a las ruinas, la primera llorando, el segundo desilusionado una vez más por no haber podido mudar mis intenciones. Les dije que se escondiesen y que no se acercasen bajo ningún concepto a la Casa de la Moneda, pues no quería cómplices en nuestro asalto. Si volvíamos con oro, planearíamos el futuro entre los cuatro. En caso contrario, que actuaran por su cuenta, y esperaba sinceramente que Margarida siguiese mi consejo y regresara al Rossio.

De alguna manera, comprendía su sufrimiento. Ella creía estar enamorada de mí y quería huir de Lisboa conmigo, aunque también supiese que era una mujer voluble e impulsiva, que actuaba más por su propio interés que por los dictados de su corazón. El día anterior había dormido con el inglés porque, francamente, estaba convencida de que yo estaba muerto y, siendo así, Hugh Gold era la mejor ayuda con que podía contar, su objetivo momentáneo. En cuanto a las mentiras sobre su pasado, es evidente que fue una manera de no rebajarse ante mis ojos y de preservar esa pureza femenina a la que muchos hombres eran sensibles; pero también fue fruto de un cálculo racional, pues necesitaba de mis habilidades para escapar del infierno.

Sé perfectamente que tenía poco que ofrecerle como hombre, pues nunca viví mi vida para satisfacer a una mujer. El capitán Gold, con todos sus defectos, era un hombre respetado en la sociedad lisboeta, un comerciante que además se había quedado viudo en el terremoto, y por tanto podía proporcionarle a una mujer joven una vida estable y segura, sin escándalos, una familia e hijos, cosas que a mí me resultaría muy difícil ofrecerle. De camino a la Casa de la Moneda se apoderó de mí la sensación de que mi solitario destino de pirata era algo inevitable, una triste certeza de pérdida, de algo que nunca tuve ni tendría: el amor de una mujer, una casa, una familia.

Me concentré en mi quimera. Lo que me disponía a hacer era necesario y terrible a la vez: garantizaba mi salvación en el presente, pero también mi perdición para el futuro, elevándome finalmente a la categoría de enemigo declarado del reino. Había sido prisionero en el Limoeiro porque los franceses me capturaron, no porque fuese un criminal en el reino de Portugal, y eso seguía alimentando hasta cierto punto mis tenues expectativas de liberación. Si asaltaba la Casa de la Moneda, me convertiría en un proscrito de la corona, en un bandido a cuya cabeza pondrían precio, imposibilitando cualquier perdón futuro. Justamente por eso, el mal presentimiento no me abandonaba...

Nos acercábamos despacio a la entrada del edificio. El gran portón de rejas de bronce estaba cerrado y no se oía ruido alguno, salvo el gorjear de los pájaros y el rumor del Tajo, tan cerca que daban ganas de lanzarse a su cauce y surcar sus aguas frescas y serenas a aquellas horas de la mañana.

—Mohamed no puede —murmuró el árabe.

Se detuvo a dos o tres metros del portón. Sudaba, estaba exhausto, y la fiebre le debía de estar subiendo, pues tenía los ojos brillantes y sanguinolentos.

—Voy a pedir ayuda. Échate en el suelo, déjate caer.

El árabe dio un paso inseguro, pero se le quebró la rodilla izquierda y me tendió el brazo, como si quisiese agarrarse a mí. El movimiento fue demasiado brusco, lo desequilibró y la rodilla derecha también cedió. Cayó al suelo, dislocado. Por unos instantes me dio la sensación de que hasta se había desmayado, tal fue la veracidad del ejercicio, pero enseguida me guiñó un ojo demostrándome que era un actor excelente y entonces me volqué sobre él. Le puse la mano en la frente, le miré la herida y, después, me levanté fingiéndome realmente afligido.

—¡Ah de la casa! ¿Hay alguien ahí? ¡Necesito ayuda! ¡Socorro! ¡Auxilio! ¡Este hombre se está muriendo!

Nadie pareció oír mi llamamiento. Entonces, al cabo de muchos minutos, vi aparecer un soldado por una esquina del patio, arrimado a la pared para protegerse.

—¿Qué pasa? —gritó.

Por el uniforme adiviné que era el sargento que Gold había identificado.

—¡Este hombre se está muriendo, necesito ayuda!

Señalé a Mohamed, que fingía estar desvanecido.

—¡Por favor, se está muriendo!

Con cautela, despacio, el sargento se acercó al portón. Llevaba un manojo de llaves al cinto y antes de decir nada nos examinó:

—No soy médico ni tengo nada con que curar a ese hombre.

Di un paso hacia él, simulando preocupación:

—Necesito agua, alcohol, lavarle las heridas y desinfectarlas —le expliqué—. ¡Por favor, ayúdeme!

El sargento permaneció impasible y me sugirió:

—Hay agua en una fuente cerca de San Pablo. Yo no tengo alcohol.

Me llevé las manos a la cabeza fingiéndome desesperado:

—¡Ir hasta allí es un peligro! Hay hombres matándose los unos a los otros, no puedo llevar allí a un herido. Por favor, solo le pido un poco de ayuda.

El sargento titubeó, sus ojos iban y venían de Mohamed a mí.

—¿Quiénes sois, qué hacéis aquí? —preguntó.

Suspiré, impaciente.

—Somos tripulantes de un barco, el *Santa Maria*. Estábamos en tierra cuando ocurrió el terremoto y no podemos volver a embarcar. Hemos estado deambulando por ahí, pero la ciudad es un caos, cada vez hay más asesinos sueltos. A él lo han herido durante la noche en el Terreiro do Paço. Ha perdido mucha sangre.

El sargento se conmovió:

—Deberíais ir a buscar un médico.

—Sí, pero ¿dónde? La ciudad está deshecha, no hay un edificio en pie…

Se mostró asombrado, perplejo al oír mis palabras. Me di cuenta de que no era consciente de la dimensión de la catástrofe, no había salido de la Casa de la Moneda desde el principio.

—¿La ciudad está destruida? Desde aquí se ve que Santa Catarina y San Pablo están muy afectadas, pero… ¿el resto también?

Le conté lo ocurrido en el Palacio Real.

—¿Y el rey? —preguntó.

—He oído decir que está en Belém, pero nadie está seguro.

Aquel hombre transmitía una sensación aguda de abandono y de soledad, que al momento confirmó con sus palabras.

—Hace varios días que no hablo con nadie —dijo—. Los primeros días, todavía pasaron por aquí algunas personas, pero han dejado de hacerlo. Da la sensación de que todo el mundo ha abandonado Lisboa.

—Es verdad —le confirmé—. La mayoría de la gente está en los campos de alrededor de la ciudad. Solo se han quedado los saqueadores.

—¿Y los soldados? —preguntó—. ¿Por qué no llegan?

—No lo sé, no he visto ninguno. Es la ley de la selva.

Se mantuvo callado unos instantes y después anunció:

—Voy a ver si encuentro agua y alcohol.

Cuando desapareció, avisé a Mohamed en voz baja:

—En cuanto abra el portón, lo agarro y tú echas a correr para dentro.

—¿Y si no abre?

—En ese caso, le pegaré un tiro.

Cargué las pistolas y esperé. El sargento regresó con una botella, unos trapos, una vasija de agua y me informó:

—Voy a abrir el portón y dejar esto ahí afuera.

Dejó las cosas en el suelo y se desató el manojo de llaves del cinturón. Oímos chirriar la cerradura y a continuación la parte derecha del portón se abrió. Volvió a recoger las cosas y dio un paso al frente para salir. Cuando estaba a dos metros de mí, le apunté con las dos pistolas diciendo:

—¡Quieto!

Se puso lívido de rabia por haber sido engañado. Mohamed se levantó con la navaja en ristre y yo me preparaba para entrar por el portón cuando oímos, a lo lejos, un grito de alarma. Me volví hacia las ruinas donde estaba Margarida, pero no vi a nadie. Entre nosotros y la plaza del Largo de São Paulo solo había estragos.

El sargento aprovechó mi corta distracción y le arrojó la botella a la cara a Mohamed. Este intentó protegerse levantando un brazo, pero se tambaleó y cayó hacia atrás. El sargento dio media vuelta rápidamente y echó a correr hacia el portón. Intenté dispararle, pero el arma se atrancó. De pronto, me llevé un buen susto al oír unos estampidos, y una ráfaga de tiros cayó junto a nosotros.

Una decena de soldados avanzaba a buen paso en nuestra dirección. No lo dudé. Contra tantos no teníamos ninguna posibilidad de salvarnos y decidí huir. Le grité a Mohamed:

—¡Vamos al río!

El árabe me miró, desesperado. Lo animé a seguirme:

—¡Tú puedes, vamos!

Mientras lo sujetaba, nos dispararon una nueva lluvia de balas. Me agaché para evitar que me alcanzaran, pero el árabe trastabillaba. Ahora sí era verdad, se estaba cayendo, sin fuerzas.

—¡Santamaria, tú huye! —gimió.

Un disparo le alcanzó en la espalda y escupió sangre en el suelo. Los soldados gritaron entusiasmados. Poco más de veinte metros nos separaban de ellos. Me agaché e intenté cargar a Mohamed a cuestas, pero no me dejó.

—¡No! ¡Huye, Santamaria!

Me dio su pistola y un cuchillo y le estreché la mano con fuerza. Después, eché a correr hacia el río mirando al suelo, zigzagueando. Sabía que iba a perder su compañía y su amistad para siempre, pero también sabía que, si me quedaba atrás, moriría.

Corrí como un desesperado mientras las balas silbaban en mis oídos. Al llegar al río, vi una pequeña ladera enlodada y bajé por la pendiente saltando, para evitar que los pies se me quedaran atrapados en el fango. Me tiré al agua, solté las pistolas —inservibles, pues ya estaban mojadas— y nadé unos metros. Después, me sumergí y buceé más de diez metros dando grandes brazadas para alejarme lo máximo posible de la orilla. Al salir a respirar a la superficie, me recibieron los gritos de los soldados, que de nuevo cargaban sus escopetas. Pero como me volví a sumergir enseguida, las balas no me alcanzaron. Nadé, y al salir de nuevo ya estaba demasiado lejos para que me alcanzaran.

Di unas cuantas brazadas más y me mantuve a flote, mirando a los soldados. Un hombre, que me pareció el mismo que había visto unos días antes en el Terreiro do Paço, se tapaba el sol con la mano e intentaba localizarme. Los soldados se retiraban, conscientes de que ya no me podrían abatir. Desde donde estaba, no podía ver el portón de la Casa de la Moneda, pero sí que me di cuenta de que la corriente del río me empujaba hacia el Terreiro do Paço. Pocos minutos después, por fin pude divisar el portón y presencié la bárbara ejecución de Mohamed, abatido por una ráfaga de balas.

Los soldados colocaron su cuerpo en una pequeña camilla y el grupo se alejó camino de San Pablo. Intenté localizar las ruinas donde Margarida y el niño se habían escondido, pero sin éxito. Otra vez me encontraba solo. Y el río me empujaba de vuelta al centro de la ciudad.

45

Quien estaba viéndome nadar en el río era, obviamente, Bernardino. Había acompañado a los soldados en la batida de la Casa de la Moneda por orden de Sebastião José. Cuando me vio junto al portón, informó al capitán de la compañía sobre el especial interés que el ministro tenía en mí. Mi huida no solo frustró a Bernardino, sino al capitán y a sus soldados, que dispararon con furia contra Mohamed. Con la primera ráfaga de balas lo mataron, y con la segunda, la que yo presencié desde el río, lo desfiguraron de manera horrible.

Las órdenes de Sebastião José eran clarísimas: ejecutar a los bandidos, decapitarlos y después exhibir públicamente sus cabezas clavadas en postes, en las plazas, hasta que la anarquía amainase. Y eso fue lo que hicieron con el árabe. Mientras Bernardino comprobaba el oro con el heroico sargento, el cadáver de mi amigo fue trasladado a la plaza de la iglesia de San Pablo. Arrojaron el cuerpo a una pila de restos mortales y el mismo sargento cargó, durante un día entero, con la cabeza cortada sujeta al cinto como trofeo, hasta que por la noche la clavó en una estaca en medio de la plaza del Rossio.

Bernardino regresó a Belém y fue a hablar con Sebastião José. Encontró al ministro crispado por haberse visto obligado a debatir con varios nobles y con el padre Malagrida la organización de procesiones en el Rossio.

Ese día, el rey se había mostrado aún más emocionado y

dolido, de modo que su alma era terreno fértil para la espiritualidad y la religión. Su confesor, al advertir su estado de ánimo, no perdió el tiempo y acrecentó sus ambiciones.

—¡Las procesiones son la única forma de arrepentimiento! La ciudad, su pueblo pecador, tiene que pedir misericordia a Dios. ¡Lisboa ha sido castigada como Sodoma, como Gomorra, que Dios transformó en sal! ¡Solo con plegarias, penitencias y oraciones podremos alcanzar la salvación!

El padre Malagrida no se limitaba a predicar, gritaba con la voz tensa de emoción. La mayoría de los nobles eran temerosos de Dios y las propuestas del confesor del rey les parecían razonables. ¿Quién, en aquellos días, podía negar el castigo divino? Malagrida sumaba aliados en la corte, mientras que Sebastião José los perdía. Sus preocupaciones —la alimentación, el crimen, el abandono de la ciudad, la inhumación de los muertos— se les antojaban triviales a la mayoría de aquellos hombres biempensantes, meras futilidades logísticas comparadas con lo trascendental, y eso infundía ánimos al padre Malagrida.

Cuando Sebastião José propuso que los muertos, amontonados provisionalmente junto a las iglesias en pilas cada vez más grandes, fuesen enterrados inmediatamente en fosas comunes abiertas en el suelo, se generó una gran alarma, incluso una inflamada indignación. La tradición portuguesa no era esa, decían, sino la de enterrar a los muertos en el suelo de las iglesias. ¡Hacerlo en fosas, y comunes, para más inri, era un sacrilegio! Los bramidos de Malagrida eran secundados por los clamores de los demás religiosos presentes: ¡qué inmenso pecado no dar una sepultura digna a los difuntos del terremoto! De manera que, tal como exigía la lógica, habría que esperar a que las iglesias estuviesen preparadas para recibirlos.

Esta argumentación, en apariencia digna y respetuosa con las tradiciones fúnebres de un pueblo, enfureció a Sebastião José. Lúcido pero airado, declaraba que apilar a los muertos no solo era un espectáculo terrible y desmoralizador para los vivos, sino que dejarlos así, a la espera, era invocar enfermedades que siempre se cebaban en los cadáveres a cielo abierto. La ciudad no tenía que verse invadida por la pestilencia ni ser víctima de epidemias, fatales en aquellas circunstancias. Además, restaurar las iglesias se prolongaría durante meses, incluso años, pues la gran mayoría no eran más que ruinas. Así pues, era imperioso enterrar a los muertos lo antes posible. El verdadero sacrilegio sería, sin duda, dejarlos meses pudriéndose, siendo pasto de los animales, o de las personas.

Al escuchar la mera posibilidad de canibalismo, casi todos los presentes se santiguaron, afligidos, y el padre Malagrida rezó en alto una oración pidiendo a Dios el perdón por tan horripilante afrenta. Pero el argumento se adhirió como una lapa y, en este punto, el rey don José le dio la razón a su ministro en detrimento de su confesor. Autorizó el entierro de los cadáveres en fosas comunes justificándolo con el argumento de las epidemias, a las que temía profundamente, aunque por el momento solo estuvieran en su imaginación.

Con todo, y quizá como compensación, la polémica otorgó a Malagrida una victoria importante: el rey permitiría que, a partir de aquel día, su confesor organizase procesiones en el Rossio en las que aleccionaría a la gente a través de la oración. El padre Malagrida podría dirigirse a las multitudes en la plaza, celebrando una especie de misa de campaña permanente. La decisión irritó sobremanera a Sebastião José, pues interfería en sus planes de poner orden de la ciudad, y en ese estado de espíritu es como Bernardino lo encontró.

—Los bandidos se mezclarán con los fieles y será más difícil capturarlos —refunfuñaba el ministro.

Bernardino aprovechó entonces para relatarle la expedición a la Casa de la Moneda, donde el oro reposaba tranquilamente. Una guarnición se había quedado custodiándolo y Bernardino ensalzó con convicción el heroico desempeño del joven sargento. Orgulloso de esta historia, que calificó de ejemplo fundamental, Sebastião José avanzó la idea de ascender al sargento al rango de teniente, propuesta que comunicaría en breve al marqués de Alegrete. Después, al escuchar que el pirata se había escapado, preguntó:

—¿Estaban atacando la Casa de la Moneda?

Bernardino narró el episodio: el engaño al joven sargento, los bandidos apuntándole con las pistolas, la actuación de los soldados. No llegó a adivinar las verdaderas intenciones de los piratas, pero buenas, sin duda, no eran.

Sebastião José comentó con una ligera sonrisa en los labios:

—Entonces, a partir de ahora, es un criminal y un enemigo del reino. Hay que encontrarlo y matarlo.

Bernardino le describió la muerte brutal del árabe, pero advirtió que, para su sorpresa, Sebastião José fruncía el ceño:

—No ha sido inteligente. Si siguiera vivo, el otro habría intentado salvarlo.

Bernardino, que había pasado por alto aquella deducción, se encogió de hombros y atribuyó aquel bárbaro fusilamiento a la ira de los soldados.

—¿Y la mujer? ¿No estaba con ellos? —preguntó el ministro.

En los alrededores no habían visto a nadie, explicó Bernardino. Sebastião José guardó silencio, y nuevos asuntos distrajeron su atención. Pero a media tarde, cuando el ministro recibió al embajador inglés, Abraham Castres, el tema se retomó inesperadamente. Durante la audiencia, el embajador relató las dificultades por las que pasaba su comunidad. Ya cerca del final llamó la atención del ministro sobre la historia de un comerciante inglés, antiguo capitán de la marina de Su Majestad, que actualmente vivía en Lisboa. De nombre Hugh Gold, se había presentado por la mañana en su residencia y le había contado que un grupo de hombres lo había retenido y que estaba preparándose para asaltar la Casa de la Moneda.

Tras escuchar aquella confidencia, Sebastião José sugirió que mandasen llamar al británico para que la narración de los hechos resultara más fidedigna. Y así fue como Bernardino conoció a Hugh Gold y se enteró de quiénes eran nuestros acompañantes: una joven guapa y un chiquillo de doce años que buscaba a su hermana gemela, supuestamente viva todavía bajo los escombros de su casa.

Ante un interesadísimo ministro, Hugh Gold describió la anarquía reinante en el Terreiro do Paço, las pandillas de esclavos y de bandidos de todas las nacionalidades que hacían de la plaza lisboeta un campo de batalla, y enseguida se dio cuenta de que lo que más preocupaba al ministro era dar con el paradero de Santamaria.

—*Well*, *he is trying to* huir de Lisboa. *He needs* un barco… *He wants the* oro *to buy* a barco…

Sebastião José lo interrumpió:

—¿Es portugués?

El inglés asintió, y explicó que era un portugués abandonado hacía mucho tiempo por el rey anterior, don Juan V, que fue hecho prisionero por los árabes y que al final también se convirtió en pirata.

—¿Y dijo cuál era su nombre portugués?

—*Hell, no!* —respondió Gold.

Sebastião José permaneció pensativo unos segundos, y al fin preguntó:

—¿Y dijo que me conocía?

El inglés se quedó ciertamente sorprendido con la pregunta.

—*Good lord, no!* No, su excelencia… *But, you know Santamaria?*

Sebastião José se encogió de hombros, pero Bernardino notó un ligero alivio en sus facciones:

—Es un bandido, prisionero del Limoeiro. Intentó asaltar mi carruaje el día del terremoto por la tarde.

Gold se quedó boquiabierto:

—*Good lord!* ¿*He attack your* excelencia?

El ministro del rey hizo una nueva pausa antes de seguir interrogando al inglés:

—¿Por qué decidió atacar la Casa de la Moneda? Según el

sargento que la estaba custodiando, durante los primeros días nunca había apareció por allí.

En ese momento, Gold se mostró avergonzado:

—*Well*, *my fault*, *my* culpa… *The day before, he wanted to kill me*, quería *my* dinero… *I told him* Casa de la Moneda solo *had* un soldado… *I had talked with the* sargento, *in* primer día, *he was* solo…

Sebastião José lo miró inexpresivo. El inglés siguió hablando:

—¡*Well*, yo los llevé *there, but*… *bandits attack*, yo huir!

Tanto el embajador como Sebastião José guardaban silencio:

—¡*It was a* pesadilla, *a nightmare*! —se justificó el inglés.

Relató lo del fuego en el Palacio Real, las peleas, los muertos, los ataques. Los otros no lo interrumpieron, fascinados con aquel relato vivo de los acontecimientos de aquellos días.

—*Good lord, I was lucky*, suerte yo *alive*…

Sebastião José estuvo de acuerdo con él. Después dijo:

—El otro pirata, el árabe, ha muerto. Pero a la chica y al niño no se les ha visto, y el tal Santamaria se tiró al río. La corriente debe de haberlo llevado de vuelta a la ciudad. ¿Dónde cree que pueden haber ido?

Gold se puso nervioso:

—*Hell*, ¿*back to the* ciudad? *But* ¿por qué? ¡*He has nothing in* la ciudad! ¡*He could go to* Mocambo, *to* esclava, *black girl*!

Sebastião José frunció el ceño:

—¿Mocambo? ¡Madragoa! Mocambo es el nombre que le dan los esclavos. Pero eso está hacia la desembocadura del río, no hacia arriba. Para llegar a Madragoa tendrá que cruzarse con nuestros soldados.

Hugh Gold lo interrumpió:

—Santamaria *is* rápido, *very* inteligente. *He will escape* soldados… *He is going* para Mo… para Madragoa, *sorry*.

Sebastião José sonrió, contento con la corrección de la palabra.

—¿Y la chica y el niño? —preguntó.

—*Hell, don't no!* —respondió Gold—. *The girl has* miedo, mucho miedo. *She has* miedo *of the fires. Maybe she will leave* ciudad. *The boy... he is* determinado, *he wants to find* hermana...

Sebastião José reflexionó un poco más y entonces preguntó:

—¿Dónde está esa casa, la casa donde la niña está supuestamente sepultada?

Gold describió el lugar, añadiendo que había estado allí ayudando al niño, igual que Santamaria.

—Entonces —dijo el ministro del rey—, es esencial enviar a un grupo de soldados a esa casa a buscarlos. Si aparecen, será allí. Y tú tienes que ir con ellos para orientarlos.

Allí mismo se decidió que al día siguiente por la mañana enviarían una expedición militar a la casa del niño, con Hugh Gold y el escribano. Al término de la audiencia, cuando los ingleses ya se habían marchado, Sebastião José informó a Bernardino de que a la mañana siguiente tendría que tomar su carruaje para asistir en primer lugar a las procesiones de Malagrida en el Rossio, y que después iría a hablar con monseñor Sampaio, que seguía estando en la catedral. De camino, vería qué podía sacar en claro de la visita a la casa del niño. No estaba convencido de que allí encontrasen al pirata, pero, tal vez, localizando a la chica, podrían saber de él.

Pensándolo bien, al escribano no se le pasó que Sebastião José se sentía aliviado por el hecho de que el inglés no supiera que Santamaria era un viejo conocido del ministro. Eso significaba que el pirata no estaba difundiendo una vieja historia ocurrida muchos años antes y que incomodaba en extremo a Sebastião José...

46

Me dejé llevar por el río. El agua estaba muy fría, y no tardé en sentir que se me contraían los músculos. Permanecer en el agua no era una buena idea, pero la desolación que sentía me impedía reaccionar. La corriente, junto a la orilla, me arrastraba hacia el Terreiro do Paço. Frente a Remolares pude ver cómo las olas rompían en la orilla trayendo y llevando desechos. El río estaba agitado en aquella zona, y comprendí que había llegado el momento de salir del agua, de lo contrario me arriesgaba a que las nuevas corrientes me arrastrasen lejos de la orilla. Sabía nadar, pero la temperatura de mi cuerpo seguía bajando. Si acababa en mitad del río, me moriría. Así que nadé hacia la playa y me quedé sentado en la arena, cansado, temblando de frío y de impotencia.

Hacía una semana que no podía abandonar la ciudad. Primero, me embriagó la libertad cuando hui del Limoeiro, aunque nunca la tuve del todo garantizada. Estuve cerca, pero la ola gigante me venció, devolviéndome a la ciudad, implacable. Después intenté escapar por tierra, pero a medio camino cambié de idea y volví al río. Fue un grave error. Si aquel primer día, en vez de haber regresado en el carruaje del noble, Mohamed y yo hubiésemos salido de Lisboa, probablemente él no habría muerto y ambos estaríamos muy lejos.

No lo hicimos, sino que anduvimos zigzagueando, huyendo del fuego, buscando comida, intentando encontrar dinero. Nos encontramos con las monjas, el niño, el inglés y la esclava; luchamos contra Perro Negro y contra los soldados y acabamos peor de como habíamos empezado. Me sentía responsable de la muerte de Mohamed. El árabe era mi amigo y, a su manera, me era leal. Durante más de una década fue un preciado ayudante en el mar. A lo largo de aquellos días me llamó la atención varias veces, recordándome que no podía poner a Margarida en primer lugar, y me advirtió de que ella sería mi perdición. Al final, él fue quien pagó el precio más alto, primero con las heridas que lo debilitaron, y después con su muerte en la Casa de la Moneda.

La culpa era mía. Todas las decisiones equivocadas que tomamos aquellos días fueron mías, y él siempre me siguió, siempre fue mi amigo, aunque me recordase que íbamos por el camino errado, y eso hacía que mi culpa resultase aún más dolorosa. Mohamed mantuvo la lucidez en todo momento. No permitió que los sentimientos lo ofuscasen, como me sucedió a mí. Enamorado de Margarida, dejé de pensar como un fugitivo cuya libertad es el único objetivo y pasé a hacerlo en función de ella, guiado por el deseo de estar a su lado, de protegerla, olvidándome de las prioridades de la fuga.

Al final, lo había perdido todo. Mi amigo había muerto, no había huido de Lisboa, y además me había separado de Margarida. Mi patética epopeya había acabado en el vacío. No me quedaba nada. Incluso la libertad presente era incierta, provisional. El cerco de los soldados se estrechaba, lo presentía en la playa de Remolares. Donde antes se veían bandidos, ahora solo se escuchaba el silencio. Los malhechores, o estaban muertos o habían sido expulsados. La anarquía había desaparecido. Los soldados de Sebastião José habían limpiado la ciudad de aquellas ratas de alcantarilla. El único que quedaba era yo…

Me acordé de las palabras de Abraão sobre el bien y el mal. Durante aquellos días ya había hecho el mal, robando y matando. Con todo, por más que lo buscase, no encontraba nada con lo que hubiera hecho el bien. Es verdad que había ayudado a Mohamed en el barco, cuando la ola gigante nos sorprendió, y quizá le salvara la vida. Es verdad que ayudé a Margarida cuando la atacaron, primero un desconocido y después Perro Negro. Pero ¿aquellos actos eran un bien en sí mismo? Me había limitado a ayudar a un amigo y a la mujer que amaba, personas que me importaban. No había ayudado a ningún desconocido.

Me acordé de Ester. La noche que pasé con ella me liberó de mis fantasmas y me abrió las puertas al mal interior, solo eso. La maldad había salido, pero la bondad no había entrado. Y para que el demonio saliera de mi ser, fue necesaria la arrebatadora lujuria de una mujer. El sexo, el placer, los deseos carnales, bañaron mis abismos pero no los limpiaron. En mi alma solo había resentimiento, contra Portugal o contra Sebastião José, y en mi corazón y en mi cuerpo, pasión por Margarida.

Ninguna de aquellas cosas era hacer el bien. Quería a Margarida y eso me hacía sentirme vivo, pero no hacía de mí un hombre mejor. Todo lo contrario. Amar hizo que naciera en mí el monstruo de los celos, una irracionalidad primitiva con un potencial de destrucción infinito. Me dieron ganas de matar al inglés cuando me enteré de que se había acostado con Margarida. Amar me expandía, pero también me transformaba en un ser más peligroso.

¿Valía la pena seguir para vivir ese amor? En Portugal era un proscrito, y regresar a la piratería me parecía absurdo. Mohamed era el último eslabón de la cadena que me unía a aquel mundo sin leyes en el que había vivido tanto tiempo. Sí, echaba de menos los barcos y el mar, pero allí, en aquella playa, frente al río Tajo, me di cuenta de que retomar la vida de nómada de las olas, volver al robo y al saqueo, a la sangre y a la muerte, me brindaba una desagradable visión de futuro.

A los cuarenta años, aquel camino era un sinsentido. Además, si por un azar del destino me reencontrase con Margarida, no le podría ofrecer como futuro la piratería. Aquella vida, salvaje y violenta, no era una oferta digna para una mujer.

Una falúa se acercó a la playa con dos pescadores. La encallaron en la arena y se adentraron en la ciudad destruida, dejándola allí varada. Me la quedé mirando, mi dilema se agudizaba con su presencia. Si quisiera, podría subir a bordo y hacerme al río, desapareciendo de Lisboa para siempre. Cruzaría el Tajo, y después huiría a pie, hacia los Algarves. Nada más fácil que apoderarme de aquella falúa. Y sin embargo… no tenía ganas de hacerlo.

Por fin me levanté y deambulé durante horas por la ciudad, entre cenizas y cadáveres malolientes. A mitad de la cuesta del Bairro Alto tuve que retroceder. Los soldados batían la zona y los vi fusilar a cuatro hombres más, seguramente saqueadores.

Bajé de nuevo al Terreiro do Paço. La plaza, que el día anterior era un festival de vagabundos y malhechores, ahora estaba casi vacía. Había Dragones de Évora en varios puntos. Cercaban a los últimos saqueadores, confiscándoles las armas y obligándolos a subir a una carreta. Por allí no se podía pasar.

Entonces tuve una idea. Sí, era la última oportunidad que tenía de hacer el bien. Podría haberlo hecho antes, pero siempre me había negado egoístamente. Era lo último decente que podía hacer. Así pues, tomé la decisión y me fui del Terreiro do Paço hacia la casa del niño. Intentaría encontrar a su hermana, viva o muerta.

A media tarde no se veía un alma por los alrededores. Los incendios habían dejado una herencia de brasas y columnas de humo. Encontré el agujero y bajé. Nada más entrar en el túnel, oí el ladrido del perro.

Admiré la extraordinaria fidelidad de aquel ser. Había vuelto allí solo cuando huimos de la rua da Confeitaria y estaba, como dijo el niño, junto a la casa. Era buena señal. Los animales huelen la muerte antes que las personas, y si la niña estuviese muerta, el perro se habría alejado. Su satisfacción al verme, el frenesí con que meneaba el rabo y su persistencia en permanecer allí, eran motivos de gran esperanza.

Empecé a sacar escombros y me pasé horas acarreando cascotes fuera del túnel. Pero por más que me esforzase, no me acercaba a la niña. La llamé varias veces, pero solo respondía el silencio. La cantidad de escombros que nos separaba no disminuía. Al contrario, cuantos más sacaba, más caían, soltando un polvo que me intoxicaba.

No paraba de llamar a la niña, y el perro ladraba para animarme. Ya había caído la noche cuando me llevé un buen susto. Al extraer una viga más pesada provoqué un derrumbamiento, y los trozos de argamasa y ladrillo que cayeron me lastimaron. Cansado y frustrado, me decidí a salir del túnel e ir a la fuente a beber agua. También tenía mucha hambre, pero no pude encontrar alimentos. A lo largo del camino intenté mantener al perro a mi lado, pues muchos otros perros hurgaban en los desperdicios, aullando y gruñéndose los unos a los otros. No me crucé con un alma. La ciudad había sido definitivamente abandonada.

Regresé a la casa con una vasija llena de agua. Entré en el túnel, me recosté exhausto en un rincón y me quedé dormido. Una nueva réplica me despertó de madrugada. El perro huyó asustado. Oí chirriar maderas y estructuras sobre mi cabeza. Salí de allí, temiéndome un nuevo derrumbe.

De pronto oí un pequeño grito y mi corazón dejó de latir por un segundo. No había nadie alrededor y el grito venía del suelo, aunque no del lugar donde pensaba que estaría la niña, sino de un punto más distante. En realidad, me pareció que el grito procedía de la parte trasera de la casa. Sorprendido, me dirigí hacia allí, rodeando lo que quedaba del edificio. En línea recta, conté aproximadamente unos quince metros entre la entrada del túnel y la parte trasera, donde ahora me encontraba. Calculé haber recorrido la mitad de esa distancia bajo tierra, pues el túnel tendría unos cinco metros como máximo.

¿Y si la niña estaba más cerca de la parte trasera? Si antes del terremoto estaba al fondo del sótano, entonces se habría quedado atrapada en algún punto por debajo de donde me había parado. Busqué una entrada, una puerta o una ventana que me permitiese bajar al sótano. Anduve más de veinte minutos hacia delante y hacia atrás, sin suerte, hasta que volví a escuchar un gemido un poco hacia la derecha de donde tenía los pies, y se me aceleró el pulso.

El perro también lo oyó y ladró. Introdujo el hocico en un amasijo de maderas y corrí hasta donde se encontraba. Fue entonces cuando descubrí una hendidura en el suelo, una especie de escalera con algunos peldaños, puede que la puerta trasera del edificio original. Entusiasmado, empecé a retirar escombros, a cargar piedras y maderas, a apartar cristales, fragmentos de piedra y de hierro de las barandillas, echándolo todo a un lado para poder bajar por los escalones. Era casi imposible acceder a pie y llegué a la conclusión de que mi única posibilidad sería entrar de cabeza, con las manos por delante y apoyándome en los peldaños.

Bebí un trago de agua y suspiré. Me sentía extrañamente feliz por intentar salvar la vida de una niña que no conocía. Acaricié al perro y me colé por la grieta, apoyándome con las manos en los escalones de piedra, aguantando el peso de mi propio cuerpo para no precipitarme hacia delante.

La luz del nuevo día me permitió comprobar que la puerta ya no estaba. Quizá se hubiese caído hacia dentro, lo cual me facilitó la entrada, y en cuanto conseguí llegar al umbral pude sentarme e incorporarme, vuelto hacia la oscuridad del sótano.

Mientras intentaba que mis ojos se acostumbraran a la penumbra, a mi espalda oí ladrar al perro, furioso, protestando por haberlo dejado atrás. Le sonreí. Sin duda aquel animal era perseverante. Pero para ensanchar el espacio por el que había entrado necesitaría perder algún tiempo, y ahora tenía otras prioridades.

Entonces la vi. A unos tres metros, tendida en el suelo, aprisionada entre vigas de madera, piedras y fragmentos de la puerta. Estaba viva, y no dejaba de mover la cabeza de un lado a otro y de abrir y cerrar la boca, como si quisiera decir algo. La noté muy agitada, desvariaba, y mi primera preocupación fue acercarme a ella despacio sin que nada se saliese de su sitio.

—¿Assunção, Assunção?

Al oírme, la niña rompió a llorar.

—¡No te muevas, es peligroso! —le grité—. ¡Quédate quieta! ¡Voy a sacarte de aquí!

Se lo repetí varias veces, hasta que estuve seguro de que me había entendido. Se tranquilizó. Entonces vi que en la mano derecha sostenía un cuchillo. Le abrí la mano lentamente y se lo quité. Me miró aterrorizada y lanzó un grito de angustia. Intenté calmarla y dejé el cuchillo en el suelo, lejos de su alcance. Me fijé en que había sangre seca en la hoja del cuchillo, y en mi cabeza se formó la imagen de lo que pudo haber sucedido… pero primero debía concentrarme en liberarla.

Pude retirar la mayor parte de los escombros que la rodeaban y comprobé que una piedra grande le atrapaba las piernas. Eso era lo que le había impedido salir de allí. Seguro que se las había fracturado, y además tenía sangre en la cabeza. Debió de haberse desmayado varias veces durante aquellos días, pero, por increíble que pareciera, había sobrevivido.

Examiné la piedra durante un rato. Después, con la ayuda de una viga pude apartarla un poco. Excavé en el suelo, junto a las piernas de la niña, y una hora más tarde pude liberarla. Las tenía aplastadas y era evidente que no podía caminar. Yo solo no podría sacarla de allí. Por mucho que me costase, tenía que dejarla sola un tiempo.

Cuando se lo dije, me agarró del brazo con fuerza y gritó:

—¡No, por favor, no me dejes sola!

Le expliqué que necesitaba ir en busca de ayuda, pero solo lloraba y me imploraba que no la abandonase. De repente chilló:

—¡Me matará!

Fruncí el ceño y le pregunté:

—¿Quién?

—¡Mi padrastro! ¡Me matará si me dejas sola!

De ahí venía su miedo, así que la tranquilicé con la verdad:

—Tu padrastro ha muerto en el terremoto.

Señalé el otro lado del sótano.

—Está allí.

Se serenó y miró instintivamente el cuchillo, pero evité preguntarle al respecto. Había sufrido mucho, no era momento de hablar sobre lo que pasó antes de los temblores de tierra. Con todo, para mi sorpresa, no fue capaz de quedarse callada:

—¡Quería hacerme daño, quería hacer cosas horribles conmigo!

Me contó lo que yo ya había adivinado. Poco antes de ir a reunirse con su madre y su hermano en la misa de San Vicente de Fora, el padrastro empezó a abrazarla y a toquetearla en la puerta. Ella intentó soltarse, pero él se lo impidió, aunque consiguió zafarse al fin y entrar en la casa, jadeante. Corrió a la cocina y cogió un cuchillo. Lo amenazó, pero él siguió intentando sujetarla. Muy asustada, bajó al sótano y esta vez lo amenazó con hacerle daño si no la dejaba en paz, oculta detrás de un armario. Fuera de sí, él también bajó al sótano, la descubrió y la abrazó de nuevo. Entonces ella blandió el cuchillo y se lo clavó con fuerza. En la oscuridad, Assunção no vio dónde lo había herido, pero sí notó que se llevaba las manos a la garganta y articulaba unos sonidos extraños. Echó a correr de nuevo hacia el interior del sótano, hacia la puerta de la parte trasera. Y allí fue donde la sorprendió el primer terremoto. Durante la confusión, las piedras le aplastaron las piernas. Cuando se sucedieron los temblores, su situación empeoró. Se desmayó, algo le golpeó en la cabeza. No sabía cuánto tiempo había transcurrido, solo recordaba haberse dormido varias veces. Oyó voces, pero temía que fuera su padrastro y guardó silencio.

Cuando el humo y los incendios llegaron, creyó que se iba a morir, pero soportó las altas temperaturas, el aire casi irrespirable y, a pesar de estar muerta de sed y de hambre, se mantuvo quieta hasta que oyó más ruidos y volvió a llamar.

—Pensé que sería mi madre —dijo la niña.

No sabía que habían pasado tantos días, y mucho menos que su madre estaba muerta, y yo no quise decírselo.

—Tu hermano intentó encontrarte y te llamó varias veces.

—¿Dónde está?

Mencionar a su hermano la puso muy nerviosa y le mentí para tranquilizarla:

—Está ahí arriba, en la catedral.

—¡Por favor, llámalo, quiero verlo!

Le prometí que iría a llamarlo. Después cogí el cuchillo, limpié la sangre seca en mis pantalones y le dije:

—No te preocupes más por lo que ha pasado, ya no importa. Este cuchillo nunca ha existido.

Me guardé el arma en el cinturón y ella se sorprendió. Le acaricié la frente.

—Prométeme que no te vas a mover. Tienes que estar quieta, no tardaré más de media hora. Tu perro se quedará aquí, en la entrada, custodiándote.

La niña sonrió al oír hablar del perro:

—¿Está aquí?

—Está fuera —respondí.

Fue en ese instante cuando vi el medallón que llevaba al cuello. Iba a preguntarle quién le había dado una joya tan bonita cuando un enorme temblor, el mayor y más violento de aquellos días, nos arrancó un grito de terror. Lo último que recuerdo es que intenté proteger a la niña con mi cuerpo.

47

Hasta que no nos reunimos por última vez, no supe que Margarida y el niño habían permanecido ocultos en la casa en ruinas, y que presenciaron el ataque de los soldados, la muerte de Mohamed y mi fuga por el río. Margarida, al principio, no pudo contener un grito, el que yo oí antes de la primera ráfaga de balas de los soldados. El niño logró callarla tapándole la boca para que su desesperación no los delatara.

En silencio, presenciaron el fusilamiento, el traslado del cuerpo del árabe y la marcha de los soldados acompañados por un hombre de chaqueta azul —no sabían que era Bernardino—, mientras otros diez soldados se quedaban allí, de guardia, custodiando el edificio y el oro.

El grupo que partió se alejó, y el grupo que se quedó entró en el patio de la Casa de la Moneda. Sintiéndose ya más seguro, el niño propuso:

—Vamos a Mocambo, como dijo Santamaria.

—¡No! —gritó Margarida.

La joven justificó su negativa argumentando que no quería pedirle ayuda a la esclava. El niño percibió que estaba celosa y le dijo:

—No tiene sentido, no pienses así. Santamaria dijo que iría allí, tienes que ir a reunirte con él.

Margarida se mostró indignada, pero acabó cediendo, y los dos salieron de las ruinas y echaron a andar hacia Madragoa, junto al río. Con todo, al cabo de un rato se toparon con una barrera de soldados que les dio el alto y les impidió seguir en aquella dirección.

—Nadie puede pasar por aquí —dijo uno de los Dragones de Évora—. Id al Terreiro do Paço y quedaos allí.

Así que tuvieron que volver atrás sin saber qué hacer, y cuando pasaban por Remolares decidieron subir la cuesta al Bairro Alto, pues tenían miedo de los bandidos del Terreiro do Paço.

—Los dos solos no sobreviviremos —dijo le niño.

Margarida estaba de acuerdo, pero se toparon con una nueva barrera de soldados que les impedía avanzar y que los obligó a dirigirse al Rossio. A Margarida le asustaba volver a aquella plaza, pero el niño le dijo que nadie la reconocería así vestida. Siguieron caminando junto a un destacamento de soldados que al niño le parecieron los mismos que por la mañana habían defendido la Casa de la Moneda.

—El jefe es el mismo —le dijo a Margarida.

La hermosa joven se encogió de hombros: el capitán no los había visto, no podría hacerles ningún daño, y el hombre de la chaqueta azul ya no los acompañaba. De manera que caminaron a su lado sin preocuparse. El muchacho sintió curiosidad por un saco que el capitán llevaba en bandolera y del que chorreaba sangre. Pero en cuanto llegaron al Rossio pudo comprobar que la bolsa contenía la cabeza de un hombre. El oficial se dirigió al centro de la plaza, donde había más de diez estacas que exhibían cabezas cortadas para que todo el mundo las viese.

Entonces, el capitán abrió el saco, extrajo la cabeza y la clavó en uno de los palos. El niño oyó que Margarida exclamaba:

—¡Oh, Dios mío!

La cabeza que el oficial colgó era la de Mohamed. A su lado, algunas personas aplaudían la idea, pues gracias a aquella medida los demás bandidos acabarían con los asaltos y las matanzas. Margarida no pudo volver a mirar el centro de la plaza, así que eligieron seguir por el lateral más cercano a la casa del niño. Pero allí también había un grupo de soldados que no los autorizó a subir hacia la catedral. El niño intentó explicarles que tenía que ayudar a su hermana que estaba sepultada bajo los escombros, pero no le sirvió de nada.

Desilusionados por no poder cumplir su objetivo, estuvieron toda la tarde sentados en el suelo. Al atardecer, unos frailes pasaron por allí repartiendo comida y agua. Oyeron que anunciaban una procesión para la mañana siguiente, y cuando llegó la noche se acostaron debajo de una carreta abandonada y se taparon con unas colchas que alguien había olvidado.

La noche era fría, pero aun así solo los despertó de madrugada un potente temblor de tierra que hizo gritar a la gente. Después la tierra se calmó, y volvieron a dormirse. Margarida soñó con una tierra extraña en la que había gente rezando muy alto. Un niño más pequeño que el que la acompañaba, quizá de unos siete u ocho años, se acercó a ella muerto de frío, con el torso desnudo y un sayo y unas sandalias por toda vestimenta. Llevaba dos alas blancas en la espalda y parecía un ángel. El «niño con alas» le tendía la mano derecha, invitándola a acompañarlo. De pronto, Margarida tuvo la sensación de que no estaba soñando y se frotó los ojos.

Frente a ella había un «niño con alas» de verdad que la llamaba:

—Ven, ven con nosotros a la procesión, tengo unas alas para ti.

Margarida comprendió entonces que «el niño con alas» no se dirigía a ella, sino al otro niño, que seguía durmiendo. Era a él a quien el «niño con alas» estaba invitando a participar en la procesión.

Además de los «niños con alas» había muchos frailes con capuchas y túnicas, y otros muchos curas vestidos de blanco, todos ellos con cruces de madera en los brazos. Y también había penitentes arrodillados en el suelo y vestidos pobremente.

Algunos, con látigos en la mano, se habían quitado la parte de arriba de la ropa para dejar el torso desnudo.

A la cabeza de todos iba un hombre ya anciano con un hábito blanco. El niño lo identificó:

—¡Es el padre Malagrida, el confesor del rey!

Lo había visto algunas veces en la catedral y en la iglesia de San Vicente de Fora, y había escuchado sus sermones, en los que siempre repetía que Lisboa era una ciudad de pecadores y que sería castigada.

—Tenía razón —comentó el chiquillo.

Margarida no conocía a aquel cura, pero había oído hablar mucho de él y de la influencia que ejercía sobre la Inquisición portuguesa. De alguna manera, ella había sido condenada por culpa de hombres como él. Irritada, ahuyentó al «niño con alas».

—Deberías servir a Dios —le espetó el «niño con alas»—. Nos ha castigado y ahora tenemos que arrepentirnos.

Margarida ignoró el comentario del querubín, y lo vieron partir para reunirse con los demás «niños con alas». Poco después, el padre Malagrida ordenó que la procesión avanzara y aparecieron dos andas cargadas por frailes que acarreaban, respectivamente, una imagen de la Virgen y otra de Jesucristo. La procesión empezó en el lado opuesto del Rossio y avanzó dando una vuelta a la plaza. Se oía el restallido de los látigos con que los hombres del torso desnudo se fustigaban la espalda. Cuando pasaron por delante de Margarida y del niño, muchos penitentes ya tenían los costados ensangrentados, pero seguían fustigándose cada vez más.

El padre Malagrida rezaba padrenuestros y avemarías sin parar, y cuando la procesión dio la primera vuelta a la plaza empezó a predicar una especie de homilía o sermón a voz en grito, acusando a los habitantes de Lisboa de ser pecadores, y a la ciudad de ser como Sodoma y Gomorra, las urbes que Dios transformó en sal, tal como estaba escrito en el Antiguo Testamento.

Entre constantes gritos de misericordia, de pronto el padre Malagrida avanzó con el dedo en ristre hacia las estacas en las que estaban clavadas las cabezas de los bandidos. Margarida y el niño se alarmaron, pues el padre señalaba justamente la cabeza del árabe:

—¡El castigo de Dios es mucho peor que unas cuantas cabezas cortadas! —gritó el padre Malagrida—. ¡No es cortando cabezas como se acaba con el pecado de la ciudad! Solo mediante el arrepentimiento, la entrega a Dios y el perdón a los pies de Cristo es como limpiaremos nuestras almas.

Entonces, el jesuita fulminó con la mirada la cabeza de Mohamed y bramó:

—¡Aquel que te cortó la cabeza no tiene temor de Dios!

Después dio media vuelta y exclamó a gritos:

—¡Arrepentíos! ¡Rezad, expiad vuestros pecados! ¡Dios es grande! ¡Dios no utiliza la espada sino la Biblia!

Y la multitud respondió a coro:

—¡Perdona, Señor, nuestros pecados! ¡Perdónanos, Señor!

Los gritos subieron de tono en una espiral de fervor, y los niños querubines empezaron a batir sus alas y a cantar, mientras los penitentes multiplicaban los latigazos, cada vez más violentos. Margarida no sabía qué pensar de aquella exhibición absurda de fe, inútil ante la destrucción que reinaba alrededor. Miró al cielo. El día nacía y no sabía qué hacer, adónde ir. De repente oyó una voz:

—¡Te dije que Jesús llegaría! ¡Te lo dije!

¡A su lado estaba el Profeta! Iba vestido como un excéntrico, con un abrigo de mangas anchas que le confería el aspecto de un payaso, y seguía teniendo los mismos ojos inyectados en sangre que cuando estaba en prisión.

—¿Dónde has estado? —le preguntó Margarida.

—Buscando a Jesús —respondió el brasileño.

El niño frunció el ceño sin dejar de mirar a Margarida, y esta le explicó:

—Es un hombre que conocí hace unos días.

El Profeta sonrió al niño y le preguntó:

—¿Tú ya has encontrado a Jesús? ¿Ya has encontrado a Jesús?

El niño negó con la cabeza.

—¿Y lo has buscado?

El niño no dijo nada ni hizo gesto alguno, y el otro prosiguió:

—Jesús está a punto de llegar... Yo lo vi ayer paseando por el centro de la plaza...

Margarida se percató de que el Profeta estaba todavía más alucinado que antes, tal vez debido al hambre, al frío, a la sed o a cualquiera sabía qué otras dificultades que hubiera pasado aquellos días.

—¡El fin del mundo está ante nosotros y Jesús está a punto de llegar, yo lo he visto! —repitió.

Margarida, llena de curiosidad, le preguntó:

—¿Por qué le diste mi cadena al carcelero?

El Profeta la miró, asombrado, y respondió:

—¿Tú también has visto a Jesús? ¿Dónde? Yo lo vi ayer...

No valía la pena conversar con él, de manera que Margarida y el niño se quedaron callados escuchando las diatribas del Profeta mientras observaban cómo la procesión daba una nueva vuelta a la plaza, siempre encabezada por el padre Malagrida.

En un momento dado se formó un alboroto junto al convento de Santo Domingo y vieron aparecer un carruaje seguido de muchos soldados, algunos de ellos a caballo, que ignoró la procesión y se dirigió al centro de la plaza, justo al lado de las estacas con las cabezas cortadas.

Un hombre muy alto salió del vehículo. Margarida y el niño no sabían quién era, pero tras él también bajó el mismo hombre de la chaqueta azul que habían visto la víspera junto a la Casa de la Moneda y, un poco más atrás, apareció el capitán Hugh Gold.

—¡Ah! —exclamó Margarida.

El niño se llevó un dedo a la boca para indicarle que guardara silencio. Junto a ellos, el Profeta exclamó a voz en grito, señalando a Sebastião José de Carvalho e Melo:

—¡Ese no es Jesús! ¡Ese no es Jesús!

Echó a correr desmañado hacia el centro de la plaza, dando chillidos:

—¡Ese no es Jesús! ¡Ese no es Jesús!

Margarida y el niño se escondieron, pues en ese momento los tres ocupantes del carruaje miraban en su dirección. Pero los hombres solo estaban sorprendidos por los gritos del Profeta, que les pareció un loco. El más alto ordenó a los soldados que se libraran de él, cosa que hicieron, agarrándolo y apartándolo de allí mientras seguía repitiendo sin cesar su letanía a voz en grito.

Entonces, Hugh Gold se acercó a las estacas, señaló la cabeza de Mohamed y desveló los demás nombres. Margarida y el niño no pudieron oírlos, y menos aún cuando el padre Malagrida se acercó a ellos.

Una pequeña polémica estalló en mitad de la plaza y el hombre más alto del grupo discutió acaloradamente con el jesuita; por los gestos parecía estar ordenando la suspensión de la procesión. Margarida me dijo después que lo último que recordaba era haber visto a los «niños con alas» todos en fila, muy callados, observando la discusión entre el cura y el ministro del rey.

En ese momento se produjo otro colosal terremoto, el más grande desde el temblor del 1 de noviembre, y todo el mundo en la plaza empezó a gritar. La carreta tras la que se ocultaban volcó. Entonces, Margarida y el niño saltaron hacia un lado y este último vio que ya no había soldados en el lateral de la plaza que daba a la catedral. Así que echaron a correr aprovechando la enorme confusión que se había generado y salieron de la plaza rápidamente.

Cuando ya estaban casi llegando a la casa del niño, vieron una comitiva que avanzaba en sentido contrario. Eran cerca de quince personas encabezadas por monseñor Sampaio. El patriarca pasó por su lado y se detuvo. Reconoció al muchacho y dio un paso atrás. Sus acompañantes pararon también, unos metros por delante, para esperarlo.

Margarida se fijó en una de las mujeres, pero como se tapó la cara enseguida, no pudo confirmar si era quien creía que era: la hermana Alice.

Monseñor Sampaio preguntó:

—¿Eres el mismo chico que hace unos días vino a pedirme ayuda?

—Sí —dijo el niño.

—Buscabas a tu hermana, ¿no?

—Sí —respondió.

—¿Y la has encontrado?

—No. Vamos a seguir buscándola ahora. Estoy seguro de que aún está viva.

A monseñor Sampaio le sorprendió la perseverancia del muchacho.

—Sigue teniendo fe, a lo mejor Dios hace un nuevo milagro. Anteayer aún pudimos salvar a dos hombres más.

—¿Y ayer? —preguntó el niño.

Monseñor esbozó una sonrisa triste, pero no respondió.

—¿Dónde está tu casa? —le preguntó.

El niño señaló en dirección a su casa y añadió que se dirigían hacia allí. Monseñor Sampaio respondió:

—Tengo que ir al Rossio, el ministro del rey me está esperando. Pero cuando regrese, pasaremos por allí para ayudarte.

El niño sonrió y se lo agradeció:

—Gracias.

Monseñor Sampaio volvió junto a los suyos y todos se marcharon. La mujer que se había tapado la cara miró a Margarida y en ese momento no tuvo la menor duda de que era la hermana Alice.

—¿La has visto? —preguntó la hermosa joven, nerviosa.

—¿A quién? —preguntó el niño.

—A la hermana Alice.

El niño respondió sorprendido:

—No me he fijado.

—¿Crees que monseñor Sampaio sabe lo que pasó y la ha perdonado? —preguntó Margarida.

El niño se quedó pensativo y respondió:

—Eso sería bueno para ti.

Margarida no hizo ningún comentario.

—Vamos —concluyó el muchacho.

Al llegar, oyeron ladrar al perro y esperaban verlo salir del túnel. Sin embargo, eso no fue lo que pasó: el animal salió de otro lugar, junto a la parte trasera de la casa, y se acercó a ellos a todo correr meneando el rabo de contento. En cuanto el niño le hubo hecho unas cuantas carantoñas, dio media vuelta y salió disparado por donde había venido. Margarida y el chaval fueron tras él sin sospechar lo que se iban a encontrar.

48

En el Rossio, además de ver la espantosa procesión que allí se celebraba, con hombres propinándose latigazos y niños con alas blancas como ángeles, Hugh Gold se quedó perplejo en cuanto puso los pies en el suelo, pues fue a parar a pocos metros de la cabeza tiesa de Mohamed, que tenía los ojos abiertos y la lengua fuera, y en cuyo cuello decapitado aún había restos de sangre seca y algunos músculos sueltos pendiendo en el aire. Sintió náuseas, pero se armó de valor y examinó las demás cabezas. La de Santamaria no estaba allí, como era de esperar, pues la tarde anterior, cuando decidieron ir al Rossio, ya se sabía que seguía huido de la justicia. En la puerta del carruaje, el ministro del rey observaba furioso al padre Malagrida y su inoportuna procesión.

—En vez de ayudar a la recuperación de la ciudad —comentó Sebastião José—, viene aquí a ver cómo se azota la gente y a infundir desánimo... ¡Mira qué caras tienen!

Bernardino y el inglés observaban las largas filas de penitentes.

—Parecen abúlicos, hundidos, sumisos. Tal y como el padre Malagrida quiere...

Justo en ese momento, un individuo andrajoso corría hacia ellos, trastabillando y dando gritos. Como el pobre loco que era, vociferaba disparates sobre Jesús, y Sebastião José, con un único gesto, mandó al capitán de la guardia que apartara a aquel majadero.

Gold señaló la cabeza de Mohamed:

—Este era el árabe, el amigo del pirata.

Bernardino recordó que fue él quien ordenó al capitán que lo llevara allí. Sebastião José se sintió satisfecho, pero acto seguido una voz lo enfureció. El padre Malagrida acababa de llegar, protestando a voces:

—¡Menuda idea, exhibir las cabezas cortadas a espada! ¡Esta plaza es lugar para arrepentimiento y penitencia, es la plaza de Dios, no la plaza de la muerte!

Sebastião José, aunque furioso, habló pausadamente:

—Padre Malagrida, ya es hora de que su procesión acabe. Hay que alimentar a la gente y garantizar el orden.

Con el dedo índice en ristre, señaló al alucinado brasileño que los soldados se llevaban y añadió:

—¡Sus plegarias perturban a la gente!

El padre Malagrida respondió airado:

—¡La ciudad está perdida! ¡Ha sido castigada como Sodoma y Gomorra! ¡Hay que rezar, hay que hacer penitencia, si no, Dios volverá a castigarnos!

Sebastião José repuso con brusquedad:

—Padre Malagrida, no voy a repetírselo: ¡la procesión se va a acabar y se va a acabar ya! ¡La gente tiene que marcharse al campo!

El padre jesuita se preparaba para darle una enérgica réplica, cuando un enorme temblor de tierra lo interrumpió. Gold hundió los pies en el suelo, pero la fuerza de la sacudida fue inmensa y, por unos instantes, creyó que el cataclismo empezaría de nuevo. Con todo, la violencia disminuyó y acabó enseguida, dejando como recuerdo un desconcierto tremendo.

Alrededor de la plaza del Rossio acabaron derrumbándose más ruinas, liberando grandes cantidades de polvo y cascotes que volaron en todas direcciones. Muchos de los que estaban en la procesión, incluidos algunos «niños con alas», resultaron heridos; tenían sangre en la cabeza, los brazos y las piernas, y no paraban de llorar implorando misericordia.

Tras aquel nuevo pandemonio, Sebastião José fue el primero en reaccionar, acusando al padre Malagrida:

—Por lo visto, sus procesiones y su arrepentimiento no sirven de nada. ¡Mire! ¡La gente acude a la procesión y acaba malherida!

A continuación, se dirigió al capitán de la guardia y le ordenó a voz en grito:

—¡Todo el mundo fuera de la plaza! ¡Al campo! No quiero a nadie más por aquí, es demasiado peligroso.

El padre Malagrida, furibundo, sintió que había perdido la batalla. La procesión se desintegró, los frailes agruparon a los «niños con alas» y los condujeron hacia el norte; los que se azotaban la espalda dejaron de mortificarse; y la mayoría de los curas se encaminó hacia lo que quedaba del convento de Santo Domingo. Malagrida, santiguándose sin parar, los siguió sin mirar atrás.

En el centro de la plaza del Rossio, las estacas se habían caído y algunas cabezas rodaban por el suelo. Gold vio la del árabe a sus pies y le dio la impresión de que la cara, desfigurada por la parálisis muscular, se asemejaba a una máscara de carnaval. Apartó la cabeza de una patada y esta rodó unos metros más allá, como si súbitamente hubiese recuperado la vida.

Entretanto, al cabo de un rato, una comitiva llegó de la catedral. Bernardino murmuró acercándose al inglés:

—Es monseñor Sampaio, el patriarca de Lisboa. Dicen que ha sacado a decenas de personas con vida de los escombros.

Monseñor abrazó a Sebastião José con respeto y, conmovido, le describió la tragedia: las parroquias y las iglesias destruidas, los muertos, que se contaban por miles; la desesperación de la gente; los bandidos y los saqueos; los terribles incendios;

la escasez de agua y de comida; la organización de los salvamentos.

—Ayer ya no quedaba nadie más con vida. A partir de ahora, si hay alguien vivo, solo será un milagro.

Sebastião José le preguntó qué hacía con los cadáveres.

—Los hemos apilado enfrente de la catedral. Es un espectáculo horrible —reconoció monseñor—. Pero tenemos que esperar a poder enterrarlos dignamente en las iglesias.

Sebastião José mostró su desacuerdo:

—No podemos esperar más. Es peligroso. Los muertos traen epidemias y esta ciudad no podrá soportar una enfermedad grave que la devaste. Hay que enterrar los cadáveres. Ya.

Impresionado, monseñor Sampaio preguntó:

—Pero ¿y los ritos religiosos? ¿No vamos a darles a los difuntos el lugar que les corresponde en la casa de Dios? ¿Cómo reaccionarán los familiares, el pueblo?

Sebastião José se encogió de hombros:

—Eso no importa. Los vivos tienen la suerte de estar vivos, y para seguir vivos tenemos que evitar las plagas. Los muertos ya están muertos, no protestarán. Para ellos, el lugar donde se les vaya a enterrar ya no es un problema.

Monseñor se santiguó, horrorizado por la frialdad del ministro.

—Entonces —preguntó—, ¿dónde los enterraremos?

Sebastião José miró alrededor, como si buscase un lugar apropiado.

—Los que están junto al río serán lanzados al mar con piedras en los pies, para que no emerjan a la superficie. Pero eso supondrá un trabajo lento, no servirá en la mayoría de los casos.

Miró a monseñor y dijo:

—Necesito su autorización religiosa para abrir fosas donde enterrar a los muertos. Tenemos que enterrarlos a todos al mismo tiempo.

Monseñor Sampaio se llevó la mano a la boca, consternado, y volvió a santiguarse. Sebastião José insistió:

—No hay otra solución. Dejarlos al aire libre es un peligro. El hedor empieza a ser insoportable, y en breve empezarán a propagarse enfermedades horribles. ¡No podemos esperar ni un día más!

Contrariado, monseñor Sampaio preguntó si el rey estaba al corriente de dicho proyecto y el ministro confirmó la aprobación real. Entonces, el patriarca también dio su autorización, si bien manifestó su desacuerdo. Se determinó que los soldados se encargarían de enterrar los cuerpos, que serían bendecidos en grupo por los curas. La población que estaba en el campo no sería informada de tal decisión para no causar perturbaciones adicionales.

—No quiero por aquí al pueblo gritando mientras se entierra a sus familiares —añadió Sebastião José.

Y para señalar el punto final de su intervención, dijo:

—Todos tenemos que hacer enormes sacrificios estos días, pero es por el bien de la ciudad y de los que aquí nos quedamos.

Monseñor Sampaio se santiguó por tercera vez y después señaló las cabezas clavadas en las estacas:

—Ya casi no hay bandidos. Esto les ha servido de lección y la mayoría ha huido.

El ministro afirmó:

—Todavía quedan algunos... por ahí.

—Pocos, muy pocos. Aunque tampoco queda casi gente, la ciudad parece vacía, han huido todos. O casi todos. Cuando veníamos para aquí solo me he cruzado con un muchacho y una chica. Es una historia bonita en medio de tanta calamidad. Un niño que no renuncia a buscar a su hermana gemela, pues cree que está viva bajo los escombros.

Al escuchar a monseñor, Gold preguntó:

—¿*A boy and one* chica?

Monseñor Sampaio los describió lo mejor que pudo y Gold afirmó convencido:

—¡*It's* ellos! ¿*Where* estaban?

Identificado el lugar, el inglés afirmó excitado:

—*It's them!* ¡Santamaria *can* estar allí!

El capitán de la guardia intervino y recordó que dos personas con el mismo aspecto que monseñor acababa de describir los habían acompañado mientras traían la cabeza del árabe al Rossio.

—Bajaron del Bairro Alto hasta aquí.

Una mujer que iba en el grupo de monseñor Sampaio se acercó a ellos y también dijo:

—Conozco a la chica. Hace poco, cuando pasamos por allí, la vi.

A Sebastião José no le interesaban ni la chica ni el niño, pero enseguida dedujo que, si el pirata estaba vivo, aparecería por allí.

—¿Nadie ha visto a Santamaria?

La hermana Alice dijo que lo había visto el día anterior deambulando por la ciudad.

—Lo acompañaba ese.

Extendió el dedo y señaló la cabeza decapitada de Mohamed, santiguándose inmediatamente después.

Monseñor Sampaio intervino:

—Le prometí al niño que cuando regresara a la catedral lo ayudaría a buscar a su hermana. Es lo que voy a hacer ahora. Sería un milagro que estuviese viva, pero nunca se sabe.

Sebastião José añadió:

—Los milagros son buenos para la moral de la gente.

Y a continuación llamó de nuevo al capitán de la guardia:

—Llévate a diez hombres y acompañad a monseñor Sampaio. Buscad la casa. Si está el pirata, seguro que intentará huir y quiero capturarlo.

—¿Vivo o muerto? —preguntó el capitán.

—Vivo —dijo el ministro.

Gold miró a Bernardino, intrigado por aquella orden.

Cuando monseñor Sampaio y su grupo se marcharon, Sebastião José entró en el carruaje y le hizo una señal a Bernardino indicándole que quería quedarse solo un rato.

—*Good lord*, ¿*why* Santamaria vivo? —le preguntó Gold a Bernardino.

—No sé —respondió—. Sus órdenes no se discuten.

El inglés insistió:

—¡*Hell*, *he is* enemigo, *assalted* la Casa de la Moneda!

Bernardino le sonrió:

—La idea fue tuya, así que lo mejor será que no menciones ese asunto.

Gold, nervioso, perdió la compostura:

—¡*Fucking camel* amenazó con *kill me*!

Bernardino se encaró con él y le preguntó:

—¿A que todo esto es culpa de la chica? En realidad, tú solo quieres al pirata muerto para que ella se quede contigo.

Gold se indignó:

—*Good lord, no!* ¡*Girl* no me interesa! ¡*He is* un asesino!

—¿Cómo? —preguntó el ayudante del ministro—. ¿A quién le has visto matar?

El inglés no perdió el tiempo:

—*Many!* ¡*In* la rua da Confeitaria!

Bernardino sonrió una vez más, condescendiente:

—Hombres desesperados, con hambre, todos luchando por comida. ¿Acaso tú y yo no haríamos lo mismo?

Gold parecía no entender aquella inesperada absolución de Santamaria y protestó:

—¡*I did not kill*, nadie!

—Lo sé —respondió Bernardino—. Huiste en vez de luchar.

Pasmado ante aquella afrenta, Hugh Gold recordó entonces que Sebastião José le preguntó si Santamaria le había dicho que lo conocía. Lúcido al fin, se acercó al escribano, bajó la voz para que no lo oyeran desde el carruaje y le preguntó:

—*Hey*, ¿*you* lo conocéis? ¿*From the* pasado?

Bernardino se rascó la barbilla fingiendo desconocimiento:

—No tengo ni idea de lo que dices.

En ese momento, la voz del ministro reclamó a Bernardino y este se dirigió al carruaje. Antes de entrar, se volvió hacia el inglés y le sugirió:

—Quizá sea mejor que regreses a casa del embajador. Desde aquí tardarás mucho en llegar a pie hasta Santa Marta.

49

Una vez más tuve suerte. Los desmoronamientos provocados por la última réplica no fueron drásticos, solo nos cayeron algunas piedras encima a Assunção y a mí. La niña estaba muy nerviosa, temblaba de miedo e intenté calmarla.

—No me dejes sola —imploró—. Tengo miedo a morir.

Volvió a preguntar por su madre y me negué de nuevo a revelarle la verdad. No me sentía con derecho a hacerlo. Primero tendría que sacarla de allí, pero necesitaba ayuda. Yo solo jamás lograría hacerla pasar por el agujero. La niña tenía las piernas malheridas y el riesgo que corría era grande.

Me fijé de nuevo en el medallón que llevaba al cuello. La luz del día, que aquel momento penetraba con más intensidad, me permitió examinar el adorno con minucia. El corazón me dio un vuelco, como si ya presintiera lo que la mente aún se negaba a aceptar. Suspiré, nervioso, y le pregunté a Assunção:

—¿De quién es este medallón?

Sorprendida, la niña lo asió con los dedos.

—Tranquila, que no te lo quiero robar.

La chiquilla esbozó una leve sonrisa:

—Me lo dio mi madre hace unos años.

Suspiré una vez más, intentando aquietar la agitación que se estaba apoderando de mí.

—¿Cómo se llamaba tu madre?

Al instante, me di cuenta de mi metedura de pata. Assunção me preguntó:

—¿Se llamaba? ¿Por qué, le ha pasado algo?

Le mentí, intentando parecer convincente:

—Perdona, no soy muy ducho con las palabras. ¿Cómo se llama tu madre?

Sonreí y volví a suspirar para ahuyentar mi nerviosismo.

—Me dio el medallón cuando se casó con mi padrastro —me contó la niña—. Creo que ese fue el día en que se olvidó de mi padre. El medallón se lo dio él la última vez que estuvieron juntos, antes de que naciéramos Filipe y yo.

Sentí que las manos se me humedecían, que las piernas me flaqueaban, que la voz se me esfumaba de la garganta.

—No me has dicho su nombre —murmuré.

Assunção exhibió una sonrisa, orgullosa:

—Mariana, mi madre se llama Mariana.

Fue como si el corazón me explotase en el cuerpo. ¡Eso no me podía estar sucediendo, no podía ser verdad! ¿Cómo era posible? Mariana, la mujer a la que amé hacía trece años la última vez que estuve en Lisboa antes de que me capturaran los árabes; Mariana, a quien amé durante cinco días y cinco noches antes de partir para siempre; Mariana, a quien regalé un medallón igual al que la niña llevaba al cuello. ¿Acaso Dios me había preparado una prueba como aquella?

Tosí y le pregunté:

—¿Y quién era tu padre?

La niña se entristeció un poco y respondió:

—Nunca lo conocí. Mi madre decía que era marinero, que partió al mar antes de que naciéramos y nunca más volvió. Lo esperó muchos años; después empezó a decir que había naufragado.

Al cabo del tiempo, Mariana conoció al padrastro. Vivía con grandes privaciones, siempre con la ayuda de los vecinos, y un día aquel hombre rico apareció y la encandiló. Se fueron a vivir a aquella casa, pero a Assunção y a Filipe nunca les gustó el hombre. La cosa fue de mal en peor cuando el padrastro empezó a meterse con Assunção, unos meses atrás.

Le puse la mano en la boca:

—No hables más de eso. Está muerto.

—Y mi hermano, ¿cuándo vendrá?

—Seguro que está a punto de llegar —respondí—. Pero como te he dicho, voy a tener que ir a buscarlo y pedir ayuda. Yo solo no podré sacarte de aquí.

La niña empezó a llorar y a rogarme que no la dejase sola, pero le expliqué que el perro se quedaría con ella y se alegró. Subí y conseguí agrandar el agujero para que el chucho entrara; este se coló atropelladamente, pisoteándome, y cuando bajé de nuevo la escena que vi me conmovió. El perro daba saltos de alegría, brincaba y ladraba, feliz por verla de nuevo; y ella se reía y lloraba al mismo tiempo, inmensamente feliz, y besaba al perro y él le lamía la cara y la boca.

—Ahora te quedas con ella —le dije al perro—. ¡Aquí!

El animal acató la orden de inmediato, y antes de salir recosté a Assunção en un rincón y le dije que se protegiese la cabeza si el techo se desmoronaba.

Cuando salí, el sol me golpeó en la cara y me ofuscó. Tenía el corazón alborotado. La tragedia del terremoto me había llevado junto a mi hija. Sí, no había duda de que tanto Assunção como Filipe, hermanos gemelos, eran hijos de Mariana y míos, concebidos aquella semana que pasamos juntos en Lisboa. Yo le había regalado el medallón a su madre antes de irme y ella se lo dio a su hija. Y ahora, por uno de esos azares el destino, había salvado a la niña, a la vez que descubría a mi hija enterrada bajo tierra.

Me llevé las manos a la cabeza sin saber qué pensar. Mi existencia había saltado por los aires y me sentía confundido. Quizá fue por eso por lo que no vi a Margarida hasta que ya estaba a pocos metros de mí.

—¡Santamaria!

Saltó a mis brazos, loca de alegría:

425

—¡Estás aquí! ¡Has vuelto! ¡Oh, Dios mío, cuánto te quiero!

La abracé y yo también sonreí, pero estaba tan paralizado por la fuerte conmoción que acababa de experimentar que Margarida se extrañó:

—¿Qué te pasa? ¿No te alegras de verme?

Suspiré, emocionado:

—No, no es eso, claro que me alegro, pero…

Vi al niño y tragué saliva, abrumado.

—¿Qué pasa? —me preguntó Margarida.

Suspiré de nuevo para recuperar la calma y le sonreí al niño.

—La he encontrado. Está viva ahí abajo.

—¿Dónde? —preguntaron ambos a la vez.

Los llevé a la entrada del agujero.

—Vamos.

Bajaron detrás de mí y, una vez abajo, el perro ladró de alegría y el niño, fuera de sí, vio a su hermana sentada y recostada en la pared. Corrió hacia Assunção, se arrodilló, la abrazó y le dio muchos besos en la frente, mientras Margarida me abrazaba a mí también con los ojos anegados en lágrimas, esta vez de felicidad. De repente, el niño sufrió un colapso. En aquel momento, él, que había aguantado tantos días y tantas noches con valentía y orgullo, siempre lleno de determinación y de fe, siempre luchando por encontrar a su hermana, sin renunciar jamás porque sabía que la encontraría con vida, una vez que la tuvo al lado cayó de rodillas y se vino abajo. Rompió a llorar convulsivamente y se puso a temblar, como si el cuerpo le ardiese de fiebre.

Intenté abrazarlo pero me apartó, altivo, y volvió la cara hacia la pared, como un niño avergonzado ante extraños que, aunque necesite que lo traten con afecto y que lo abracen, rechaza el cariño que le ofrecen. Fue Margarida quien lo serenó con su dulzura femenina, con sus palabras amables, con su ternura. Lentamente, acariciándolo, dejándole que llorase y mimándolo al mismo tiempo, aplacó el torbellino de sus sentimientos hasta que los sollozos fueron menguando.

El niño se lo agradeció con la cabeza, sin poder hablar.

—Quizá deberíamos quedarnos aquí un tiempo hasta que todos nos calmemos —propuso Margarida.

—¿Por qué no ha venido mamá? —preguntó Assunção.

Filipe empezó a llorar de nuevo; todas las lágrimas que no había derramado cuando su madre murió, las vertió en ese momento.

—Tu madre está bien —dijo Margarida.

Pero el niño no fue capaz de contenerse y gritó:

—¡No está bien! ¡Mamá ha muerto por mi culpa! ¡Yo la dejé sola en la iglesia!

Assunção guardó silencio, pero no lloró. Margarida le explicó que un terremoto destruyó la iglesia y que su madre había muerto por eso, no porque su hermano la hubiera abandonado.

—Si hubiese estado allí, la habría salvado —dijo Filipe, volviendo a sollozar.

Guardamos silencio mientras los hermanos digerían aquel duro momento. Después le pedí a Margarida que subiese conmigo. Ya en la calle, le dije:

—Tengo que contarte una historia.

—¿De qué se trata? —me preguntó.

Le expliqué lo que había pasado hacía trece años con Mariana.

—Antes de irme le regalé un medallón y hoy lo he visto de nuevo.

—¿Has visto hoy a esa mujer? —me preguntó, afligida.

—No he visto a la mujer, pero he visto el medallón. Lo lleva Assunção al cuello.

Margarida estaba cada vez más confundida:

—No lo entiendo.

—La madre de Assunção y de Filipe se llamaba Mariana. El medallón que lleva la niña es el mismo que yo le regalé a su madre.

Margarida se llevó la mano a la boca, impresionada, y murmuró:

—Entonces... ¿ellos son tus hijos?

Suspiré aliviado y añadí:

—No me llamo Santamaria. Ese es el nombre que los árabes me dieron cuando me hice pirata. Así se llamaba el barco en el que navegaba cuando me capturaron. Me llamo Filipe Assunção, ese es mi nombre portugués. Y ellos se llaman Filipe y Assunção. ¡Su madre los llamó así porque ese era el nombre del padre!

Perpleja ante aquella revelación, Margarida se sentó sobre un montón de maderas.

—¡Dios mío! ¿Cómo es posible?

El niño, que acababa de salir del sótano, nos interrumpió:

—¿Cómo es posible qué?

Margarida guardó silencio. Eché mano de la navaja con sangre seca que llevaba prendida del cinturón y se la enseñé.

—Assunção mató a tu padrastro. Tenía este cuchillo en la mano cuando la encontré.

—Lo sé —respondió el niño—. Me lo acaba de decir.

Cogí el cuchillo y lo lancé lejos, con furia. Cayó a unos cuarenta metros en mitad de las ruinas. Nunca lo encontraría nadie.

—No hablemos más de eso —dije—. Perdona que desconfiara de ti.

El niño añadió:

—Siempre pensé que eso era lo que había pasado en cuanto lo encontré muerto en el sótano, pero no quise decirlo.

—Hiciste bien en proteger a tu hermana —le dije.

El niño me miró y me dijo:

—Gracias por haberla salvado, pero ahora te pido que te vayas. No quiero tenerte cerca.

Indignada, Margarida se levantó:

—¡Filipe, eso no se hace! ¡Ha salvado a tu hermana!

El niño se encogió de hombros:

—Sigue siendo un pirata. ¿Sabes?, quería robar el medallón que mi madre le regaló a mi hermana.

—¿Qué? —exclamó Margarida.

El chico insistió:

—Ya te lo dije, Santamaria es mala persona y quiero que se aparte de mi hermana y de mí. ¿Está claro?

Se dirigió hacia mí, altivo y desafiante. Me enorgullecí de que mi hijo fuera así, pero Margarida no pudo seguir conteniendo aquel peso que le oprimía el alma:

—Por favor, Filipe, ¡no es nada de eso! ¡Ni siquiera se llama Santamaria! Se llama Filipe, como tú. Por favor —dijo mirándome—, ¡cuéntale la verdad!

El niño, intrigado y sorprendido a la vez, preguntó:

—¿Qué verdad?

Y entonces le conté mi historia de amor. El niño se quedó pasmado, alucinado, incapaz de dar crédito a lo que estaba escuchando, y cuando acabé mi relato no fue capaz de pronunciar una sola palabra.

—No se lo he contado a tu hermana. Solo le he preguntado de quién era el medallón. Y no pretendía robárselo.

Filipe me miraba y no supe descifrar con claridad cuáles eran sus sentimientos después de lo que acababa de revelarle. Finalmente, me preguntó:

—Si querías a mi madre como dices que la querías, ¿por qué no volviste a Lisboa cuando saliste de prisión?

Suspiré y traté de justificarme:

—Me contrataron los árabes, pero era su prisionero. No me dejaban marchar. Además, ya habían pasado más de dos años y no sabía si tu madre se habría casado o no. Y, claro, no sabía que tenía dos hijos.

El niño sonrió, sarcástico:

—Te esperó mucho tiempo. No hace tantos años que se casó con esa bestia, pero tú nunca apareciste. Estabas demasiado ocupado robando barcos y matando gente.

No iba a desarmarse a la primera de cambio. Se había pasado varios días formándose una opinión negativa de mí, y aquella paternidad por sorpresa no bastaría para cambiar su primera impresión.

—Comprendo tu resentimiento —le dije—, pero ahora no

hay tiempo para eso. Tenemos que llamar a alguien para que nos ayude a sacar a Assunção de ahí.

El niño bajó de nuevo al sótano. Probablemente se lo contaría todo a su hermana. Margarida me sonrió. Noté en su mirada una cierta fascinación por mí, como si el hecho de que hubiera rescatado a la niña, en primer lugar, y haber descubierto después que era el padre de los gemelos me transformase ante sus ojos. De pronto, puede que ya no fuese solo un pirata por quien su corazón latía, sino un hombre junto al cual podría imaginarse un futuro por primera vez.

—A lo mejor podríamos quedarnos todos juntos, ¿no? —dijo.

Le acaricié la cara:

—Sabes bien que tanto tú como yo vamos a tener que huir.

—Pero... ¡podríamos huir los cuatro! —exclamó entusiasmada.

—Assunção necesita un médico, tiene que descansar unos días antes de moverse. No puedo permanecer escondido tanto tiempo en esta ciudad, en el estado en que se encuentra.

Margarida me abrazó:

—Ahora que te tengo a mi lado de nuevo, no quiero perderte.

Me besó en la boca, un beso largo y profundo. Y a continuación me dijo:

—Perdona por todo lo que te he hecho sufrir.

Suspiré y esbocé una sonrisa pícara:

—Yo también te he hecho daño.

Margarida me besó de nuevo:

—Vamos a olvidarnos del mal. Hay una vida nueva. Assunção está viva, estamos juntos. Vamos a enterrar el pasado y a pensar en el futuro. Hoy, al verte, me he dado cuenta de cuánto te quiero.

La abracé una vez más y cerré los ojos, feliz... pero la alegría duró poco. Oí ruidos. A unos diez metros, aparecieron varios soldados rodeando la casa y apuntándonos con fusiles.

Entre ellos reconocí a monseñor Sampaio. Margarida me dio la mano. Temblaba como una chiquilla, muerta de miedo. Se la apreté y le sonreí.

El patriarca se acercó a nosotros y le preguntó a Margarida:

—¿Es aquí donde está enterrada la hermana del niño?

—Sí —respondió Margarida, y me miró—. La ha encontrado él hace poco. Está viva, pero necesitamos ayuda para sacarla, está atrapada en el sótano.

Monseñor Sampaio me miró con tristeza. Después se volvió hacia los que lo acompañaban, emocionado, y exclamó:

—¡La niña está viva!

Se oyeron gritos de alegría y la gente que estaba más atrás se entusiasmó con la noticia de un nuevo salvamento. Monseñor Sampaio dio instrucciones y dos hombres bajaron al sótano para comprobar cuál sería la mejor manera de rescatar a Assunção sin peligro. El niño salió al exterior y monseñor Sampaio le puso la mano sobre el hombro y le dijo:

—Eres un muchacho con mucha fe. Gracias a tu persistencia, a tu valor, a tu fe, tu hermana ha sido salvada.

El niño se lo agradeció, pero añadió, señalándome con un leve gesto:

—Él la salvó. Si no hubiera entrado en el sótano por la parte de atrás, nunca la habríamos encontrado.

Tragué saliva, conmovido. Por primera vez en todos aquellos días, el niño le hablaba bien de mí a alguien. Pero monseñor Sampaio, que ya conocía mi historia y mi destino, me preguntó:

—¿Eres el hombre que busca Sebastião José?

Asentí mirando a los soldados.

—¿Han venido a prenderme?

Margarida me apretó la mano con más fuerza, y el niño intercedió por mí:

—¡Acaba de salvar a mi hermana, es un héroe, no pueden apresarlo!

Monseñor Sampaio dijo:

—Eso a mí no me concierne. Lo único que puedo hacer es ir con él hasta el Rossio y contarle al ministro lo que ha pasado. Pero será él quien decida qué hacer.

Con un gesto, avisó a los soldados, dio instrucciones a uno de los frailes y, finalmente, me ordenó que lo siguiese.

—Quédate aquí con Filipe —le dije a Margarida.

Pero ella se negó:

—¡No! Yo voy contigo, amor mío.

Incómodo, el niño se limitó a mirar al suelo, y yo le dije:

—Cuida de tu hermana y sigue siendo como eres. Haz el bien y sé bueno. Yo no pude serlo, pero tú sí.

En un impulso fui hacia él, lo abracé y lo besé en la cabeza. Después di media vuelta y, con Margarida a mi derecha y monseñor a mi izquierda, nos dirigimos al Rossio. Los soldados nos rodeaban apuntándonos con las armas, no podía hacer nada. Unos cien metros más adelante, me di cuenta de que una mujer nos seguía a una distancia prudencial. Era la hermana Alice.

A mitad del trayecto, le pregunté a monseñor Sampaio:

—¿Puedo pedirle un favor?

Esperó a oír mi petición antes de responder.

—Cuide del niño y de la niña, son mis hijos. Me he enterado hoy.

El sacerdote se quedó sorprendido. Aproveché el resto del recorrido para contarle mi historia. Cuando llegamos al Rossio, un carruaje nos estaba esperando en medio de la plaza. Al lado, de pie, estaban Bernardino, Hugh Gold y Sebastião José de Carvalho e Melo.

50

Inesperadamente, Sebastião José se encerró en el carruaje unos instantes y el capitán de la guardia ordenó que nos detuviéramos a unos diez metros. Después, dio orden a sus soldados de que me pusieran de pie, junto a las estacas con las cabezas de los bandidos, e impidió que nadie se acercara. Margarida lo intentó, pero los soldados la retuvieron junto a monseñor.

Lo primero en que me fijé fue en la cabeza de Mohamed. Cerré los ojos y pedí perdón a Dios por haber sido el responsable de la muerte de mi amigo árabe. Fui yo, por culpa de mi obstinada decisión de quedarnos en la ciudad, quien propició su muerte, y nunca me lo perdonaría.

Miré a Margarida. Ella y los dos chiquillos que supe que eran mis hijos eran mis nuevas razones para querer vivir, pero presentía que esta vez no tendría escapatoria. No creía que Sebastião José perdonase mi última afrenta, el ataque al oro de la Casa de la Moneda. Lo que había pasado antes puede que tuviera una disculpa, pero eso no, eso era alta traición. Si había mandado matar a todos aquellos bandidos, cuyas cabezas se exhibían allí, no había razón alguna para destinarme otro final.

Vi cómo la hermana Alice se acercaba a Margarida. Se había integrado en el grupo de monseñor Sampaio, seguro que sin que este supiera quién era. Y en ese momento, al volver a ver a Margarida, por quien sintió un fuerte afecto los primeros días, notó cómo renacía en ella la pasión. Como me sabía prisionero y destinado a morir, la hermana Alice se animó.

Oí gritar a Margarida:

—¡Vete, no quiero saber nada de ti! ¡Eres un alma malvada!

Monseñor Sampaio se quedó pasmado ante la furia descontrolada de Margarida y mandó llamar a las dos mujeres para escuchar sus explicaciones, cuyo contenido pude llegar a escuchar desde donde me encontraba.

—¿Por qué estás tan alterada? —le preguntó monseñor a Margarida.

La joven no podía revelar la verdad.

—Esta mujer me maltrató los primeros días, después del terremoto.

La hermana Alice se indignó:

—¿Yo? ¡Pero si yo te ayudé!

Margarida lo negó:

—¡No, no me ayudaste! Eres una mujer pecadora. ¡Ahora puede que finjas que salvas a la gente, pero sé perfectamente quién eres y lo que haces!

Monseñor Sampaio frunció el ceño:

—Eso es grave. ¿Quieres especificar tus acusaciones?

Margarida me miró. Negué con la cabeza, aconsejándole no llegar más lejos. Cualquier acusación contra la monja anciana provocaría una contraacusación dirigida a ella, y eso sacaría a la luz las condenas de la Inquisición y echaría a perder el futuro de ambas. A mí solo me preocupaba Margarida, pero si acusaban a la hermana Alice, ella también estaría perdida.

—Ella... Ella...

Margarida titubeó sin saber bien qué decir. Al fin, respiró hondo y dijo:

—Ella y yo somos diferentes. A mí me gustan los hombres.

Monseñor volvió a fruncir el ceño y le preguntó a la hermana Alice:

—¿Eso es verdad?

La vieja monja se santiguó, trastornada:

—¡Santo Dios! ¡Esta joven está loca de remate! Solo quería ayudarla… ¡Dios mío, no puedo creerlo! ¡Monseñor, por favor, hace varios días que le ayudo a salvar personas, no es justo que desconfíe de mí!

Monseñor guardó silencio unos instantes, y a continuación miró con severidad a la hermana Alice.

—Está claro que esta chica no se siente bien en tu presencia. Lo mejor es que regreses a la catedral.

La mujer forzó de nuevo una mueca de indignación, y ya estaba a punto de marcharse cuando uno de los frailes avanzó hasta monseñor Sampaio y dijo:

—Monseñor, no deberíais mandar que se fuera.

—¿Por qué?

—Lo que ha dicho la chica es verdad, pero no toda la verdad.

Intrigado, monseñor le preguntó:

—¿Qué quieres decir con eso?

El religioso se explicó:

—En los últimos meses trabajé en el convento de Santo Domingo y en el Palacio de la Inquisición, entre los prisioneros.

Cerré los ojos. Me temía lo que iba a suceder.

—Estas dos mujeres —siguió explicando el fraile— están condenadas por la Inquisición. Hubo juicios contra ellas y fueron condenadas a morir en la hoguera. Esta —señaló a la hermana Alice—, por seducir a mujeres, y esta otra —y señaló a Margarida—, por convivir con el Diablo.

Asombrado, monseñor les preguntó si aquellos hechos eran veraces, pero ambas respondieron que eran mentira. Entonces, monseñor se volvió hacia el fraile:

—¿Cómo sé que estás diciendo la verdad? ¿Pertenecías al tribunal que las acusó?

Reconoció que no, pero se acordaba de los juicios. Molesto, monseñor alzó la mano y dijo:

—Eso no basta. Si hubo juicios, encuéntralos, y si son verdad, yo mismo las entregaré a la Inquisición. Pero no pienso hacerlo basándome en un único testimonio. Permanecerán bajo mi custodia hasta que se esclarezca el asunto.

Tanto Margarida como la hermana Alice fueron llevadas junto a la muchedumbre que presenciaba la escena, cada vez más numerosa. El capitán de la guardia volvió a preguntarle a monseñor si de verdad no deseaba arrestarlas, pero la respuesta fue negativa.

Aprovechando el momento, Hugh Gold se acercó a monseñor y pidió la palabra.

—*Well, I can* explicar…

Contó que había conocido a Margarida meses antes del terremoto, que vivía en un convento en Alcântara, pues sus padres habían muerto en un accidente, que solía ir a visitarla a menudo para cortejarla en las rejas. Reveló que entre ellos nació un gran afecto a pesar de la diferencia de edad, y que la última vez que se vieron, hacía unas semanas, decidieron ir a hablar con la madre superiora del convento porque querían casarse.

A última hora, el astuto capitán Gold también estaba enseñando sus cartas, pero monseñor se mostró más perplejo todavía.

—No lo entiendo. El fraile dice que era una prisionera condenada a muerte. Y tú, inglés, dices que la cortejabas en el convento de Alcântara. ¿Cómo es posible? ¡No podía estar en dos sitios a la vez!

Hugh Gold afirmó con enorme convicción:

—*Of course!* ¡*She never* prisionera! ¡*That's* absurdo!

Realmente molesto, el sacerdote levantó la mano derecha y proclamó:

—Sea cual sea la verdad, lo discutiremos más tarde. Ahora no es el momento.

Sin embargo, unos metros más atrás, cual espontáneo que se hubiera colado, desafiante, en una obra de teatro, Margarida se hizo oír.

—¡Monseñor, ese hombre también miente!

Hugh Gold no podía dar crédito, y yo no fui capaz de reprimir una sonrisa. Margarida estaba denunciando al inglés, aunque ello le supusiera un gran riesgo.

—Tanto este hombre, el inglés, como esta mujer, la hermana Alice, pasaron los últimos días intentando seducirme. Es verdad que lo conozco de las rejas del convento de Alcântara, pero nunca pensé en casarme con él. Incluso porque hasta el día del terremoto, hace una semana, estaba casado… Su esposa murió en plena calle debido a los temblores de tierra.

Bernardino, que entretanto había salido del carruaje, lo confirmó:

—Es verdad. El inglés estaba casado, pero eso nunca le impidió seducir a mujeres jóvenes.

Monseñor le lanzó a Gold una mirada de reprobación y este comprendió que para él el juego había acabado, y se alejó cabizbajo. Vi que Bernardino le sonreía a Margarida, pero ella no le devolvió la sonrisa.

Mientras tanto, en el rincón de la plaza por el que habíamos entrado se formó un alboroto. Un gran gentío aplaudía eufórico, y en el centro dos hombres cargaban una camilla en la que iba tendida Assunção. De pie, a su lado, su hermano la cogía de la mano.

El bullicio atrajo a más personas, y muchos de los que estaban sentados o tumbados por la plaza echaron a correr hacia la comitiva para celebrarlo en cuanto supieron que una niña había sido desenterrada viva una semana después de la tragedia.

A medida que se acercaban, vi que muchos me señalaban a mí y levantaban los brazos al aire, en señal de júbilo. El grupo de salvamento había informado a la gente, que quería convertirme en el héroe del día.

Bernardino le comentó a monseñor en voz baja:

—Eso será un problema…

Y se metió en el carruaje, mientras el griterío de la multitud que celebraba la buena noticia iba en aumento. Cuando llegaron cerca de donde nos encontrábamos, los hombres depositaron la camilla en el suelo. Por miedo a la agitación, los soldados intentaron evitar que la población entrara en el círculo que habían creado alrededor de las estacas y del carruaje; solo monseñor Sampaio se quedó junto a la camilla con Assunção. Margarida, el niño, la hermana Alice y Hugh Gold estaban por detrás de los soldados, entre la multitud eufórica.

Monseñor dejó que los gritos de júbilo amainaran, y a continuación pidió silencio. Pronunció un discurso sosegado, haciendo hincapié en la alegría por la salvación de la niña, ennobleciendo mi acto de heroísmo, celebrando el entusiasmo popular. Al final, pidió que todo el mundo se fuese, pues ahora tocaba velar por la niña para que su vida no corriese ningún peligro.

Un anónimo en medio de la turba gritó:

—¿Y ese hombre?

Todos me miraron y el mismo anónimo exclamó:

—¡Es un héroe, fue él quien la salvó! ¿Por qué está preso?

El clamor general puso de manifiesto que ese era el sentimiento de la gente. Entonces, la puerta del carruaje se abrió y Sebastião José salió. Miró la camilla, a la niña, después a monseñor, a los soldados y, finalmente, se enfrentó a la multitud. Habló con voz segura y con ritmo pausado:

—Este hombre es enemigo del rey. Asaltó la Casa de la Moneda junto con ese otro que está aquí.

Extendió el dedo y señaló la cabeza de Mohamed. La muchedumbre murmuró, impresionada.

—¿Es verdad o es mentira? —me preguntó.

Mi silencio suscitó la reprobación de la muchedumbre. Sebastião José prosiguió:

—Todavía no se le ha cortado la cabeza, como a todos estos de aquí, porque es verdad que ha tenido un gesto valiente y ha salvado la vida de una niña que estaba sepultada desde el terremoto.

La multitud volvió a gritar de alegría, pero Sebastião José levantó las manos:

—¡Pero eso no impide que tenga que ser juzgado!

El gentío protestó, y otra voz anónima preguntó:

—¿Van a matarlo aquí, ante nosotros?

La pregunta tuvo un extraño efecto entre la gente, que de pronto pareció olvidarse de mi acto de heroísmo, excitada ya con la posibilidad de presenciar una ejecución pública, un espectáculo sangriento. Se oyeron algunos comentarios favorables a la ejecución, e incluso hubo quien aplaudió la idea. La cara de Margarida se contrajo de horror. Pero Sebastião José volvió a levantar las manos:

—¡No! Lo llevaremos a las mazmorras de Belém y después será juzgado, pero prometo que si es condenado, morirá públicamente como todos los bandidos que perturban la ciudad.

La plebe parecía desilusionada con aquella solución. No tenían derecho a un héroe, ni a una ejecución. Se oyeron protestas aisladas. Entonces, el ministro del rey, presintiendo que debía ofrecerle algo a la población, dijo:

—Y ahora marchaos. En el lado norte de la plaza se va a proceder a la distribución de pan y carne.

En cuanto oyó hablar de comida, la gente se alegró de inmediato y enseguida empezó a dispersarse —algunos incluso echaron a correr— hacia la zona que Sebastião José había indicado. Al cabo de unos minutos apenas quedaba gente junto a los soldados. Miré hacia donde estaba Margarida y vi que Gold y la hermana Alice también habían desaparecido. Solo el niño estaba con ella.

Sebastião José se volvió hacia monseñor Sampaio y se congratuló de sí mismo:

—Hay que saber hablar al pueblo.

Miró a Margarida, después al niño, y finalmente a Assunção, que seguía en la camilla, y le dijo a monseñor:

—Encárguese de los niños, y de la chica.

Monseñor le preguntó:

—Y a él, ¿qué le va a hacer?

El Carvalhão, antiguo amigo mío y actual ministro del rey, al fin tuvo la deferencia de mirarme.

—Eras prisionero del Limoeiro y te escapaste. En vez de entregarte, planeaste asaltar nuestro oro. Tu amigo ha muerto. No tendrás mejor suerte que él.

Protesté, airado, y hablé en mi defensa:

—¡No he robado nada, ni siquiera llegué a asaltar la Casa de la Moneda! Todo lo que me pueden decir es que apunté a un soldado con un arma, nada más. No hay razón para matarme.

Sebastião José replicó:

—Quien lo decide soy yo.

—Quieres mi muerte a toda costa, y para ello cualquier razón te sirve.

Sebastião José frunció el ceño y monseñor, intrigado, me preguntó:

—¿Qué quieres decir?

Aproveché el lance para exponer mis recriminaciones contra el reino de Portugal, recordando el rescate que no pagaron, los años que pasé en las prisiones árabes y mi petición, una vez en el Limoeiro, que nadie tuvo en cuenta.

—Si me hubiesen respondido, nada de esto habría pasado. Soy portugués y fui abandonado por el reino de Portugal, pero merecía haber sido liberado.

Suspiré, desilusionado, y miré directamente a Sebastião José.

—Sobre todo desde que supe que eras el ministro de Asuntos Exteriores. Por más que tú quieras olvidarlo, yo todavía recuerdo nuestros tiempos de juventud. Fui tu amigo, formé parte de tu banda, Carvalhão, ¿te acuerdas?

Sebastião José no movió un solo músculo de la cara, y yo seguí hablando:

—Sabes perfectamente cuánto te ayudé.

Oportuno, monseñor Sampaio preguntó:

—¿Cómo?

Inspiré profundamente. Lo que vendría a continuación podría ser tanto mi carta ganadora como mi sentencia de muerte.

—Formé parte del restringido grupo de jóvenes que ayudó a Sebastião José a raptar a su mujer de la casa de sus padres. Me quedé guardando los caballos abajo, mientras el Carvalhão subió a buscarla. Te ayudé en ese momento, y seguí siéndote leal todo el tiempo, mintiendo a la guardia y protegiendo tu nombre. Nunca te traicioné.

Monseñor Sampaio arqueó una ceja:

—Ya conocía ese rumor, pero ¿es verdad?

El ministro del rey se encogió de hombros.

—Eso pertenece a un pasado lejano. Y mi primera esposa murió. Me volví a casar, pero, para que quede claro, nunca la rapté. Se casó conmigo por voluntad propia. Esa historia es un rumor, una leyenda sin pies ni cabeza.

Decidí rebatir sus palabras, aun sabiendo el riesgo que corría.

—Es verdad que no fue en contra de su voluntad, pero sí contra la voluntad de su padre y su madre, que no te consideraban una buena elección como marido de su hija. Y sabes bien que no es un rumor, la verdad es que todos fuimos a buscarla.

Señalé a Bernardino y lo saqué a colación.

—Él puede confirmarlo, pues también estaba allí. Se quedó conmigo, en la calle, guardando los caballos.

Bernardino bajó la mirada, extremadamente incómodo.

—Por eso me quieres ver muerto, no quieres que se hable de esa historia —añadí.

Sin manifestar emoción alguna, el ministro del rey negó con la cabeza:

—Eres un pirata y por tanto un mentiroso, un ladrón, un criminal, un asesino. Los hombres como tú solo tienen un camino en este reino. Tienes suerte de que no te mande fusilar ahora mismo. No lo ordeno porque hoy has salvado a la niña. —Se dirigió al capitán de la guardia y le dijo—: Llevadlo a las mazmorras de la torre de Belém. Será juzgado y condenado a muerte como cualquier bandido que haya atentado contra el rey.

Dos soldados me ataron las manos a la espalda y luego me amarraron los pies, obligándome a tenderme en el suelo. Por el rabillo del ojo vi a Margarida, a Filipe y a Assunção. Todos me miraban, pero solo Margarida lloraba. Comprendí que el afecto de mis hijos no había tenido una gran oportunidad de nacer.

Me vendaron los ojos y me pusieron sobre la grupa de un burro. Un estribo me golpeaba cabeza, y el otro, los pies, como si fuera un saco demasiado grande. Oí el carruaje moviéndose en medio de la plaza, y a Margarida que gritaba. El burro echó a andar siguiendo el carruaje de Sebastião José. Los soldados marcaban el paso a mi lado; y así, en aquella humillante postura, me separaron para siempre del amor de mi vida y de mis hijos.

Epílogo

Por qué Sebastião José nunca me mandó matar es una pregunta para la que no tengo respuesta. Con Lisboa en aquel estado, lo más probable era que se hubiese olvidado de mí. Durante dos meses me encerraron en las mazmorras de la Torre de Belém, aislado, sin ni siquiera ver al carcelero, que me echaba la comida por debajo de la puerta.

Un día, Bernardino vino a visitarme y me contó todo lo que sé hoy sobre lo que sucedió cuando Lisboa tembló. Me describió lo ocurrido en Belém, la llegada de Sebastião José, los miedos del rey don José, la masacre de los animales, sus idas y venidas a la ciudad, nuestro encuentro en Rato, los planes de reconstrucción de la capital y, finalmente, sus expediciones en nuestra búsqueda hasta el encuentro fatal en la Casa de la Moneda. Me enteré de que Hugh Gold nos denunció y lo consideré, en parte, responsable de la muerte de Mohamed.

Antes de eso, Bernardino me aseguró que mis hijos estaban bien. Con mucho esfuerzo, Assunção se recuperaba poco a poco y podría volver a andar. Ella y Filipe vivían en una casa cerca de la catedral al cuidado de monseñor Sampaio, y no les faltaba de nada. En cuanto a Margarida, seguía encerrada en el convento de Odivelas mientras buscaban las actas de su juicio en la Inquisición. Con todo (ironías del destino), los archivos habían ardido en los incendios, y además ni un solo miembro del tribunal que la juzgó había sobrevivido. Margarida permanecía, pues, en una especie de limbo judicial sin saber lo que le esperaría. Le pedí a Bernardino que intercediese en su favor y me prometió hacerlo.

En cuanto a mi suerte, Bernardino se despidió de mí sin aclarármela. Unas semanas más tarde, cuando me vinieron a buscar a la celda, me informaron de que me iban a enviar en la bodega de un barco a una cárcel de ultramar, en Cabo Verde, donde permanecería prisionero hasta que llegara la orden de ejecución. Y aquí me encuentro, un año después, limitándome a sobrevivir y siempre a la espera de que me ahorquen, pues aquí no hay balas suficientes para pertrechar a un pelotón de fusilamiento. Es otra ironía del destino que no se me escapa: voy a morir de la misma forma en que Margarida lo intentó, ahorcado. «Al menos, eso sí lo tendremos en común», solía pensar yo.

Sin embargo, hace tres días me sorprendieron con una novedad. El capitán de la prisión se dignó bajar a mi celda, que es un estercolero donde jamás había puesto antes los pies, y me reveló que voy a volver a Portugal, de nuevo encadenado en la bodega de un navío. Al parecer, Sebastião José quiere ejecutarme en Lisboa. Un año después se ha acordado de su viejo amigo de aventuras y no puede resistirse a la tentación de verlo estirar la pata. Aquí, en Cabo Verde, sería muy lejos y no le supondría ningún placer.

En cualquier caso, la noticia me ha causado una gran agitación. Hace tres días y tres noches que recuerdo aquellos días posteriores al gran terremoto. No puedo evitar que mi corazón se alegre con la esperanza de volver a ver a mis hijos y a Margarida —la guapa muchacha que es el amor de mi vida— antes de irme al otro barrio. Espero que nos permitan vernos, al menos una vez. Es lo único que le pido a Dios, no le pido nada más.

Descubre tu próxima lectura

Si quieres formar parte de nuestra comunidad,
regístrate en **www.megustaleer.club**
y recibirás recomendaciones personalizadas

Penguin
Random House
Grupo Editorial

 megustaleer